Philipp Meyer

Un arrière-goût de rouille

*Traduit de l'américain
par Sarah Gurcel*

Denoël

Titre original :

AMERICAN RUST

Éditeur original : Simon & Schuster
© Philipp Meyer, 2009.
© Éditions Denoël, 2010, pour la traduction française.

Né dans une banlieue ouvrière de Baltimore, Philipp Meyer a laissé tomber l'école à seize ans. Après quelques années à réparer des bicyclettes, il décide de devenir écrivain et parvient à intégrer l'université Cornell. Diplômé mais croulant sous les dettes, il travaille dans le secteur bancaire à Londres et en Suisse. Ayant enfin réussi à tout rembourser, il revient à son rêve et, grâce à des bourses et des petits boulots, écrit *Un arrière-goût de rouille* qui paraît en 2009. Ce premier roman a depuis été publié dans une dizaine de pays. Philipp Meyer vit aujourd'hui à Austin, Texas.

Le site de l'auteur : *www.philippmeyer.net*

Pour ma famille.

« Si l'homme n'avait point de conscience éternelle (...), si sous toutes choses se cachait un vide sans fond que rien ne peut combler, que serait alors la vie sinon la désespérance ? »

Søren Kierkegaard

« (...) ce qu'on apprend au milieu des fléaux, qu'il y a dans les hommes plus de choses à admirer que de choses à mépriser. »

Albert Camus

LIVRE UN

1

Cinq ans que la mère d'Isaac était morte, mais il n'avait pas cessé de penser à elle. Il vivait seul dans la maison avec le vieux. Vingt ans, petit pour son âge — à vue d'œil, un gamin. En cette fin de matinée il traversait les bois d'un pas vif, direction la ville, frêle silhouette, sac au dos — surtout ne pas être vu. Il avait pris quatre mille dollars dans le bureau du vieux. Il se corrigea : *volé*. Adieu maison de fous, grande évasion. Mais fais-toi repérer et Silas lâchera ses chiens.

Il atteignit bientôt le promontoire. Vertes collines ondoyantes, lacets de rivière boueuse, étendue de forêt que seules déchiraient la ville de Buell et son aciérie, elle-même une vraie petite ville avant qu'elle ferme en 1987 et soit partiellement démantelée dix ans plus tard ; elle se dressait maintenant telle une ruine antique, envahie d'herbe aux cent nœuds, de célastre grimpant et d'ailante glanduleux. Au sol s'entrecroisaient les traces de pas des cerfs et des coyotes ; à l'occasion quelqu'un squattait là.

Reste que la ville avait son cachet : rangs soignés de maisons blanches enrobant le coteau, clochers d'église et rues pavées, hauts dômes argentés d'une cathédrale orthodoxe. Un endroit prospère jusqu'à peu, témoin les bâtiments historiques du centre, aujourd'hui pour la plupart condamnés. Certains quartiers maintenaient les apparences, on y ramassait encore les poubelles, mais d'autres avaient été complètement abandonnés. Buell, comté de Fayette, Pennsylvanie. Fayette-nam, comme on disait aussi en référence à un autre enfer.

Isaac suivit la voie ferrée pour éviter d'être vu, encore qu'il n'y eût pas grand monde dehors. Il se souvenait des rues aux heures du changement d'équipes : la circulation s'arrêtait et des hordes d'ouvriers émergeaient de l'usine de laminage couverts de poussière d'acier, scintillants sous le soleil, et son père, grand, étincelant, qui plongeait vers lui pour le soulever dans ses bras. C'était avant l'accident. Avant qu'il devienne le vieux.

Il y avait soixante kilomètres de Buell à Pittsburgh ; le mieux était de suivre les rails le long de la rivière — on pouvait sans problème grimper dans un convoi de charbon, aller aussi loin qu'on voulait. Une fois à Pittsburgh, il sauterait dans un train de marchandises pour la Californie. Un mois qu'il cogitait ça. Longtemps qu'il aurait dû le faire. Tu crois que Poe sera de la partie ? Sans doute pas.

Sur la rivière, un train de barges et son bateau pousseur le dépassèrent dans un ronronnement de moteur. C'était du charbon. Après quoi il n'y eut plus que le silence, le courant trouble et paresseux, la forêt jusqu'à l'extrême bord de l'eau, ça aurait pu être n'importe où, l'Amazone, une photo du *National Geographic*. Une perche bleue sauta des flots peu profonds — fallait pas manger les poissons de la rivière, mais tout le monde le faisait. Mercure et PCB. Il ne se souvenait plus ce que désignaient les initiales, un truc toxique en tout cas.

À l'école, il avait aidé Poe avec ses maths, bien qu'aujourd'hui encore il se demandât à quoi il devait cette amitié — Isaac English et sa sœur étaient les gamins les plus doués du coin, de toute la vallée sans doute ; l'aînée avait été admise à Yale. Aspiration ascendante dont le cadet aurait aimé bénéficier. Il avait toujours admiré sa sœur, mais elle s'était fait une nouvelle vie, avait épousé quelqu'un dans le Connecticut, un mari que ni Isaac ni son père n'avaient rencontré. Tu t'en sors très bien tout seul, se dit-il. Le kid est aigri, faut pas. Bientôt il serait en Californie — hivers cléments et chaleur d'un désert tout à lui. Un an de résidence dans l'État pour limiter les frais de scolarité et puis s'inscrire à l'université. À lui le département d'astrophysique. Le laboratoire national de Lawrence Livermore. Le Keck Observatory et le radiotélescope du Very Large Array. Mais oui, rêve toujours — est-ce que ça rimait encore à quelque chose ?

Sitôt sorti de la ville, retour à la ruralité ; il décida de prendre le sentier qui menait chez Poe plutôt que la route et grimpa sans mollir. Il connaissait la forêt comme un vieux braconnier, accumulait des carnets pleins de croquis d'oiseaux et autres animaux, mais surtout d'oiseaux. Le poids de son sac tenait pour moitié aux carnets. Il aimait être au grand air. Il se demanda si c'était lié à l'absence d'autres gens — pourvu que non. N'importe, c'était une veine d'avoir grandi dans un endroit pareil parce qu'en ville, c'était dur à expliquer, son cerveau marchait comme un train à vitesse incontrôlable. Il fallait des rails et une direction, sans quoi c'était le crash. Condition humaine que de nommer les choses : sang-dragon symphorine-des-ruisseaux engoulevent-bois-pourri tulipe noyer-amer

17

micocoulier. *Carya ovata* et chêne des marais. Locuste et noix géante. De quoi s'occuper la tête.

En attendant, au-dessus de la tienne, mince ciel bleu, vue dégagée sur l'immensité de l'espace : le dernier des grands mystères. Même distance que jusqu'à Pittsburgh — quelques kilomètres d'air et puis deux cents degrés en dessous de zéro, fragile protection. Simple coup de chance. Selon toute probabilité tu devrais pas exister — médite, Watson. Mais motus : va dire ça en public et c'est la camisole assurée.

Sauf qu'un jour ou l'autre, fini la chance — un colosse rouge en guise de soleil et la terre réduite en cendres. L'Éternel a donné, l'Éternel reprendra. Il faudrait que les hommes s'échappent avant, or seuls les physiciens pouvaient trouver une solution, ce seraient eux qui sauveraient l'humanité. Bien sûr, Isaac aurait disparu depuis longtemps, mais au moins il aurait contribué. Le fait d'être mort ne dispensait pas de toute responsabilité envers les vivants. S'il avait une certitude, c'était bien celle-là.

Poe vivait en haut d'une route de terre dans un double mobil-home posé, comme souvent dès qu'on quittait la ville, au milieu d'un vaste terrain boisé. Quarante hectares en l'occurrence, un sentiment de bout du monde, de dernier homme sur terre, à l'abri des collines et des vallées.

Aux abords du mobil-home, un quatre-quatre boueux tenait compagnie à la vieille Camaro repeinte pour trois mille dollars malgré sa boîte de vitesses déglinguée. Il y avait aussi des cabanons en tôle diversement délabrés, dont l'un arborait le drapeau numéro 3 de Dale Earnhardt, et une perche à gibier pour dépecer les cerfs. Poe était assis là sur une chaise pliante tournée vers la rivière. Un vrai pays de cocagne, on disait toujours, à condition de pouvoir payer les traites.

Tout le monde s'attendait à ce que Poe continue le foot à l'université, sinon dans une grande équipe, du moins quelque part : et voilà que deux ans plus tard il était encore chez sa mère, assis dans le jardin, l'air bien disposé à une corvée de bois. Cette semaine. Ou la prochaine. Un an de plus qu'Isaac, son heure de gloire derrière lui, cinq ou six cannettes de bière à ses pieds. Grand, large d'épaules, mâchoire carrée, cent neuf kilos — il faisait plus de deux fois son camarade. En voyant Isaac, il dit :

« Alors on va enfin être débarrassés de toi, c'est ça ?

— Cache tes larmes », répondit Isaac. Il jeta un coup d'œil autour de lui. « Et ton sac, il est où ? » C'était un soulagement de voir Poe, une échappatoire à l'argent volé dans sa poche.

Poe grimaça un sourire et s'envoya une gorgée de bière. Il ne s'était visiblement pas lavé depuis des jours. Licencié de la quincaillerie locale quand ils avaient réduit leurs heures d'ouverture, il remettait le moment de postuler au supermarché du coin.

« Pour ce qui est de t'accompagner, tu sais bien que j'ai des responsabilités ici. » Il désigna d'un geste vague les collines et les bois au loin. « Pas le temps pour ta petite balade.

— J'ai toujours su que t'étais lâche, dit Isaac.

— Putain, Dingo, me dis pas que tu veux vraiment que je vienne avec toi.

— Non. Pas vraiment.

— Pardon de penser un peu à moi, mais je suis toujours sous probation. Tant qu'à faire je peux aussi aller braquer une station-service.

19

— C'est ça.

— T'arriveras pas à me culpabiliser. Prends une bière et pose-toi deux minutes.

— Pas le temps », dit Isaac.

Poe regarda autour de lui, exaspéré, mais finit par se lever. Il liquida sa bière et écrasa la cannette vide. « D'accord, dit-il. Je t'accompagne jusqu'à Pittsburgh. Après tu te démerdes. »

De loin, leur taille pouvait laisser croire à un père et son fils. Poe, forte mâchoire, petits yeux et, bien qu'il ait quitté le lycée depuis deux ans, blouson de football américain en nylon avec nom et numéro de joueur sur le devant et « Buell Eagles » écrit derrière. Isaac, gringalet, yeux trop grands pour son visage, vêtements trop grands aussi et, dans le vieux sac à dos, un duvet, une tenue de rechange et ses carnets. Ils prirent l'étroit chemin qui descendait à la rivière. Autour d'eux, des bois et des prés pour l'essentiel, somptueusement verts en ce début de printemps. Ils passèrent devant une vieille maison qui avait basculé dans un affaissement de terrain — le sol de la vallée était criblé d'anciennes mines de charbon, certaines ayant été correctement consolidées, d'autres pas. Isaac dégomma une cheminée d'aération d'un coup de pierre. Il avait toujours été très bon lanceur, meilleur même que Poe, encore que ce dernier ne l'eût jamais admis.

Juste avant d'arriver à la rivière, il y avait la ferme des Cultrap et ses vaches couchées au soleil ; un cochon poussa un cri perçant quelque part dans les dépendances.

« Je me serais passé d'entendre ça.

— Arrête, dit Poe, Cultrap fait le meilleur bacon de la région.

— C'est quand même une mort en direct.

— Et si t'arrêtais de tout analyser ?

— Tu sais qu'ils utilisent des cœurs de cochon en chirurgie cardiaque ? C'est grosso modo les mêmes valves.

— Ça va me manquer, tes infos frelatées.

— Tu crois pas si bien dire.

— C'était pas du premier degré. C'était de l'ironie. » Ils marchaient toujours.

« Je serais trop content si tu venais, tu sais, je te le revaudrais.

— Sur la route avec Kerouac junior. Qui a volé quatre mille dollars à son vieux sans même savoir d'où venait le fric.

— C'est un sale radin avec une grosse retraite de métallo. Il est plein aux as maintenant qu'il envoie pas tout à ma sœur.

— Elle en avait peut-être besoin.

— Elle a fait Yale avec au moins dix bourses pendant que moi j'étais coincé là à m'occuper d'Hitler *bis*. »

Poe soupira. « Pauvre Isaac qu'est en colère.

— On le serait à moins.

— Eh ben, voici ce que dit mon propre père, dans sa grande sagesse : tu peux bien aller où tu veux, c'est toujours la même gueule que tu verras au réveil dans le miroir.

— Un vrai précepte de vie.

— Il a roulé sa bosse, mon vieux.

— Ah, t'appelle ça une bosse, toi ?

— En avant, Dingo. »

Puis ils longèrent la rivière vers le nord, direction

21

Pittsburgh ; au sud, c'était la forêt et les mines de charbon. Le charbon qui expliquait l'acier. Ils passèrent devant une autre usine désaffectée et sa cheminée. Il n'y avait pas que l'acier, il y avait des dizaines de petites industries dont dépendaient les aciéries et qui dépendaient d'elles — outillage, revêtements spéciaux, équipements miniers, la liste était longue. Tout ça formait un système complexe : quand les usines avaient fermé, c'est toute la vallée qui s'était effondrée. L'acier en était le cœur. Isaac se demanda combien de temps il faudrait à la rouille pour tout ronger, à la vallée pour retrouver son état sauvage. Seules resteraient les pierres.

Pendant un siècle, la vallée de la Monongahela, que tout le monde appelait la Mon, avait été la plus grosse région productrice d'acier du pays, du monde même en fait, mais le temps qu'Isaac et Poe grandissent, cent cinquante mille emplois avaient disparu, et nombreuses étaient les villes qui n'avaient plus les moyens d'assurer les services publics de base — la police, notamment. Comme Isaac l'avait entendu dire par sa sœur à un ami de fac : *la moitié des gens se sont tournés vers les services sociaux, les autres sont retournés chasser et cueillir*. Une exagération, mais pas tant que ça.

Aucun train ne s'annonçait et Poe marchait devant, on n'entendait que le bruit du vent et des graviers sous leurs pas. Isaac comptait sur un convoi long, que les méandres de la rivière obligeraient à rouler doucement. Les trains courts allaient beaucoup plus vite ; c'était dangereux d'essayer de grimper à bord.

Son regard se porta sur l'eau, son opacité, ce qu'elle cachait. Des couches et des couches de détritus en tout genre enfouis dans la vase, pièces de tracteurs, os de dinosaures. T'es pas tout au fond mais t'es pas vraiment à la surface non plus. T'as du mal à y voir clair. D'où la baignade de février. Et l'argent piqué au vieux. L'impression d'être parti depuis des jours, mais ça doit faire que deux ou trois heures ; tu peux encore rentrer. Non. Y a des tas de choses pires que le vol, se mentir à soi-même par exemple, ta sœur et le vieux sont experts, eux qui font comme s'ils étaient seuls au monde.

Alors que toi, tu tiens de ta mère. Si tu prends pas le large, t'es bon pour l'asile. Ou l'institut médico-légal. Ce petit tour sur la glace en février, le choc électrique du froid de l'eau. Un froid à couper le souffle, mais la douleur finit par passer, c'est comme ça qu'elle avait fait, elle. Suffit de tenir une minute pour sentir la chaleur revenir. Une leçon de vie. T'aurais réapparu que maintenant — avril — la rivière se réchauffe et toutes ces choses qui vivent en toi, discrètement, à ton insu, c'est elles qui font qu'on émerge. Appris à l'école. Un cadavre de cerf, c'est un tas d'os l'hiver, mais l'été, il gonfle. À cause des bactéries. Le froid a beau les neutraliser, elles finissent par vous avoir.

Tout va bien, oublie ça.

Mais bien sûr il se rappelait Poe le tirant hors de l'eau, s'entendait lui dire *j'ai voulu voir ce que ça faisait, c'est tout*. Simple expérience. Et voilà qu'il s'était retrouvé sous le couvert des arbres, de nuit, à courir, dégoulinant de boue, piétinant branchages et fougères, un bourdonnement dans les oreilles, jusqu'à déboucher dans un champ. Feuilles mortes crissantes de givre. À force d'être transi, il n'avait même plus froid. Il était à bout, il le savait. Mais Poe l'avait rattrapé.

« Excuse-moi pour ce que j'ai dit sur ton père, reprit Isaac.

— Je m'en tape.

— On va marcher longtemps comme ça ?

— Comment, comme ça ?

— Sans parler.

— Et si j'étais trop triste ?

— Et si t'arrêtais de pleurnicher ? Sois un homme. » Isaac afficha un grand sourire, mais Poe ne se déridait pas.

« Y en a qui ont toute la vie devant eux. D'autres...

— Tu peux faire ce que tu veux.

— Laisse tomber », dit Poe.

Isaac le laissa partir devant. Le vent s'était levé et faisait claquer leurs vêtements.

« Ça te va de continuer à marcher si l'orage éclate ?

— Pas vraiment.

— Y a une usine désaffectée un peu plus haut une fois qu'on sort des bois. Là-bas on trouvera bien où s'abriter. »

À une dizaine de mètres sur leur gauche, il y avait la rivière, et plus loin le long de la voie ferrée, une grande zone inondable — vert vif de l'herbe contre noir des nuages. Au milieu du pré, un chapelet de wagons qui disparaissait sous un rosier sauvage et, à l'autre bout, l'usine d'équipement ferroviaire Standard Steel Car. Isaac y était déjà entré, un bâtiment à demi effondré où enclumes et presses hydrauliques émergeaient d'un fouillis de briques et de poutres, envahi de mousse et de vigne vierge. Dedans c'était spacieux malgré les gravats. Et toujours des tas de trucs à ramasser. La vieille plaque de constructeur donnée à Lee, c'est de cette grosse forge qu'elle venait ; une fois la rouille enlevée, tu l'avais fait briller. Vandalisme

24

mineur. Non, pense à tous ceux qui ont été fiers de ces machines : en sauver des bouts, c'est leur donner un peu de vie après la mort. Lee l'a mise au-dessus de son bureau, tu l'as vue la fois où tu lui as rendu visite à New Haven. En attendant il va pleuvoir. Froid et humidité. C'est pas un bon départ, ça.

« Putain, dit Poe quand la pluie se mit à tomber. Elle a même pas de toit, cette usine. Avec ta chance, j'aurais dû m'en douter.

— Y a un autre bâtiment en meilleur état là-bas derrière.

— Super, quel pied. »

Isaac partit devant, il ne savait pas trop comment dissiper l'humeur massacrante de Poe.

Ils prirent un sentier qui traversait les prés. On apercevait le petit édifice, derrière l'usine principale, à demi caché par les arbres, sombre, comme englouti. Ou comme blotti, se dit Isaac. Un local de brique, bien moins vaste que le bâtiment principal, de la taille d'un grand garage peut-être, fenêtres barrées de planches mais toit intact. Il était quasiment recouvert de vigne vierge, accessible pourtant par le chemin qui se dessinait clairement dans les hautes herbes. À présent fouettés par la pluie, les deux garçons se mirent à courir ; arrivés au bâtiment, Poe donna un coup d'épaule dans la porte, qui s'ouvrit sans résistance.

Il faisait presque noir, mais à la demi-douzaine de tours et de fraiseuses qu'on distinguait, il avait dû s'agir d'un atelier d'usinage. Il y avait là un portique et une rangée de socles à meuleuses, sauf qu'il manquait les meuleuses et que les mandrins et les chariots des tours avaient disparu, comme tout ce qui pouvait s'emporter. Il y avait aussi des cadavres de bouteilles de vin fortifié un peu partout et des cannettes de bière. Un vieux poêle à bois, des traces de feu récent.

« Oh, putain. Ça schlingue grave, doit y avoir dix clodos en décomposition sous le plancher.

— C'est pas si mal, dit Isaac. Je vais faire du feu, on pourra se sécher.

— Non mais regarde-moi ça, un vrai Holiday Inn pour SDF, réserves de bois et tout.

— Bienvenue dans mon monde.

— Tu plaisantes, ricana Poe. Toi t'es qu'un pauvre touriste. »

Isaac l'ignora. Il s'agenouilla devant le poêle et entreprit la préparation méticuleuse du bûcher, brindilles d'abord, puis petit bois, après quoi il se redressa pour chercher des planchettes de la bonne taille. Pas l'endroit idéal mais ça ferait l'affaire. Toujours mieux que de finir la journée dans des vêtements mouillés. Ce serait ça, la vie sur la route, priorité au confort de base — une vie simple. Retour à la nature. Et le jour où tu en auras marre, tu pourras toujours prendre le car. Sauf qu'alors ça ne voudrait plus rien dire — il suffirait d'en reprendre un dans l'autre sens pour rentrer chez toi. Le kid n'a pas peur. Tu verras plus de choses comme ça — un petit détour par le Texas et l'observatoire McDonald. Dans les Davis Mountains, un télescope de dix-neuf mètres, le Hobby-Eberly. Imagine-toi un peu la vue sur les étoiles — quasi comme d'être dans le ciel. Rien de mieux, à part être astronaute. Et puis le Very Large Array, Nouveau-Mexique ou Arizona, je sais plus. Tout voir. Sans se presser, sans stresser.

« Épargne-moi cet air béat, dit Poe.

— Je fais pas exprès. » Il trouva d'autres débris de bois et se remit à préparer le feu, rabotant une planche de son canif pour récupérer les copeaux en guise de bois d'allumage.

« Tu mets toujours des plombes à faire les trucs, tu le sais, ça ?

— J'aime qu'un feu prenne tout de suite.

— Sauf que le temps que tu l'allumes il fera nuit et on mettra les voiles, je dors pas ici, moi.

— Je te passerai mon sac de couchage.

— À tous les coups on a déjà chopé la tuberculose, bordel de merde.

— On n'est pas si mal.

— Tu me désespères.

— Tu vas faire quoi, tu penses, quand je serai parti ?

— A priori je serai super-content.

— Sérieusement.

— Arrête. Pour ce genre de conversation, j'ai déjà ma mère.

— Je veux bien en avoir une, moi, de conversation avec ta mère.

— Ouais, c'est ça. T'as apporté de quoi grailler ?

— J'ai des noix.

— Typique.

— File ton briquet.

— Le pied, là, ce serait un friand de Chez Vincent. Ouais, j'y ai bouffé l'autre jour, la spécialité maison...

— Ton briquet.

— Je nous en commanderais bien une mais j'ai plus de crédit sur mon téléphone.

— Ah ouais.

— C'était une blague.

— Super-drôle. Donne-moi ton briquet. »

Poe soupira et s'exécuta. Isaac alluma le feu, qui prit aussitôt. Un bon feu. Il donna un petit coup de

pied dans la porte du poêle pour l'ouvrir complètement, s'assit devant et contempla son œuvre avec satisfaction.

« Tu seras encore là à sourire quand t'auras provoqué un incendie.

— Pour un type qu'a envoyé deux gars à l'hosto,
je te trouve bien...

— Évite, tu veux.

— Je veux.

— Tu sais, t'es pas un mauvais bougre, Dingo. Je
voulais juste te dire ça, des fois que mon opinion comp-
terait pour quelque chose.

— Tu pourrais intégrer n'importe quelle équipe de
foot là-bas. Y a plein d'universités, c'est comme Bay-
watch.

— Sauf que tous les gens que je connais vivent ici.

— Appelle l'entraîneur de cette fac, là, à New
York. »

Poe haussa les épaules. « Je suis content pour toi,
dit-il. Tu réussiras, comme ta sœur. Tout pareil,
jusqu'au riche mari. Un gentil petit vieux qui t'emmè-
nera faire la tournée des grands ducs à San Fran-
cisco... »

Un temps. Ils regardaient autour d'eux. Poe se leva
pour récupérer un morceau de carton, qu'il s'installa
comme matelas. « Je suis encore bourré, dit-il. Heureusement. » Il s'allongea et ferma les yeux. « Non
mais j'hallucine. J'arrive pas à croire que tu te casses
pour de bon.

— Désormais, appelez-moi Isaac la Terreur des
trains.

— La Coqueluche des marins.

— Le Prince des bohémiens. »

Poe sourit. « Si c'est ça, tes excuses, j'accepte. » Il

28

se tourna sur le côté, serra son blouson contre lui. « Je vais peut-être faire un petit somme. T'as intérêt à me réveiller dès qu'il arrêtera de pleuvoir. »

Isaac lui donna un coup de pied amical : « Debout.

— Laisse-moi à mon bonheur. »

Isaac revint au feu. Il avait l'air de bien tirer — on va pas mourir asphyxiés. Redonne-lui un coup, à l'autre. Non. Laisse-le tranquille. Il doit déjà dormir. Suffit qu'il se pose. Pas comme toi — toi, même dans ton lit t'as du mal à t'endormir. Alors dans un endroit pareil, tu penses. Si seulement il venait avec toi. Isaac regarda autour de lui, vieilles machines, vieille charpente, rais de lumière malgré les planches aux fenêtres. Poe n'a pas peur des autres, lui. Sauf que si, à sa façon. C'est pas une peur physique, c'est tout. En attendant regarde-toi, déjà à te faire du souci, à te demander si le vieux va bien. Alors que tu sais parfaitement qu'il va se débrouiller. Le mari de Lee est riche — ils peuvent très bien payer une infirmière. Pas de raison tant que t'étais là, mais maintenant, ils trouveront bien quelqu'un. Une fois de plus, Lee va acheter sa liberté. Toi, t'as donné cinq ans ; ta sœur, un jour ou deux à Noël. Et elle et le vieux de faire comme si c'était une fatalité. Mais quand même, regarde, c'est toi qui te retrouves dans le rôle du méchant. Le kid vire au voleur, abandonne son père, et sa sœur de rester la sauveuse, la préférée.

Il essaya de se détendre, impossible. Le kid voudrait une triple dose de Prozac. Ou quelque chose de plus fort. Il sortit l'argent, le recompta : un peu moins de quatre mille dollars. Ça paraissait énorme, pourtant il était sûr que ce n'était pas grand-chose. Là tu manges ton pain blanc, t'as Poe avec toi et t'es encore en terrain connu. Tu croyais avoir tout prévu, tes carnets, tes bulletins de notes, tout le nécessaire pour un nouveau départ californien. Comme projet, il était parfait, ton plan, mais en vrai il est grotesque. Même en admettant que le vieux n'appelle pas les flics. Tu ne t'y tiens que par fierté.

Il y eut un bruit soudain de l'autre côté du bâtiment : Poe se redressa, dans le cirage, et regarda autour de lui. Une porte qu'ils n'avaient pas remarquée révéla trois hommes, trempés, sacs au dos, qui s'égouttaient en tapant des pieds. On les distinguait mal, mais il y avait deux grands et un petit.

« Eh, vous, c'est notre coin », dit le plus baraqué. Il était nettement plus grand que Poe, cheveux blonds épais, barbe touffue. Le trio contourna les machines et vint se poster non loin du poêle.

Isaac se leva, mais Poe ne bougea pas. « Il est à personne, ce coin, dit-il.

— Si, répondit l'homme. À nous.

— Je sais pas si vous avez foutu le nez dehors récemment, dit Poe en regardant les flaques qui se formaient à leurs pieds, mais nous on reste là.

— On peut bouger », dit Isaac. Il pensait à l'argent dans sa poche et évitait de regarder les nouveaux venus. Il eut l'impression que le grand blond aux allures de bûcheron allait ajouter quelque chose, et puis non.

« Qu'est-ce qu'on en a à branler, dit un autre. Au moins ils ont réussi à faire du feu. » Il posa son sac. C'était le plus petit, le plus âgé aussi, entre quarante et cinquante ans, mal rasé, le nez fin, complètement tordu — sans doute d'avoir été cassé et jamais redressé. Une fois, Isaac s'en souvenait, Poe avait fait des siennes sans son casque pendant l'entraînement, il

30

avait pris un mauvais coup qui lui avait cassé le nez : il se l'était aussitôt remis en place, là, sur le terrain.

Visiblement ça faisait un bail que les trois hommes vivaient dehors. Le plus âgé essora son bonnet de marin et le posa près du poêle ; son pantalon mouillé collait à ses jambes maigres. Il leur dit qu'il s'appelait Murray ; il sentait fort.

« On se connaît ? demanda-t-il à Poe.

— Ça m'étonnerait.

— Où je pourrais t'avoir vu ? »

Poe haussa les épaules.

« Il a fait pas mal de foot, dit Isaac. Receveur pour les Buell Eagles. »

Poe jeta à Isaac un regard chargé.

C'est alors que le type remarqua le blouson de Poe, posé près du poêle. « Je m'en rappelle. Je faisais les vidanges d'huile chez Jones Chevy, on regardait les matchs après le boulot. J'aurais cru que t'aurais continué. Équipe universitaire, tout ça.

— Eh ben non.

— T'étais bon, dit Murray. C'est pas si vieux. »

Poe ne dit rien.

« Y a pas de mal. Otto, là, il touchait en boxe quand il était jeune. Il aurait pu passer pro, mais...

— J'étais soldat », dit Otto. C'était le grand Suédois. La plupart des habitants de la vallée avaient des origines exotiques — des Polonais, des Suédois, des Serbes, des Allemands, des Irlandais. Sauf la famille d'Isaac, de souche écossaise, et celle de Poe, là depuis si longtemps que personne ne savait plus d'où elle venait.

« Le Bureau des vétérans lui a donné une perm. » Et Murray de tapoter sa tempe.

« Je t'emmerde, Murray », dit Otto.

Isaac leur jeta un coup d'œil, mais Otto ne bronchait plus, les yeux au sol. Le troisième larron était brun, typé hispanique, un peu plus petit que Poe ; sur son cou, un tatouage disait « JESÚS » en grosses lettres boursouflées. Ils étaient tous bien plus baraqués qu'Isaac ; le Suédois, c'était maintenant avéré, dépassait les deux mètres.

« Vous avez de la chance de tomber sur nous, dit le brun. Y a des vrais malades par ici.

— Jesús, dit Murray. Arrête de faire ton Mexicain, putain.

— Y en a un qui ferait bien de se la fermer », dit Jesús.

Le Suédois ajouta : « Ça va bientôt être un vrai congrès ici.

— Sauf que ces deux-là, c'est pas pareil. Y sont du pays. »

La pièce paraissait bien petite et sombre ; le Suédois ramassa une poutrelle pour s'en servir de tisonnier. Isaac se demandait comment il allait faire bouger Poe. La braise crépitait, envoyant des étincelles çà et là, et les ombres sur le mur donnaient l'impression de cinq grands singes assis. La fraternité n'ira pas plus loin, se dit Isaac. Jesús sortit quelque chose de sa poche d'un mouvement brusque qui fit sursauter Isaac : le Mexicain éclata de rire, ce n'était qu'une bouteille de whisky.

« Faut que j'aille pisser », dit Isaac. C'était pas pisser, qu'il voulait, mais partir ; il jeta un regard à Poe, qui ne comprit pas.

« Eh ben vas-y.

— C'est qu'ils pissent ensemble, normalement », dit Jesús.

Isaac attendit, mais Poe restait là, à dévisager Jesús

et le Suédois. Son regard passa de Poe au blouson de foot, par terre, à côté de son propre sac à dos. L'état d'esprit de Poe était clair, il se croyait invincible. Isaac ramassa son sac — le contenu lui était bien trop précieux —, le tenant par une bride, tous les regards sur lui. Il ne savait pas comment dire à Poe de prendre ses affaires. Pour finir il sortit seul.

Il faisait presque nuit et, si l'orage s'était momentanément calmé, les nuages s'amoncelaient toujours — par-delà l'étendue d'herbe, Isaac voyait les arbres se balancer au bord de la rivière. À nouveau il se demanda comment faire sortir Poe. Il se croit encore au lycée. Actions sans conséquences. Le pré était plein de ferraille, fatras ferroviaire noyé dans les hautes herbes, énormes blocs-cylindres, roues, arbres de transmission, embrayages. Tas d'acier rouillé que survolaient en diagonales aiguës quelques chauves-souris.

Il resta à regarder un déploiement de cumulus dans la lumière sanglante jusqu'à ce que le soleil ait complètement disparu. Est-ce qu'il devait retourner chercher Poe ou est-ce qu'il sortirait de lui-même ? Poe était abonné à ce genre de situations. Il avait failli aller en taule pour avoir tabassé un jeune de Donora ; d'ailleurs il était toujours sous probation. Incapable de résister à une baston. Un truc que tu peux pas comprendre. Sans doute que c'est pas sa faute. Sans doute que, quelque part, son gabarit va de pair avec un intellect de machine.

De l'atelier lui parvinrent soudain des bruits de voix, puis des cris et un violent remue-ménage. Il serra plus fort la bride de son sac, choisit une direction où s'enfuir à travers champs et attendit de voir Poe débouler. Bouge pas, se dit-il. Attends. Les cris et autres bruits cessèrent.

Isaac attendit encore un peu. Bon, peut-être que ça va. Non, ça va pas. Faut que t'y retournes.

Malgré ses mains qui tremblaient, il sortit l'argent de sa poche, le fourra au fond du sac à dos, puis glissa vite le sac sous une plaque de métal. Bien. Jusqu'ici le kid assure. N'y va pas les mains vides. Il aperçut une courte barre de fer, mais qu'il serait facile de lui arracher. Juste en dessous, par contre... Il remua le tas de débris pour dégager l'accès à quelques dizaines de billes de roulement de taille industrielle éparpillées par terre. Il en ramassa une. Aussi grosse qu'une balle de base-ball, sinon plus, froide, très lourde. Trop peut-être. Il se demanda s'il ne pourrait pas trouver autre chose. Non, pas le temps. Allez vas-y. Et prends pas la même porte.

Entré discrètement par celle du fond, il vit enfin ce qui se passait. Murray était couché par terre. Le Mexicain, debout derrière Poe, tenait quelque chose contre sa gorge tout en lui agrippant l'entrejambe. Poe avait les mains en l'air, comme pour lui dire de se calmer. Leur double silhouette se découpait de dos contre la lumière du feu. Isaac était dans l'ombre.

« Otto, cria le Mexicain. Magne-toi, bordel.

— Je vois pas le petit, répondit une voix. Il a dû se barrer. »

Le Suédois rentra par l'autre côté, visage éclairé, tout sourire pour Poe, comme s'il était content de le voir. La bille de roulement bien en main, Isaac en éprouva le poids, deux kilos cinq, trois kilos, il prit appui sur sa jambe arrière et lança le projectile de toutes ses forces. Si fort qu'il sentit les muscles de son épaule se déchirer. La bille disparut dans l'obscurité ; il y eut un craquement sonore quand elle frappa le Suédois à la tête, juste au-dessus du nez. L'homme demeura un moment comme paralysé, puis ses genoux se dérobèrent et il s'effondra sur lui-même, comme un immeuble qui s'écroule.

Poe se libéra et fonça vers la porte ; Isaac était pétrifié, les yeux rivés sur sa victime, dont les mains et les pieds s'agitaient en petits mouvements convulsifs. Dégage, se dit-il. Murray était toujours au sol. Jesús, maintenant agenouillé près du Suédois, lui parlait, touchait son visage, mais Isaac savait déjà — il le savait au poids de la bille, à la force avec laquelle il l'avait lancée.

Ils parvenaient à peine à distinguer les rails dans l'obscurité. Il s'était remis à pleuvoir. Le visage et les mains d'Isaac étaient luisants de boue, ses chaussures en étaient lourdes, et il était trempé, mais pluie ou sueur, il ne savait pas.

T'as besoin de ton sac, pensa-t-il. Non, tu peux pas y retourner. Le type, là-bas, il est dans quel état ? Il était super-lourd, ce truc, t'as mal au bras rien que de l'avoir lancé. T'aurais pas dû viser la tête.

Au loin on distinguait les premières lumières de Buell ; ils se rapprochaient. Soudain Poe obliqua pour couper à travers les broussailles vers la rivière.

« Faut que je me lave, dit-il à Isaac.

— Attends d'être rentré.

— Il m'a touché, ma peau, il l'a touchée.

— Attends d'être chez toi », répéta Isaac. Sa voix semblait venir d'ailleurs. « C'est pas cette eau-là qui va laver ça de toute façon. »

La pluie s'était muée en neige fondue, Poe était en tee-shirt. Il va bientôt faire une hypothermie, se dit Isaac. On est tous les deux à la ramasse, mais son état à lui est pire — donne-lui ton blouson.

Isaac retira son blouson et le tendit à Poe, qui hésita, puis tenta de l'enfiler. Bien trop petit. Il le rendit à Isaac, qui s'entendit dire : « On devrait courir, ça te réchaufferait. »

Ils partirent au petit trot, mais le sol était trop glissant. Poe tomba par deux fois dans la boue. Ça n'allait pas fort. Ils décidèrent de se remettre à marcher. Isaac n'arrêtait pas de penser à l'homme couché là-bas ; on aurait dit que du sang lui coulait du visage, mais c'était peut-être la lumière, ou autre chose. Je l'ai sonné, c'est tout, se dit-il, mais il était à peu près sûr que c'était faux.

« Il faut trouver un téléphone et appeler les urgences. Y en a un à la station-service Sheetz. »

Poe ne dit rien.

« Une cabine publique, ajouta Isaac, personne saura que c'est nous.

— C'est pas une bonne idée.

— On peut pas le laisser comme ça.

— Isaac, ses yeux pissaient le sang, et ses mouvements, c'étaient des réflexes, rien d'autre. Quand les cerfs se prennent une balle dans la colonne vertébrale, ils font pareil.

— Mais c'est un homme dont on parle, là.

— Si t'appelles une ambulance, les flics débarqueront dans la foulée. »

Isaac sentit sa gorge se serrer. Il revit la façon dont le Suédois était tombé, sans essayer d'amortir sa chute, les mouvements de ses bras et de ses jambes après — un type qu'on a assommé, il ne bouge pas.

« On aurait dû se barrer quand ils ont débarqué.

— Je sais.

— Ta mère est copine avec Bud Harris.

— Sauf que le type que t'as éclaté faisait rien de

36

mal, à strictement parler. C'était l'autre, celui qui me tenait.

— C'est un peu plus compliqué que ça.

— Je sais plus, là. J'ai le cerveau en compote. » Isaac accéléra.

« Isaac. Fais pas de connerie.

— Je dirai rien à personne, t'inquiète.

— Hé, attends un peu. » Poe l'attrapa par l'épaule. « T'avais pas le choix, t'as fait ce qu'il fallait. »

Isaac ne répondit pas.

Poe désigna la route d'un mouvement de tête. « Bon, je vais couper par là pour arriver chez moi par-derrière.

— Je t'accompagne.

— Vaut mieux qu'on se sépare. »

L'expression d'Isaac poussa Poe à ajouter : « T'as qu'à rentrer chez ton vieux. Une nuit, ça va pas te tuer.

— C'est pas la question.

— T'as fait ce qu'il fallait, répéta Poe. Demain matin, on y verra plus clair, on avisera.

— C'est maintenant qu'il faut aviser. »

Poe secoua la tête. « Je te retrouve chez toi demain matin. »

Isaac le regarda se détourner et s'éloigner sur la route sombre qui montait vers chez lui, s'arrêter une fois pour lui faire signe. Quand il eut disparu, Isaac repartit le long de la voie ferrée, dans le noir, seul.

2

Poe

Il grimpa la route boueuse qui menait au mobil-home de sa mère. Il s'était efforcé de garder son sang-froid devant Isaac, Isaac qui pouvait vraiment se passer de le voir péter un câble. Le risque était pourtant réel. Au moins il faisait sombre, c'était réconfortant, et personne dans les parages pour le voir dans cet état ; il pensa à la sensation du couteau contre sa gorge, à la main du type sur lui. La pluie était repartie de plus belle ; neige fondue d'abord, puis rafales glacées. Il avait terriblement froid, son blouson était resté à l'atelier d'usinage où ce colosse d'Otto gisait, mort. Il avait si froid qu'il aurait donné n'importe quoi pour une veste ou un chapeau pourri, des litres de sang pour un bonnet merdique, et tout, bordel, pour un manteau ou même un sac-poubelle. Il se dit qu'il devrait courir pour se réchauffer mais il pouvait déjà à peine marcher. Allez, il tiendrait jusque chez lui. Il pensa soudain qu'il avait pas coupé de bois, comme toujours il avait repoussé et repoussé et puis il était parti avec Isaac : la maison serait gelée, le poêle vide, et vu que les radiateurs électriques coûtaient trente dollars par jour, sa mère risquait pas de les allumer, pas plus qu'elle risquait de donner de la hache avec ses mains pleines de rhumatismes.

Il espéra qu'elle avait pas trop froid à cause du fils merdique qu'il était. Seule dans le grand mobil-home, les mains déformées par l'arthrite. T'es une merde, une vraie merde même pas capable d'empêcher sa mère de se geler, une petite frappe sans couilles pas foutue de garder un taf dans une putain de quincaillerie. Il se demanda ce qu'Isaac avait lancé à la tête de l'autre con, un truc lourd, une grosse pierre, ça lui avait défoncé le visage, il avait bien vu. Enfoncé le front jusqu'au milieu du crâne. Laisse tomber, tu vas vomir. Une putain de pierre, ça devait être. Isaac et Otto, faits l'un pour l'autre. Sacrée veine qu'Isaac soit un super-lanceur. M'a sauvé la vie. Te faire malaxer les couilles par ces clodos et te pisser dessus, cerise sur le gâteau.

Et voilà que le seul soir où il avait besoin d'avoir chaud la maison serait gelée, il en avait besoin, de cette chaleur, vu qu'il était complice de meurtre, légitime défense en fait sauf que maintenant qu'ils avaient laissé le corps c'était un meurtre — mais putain hors de question d'appeler les flics pour ces minables avec le mort, là, Otto, qui s'approchait de toi, grand sourire, grand comme un stade, s'approchait, et toi, un couteau contre la gorge et une main qui te broie les couilles, pas bien compliqué de savoir ce qu'il comptait faire, l'autre. Oui, se dit-il, c'est ce que les filles doivent ressentir quand un inconnu les tripote. Pas le genre de sensation pressée de se faire la malle.

Rien que de penser à Otto pourrissant sur place la gueule bouffée par un coyote Poe en avait presque un peu plus chaud, ce matin encore on lui aurait posé la question il aurait dit ne haïr personne mais maintenant bordel le macchabée Otto il le haïssait le sourire qu'il avait eu à voir Poe littéralement tenu par les couilles et plus encore il haïssait celui avec la barbe qui lui avait entaillé le cou et l'avait tenu comme ça, quant au troisième, le plus vieux, il avait pas voulu le frapper si fort. Il se rappelait pas son nom au plus vieux, celui qui avait essayé d'empêcher la bagarre, celui qui puait tellement. Il regrettait de l'avoir frappé si fort. Ouais lui c'était le gentil de la bande. Et celui que t'as cogné le plus dur.

C'était peut-être pas un meurtre mais leur comportement, ça promettait rien de bon. Il savait bien qu'il avait lui-même commencé. Il savait bien que quand Isaac était sorti pisser c'était pas vraiment pour pisser. Encore un de ses fameux coups de sang, du Billy Poe pur jus, pas la première fois que ça lui causait des emmerdes. Il avait eu envie de se les faire, ces connards. Il s'était dit je vais me les payer tous les trois, ça va être quelque chose bordel les trois je vais me les payer, sauf qu'il avait été à deux doigts de se faire zigouiller et que c'est ce gringalet d'Isaac English qu'avait eu le dessus, qu'avait tué, littéralement, pas juste blessé, tué le grand Suédois. Avec la pierre et non l'épée, comme dit la Bible. Putain t'es bon pour la chaise. Rien à foutre, dommage qu'ils soient pas morts tous les deux ces connards, Otto, là, et ce barbu de Mexicain qui m'a entaillé le cou et tenu par les couilles — et tâté la verge. Il se toucha entre les jambes, c'était très sensible, le simple fait de remuer son sexe déclencha une vague de nausées et il dut s'arrêter de marcher un instant. Il se laverait au savon. Savon et eau chaude. Bain chaud et savon. Un couteau énorme putain ça rigolait pas. Ça va, c'est fini. Il aperçut les lumières du mobil-home un peu plus haut. Il tiendrait.

Arrivé plus près, il distingua la silhouette de sa mère qui le guettait de la fenêtre : c'est qu'il allait devoir lui raconter, dire pourquoi l'odeur de pisse de son pantalon, pourquoi la blessure au cou, pourquoi la balade en tee-shirt à demi mort de froid sous des trombes de neige. Il quitta lentement la route pour se fondre parmi les arbres qui bordaient le jardin, il attendrait qu'elle aille se coucher, impossible de lui dire ça. Elle irait tout raconter à son père — encore que de toute façon dans cette foutue ville il finirait bien par le savoir. Visiblement sa mère allait se remettre avec le vieil enfoiré. La fois où il l'avait croisé avec cette pétasse de prof de maths, vingt-quatre ans, putain. Un clin d'œil, il me fait. J'ai rien dit à maman mais j'aurais dû parce que maintenant elle va se remettre avec. Mais bon elle est pas en forme, peut-être que ça lui fera du bien, les autres trous du cul qu'elle ramène à la maison valent pas mieux, sauf celui un peu plus vieux là il était pas si mal, mais les autres, affalés devant la télé pendant qu'elle leur fait à bouffer, comme si tout leur était dû, y en a un ou deux qui auraient bien mérité une raclée, la traiter comme ça. Cet air de dire qu'ils pourraient trouver mieux. Le gros avec la Honda, je lui ai dit *t'es pas chez toi ici, connard*, et il a arrêté de sourire quand il a compris que j'allais lui défoncer la mâchoire avec le manche de la hache. Et j'aurais pas dû me priver mais putain sa tête à elle quand elle m'a entendu dire ça. M'a pas parlé pendant des jours. Rappelle-toi ça si des fois t'arrives à quarante ans, rappelle-toi comment tous ces enculés l'ont traitée. Oublie d'être un salaud tant que t'es encore jeune.

Il se laissa tomber sous un arbre. À regarder les grappes de flocons atterrir sur l'herbe, vaguement conscient du temps qui passait, il commença à se réchauffer, assis là sous le sapin du Canada. Le miracle étant que c'était Isaac qui l'avait sauvé, lui. Il payait pas de mine, Isaac, des mains et des poignets tout fins. Délicat, c'était le bon mot pour le décrire, son visage aussi, des traits peu affirmés, pas un visage d'homme. Un visage d'enfant, aux yeux exorbités, il se faisait charrier à cause de ses yeux. C'était une proie commode mais Poe l'avait toujours défendu, ça lui avait rendu la vie bien plus facile. Poe était le roi, alors, jours de gloire. Jusqu'à deux ans plus tôt. Aujourd'hui il y avait qu'Isaac pour pas le mépriser. Les autres étaient trop contents de le voir revenu dans la masse, il avait été quelqu'un et voilà qu'il était plus personne — le genre d'histoire qui plaît toujours. Les gens, ils méprisent ceux qu'ils ont crus meilleurs qu'eux. Le plus triste étant que tout ça c'était dans leur tête, lui il s'était jamais cru meilleur que qui que ce soit. Pas pour lui, ces illusions. Il avait toujours su que ça durerait pas. Il était devenu l'ami d'Isaac, qui n'avait pas d'autre ami — pourquoi donc ? Parce qu'il l'aimait bien. Parce que plus intelligent y avait pas dans la vallée, peut-être même dans tout l'État — la Pennsylvanie, pas exactement un mouchoir de poche. Évidemment, autant l'admettre, il savait aussi qu'en étant pote avec Isaac il se ferait bien voir de Lee.

Le vent, se dit-il. Il suffisait de se couper du vent. Assis, il avait plus chaud. Il se sentait mieux, il avait l'impression que ça se réchauffait, c'est sûr, ça se réchauffait, alors pourquoi est-ce qu'il voyait encore les flocons tourbillonner dans la lumière de l'entrée ? Il avait pas toujours défendu Isaac, à vrai dire. Isaac était pas au courant mais c'était arrivé et on pouvait plus rien y faire.

Sauf qu'ils étaient quittes. Deux mois plus tôt la rivière était gelée, une fine couche de glace, Isaac s'était tourné vers lui, *tu veux parier*, après quoi il avait avancé, quelques pas seulement avant de passer au travers et de disparaître. Un instant de panique et puis Poe avait sauté après lui dans la glace fragmentée pour le tirer hors de l'eau ; ils s'étaient retrouvés trempés et quasi morts de froid, lui et Isaac, Isaac qui s'était offert une petite baignade dans la rivière comme sa mère. Si ça c'était pas un signe, alors merde — il avait sauvé Isaac et voilà qu'Isaac le sauvait. C'était bien la preuve que les choses avaient un sens.

Il regarda le mobil-home, sa mère n'en voulait pas mais il y avait pas mal de terrain et c'est le terrain que son père voulait. L'enfoiré avait gagné sur ce coup-là, sauf qu'ensuite ses parents s'étaient séparés et qui s'était retrouvé avec cette caravane paumée sur les bras ? Sa mère. Sa mère qui parlait de vivre à Philadelphie, qui avait fait des études supérieures. Qui, avant, était jolie même tombée du lit et qui maintenant va faire ses courses en vieux survêtement sale, les cheveux tout emmêlés. Ça et son mari qui se barre. Sans parler de ta situation à toi, pas de quoi la rassurer non plus, t'aurais dû aller à l'université, sinon pour toi au moins pour elle. Il décida de penser à autre chose : toute cette humidité... un peu de soleil et demain l'herbe sera fraîche et les lapins de sortie. Du gibier, ça te remettra sur pied. Civet et bière pour le déjeuner. Il se dit qu'il restait peut-être du cerf de l'an dernier au congélateur mais rien ne valait un lapin frais, laisser mijoter deux bonnes heures que la chair se détache. Ou bien frapper la viande, la paner et frire le tout. Oui, du gibier, il en mangeait avant ses matchs et aujourd'hui encore ça le remettrait sur pied. Alors debout. Il s'observait de très loin. English dira à personne qu'ils t'ont attrapé comme ça et puis de toute façon il t'a sauvé — t'as une dette maintenant. Tout ce qu'il dira, tu le fais. Sans doute qu'il ira tout raconter à sa sœur. Elle s'en foutra, remarque. Il n'avait pas envie de penser à Lee. Il avait toujours du mal à penser à Lee mais là plus particulièrement, sans compter qu'elle s'était mariée, sans lui dire, sans rien dire putain, même s'il avait toujours su qu'entre eux c'était pas du sérieux. Il regardait les flocons dans la lumière, il faisait bon sous l'arbre à regarder la neige tomber ; y a quelque chose qui cloche, se dit-il, il n'aurait pas su dire quoi exactement, tout était calme.

Immobile sur son canapé, Grace Poe portait le sur-vêtement gris informe qu'elle ne quittait presque plus, même pour aller en ville. Elle avait perdu la notion du temps, assise là à fixer les murs marron du mobil-home. Voilà peut-être une heure qu'elle avait éteint le téléviseur pour pouvoir penser — depuis quelque temps elle préférait ça à la télé, se perdre dans ses pensées, des pensées folles, elle se voyait partir visiter la Ville sainte, un voyage qu'elle ne ferait jamais, elle le savait. Elle s'imaginait en Italie sur une côte rocheuse escarpée, les vieux châteaux, la chaleur du soleil, une chaleur sèche. Qui fait du bien aux os. Vin et bronzage à volonté.

Dehors il ne faisait pas tout à fait aussi noir que d'habitude, les nuages de l'orage charriaient avec eux la lumière de la ville. Elle avait cru distinguer son fils sur la route. C'était peut-être son imagination. Tu vieil-lis, pensa-t-elle, tu perds un peu la boule. Ou bien c'était tragique, ou bien c'était drôle. Elle décida que c'était drôle. Elle en voulait à son fils — il n'y avait plus de bûches, elle avait dû s'enrouler dans deux cou-vertures, ce n'était quand même pas demander la lune, qu'il coupe du bois pour le chauffage. Elle avait le droit de lui en vouloir pour ça. Bien sûr, ils ne risquaient pas de mourir littéralement de froid, il y avait toujours les radiateurs électriques, sauf qu'ils coûtaient une fortune, hors de question de les utiliser. Le mieux, ça aurait encore été d'installer un chauffage au gaz ou au fuel, mais elle détestait habiter là, pendant des années elle avait espéré partir. Acheter une chaudière, investir dans le mobil-home, c'était comme renoncer. Mieux valait encore avoir froid. Elle se leva pour aller à la fenêtre, mais au-delà de son reflet rien ne bougeait sur la route ni dans le pré, il n'y avait que le vide tranquille de tous les jours. Jamais elle n'aurait pensé vivre dans un mobil-home, vivre à la campagne.

Elle observa son reflet. Quarante et un ans, les cheveux tout gris déjà, elle avait arrêté de les teindre quand son mari était parti, pour se venger, de lui ou d'elle-même, elle ne savait pas ; elle s'était aussi empâtée, ça se voyait sous le menton. Elle avait toujours été un peu forte mais de corps seulement. Il lui semblait que même ses yeux se ternissaient, comme des phares en bout de course. Bientôt elle aurait le genre de visage qu'on ne se figurait plus avoir été jeune un jour. Arrête les violons, se dit-elle. Tu pourrais faire un peu plus attention à toi. Elle avait raison de laisser Virgil revenir. Virgil aurait veillé à ce qu'il y ait du bois.

Virgil. Elle fondait certains espoirs sur Virgil mais ça commençait à n'avoir plus grande importance — ceux de son âge, s'ils avaient du travail, restaient quelques semaines, quelques mois au mieux. Chaque fois elle se faisait un film et chaque fois elle était déçue, ils voulaient qu'on s'occupe d'eux, que leur dîner se matérialise comme par miracle, ça aurait dû être une blague mais non. La moitié faisaient même pas d'efforts au lit, on aurait pu croire qu'il y aurait encore cette dignité-là, mais même pas. À la biblio-thèque elle s'était inscrite sur un site de rencontres, mais les hommes de son âge cherchaient des femmes bien plus jeunes et, même dans les bars, elle trouvait pas grand-chose d'autre que des types de cinquante ou soixante ans : les hommes voulaient sauter des femmes dont ils auraient pu être le père. Au moins Virgil reve-nait. Oui, se dit-elle, maintenant que ça l'arrange, petite souris discrète que tu es.

La neige tombait plus dru et elle vit une silhouette remuer au bout du jardin — ivre, pensa-t-elle, il s'amuse sans doute à pisser son nom dans la neige alors qu'on n'a pas de bois pour le poêle. Bien des années plus tôt, juste après le départ de Virgil, on lui avait proposé du boulot à Philadelphie et elle avait failli accepter mais ça se passait tellement bien pour Billy à l'école, dans l'équipe de foot, et puis elle espé-rait encore que Virgil ne tarderait pas à revenir. Elle savait à quoi aurait ressemblé cette vie-là — trente-cinq ans, appartement en ville, cours du soir, mère célibataire — un vrai film. Elle aurait épousé un avo-cat. Terminé le diplôme qu'elle avait commencé. Voilà qu'au lieu de ça elle vivait à Buell dans un mobil-home avec un enfant gâté — un enfant, un homme, Dieu sait ce qu'il était maintenant —, son fils à qui on avait presque tout servi sur un plateau, y compris une place à l'université grâce au foot, mais qui avait préféré rester à la maison avec sa mère, son fils qui ne man-geait pas si elle ne lui préparait rien. Elle se demanda pourquoi elle était de si mauvaise humeur. Il se passait peut-être quelque chose.

Elle décida de sortir sur la galerie. Elle avait main-tenant les pieds froids et mouillés, mais dehors, c'était magnifique, tout était blanc, les arbres, l'herbe, la maison vide du voisin, c'était comme une peinture, vraiment, une chute de neige au printemps, hors saison d'un mois, et le vert par-dessous, un grand calme. « Billy », dit-elle doucement comme pour que sa voix ne trouble pas le tableau. Il était assis sous un arbre à la lisière du jardin. Quelque chose clochait. Il avait de la neige dans les cheveux et pas de blouson. Elle se pencha sur la balustrade. Il ne leva pas les yeux.

« Billy, appela-t-elle. Rentre. »

Aucune réaction.

Elle s'élança dans le jardin, pieds nus. Quand elle le rejoignit, les yeux de Billy vinrent lentement se poser sur elle avant de regarder ailleurs. Son visage était blême, son cou entaillé, le sang avait coulé jusque sur sa chemise, toute tachée. Elle le secoua. « Debout. »

Elle tenta de le lever mais c'était un poids mort, non, se dit-elle, ça n'est pas juste, elle réussit à glisser son bras sous l'aisselle de son fils mais il ne l'aidait toujours pas, il était trop lourd, jamais elle n'arriverait à le porter, on aurait dit qu'il se rendait à peine compte de la présence de sa mère. Il était tellement froid, il aurait aussi bien pu être une bûche ou une pierre. « Debout », cria-t-elle d'une voix étouffée par la neige. Il poussa faiblement sur ses jambes et enfin ils se redressèrent ; elle lui dit on va marcher maintenant, on va marcher jusqu'à la maison.

Elle le traîna jusqu'à la salle de bains, l'installa tout habillé dans la baignoire, fit couler de l'eau chaude et lui ôta ses chaussures.

« Qu'est-ce qui s'est passé ? » dit-elle, mais il avait le regard ailleurs. Malgré l'eau chaude qui coulait, il fixait le vide devant lui. Comme s'il avait été seul. L'eau prit une couleur boueuse. Se dégageait une odeur forte ; elle se demanda vaguement quand il s'était lavé pour la dernière fois, ces derniers temps il n'avait guère pris soin de lui, elle le savait, son renvoi de la quincaillerie l'avait fait partir en vrille, elle aurait dû s'en occuper davantage. Elle avait décidé de le laisser se débrouiller. Une erreur. Il était blanc comme un linge et glacial au toucher, elle lui enfonça un peu plus les épaules dans l'eau.

La vapeur emplissait la pièce, sur le cou de Billy la croûte s'était ramollie, ça saignait, l'eau était maintenant presque noire de crasse et de sang. À genoux, Grace lui aspergeait le visage d'eau sale. Le bain avait tiédi sous l'effet du corps glacé ; elle en vida une partie avant de refaire couler du chaud. Au bout de quelques minutes, Billy, dont la température remontait, se mit à frissonner. Est-ce qu'elle était vraiment censée le réchauffer si vite ? Elle savait qu'il y avait quelque chose à ne pas faire, quelqu'un qu'on réchauffe trop vite en meurt. Elle l'assit dans le bain et nettoya sa plaie avec de l'iode ; la tache brune s'étendait jusqu'à sa chemise.

« On va se débarrasser de ces vêtements. » Voix douce et maternante oubliée depuis des années. Elle lui ôta sa chemise, il ne résista pas. Elle défit la ceinture, défit le bouton du jean dégoûtant, mais quand elle essaya de le lui retirer, il le retint des deux mains — il ne voulait pas qu'elle lui enlève son pantalon.

« Billy. »

Il ne dit rien.

« Lâche. »

Il obéit et elle tira doucement sur le jean, prenant soin de ne pas entraîner le caleçon. La blessure au cou s'était remise à saigner, une ligne droite, profonde — un coup de couteau, comprit soudain Grace, comme un morceau de viande qu'on tranche ; elle vit une touche de blanc, presque artificielle, sans doute le tendon ou un autre tissu. Est-ce qu'elle avait fermé la porte ? Virgil avait laissé un fusil mais elle ne savait pas où étaient les cartouches.

« Il y a quelqu'un après toi ? » Elle le secoua. « Billy. Billy, est-ce que quelqu'un va débarquer ?

— Non », dit-il. Il se réveillait.

« Regarde-moi.

— Personne va débarquer. »

Elle voyait des points devant ses yeux. Il fait trop chaud dans cette pièce, se dit-elle. La tête commençait à lui tourner. La prochaine fois que tu le verras dans cet état, ce ne sera pas ici, mais sur une table dans un sous-sol d'hôpital. Elle ramassa le pantalon mouillé et se mit à le plier, il s'était pissé dessus quand on l'avait blessé. Et voilà qu'il était couché là, rouge et bien réveillé, à regarder le jean qu'elle tenait encore.

Il se redressa et tendit les mains vers elle ; elle se pencha pour le serrer dans ses bras. Il lui reprit le jean.

« Je laverai ça moi-même. »

Une fois sa mère partie, Poe ôta son caleçon et se frotta là où le clodo l'avait attrapé. Sa plaie au cou le piquait et il se souvint du moment où Isaac l'avait laissé, l'espace d'un instant ça avait été sa seule pensée : salaud d'Isaac qui t'a laissé là, et puis il avait senti la brûlure du couteau sur son cou. Il avait senti la coupure et il s'était lâché, exactement ce qu'on attendait de lui. C'est qu'il m'aurait tué, Jesús, c'est comme ça qu'il s'appelait, Jesús, enculé de Mexicain toujours en vie quelque part — je suis pas sadique mais bon Dieu si je lui mets la main dessus je l'embroche par les chevilles je le hisse et je l'écorche vif — il se l'imaginait hurlant et rien que d'y penser, d'imaginer ce connard hurlant pendant qu'il le dépècerait, il en bandait presque — ou alors il l'étriperait d'abord, le viderait de ses entrailles comme un cerf, laisserait tout ça pendre pour que l'enculé puisse bien voir. Putain, pensa-t-il, non mais écoute-toi. Tu débloques complètement. Il s'aspergea le visage d'eau. Le Mexicain lui avait broyé les burnes, il en avait presque vomi. C'est là qu'il s'était pissé dessus. *Je plaisante pas*, avait dit Jesús. *Je te les coupe si tu te calmes pas tout de suite.* Il avait senti le mouvement de sa propre respiration, senti le cœur du Mexicain battre contre son dos comme bat le cœur d'une fille qu'on est en train de baiser, c'était immonde putain et tu as laissé faire. Il aurait voulu se laisser couler sous l'eau et ne jamais remonter.

Mais il y avait encore le souvenir de ce craquement de malade, on aurait dit un pistolet ; quand le Mexicain l'avait lâché, il s'était précipité dehors. Il revoyait Otto, les yeux exorbités, qui pleurait du sang, et ça sortait aussi de sa bouche et de ses oreilles. Isaac l'attendait à la porte, un mec bien ça c'était sûr, un mec réglo de chez réglo. Difficile à avouer, mais Poe n'était pas sûr, à l'heure de vérité, que lui-même aurait fait pareil. Il n'était pas de ce métal-là, à vrai dire. Pour ça, il se connaissait. Tandis qu'Isaac... Poe aurait voulu, mais qui sait s'il en aurait été capable. Capable d'obliger ses pas à le porter du bon côté. Il s'en était toujours douté mais maintenant il en était sûr. Sauf que pour Isaac j'y serais retourné. Peut-être pas pour quelqu'un d'autre mais pour lui, si.

Il savait qu'Otto gisait sans doute encore à l'endroit même où il était tombé. Ses potes allaient pas se risquer à l'enterrer — enterrer un cadavre, t'es franchement dans la merde si tu te fais choper en pleine action. Il se demanda s'ils iraient voir Harris ; tout le monde savait que Harris pouvait pas saquer les clodos mais eux le savaient peut-être pas. Peut-être qu'ils iraient lui dire, alors Harris aurait pas d'autre choix que d'aller vérifier. Il était sorti avec Grace un temps. Poe se demanda si sa mère avait couché avec le chef de police. Ça faisait pas vraiment de doute. Bud Harris avait évité à Poe une poursuite pour coups et blessures. Tout le monde était au courant — comment il avait rien eu pour ce qu'il avait fait au petit jeune de Donora. Cette fois Harris pourrait pas l'aider.

Au bout d'un moment il se leva, s'habilla et se traîna jusqu'au salon, si fatigué qu'il pouvait à peine garder la tête droite. Il faisait sombre, sa mère avait éteint presque toutes les lumières, mais il faisait chaud et, à la légère odeur de brûlé poussiéreux, il sut qu'elle avait allumé les radiateurs électriques. Il se sentit coupable mais aussi soulagé.

Elle demanda : « Il y avait quelqu'un avec toi ?

— Isaac English.

— Et ça va, lui ?

— Mieux que moi.

— Ton père arrive.

— Tu lui as dit ?

— Non. C'était juste pour te prévenir.

— Il revient pour de bon, alors ?

— J'en sais rien. On verra. »

Il s'assit à l'autre bout du canapé, mais elle l'attira à elle et il posa sa tête sur ses genoux. Contre son ventre. Les yeux fermés, il arrêta de penser au Mexicain, le ventre de sa mère respirait contre son oreille, tout irait bien, il s'endormit aussitôt.

Il dormait comme ça depuis une demi-heure quand le pick-up de son père se fit entendre dans l'allée. Il se leva aussitôt et sa mère lui jeta un regard blessé ; il essaya de sourire mais là c'était au-dessus de ses forces de se farcir les sarcasmes de Virgil. Direction sa chambre.

Il les entendait parler. Bientôt ce serait la bagarre ou la baise. Il se dit que de toute façon la bagarre tarderait pas — il connaissait assez son père pour savoir où tout ça mènerait. Mais juste après il entendit le tintement de la hache contre le billot, Virgil coupait le bois dont Poe aurait dû s'occuper. Merde, se dit-il, merde merde merde, c'est moi qui devrais être là dehors à faire ça mais c'était trop tard, il avait merdé et maintenant son vieux allait marquer des points.

Il repensa à Otto, se dit tu devrais appeler Harris, il t'a tiré d'affaire la dernière fois. Seulement là encore c'était trop tard — maintenant ils auraient l'air coupables. Et puis c'était pas aussi simple que ça. Techniquement parlant le grand Suédois faisait rien de mal. Ça aurait pas tardé, sûr et certain, mais jusque-là il avait fait que donner un coup ou deux, pas plus. Poe le vit là-bas par terre dans l'atelier, la tête défoncée, et se sentit coupable. À l'heure actuelle il devrait être à la fac, à suivre des cours, son entraîneur au lycée de Buell, Dick Cannedy, ce bon vieux Dick, lui avait dégoté une place dans trois universités — celle de Colgate dans l'État de New York avait l'air sympa mais il était pas prêt à l'époque. Non, la vérité c'était qu'il était plus que prêt, si on l'avait laissé tranquille il y serait allé. Mais quand tout le monde vous gueule dessus pour que vous fassiez quelque chose... Il les avait tous envoyés chier, il avait fait un doigt à la ville entière et refusé la bourse pour un boulot à la quincaillerie Turner. Et il les enverrait chier une deuxième fois quand il disparaîtrait tout d'un coup pour aller à la fac. L'entraîneur à Colgate lui avait dit de l'appeler s'il changeait d'avis, quand vous voulez, monsieur Poe. Eh ben voilà, se dit-il, j'ai changé d'avis. Je vais l'appeler.

On aurait dit qu'il y voyait plus clair, les choses allaient s'arranger. Et puis soudain : mon blouson. Mon blouson de foot est resté dans l'atelier avec mon nom et mon numéro de joueur dessus, couvert de sang à tous les coups, juste à côté d'un cadavre. On allait trouver le corps, c'était qu'une question de temps, et c'était pas Isaac English qu'on allait rechercher. Ce serait lui, Billy Poe, celui qui avait une réputation — il l'avait presque tué, le petit jeune de Donora, c'était de la légitime défense mais les autres voyaient pas ça comme ça.

Isaac et lui iraient chercher son blouson et s'occuperaient du corps. On le traînera jusqu'à la rivière, se dit-il. Combien de cerfs il avait comme ça traînés hors des bois — ce serait pareil. Sauf que non, pensa-t-il. Mais pas le choix. Ils étaient obligés d'y retourner.

3

Isaac

Isaac n'avait pas fermé l'œil de la nuit ; il entendait à présent le vieux remuer en bas. Quand il était rentré la veille, ils s'étaient regardés, salués d'un signe de tête, le vieux n'avait pas parlé de l'argent volé.

De sa fenêtre du deuxième étage il vit que la neige avait déjà fondu sur les collines. Si souvent il avait regardé par cette même fenêtre dans le noir quand l'usine marchait encore et que le ciel nocturne était comme embrasé. Souvenir lointain de sa jeunesse. Pas le premier clodo qu'on trouverait mort cette année. Il y avait eu cet autre dans une vieille maison, en janvier. Mort de froid. Sauf que celui-ci était pas mort — on l'avait tué. Pas pareil. Pour celui-ci, ça se passerait pas comme ça.

C'était une drôle de saison, pas encore le printemps et plus vraiment l'hiver — certains arbres s'étaient déjà parés de feuilles quand d'autres étaient toujours nus. Il ferait chaud, aujourd'hui. Cet infini de collines, de vallons, de recoins — c'était réconfortant. Pas de terrain plat à des kilomètres à la ronde. Où qu'on soit, on était caché. Ça te servira pas à grand-chose avec le Suédois, pensa-t-il. Quelqu'un finira par le trouver et ce quelqu'un ne sera pas de ton côté — on voit un cadavre et on pense mère père frère sœur être humain.

Un être humain comme moi, on pense. On passe pas à côté d'un homme mort sans se poser de question. C'est les chiens qu'on laisse pourrir comme ça, pas les hommes. Un chien qui voit un chien mort, il se pose des questions ? Non, tu les as vus faire, ils passent sans même regarder. C'est dans la nature du chien de s'accommoder d'un chien mort.

Il sentait bien qu'il y avait du changement dans l'air. Cette chambre est la tienne, mais plus pour longtemps. Au-dessus de son bureau, une photo de sa mère, souriante, jeune, jolie, timide. Quelques certificats de la Semaine des sciences : au collège, il avait presque systématiquement raflé le premier prix. Après ça, terminé — ils comprenaient rien à tes exposés. C'était couru d'avance mais ça t'a pas arrêté. Les quarks et les leptons, la théorie des cordes, et puis t'as laissé tomber. La moitié d'entre eux sont persuadés que la Terre a quatre mille ans et les autres valent guère mieux — comme le colonel Boyd expliquant que les hommes avaient jadis des branchies mais qu'elles avaient disparu quand ils avaient cessé de s'en servir. *Pardon, mais c'est du Lamarck canonique*, tu avais essayé de dire. *Il me semble qu'on n'en est plus là.* Il t'avait mis une sale note pour l'avoir ridiculisé. La seule note en dessous de la moyenne de toute ta scolarité. Bien sûr, le colonel Boyd adorait ta sœur. Et pourquoi ? Parce qu'elle dit aux gens ce qu'ils veulent entendre. Elle s'en fichait bien qu'on raconte n'importe quoi à ses camarades de classe.

Il retourna à la fenêtre. Il avait toujours admiré l'aisance de sa sœur avec les gens, avait essayé de s'en inspirer. Seulement maintenant tu vois le prix à payer : elle ment plus facilement que toi. Comme le vieux. Non, se dit-il, le vieux, c'est pas pareil. Il ne comprend ni ne s'intéresse à personne d'autre qu'à lui. En attendant demande-toi si tu ferais mieux à sa place — fracture lombaire en L1, neuropathie progressive. Tiens, prends Stephen Hawking ; ton infirme de génie préféré a bien abandonné sa femme. Vingt-six ans à la laisser vider son bassin hygiénique et puis : désolé, chérie, je crois qu'il est temps que je passe à un modèle plus récent. Lui et le vieux s'entendraient à merveille.

Il regarda son réveil et tenta de se rappeler quand Poe devait venir. On a fixé une heure ? Me rappelle pas. C'était inhabituel. Il s'en fit la remarque.

Au bruit d'une voiture dans l'allée, il se leva d'un bond pour aller à la fenêtre : une berline blanche — les flics ? Non. Une Mercedes. La voiture de Lee. Elle avait dû quitter le Connecticut en pleine nuit pour arriver maintenant. Il la regarda se garer le long de la maison. Elle sait que tu as volé l'argent, c'est pour ça qu'elle est là. Putain. Il se sentait de moins en moins bien. Je m'en fous, dit-il tout haut. Elle a fait bien pire que moi. Vraiment ? C'était difficile d'expliquer exactement ce qu'elle avait fait. Elle t'a planté là, se dit-il. Elle avait promis de revenir te chercher mais elle n'est pas revenue. En attendant, sa voiture, là, elle vaut plus que la maison.

Il entendit sa sœur entrer et embrasser leur père ; quelques minutes plus tard, elle montait le voir. Il se glissa sous les draps et fit semblant de dormir.

Elle hésita derrière la porte, écouta longuement avant de l'entrebâiller sans bruit. Il sentit le courant d'air. Elle resta là, à le regarder sans doute ; il n'ouvrit pas les yeux. Sa gorge se serrait mais il parvint à maintenir une respiration régulière. Il s'imaginait le visage de sa sœur, tout le portrait de leur mère, même peau mate, cheveux courts, pommettes saillantes. Une très jolie fille.

« Isaac ? » murmura-t-elle. Il ne répondit pas.

Elle attendit une ou deux minutes avant de fermer la porte et de redescendre.

Bien fait ? se demanda-t-il. Va savoir. À partir de combien de promesses non tenues on ne pardonne plus ? Il y avait eu un temps — presque toute sa vie, en fait — où les choses étaient différentes. Un temps où sa sœur et lui se comprenaient au point de pouvoir finir la phrase de l'autre. Où ils savaient toujours exactement ce que l'autre faisait, que ce soit à l'école ou chacun dans une pièce de la grande maison de brique. S'il avait un jour sans, Isaac allait dans la chambre de sa sœur s'asseoir au bout du lit tandis qu'elle lisait ou faisait ses devoirs. Il allait la trouver, elle, avant d'aller trouver leur mère. À eux trois, Isaac, Lee et leur mère, ils formaient comme une famille dans la famille. Et puis leur mère s'était tuée. Et puis Lee était partie à Yale. La seule fois où il avait été la voir, elle lui avait montré le campus, tous ces hauts bâtiments de pierre aux murs couverts de lierre, c'était évident qu'elle était là dans son élément et que lui-même la rejoindrait un jour. Oui mais voilà, il avait aujourd'hui vingt ans et il était toujours à Buell. Et maintenant, se dit-il.

Rien ne dure. Le Suédois retournera à la terre, le sang devient gluant puis poussière, le ventre des animaux vous rend à la nature. Un terreau riche et noir signale une mort à cet endroit. Ces choses qui font trace... sang, cheveux, empreintes digitales, marques de pas — il ne voyait pas bien comment ils pourraient s'en tirer et dans sa tête demeurait toujours l'image du Suédois, visage brillant, dans une lumière sanglante. Il avait constamment fixé ce point entre les yeux du grand blond, même une fois le coup lancé. C'est ça qui avait guidé le projectile, c'est ma volonté qui l'a fait frapper là. Il essaya de visualiser les mains de sa victime pour y trouver une arme, mais en vain. Ses mains étaient vides. Un homme sans arme, les pires des mots. Pourquoi tu lui as balancé ce truc ? Parce que son visage avait cette expression, là. Parce que je ne pouvais pas viser le Mexicain — j'aurais pu blesser Poe. C'était le Mexicain qui menaçait de trancher la gorge de Poe, mais ce n'est pas lui que tu as tué. Le mort, il se tenait là sans rien faire.

C'est la base, pensa-t-il. Préférer ses proches aux inconnus. Un Suédois mort pour un Poe vivant. Dix Suédois morts ou cent s'il le faut. Puisque voilà l'ennemi. Demandez à n'importe quel général. À n'importe quel prêtre — des millions de morts dans la Bible, pas de problème si Dieu donne le feu vert. Des bébés, même — fracassez-les contre les pierres et dites que c'est pour obéir à Jésus. La Parole de Dieu et le bras de l'homme. Mission accomplie, à présent lavez-vous les mains.

En début d'après-midi il aperçut Poe qui émergeait au bout du champ, à deux cents mètres de là. Il s'habilla en vitesse, enfila chaussures et blouson, se glissa par la fenêtre jusqu'à n'être plus suspendu que par le bout des doigts et se laissa tomber au sol. Sa sœur était remontée le voir mais entre-temps il avait fermé la porte à clef.

Quand il se retourna vers la maison, une grande bâtisse de style néocolonial, originellement construite pour l'un des gérants de l'aciérie, il vit le vieux assis dans son fauteuil roulant sur la galerie, large dos, bras maigres, cheveux blancs, regard tourné vers les collines onduleuses, la forêt émaillée de prés, le brun intense des champs fraîchement labourés, la cime vagabonde des arbres signalant de lointains cours d'eau. Une scène paisible ; Isaac n'aurait su dire si son père dormait ou pas. Un vieux planteur contemplant son domaine — il en avait fait, des heures supplémentaires, pour s'acheter cette maison. Il en était si fier et regardez-la maintenant. Pas étonnant que tu te sentes tout le temps coupable.

À grandes enjambées dans l'herbe haute, il rejoignit la rangée d'arbres au bas de la propriété, là où le printemps faisait son entrée. Il les connaissait tous — érable argenté, chêne blanc, noyer d'Amérique, frêne et mélèze. Il y avait le gainier qu'il avait planté avec son père, en pleine floraison à présent, éclaboussure de rose sur le vert ambiant. Dans certains pays on l'appelle arbre de Judée, ici arbre de Judas. Bien à propos. Poe était tapi là, à l'attendre.

« Des visites suspectes ?

— Non, répondit Isaac.

— C'est à qui, la voiture ?

— À ma sœur. Ou au type qu'elle vient d'épouser.

— Ah », dit Poe. L'espace d'un instant, il eut l'air abasourdi. Puis il reprit : « Une E320 — putain. » Il regardait la maison.

Ils prirent à travers bois jusqu'à la route, dans l'odeur doucereuse des feuilles d'automne à demi décomposées que leurs pas envoyaient voler.

« C'est con », dit Poe. Il regarda Isaac. « Je vois pas comment faire autrement, mais c'est quand même con. »

Isaac ne dit rien.

« D'accord, dit Poe. Merci. »

De l'autre côté de la route ils coupèrent entre les

aulnes vers la rivière. Seule une légère fraîcheur témoignait qu'il avait neigé la nuit d'avant, ils marchaient le long des berges graveleuses ou sur les rochers sombres et moussus, une étroite bande de ciel bleu au-dessus d'eux, la végétation débordante à portée de main, chèvrefeuille et cerisiers de Virginie, un vieil érable penché sous lequel le sol s'érodait.

Ils passèrent devant une carcasse de camion-plateau enlisée dans le sable. Isaac se figura soudain qu'il avait peut-être du sang sur lui, il ne s'était pas douché, ni lavé, ni rien. Ça n'aurait quand même pas éclaboussé si loin, neuf ou dix mètres. N'empêche. C'était franchement idiot de sa part.

Ça rallongeait de contourner la ville, mais par les bois on ne les verrait pas. L'après-midi était bien avancé quand ils commencèrent à distinguer la coquille vide de l'usine à travers les arbres.

« Allons-y et finissons-en. » Son paquet de cigarettes sorti, Poe mit longtemps à en attraper une ; il avait beau ne pas faire chaud, sa chemise était tachée de sueur.

« Mieux vaut attendre que la nuit tombe. Ça va bien nous prendre une demi-heure pour le traîner à la rivière.

— C'est débile, dit Poe.

— C'était débile de rester là-bas hier.

— La route la plus proche est presque à un kilomètre, tu sais. Faudra des mois avant que quelqu'un passe par là, des années peut-être.

— N'empêche que ton blouson y sera toujours.

— Ouais, c'est quand même dingue que j'aie pas pensé à le prendre en partant. Faut croire que le type qui menaçait de m'égorger m'aura distrait.

— Je sais bien.

— Ça me fait flipper d'y retourner.

— Tu parles d'un chasseur. Les cerfs, il les explose, mais un mec qui a voulu le tuer...

— Ça n'a rien à voir, putain.

— Eh ben t'aurais dû y penser hier.

— Je te rappelle que sans toi je me serais jamais retrouvé dans ce merdier. »

Isaac se détourna et s'enfonça entre les arbres qui longeaient la rivière. Il trouva un rocher où s'asseoir au bord de l'eau. C'était une rivière moyenne, deux cents mètres de large environ et rarement guère plus de neuf ou dix pieds de fond. Dix pieds dessous. Ça valait bien cinq brasses, os de corail et yeux de perle. Bien assez pour ta mère et le Suédois. Évidés de leur cœur, libérés de la chair. Non mais t'entends ce que tu dis ? Va donc te rendre à la police. Et dire que t'as cru jouer les sauveurs.

Au bout d'un moment Poe le rejoignit, ils regardèrent l'eau en silence, il y avait le chuchotement des feuilles, le cri rauque d'un héron, un lointain canot à moteur.

« Tu sais bien qu'il va pas se volatiliser. À tous les coups un connard à ski nautique butera dedans avant demain midi. Suffit pas de foutre un truc dans la rivière pour le faire disparaître comme par magie.

— Faut pas grand-chose pour lester un corps, dit Isaac.

— Putain, Dingo, tu nous entends, là ?

— Ce qui est fait est fait, dit Isaac. Et ça sera pire si on essaie de faire comme si de rien n'était. »

Poe secoua la tête avant d'aller s'asseoir à bonne distance.

Le soleil baissait sur les collines de l'autre côté de la rivière, paisible et jolie scène pour qui la contemple du bord de l'eau, sauf qu'Isaac la vivait autrement. Tu n'es ici que de passage, se dit-il. Tu regardes le soleil et tu crois qu'il t'appartient, mais ça fait quinze mille ans qu'il se couche derrière ces collines — depuis le dernier âge de glace. La dernière période glaciaire, se corrigea-t-il, pas l'âge de glace. Quand ces collines se sont formées. Au bout de la glaciation du Wisconsin. Et puis te voici. De passage furtif sur cette terre. Tu crois que ta mère sera toujours là et, hop, la voilà partie. Cinq ans déjà et ça veut toujours pas rentrer. Disparue en un éclair. Comme tu disparaîtras. Tu ne survivras à rien de ce que tu vois là — pierres ciel soleil. Tu regardes un coucher de soleil et tu crois qu'il t'appartient, mais ça fait mille ans qu'il se lève sans toi. Non, se dit-il, des millions d'années, plutôt. Le vrai nombre, tu peux même pas le concevoir. Y a que toi pour savoir que tu existes. On naît et on meurt le temps d'un battement de cœur de la Terre. D'où le fait que les gens croient en Dieu — pour ne pas être seuls. J'y croyais, avant. C'est ma mère qui faisait que je croyais. Et c'est elle qui a fait que tu crois plus. Stop. Tu as déjà bien de la chance d'être là. Arrête ces raisonnements anémiques.

Les faits sont les faits, point. Le seul pouvoir qu'on a c'est de choisir quelles conclusions en tirer. Elle était restée immergée deux semaines avec quelques petits kilos de pierres dans les poches. Premier enseignement. Ce serait la même chose cette fois. On le trouvera à l'écluse, ils l'attraperont avec une perche. Ou bien il leur échappera — la rivière sans retour, à dériver des jours entiers. Bons offices des poissons-chats. La victime en saura rien. Une canopée d'eau et, dessous, des os. Au jour du Jugement il se relèvera. Imposture, pensa-t-il. Impossible en tout état de cause. Une fois l'eau du corps évaporée, il reste essentiellement du carbone. Les molécules, dispersées, réutilisées, deviennent atomes et particules, quarks et leptons. On emprunte à la planète, qui elle-même emprunte à l'univers. Au mieux un prêt à court terme. Le temps d'un battement de cils astral et vous voici né, mort, les os désintégrés.

Ils attendirent que le jour tombe pour bouger. Tout baignait dans une lumière violacée. Le cliquètement des chauves-souris leur fit lever les yeux, il y en avait plein le ciel. Elles étaient en avance de plusieurs semaines.

« Le réchauffement climatique, dit Isaac.

— Tu le sais, que je suis désolé, hein ?

— T'inquiète. » Il s'engagea sur l'herbe et Poe le suivit à contrecœur. Ils passèrent de l'obscurité des arbres au dégagement le long de la voie ferrée et de là de nouveau sous les arbres. Dans la clairière ils étaient masqués par les vieux wagons et le long buisson de roses sauvages, une bonne cachette ; Isaac sentit pourtant que ses jambes commençaient à trembler. Un pas après l'autre. Débranche un moment. Il n'y aura pas encore d'odeur. Mais évite de regarder son visage. Sauf que tu seras bien obligé — tu pourras pas le déplacer sans regarder son visage.

Il jeta un coup d'œil à Poe : sourire nerveux, visage blême, cheveux aplatis de sueur, mains dans les poches comme pour se faire plus petit. Arrivés au bout du buisson, ils s'arrêtèrent pour scruter l'espace découvert qui s'ouvrait devant eux ; dans l'air flottait une odeur de pisse de chat. Cette même odeur encore et toujours, Isaac comprit que c'était lui. C'est ta peur que tu sens. L'adrénaline. Pourvu que Poe remarque pas.

Les abords de l'atelier d'usinage étaient méconnaissables. L'herbe avait été foulée, écrasée, le sol défoncé

63

par des pneus. Menant au sommet de la colline, un accès pompiers qu'ils n'avaient pas remarqué la veille à cause des hautes herbes était maintenant un couloir de boue, il avait dû y avoir de la circulation. En haut ils virent la Ford noir et blanc de Harris. Et dedans, Harris, qui les regardait.

4

Grace

La route principale du sud de Buell quittait la rivière pour traverser une vallée encaissée, c'était une étroite voie rapide, bordée de part et d'autre d'arbres en rang serré ; hameaux désertés, stations-service abandonnées, mine de charbon épuisée au long déroulé de terrils, un infini de dunes grises et sèches sur lesquelles même les mauvaises herbes refusaient de pousser. Les nids-de-poule secouaient bruyamment la vieille Plymouth ; Grace pensait à Bud Harris, est-ce que ça servirait ou desservirait Billy de l'appeler ? Elle se demanda si son fils avait tué quelqu'un.

Depuis quelques années elle faisait de l'arthrite comme sa grand-mère et ses mains pâtissaient du moindre changement de temps ou presque ; elle n'arrivait à coudre que cinq ou six heures par jour avant que ses doigts se rétractent en serres figées. Un représentant syndical était venu fouiner du côté de l'atelier, une fois ; il attendait dehors à l'heure de fermeture, c'est lui qui avait suggéré qu'elle souffrait peut-être de troubles musculo-squelettiques et non d'arthrite. C'est courant, avait-il dit. Alors que l'arthrite à votre âge, non. Malheureusement il s'était désintéressé de l'atelier vu que les autres filles ne voulaient pas lui parler — elles se seraient fait virer sur-le-champ. Et puis, à dire vrai, il y avait pire que Steiner, comme patron. Grace savait bien que ses horaires particuliers lui auraient coûté son poste dans un plus gros établissement, mais Steiner, le propriétaire, la laissait faire comme elle voulait. Temps de travail aménagé, il appelait ça. Du moment qu'elle continuait à lui rapporter de l'argent. Il payait les salaires aux taux de Brownsville mais c'est à Philadelphie qu'il vendait ses robes de mariée, à des tarifs en conséquence, et il allait s'agrandir à New York. La seule question pour Grace, c'était de savoir si elle pouvait continuer comme ça — la vie n'arrêtait pas d'augmenter et seuls les fast-foods, les supermarchés et Lowe, le centre de bricolage et jardinage, proposaient des temps partiels — dans tous les cas il fallait utiliser ses mains et les salaires étaient dérisoires. Sans compter qu'on trouvait rarement tout de suite ; quand les gens dégotaient du travail, même minable, ils avaient tendance à le garder. L'année précédente, pour voir, elle avait pris un job dans un Wendy's, mais elle n'avait tenu qu'une semaine.

Elle aviserait en temps utile — sa mère avait cumulé trois boulots avant de faire un anévrisme à cinquante-six ans, et Grace, contrairement à sa mère, comptait bien conserver un minimum de dignité — ce qui excluait notamment de ramener chez soi une odeur de graillon et de se faire commander par des adolescents pour cinq dollars quinze de l'heure. Ce n'était pas demander la lune — un minimum de dignité. Elle n'avait guère d'autres prétentions.

À l'entrée de Brownsville, la route suivait la rivière, grimpant le long des ponts, et déjà c'était le centre. On s'y garait facilement. Malgré un passé prometteur, la ville était aujourd'hui quasi à l'abandon, bureaux et hôtels de dix étages, tous vides, briques et pierres noires de suie. Le centre-ville avait un petit côté européen, du moins d'après ce qu'avait pu voir Grace à la télé sur la chaîne consacrée aux voyages : un entrelacs pentu de ruelles pavées jouant à cache-cache avec les maisons. Ça lui plaisait. Poursuivant sa descente vers le vieil entrepôt, elle passa devant l'immeuble en fer à repasser et sa plaque commémorative, elle savait qu'il y en avait un autre à New York, sauf que sans doute il n'était pas vide, celui-là.

À treize heures elle avait déjà tellement mal aux mains qu'il fallait qu'elle arrête, elle le savait. Bon sang, pensa-t-elle, on est samedi. On devrait même pas être là. Mais comme toujours elle se sentit coupable et continua un peu, plus que de raison, jusqu'à terminer les deux longs surjets de la robe qu'elle fabriquait pour une jeune citadine. Une robe qui se vendrait dans les quatre mille dollars, somme qu'elle payait en remboursement du mobil-home sur l'année. Elle arpenta nerveusement l'atelier pour dire à Steiner qu'elle partait, prise, comme parfois, de la sensation qu'il pourrait lui répondre de ne pas revenir. Mais Steiner, mince, bronzage hors saison mis en valeur par une chemise de golf, derniers cheveux blancs soigneusement balayés en travers du crâne, Steiner de lever les yeux de son bureau et de sourire : « Soignez-vous, ma petite Grace. Merci d'être venue travailler. » Il n'était pas en colère. Il était content qu'elles se soient toutes présentées un week-end pour rattraper le retard. Continue à lui rapporter de l'argent, se dit-elle.

En traversant l'atelier en sens inverse, elle pensait déjà à la serviette chaude dont elle s'enroulerait les mains de retour à la maison, combien ça serait bon, rien que d'y penser elle commença à se détendre : voilà donc ce que ça veut dire, vieillir, ce n'est plus tant le plaisir que le soulagement qu'on cherche. Elle dit au revoir à la douzaine de femmes penchées là, dans la grande salle aux murs de brique repeints en blanc pour faire propre, bien plus grande que nécessaire, et froide — elles avaient toutes de petits radiateurs sous leur banc. Les matériaux sur lesquels elles travaillaient coûtaient cher, c'était pas comme si elles fabriquaient des jeans ; seules Jenna Herrin et Viola Graff se redressèrent pour dire au revoir, les autres firent un signe de tête ou du petit doigt. Elles savaient bien à quel prix se vendaient les robes mais ça n'avançait à rien d'en parler ; l'essentiel de leur travail pouvait être fait en Amérique latine pour quelques dollars. Pas la même qualité, mais pas loin. Seulement, Steiner était trop vieux, trop flemmard pour aller monter boutique là-bas.

Elle descendit par le monte-charge, puis grimpa la rue étroite toujours à l'ombre des hauts bâtiments vides, pour enfin émerger au soleil. Quand elle atteignit le haut de la rue pavée où elle s'était garée, elle était hors d'haleine. De là il y avait vue sur toute la vallée, verte et luxuriante, sur la gorge de la rivière entre ses deux falaises abruptes. Elle resta un moment à regarder une longue file de barges — une bonne douzaine, quatorze peut-être — passer sous les deux ponts qui enjambaient le défilé. Elle habitait une région magnifique. Mais ce n'était pas ça qui la ferait vivre, et puis Steiner pouvait se réveiller d'un jour à l'autre et délocaliser l'affaire.

Un an plus tôt elle s'était renseignée à l'université de California, de l'autre côté de la rivière, on lui avait dit qu'il lui faudrait quatre ans de cours du soir pour finir son diplôme, en comptant deux matières par semestre, une charge de travail qu'elle n'était pas sûre de pouvoir assumer. Et comment payer les frais de scolarité ? Les prêts étaient réservés aux étudiants à temps complet et elle avait déjà suffisamment de mal à boucler ses fins de mois. Réveille-toi, se dit-elle. Choisis d'être heureuse.

Une fois en voiture il ne lui fallut pas longtemps pour sortir de la ville, prendre la route tortueuse et rejoindre les bois perdus qui séparaient Brownsville de Buell. Sur l'arête qui surplombait la route, un gros ours noir à la fourrure dense et luisante la regarda passer d'un air paresseux. Les ours étaient décidément de retour, et avec eux les coyotes et les cerfs. C'étaient bien les seuls à prospérer.

En entrant dans Buell et sa large zone inondable, ses quelques vieux bâtiments d'usine encore debout, elle passa devant la maison où elle avait grandi, maintenant abandonnée, vitres cassées et bardeaux du toit envolés. Elle s'efforça de ne pas regarder. Elle se souvenait du coup de sirène qui annonçait le changement d'équipes, les hommes, leurs femmes, d'autres travailleurs se pressaient alors dans les rues ; ne serait-ce que vingt ans plus tôt, Buell était si vivante que c'était inconcevable — impossible d'accepter qu'un endroit puisse être anéanti aussi rapidement. Elle se revoyait adolescente, certaine de quitter la vallée, elle ne voulait pas finir femme de métallo — elle irait à Pittsburgh ou plus loin encore. Elle se revoyait enfant, à la sortie de l'école : l'air était saturé de suie au point qu'on allumait les lampadaires, en pleine journée, et les phares des voitures. Certains jours on ne pouvait pas mettre le linge à sécher dehors, il aurait fini tout sale.

Elle avait prévu de partir, depuis toujours. Mais à dix-huit ans elle était rentrée de la cérémonie de fin de scolarité pour trouver une nouvelle Pinto garée devant chez elle et un carnet de fiches de paie. Elle est à qui, cette voiture ? avait-elle demandé à son père. À toi. Tu commences lundi à l'usine. Amène le certif du lycée.

À l'époque déjà, comme aujourd'hui, se dit-elle, il fallait qu'un bonhomme prenne la moitié des décisions à ta place. Elle avait passé un an à la chaîne, au laminage, c'est là qu'elle avait rencontré Virgil. Et puis elle était tombée enceinte et elle s'était mariée. Elle se demanda vaguement si ça n'avait pas surtout été un moyen de quitter l'usine. Pas très étonnant, se dit-elle. Elle avait aussitôt commencé les cours, d'abord enceinte, puis son bébé en bandoulière ; elle arrivait au bout de la première partie du diplôme quand les licenciements avaient commencé. Virgil avait échappé à six vagues avant d'y passer lui aussi. Seuls les vieux de la vieille gardaient leur boulot, alors — il fallait dix ans d'ancienneté, puis quinze. Virgil en avait cinq. Il avait été si fier de ce travail — une promotion sociale : dans sa famille, c'était l'isolement des collines et la mine, le père n'avait jamais travaillé.

Ils avaient connu une période difficile, attendant et attendant encore que les usines ouvrent à nouveau. Mais les usines ne faisaient que licencier, tout le long de la vallée, avant de fermer les unes après les autres : Grace avait un enfant en bas âge, alors fini les études. Mais impossible de trouver du boulot. Et rien dans le porte-monnaie. Et ce cousin de Virgil, neuf ans et demi d'ancienneté dans l'usine et gros crédit sur le dos pour sa belle maison avec piscine, qui avait perdu la maison, sa femme et sa fille le même jour. La banque avait fait changer les serrures, sa femme était partie à Houston avec sa fille, et lui il était rentré par effraction dans sa maison, direction la cuisine, pour se tirer une balle dans la tête. Tout le monde dans la vallée avait vécu ce genre d'histoire — une vraie galerie des horreurs. C'est alors que Virgil s'était réconcilié avec sa famille. Alors qu'il avait changé, pensa-t-elle. Quand il avait commencé à se dire qu'il ne valait pas mieux que là d'où il venait.

Période noire. Dieu merci, ça faisait longtemps que les choses n'étaient plus si désespérées. Le mobil-home devait être saisi, mais petit à petit les gens s'étaient mis à bloquer les ventes organisées par le shérif, fusils de chasse dans le coffre, et quand un banquier s'était déplacé en personne pour obliger le shérif à agir, on lui avait renversé et brûlé sa Cadillac. Alors, pour éviter les fusillades, le juge avait déclaré un moratoire sur les saisies. Et ça avait fini par faire loi. C'est comme ça qu'ils avaient pu garder le mobil-home, en vivant des dons de la banque alimentaire et du braconnage de Virgil. Voilà pourquoi elle ne supportait pas le gibier. Deux ans à ne manger que ça.

Virgil avait suivi une formation en robotique de vingt-quatre mois mais ça n'avait mené nulle part — ces postes-là ne s'étaient jamais matérialisés. Puis il avait travaillé un peu à l'usine qui fabriquait les barges, mais elle aussi avait fermé — bateaux et barges étaient maintenant presque tous fabriqués en Corée, où l'industrie entière était nationalisée.

Ça avait peut-être été une tuile, se dit-elle, de garder le mobil-home. On aurait pu aller ailleurs et tout recommencer. Encore que c'était difficile de faire ce genre de calcul, de savoir où aller. Les hommes tentaient leur chance à Houston, dans le New Jersey, en Virginie, s'entassaient jusqu'à six dans une chambre de motel pour envoyer de l'argent à leur famille, mais beaucoup finissaient par rentrer. Mieux valait encore être pauvre parmi les siens.

Cent cinquante mille chômeurs, ça ne laissait pas beaucoup de place au soleil, mais ni Virgil ni elle n'avaient de famille ailleurs. Il fallait de l'argent pour partir ; il fallait partir pour trouver de l'argent. L'usine était restée fermée, encore et encore, et pour finir elle avait été en grande partie démolie. Grace se rappelait quand tout Buell était venu voir les hauts-fourneaux quasi neufs de près de soixante-dix mètres, Dorothy Five et Dorothy Six, se faire dynamiter, c'était juste avant que des terroristes fassent sauter le World Trade Center. Ce n'était pas logique, mais pour elle les deux événements étaient liés. Certains endroits, certaines personnes comptaient beaucoup plus que d'autres. On ne dépensait pas un clou pour reconstruire Buell.

Elle se gara à côté du mobil-home, au bout du chemin de terre. Virgil avait promis de rentrer à deux heures au plus tard. Il était presque quatre heures, déjà une promesse non tenue. Tu savais que ça se passerait comme ça, pensa-t-elle. Elle téléphona au foyer de femmes de Charleroi pour dire qu'elle n'assurerait pas sa permanence cette semaine, eut un pincement au cœur — c'était sa main tendue au reste du monde, toutes sortes de gens travaillaient là, une enseignante, deux avocates de Pittsburgh, une consultante financière, que des femmes ; là-bas elles écoutaient la radio, des chaînes publiques qu'on ne captait pas à Buell. Voilà ce qu'elle comptait faire, si elle trouvait jamais les moyens de finir son diplôme : conseillère psycho-sociologique.

Pourquoi pas, se dit-elle. Même si ça prend six ou sept ans, tu pourrais t'y mettre maintenant. Le temps que sa compresse chauffe au micro-ondes, elle prépara le poêle : une pile de journaux, du petit bois, une bûche dessus. À la sonnerie du minuteur, elle alla chercher la compresse, bouillante, qu'elle laissa refroidir trente secondes avant de s'asseoir sur le canapé et de s'enrouler les mains dedans. Elle ressentit d'abord une brûlure, puis très vite un soulagement. Elle laissa aller sa tête contre le dossier et se concentra sur la sensation. C'était presque comme faire l'amour. Un bien-être de tout le corps. Ses yeux s'alourdirent. Elle savait que si elle s'assoupissait elle se réveillerait avec la compresse froide et mouillée sur les mains, mais ça valait la peine. Elle pensa à Buddy Harris, pensée étrange, un peu coupable maintenant que Virgil était revenu. Avec Bud le lubrifiant restait sous le lit ; ça faisait des années qu'ils avaient une histoire par intermittence, deux fois elle avait failli quitter Virgil pour lui, mais en fin de compte elle en avait été incapable, il était trop gauche, trop calme, elle n'avait pas pu s'imaginer de vie avec lui. Elle se demanda si elle l'avait utilisé, ce pauvre Bud ; non, sans doute pas. Dix ans plus tôt, il avait pris la tête du département de police, même si, comme il disait toujours, ça n'était pas comme de devenir chef de police dans une vraie ville ; il n'y avait que six officiers à temps plein et, avec la crise, la moitié seraient bientôt licenciés. En tout cas, elle pensait encore à lui ; Virgil et elle s'étaient séparés tellement souvent qu'elle avait eu des liaisons avec bien d'autres hommes, seulement, allez savoir, c'est à ce maigrelet de Bud Harris qu'elle pensait encore.

Elle entendit une voiture remonter le chemin et se garer. À sa façon d'entrer, elle vit bien que Virgil était ivre, défoncé peut-être. Tant mieux, ça l'arrangeait. Elle l'embrassa dans le cou, lui prit la main et la plaça entre ses cuisses.

« Super-journée, dit-il.

— T'as fait quoi ?

— Pêché avec Pete McCallister. »

Elle mit la compresse de côté et se blottit contre lui. Lui caressa la jambe.

« Je croyais que t'avais dit que tu chercherais du boulot.

— On est samedi, bordel.

— N'empêche, c'est ce que tu m'avais dit.

— J'avais oublié quel jour on était quand j'ai dit ça. »

Elle haussa les épaules. « Il paraît qu'à US Steel, ils font passer des tests d'aptitude le mois prochain. Tu devrais aller voir.

— Une heure et demie d'embouteillages aller et retour garantie. »

Il sentait l'alcool. « On pourrait se rapprocher de la ville, vivre dans une vraie maison.

— On devrait s'en éloigner encore plus, tu veux dire. Et vivre vraiment comme à la campagne au lieu de faire semblant qu'on va s'embourgeoiser. »

Il la regarda. « Qu'est-ce qui te fait rire ? »

Elle secoua la tête et cessa de sourire. Ils se regardèrent encore un moment, il y avait quelque chose dans l'expression de Virgil. Oui, décidément, il avait l'air bizarre. Soudain elle comprit.

« Quoi, dit-il.

— Virgil.

— Quoi ?

— L'échéance sur la caravane tombe cette semaine, sans compter qu'on est en avril et qu'on doit encore des impôts d'il y a deux ans. Je rembourse petit à petit.

— Danny Hobbes me doit trois cents dollars. On trouvera bien le reste. »

Ils se turent un moment, elle lui caressait toujours la jambe. « Pourquoi tu es revenu, déjà ? demanda-t-elle.

— Tu sais très bien que j'ai de l'argent.

— Et ta pension d'invalidité ce mois ?

— C'est ça que j'ai prêté à Danny. »

Elle hocha la tête.

« Y a d'autres aides du gouvernement, non ?

— On n'aura pas droit aux prestations sociales. En plus t'es obligé d'accepter des boulots de merde alors si tu crois que ça laisse le temps de chercher un travail digne de ce nom, tu te fous le doigt dans l'œil. Ça sert à rien si au bout y a pas un vrai boulot avec un vrai salaire.

— Tu devrais quand même faire un dossier, dit-elle. Ton fils travaille pas, lui non plus.

— J'ai déjà étudié la question. Entre la maison et ma bagnole, on n'y a pas droit et de loin. Y a pas que les revenus, c'est les biens qu'ils regardent.

— Ta bagnole, elle a six ans et moi je gagne neuf dollars cinquante de l'heure.

— Eh ben c'est trop. Tu passes toujours du temps gratos à ton foyer, là ? »

Elle le regarda.

« Peut-être que temporairement tu pourrais faire autre chose qui paie à la place, je veux dire, si ça t'inquiète tant que ça, l'argent. »

Elle ferma les yeux, prit une longue inspiration.

« Je pensais tout haut, voilà, dit-il. T'énerve pas.

— On se débrouillera », dit-elle, les yeux toujours fermés.

Il se pencha vers elle et l'embrassa.

« On va boire un coup pour se vider la tête, hein. »

Il sourit et sortit chercher quelque chose dans son pick-up.

Donne-lui le temps, se dit-elle. Sois un peu plus généreuse. Il revint, brandissant une bouteille de whisky bon marché à moitié vide, mit la main sur des verres propres et les servit tous les deux. Elle voulait lui parler de Billy, de sa blessure de la nuit dernière, mais quelque chose l'arrêta. Elle vida son verre ; il fit de même puis se mit à l'embrasser.

Il lui déboutonna son jean, le fit glisser.

« Tu veux pas qu'on aille sur le lit ? » dit-elle.

Il fit non de la tête. Il la pénétra doucement et elle l'enserra de ses jambes. Elle sentit bientôt que ça montait, elle oublia alors où elle était, elle l'aspirait en elle, encore et encore, pour le sentir plus proche, ils ne le seraient jamais assez. Il allait et venait toujours, elle aurait voulu que la sensation ne s'arrête pas. Elle sentit le sexe de Virgil devenir très dur et tout son corps se raidir ; en elle la vague se remit à enfler, mais il ne bougeait plus. Elle lui frotta le dos, il ne la regardait pas, ni elle ni rien d'autre, il était immobile, point. Elle trouva une position confortable pour ses jambes et ils restèrent longtemps comme ça, elle somnola un peu, prise d'étranges pensées : si Virgil ramenait de l'argent, elle pourrait reprendre les cours du soir, il était là tout de même, et puis elle se dit qu'elle pourrait sans doute bientôt planter les tomates qui attendaient sur le bord de la fenêtre, et puis les poivrons. Elle décida aussi qu'elle pouvait bien mettre quelques dollars de plus dans les herbes aromatiques cette année. Virgil se remit à bouger en elle.

« Viens sur le lit, dit-elle. Je veux pas que Billy rentre et nous trouve comme ça. »

Elle se leva et se dirigea vers la chambre ; Virgil la

suivit, bouteille à la main. Laisse les problèmes de demain pour demain, se répéta-t-elle. Ils s'assirent sur le lit ; Virgil but une longue gorgée de whisky, puis une autre, avant de lui passer la bouteille.

« Tu bois ça comme si tu l'avais volé. »

Il grommela une réponse — quelque chose ne tournait pas rond. Il ne la regardait pas ; quand elle alla chercher entre ses jambes, il n'avait plus envie, et au fond, elle non plus.

« Qu'est-ce que t'as ?

— J'ai réfléchi.

— Tu m'en diras tant.

— Peut-être qu'on devrait pas se précipiter. »

Elle marqua un temps. Avant elle n'aurait jamais osé, mais là elle lança : « Autrement dit, tu veux juste baiser.

— On n'est pas obligé de dire ça comme ça.

— Sauf que c'est comme ça que tu le dirais à quelqu'un d'autre, non ? Comme ça que tu l'as dit à Pete pendant que vous pêchiez.

— T'es toujours pareille, hein ? »

Elle s'essuya entre les jambes avec le drap avant de le repousser. Elle sentit son estomac se nouer et puis plus rien. Elle regardait par la fenêtre, sans émotion. Il faisait beau dehors. Ça aurait pu être n'importe qui, couché là à côté d'elle. Il était encore temps de planter les tomates. Sa gorge se serra.

« Tu pars ? dit-elle.

— C'est pas ce que j'avais prévu.

— Peut-être que ce serait mieux.

— Je suis encore chez moi, ici.

— J'ai tout payé toute seule depuis que t'es parti, c'est pas deux cents dollars par-ci par-là qui changent quoi que ce soit.

— Allez. » Il roula vers elle et elle sentit le cadre plier sous son poids. Ils n'avaient jamais pu se payer un vrai lit. Sans parler du mobil-home et de ses panneaux imitation bois. Jamais elle n'avait voulu vivre là — elle s'était laissé convaincre.

« J'ai discuté avec une des avocates du foyer. »

Il la regarda avec un petit rictus.

« Elle dit que, d'un point de vue légal, la maison est à moi jusqu'à ce que tu paies ta part.

— C'est des conneries tout ça. »

Il avait raison — elle n'avait discuté avec personne. Mais elle fut surprise de voir à quel point son propre mensonge la mettait en colère. Elle croyait à ce qu'elle venait de dire. Si ça n'était pas la vérité, ça aurait dû l'être.

« Renseigne-toi, dit-elle. Tu verras bien.

— Tu fais chier, Grace.

— Casse-toi. Bud Harris dit que c'est criminel de me devoir encore autant d'argent en pension alimentaire pour le petit.

— Il est grand maintenant.

— Ça change rien à ce que tu me dois.

— C'est bien toi, de vouloir mêler un flic à tout ça, hein ?

— Parfaitement. Je vois pas pourquoi je me priverais.

— C'est tout dire. »

Elle resta silencieuse un moment.

« D'après la femme de Pete, ton petit copain de la police prend assez de médocs pour tuer un bœuf — Xanax, Zoloft, tout le tralala. La plus grosse ordonnance du comté.

— Je suis sûre que ça intéresserait le pharmacien de savoir que ses employés cancanent sur les clients.

— À peu près tout le monde est d'accord que cet enfoiré de Barney Fife est pédé. »

Elle pensa : il a un plus gros engin que toi — mais se garda bien de le dire. Elle étouffa un gloussement.

« Quoi, dit-il.

— Casse-toi et prends bien tout ce que t'as apporté hier. » Elle le regarda s'habiller et sortir, il secouait la tête. En entendant le pick-up démarrer, elle se dit qu'elle allait pleurer, et puis non. Elle se força à sortir du lit, sachant pertinemment que sinon elle risquait d'y passer la soirée, à se morfondre. Elle se demanda qui elle pourrait appeler pour être sûre, mais ça n'avait guère d'importance, elle savait, savait qu'il était à sec, peut-être à la rue pour s'être fait larguer par une de ses copines, et que c'est pour ça qu'il était revenu. C'est ce que les filles au boulot lui avaient dit, des années qu'elles voyaient faire, mais elle n'avait pas voulu les croire. Alors seulement elle se mit à pleurer. Pas trop quand même. Elle ramassa la bouteille de whisky qu'il avait laissée et défit le bouchon, mais l'idée qu'il y avait posé les lèvres la dégoûta. Poubelle.

Déjà le jour baissait. Elle espérait que Billy rentrerait bientôt, mais sinon ? Un chien, ce serait peut-être une bonne idée. Il n'était pas trop tard pour aller au foyer, ils avaient toujours besoin de monde. Elle pourrait aussi appeler Harris.

Elle prit soudain la mesure de la cruauté de Virgil, cet homme était une coquille vide, toute sa vie il avait joué de son physique, mais elle savait d'expérience que ça n'aurait qu'un temps, et alors qu'est-ce qui resterait — rien que sa méchanceté. Les côtés de Billy qui l'inquiétaient, son agressivité, tout ça venait de Virgil. Elle se demanda comment elle avait fait pour ne pas le voir plus tôt, sauf qu'elle savait bien qu'elle l'avait toujours vu, qu'elle avait décidé de l'ignorer. Et voilà qu'elle prenait une autre décision, ou plutôt c'est comme si on avait décidé pour elle : il lui semblait maintenant impossible d'avoir jamais pu l'aimer. C'est sûrement le choc, se dit-elle, mais non, c'était bien comme si quelque chose s'était éteint.

Les tomates étaient là sur le rebord de la fenêtre ; elle les sortit et dégota une pelle dans le garage, derrière tout le fatras laissé en plan par Billy — la voiture qu'il désossait pour réparer les autres, des tracteurs-tondeuses, le quatre-quatre. Encore à me faire du souci pour lui, cette blessure au cou hier. Ce n'était pourtant pas la première fois que ce genre de choses arrivait, peut-être pas aussi grave qu'hier mais bon — il attirait les ennuis. Il y avait longtemps qu'elle aurait dû l'emmener loin d'ici.

À grands coups de pelle dans la terre, elle planta les six plans de tomates, les poivrons aussi, et les treillis autour, sur lesquels elle pesa de tout son poids pour bien les enfoncer. C'était agréable d'être là dans la brise, les mains sales, à regarder les plantes et la terre fraîchement retournée et plus loin les collines ; la vue était belle. Quarante et un ans, ça n'était pas si vieux. Trop jeune pour être président, même. Elle appellerait Harris. C'était un type bien, elle l'avait toujours su.

Bien sûr elle pouvait aussi continuer comme ça, rester seule, mais à quoi bon. On se sent forte une semaine et puis après il n'y a plus que la solitude. Et Bud Harris, c'était un type bien, mal à l'aise mais qu'est-ce que ça pouvait faire, les beaux parleurs étaient toujours aussi de beaux menteurs qui vous trompaient tant qu'ils pouvaient. Le genre de leçon qu'on apprend en général trop tard. Mais il n'était pas trop tard. Harris, les gens le respectait, ce n'est pas pour rien qu'elle avait presque quitté Virgil pour lui, deux fois elle avait failli le faire, alors que Virgil, Virgil, personne ne le respectait, et là aussi ce n'était pas pour rien. Je coucherai avec Buddy ce soir même, pensa-t-elle, ça me nettoiera — c'était une drôle d'idée, vertigineuse. Virgil avait fait pire, il était venu à elle imprégné de l'odeur d'autres femmes. Elle se demanda s'il lui avait refilé des maladies. Elle avait fait les tests, même si en général elle le forçait à mettre un préservatif, le seul truc intelligent qu'elle ait jamais fait.

Elle déambula dans le mobil-home. Quand ils l'avaient acheté, Virgil avait juré que c'était provisoire, qu'ils achèteraient très vite une maison. Elle se demanda pourquoi elle l'avait écouté. C'était un vieux mobil-home, spacieux mais plein de courants d'air — et de fausses boiseries années soixante-dix. Grace s'était ruinée pour changer la moquette mais avec le petit qui passait son temps à entrer et sortir et ramener les saletés du dehors, elle s'était vite dégradée. Le canapé, Virgil avait voulu qu'on le couvre d'une toile plastique, mais Grace avait tenu bon. Elle s'y assit et se sentit partir à la dérive, des pensées vagabondes, et qui ne servaient à rien, il fallait qu'elle se ressaisisse au lieu de passer ses journées à rêvasser. Au moins elle s'était occupée du jardin. Une bonne chose de faite, dont elle tirerait des bénéfices toute l'année.

Elle était sur le point d'appeler Harris sur son portable quand elle pensa à ce qu'il se dirait s'il apprenait que Virgil sortait d'ici. Il ne méritait pas ça. Sans compter qu'il avait sans doute d'autres copines. Et que deux fois déjà elle l'avait fait marcher. Il faudrait lui demander en douceur. Ménager sa dignité. Il ne suffirait pas de claquer des doigts pour qu'il revienne. Elle pouvait attendre, reprendre ses esprits, montrer un peu de dignité elle aussi. Elle alla au miroir, rassembla ses cheveux en une queue-de-cheval serrée. Voilà comment elle devrait se coiffer, serré, le visage dégagé. Elle devrait surtout se faire couper les cheveux, plus personne ne les portait longs, ils étaient tout fins. Restaient ses pommettes saillantes, elle avait toujours eu des traits bien dessinés. Ce qui comptait au fond, c'était l'attitude, or le fait est qu'elle avait été déprimée ces derniers temps, indiscutablement. Il faudrait y aller petit à petit. Un peu de mascara et déjà ça irait mieux, elle n'en avait plus depuis des mois, elle en rachèterait demain. Elle se prépara un repas léger et regarda le soleil se coucher depuis la galerie, il n'y avait pas de lune, les étoiles n'en paraissaient que plus brillantes. Elle rentra faire du yoga avec une vieille cassette rayée que lui avait donnée la directrice du foyer, elle aimait bien tous ces étirements, la sensation d'éliminer les toxines. Après quoi elle s'endormit facilement.

5

Harris

Trois heures à peu près que Harris et Steve Ho attendaient dans la Ford Explorer noir et blanc. Une idée de Harris, une intuition qu'il avait eue. Les collègues de la police de l'État, le coroner, le procureur du comté et tous les autres étaient partis depuis longtemps. Du haut de la butte, on voyait la prairie, les vestiges du bâtiment principal de l'usine Standard Steel — des ruines couvertes de lierre — et le petit atelier d'usinage où on avait trouvé le corps. Le pré était jonché de vieux wagons ; l'ensemble avait quelque chose de paisible, d'agréable. L'œuvre de l'homme absorbée par la nature. Bien plus jeune, Harris avait vu des paysages de ce genre au Vietnam, des temples abandonnés dans la jungle.

Il jeta un coup d'œil à Steve Ho. Ho n'était plus de service, il n'était pas payé pour être là ; ce n'était pas la première fois. Il avait l'air décontracté, jeune et décontracté. Petit, grassouillet, des cheveux noirs en abondance. Les mains posées sur son ventre rebondi et une carabine M4 sur les genoux — comme beaucoup de jeunes flics, Ho avait un penchant pour ces choses-là, les gilets pare-balles, tout ça. Il n'était sorti de l'école que depuis trois ans, mais Harris était bien content de l'avoir dans l'équipe. C'était un gars de bonne composition, qui laissait sa radio allumée même quand il était de repos.

En comparaison, Harris se sentait vieux et chauve. Il se dit qu'il exagérait, pour l'âge en tout cas. Cinquante-quatre ans. Et puis ce n'était pas ça, le problème, mais plutôt que la journée avait très mal tourné. Il aurait voulu être chez lui, assis devant sa cheminée avec son chien et un scotch, ou peut-être sur la terrasse à regarder le soleil se coucher. Il vivait seul dans une baraque de rondins, *le blockhaus* comme il disait, sur une hauteur qui dominait deux vallées. Le genre d'endroit dont pouvait rêver un petit garçon avant de se faire rattraper par la réalité, incarnée par une femme et des enfants. Il avait fini par se décider à l'acheter quelques années plus tôt. La baraque était solide mais loin de tout, deux poêles à bois pour tout chauffage, on ne captait ni télé ni radio et il fallait un quatre-quatre pour y accéder. Aucune femme ne voudrait jamais vivre là. Encore une bonne excuse. Une façon d'éviter le roulis, lâcheté sous couvert de liberté. Encore que Poilu, son malamute d'Alaska, adorait, lui.

Arrivé le premier sur la scène du crime — ils avaient reçu un appel anonyme — Harris avait été soulagé. Un vagabond, de toute évidence. Il n'y aurait ni coup de fil douloureux ni visite horrible à des gens qu'il aimait. Ces choses-là ne devenaient pas plus faciles avec l'âge, au contraire.

Il était encore près du corps, à digérer tout ça, quand il repéra un blouson familier. Il entendit alors un autre véhicule — celui de la police d'État — descendre tant bien que mal le vieil accès incendie. Il avait aussitôt ramassé le blouson pour le fourrer derrière un établi. Juste après était entré un jeune policier dont Harris avait essayé de retrouver le nom. Clancy. Delancey.

Ses pensées étaient confuses — il connaissait le gars pourtant. Ce qu'il venait de faire avait visiblement échappé à Delancey, qui le salua d'un hochement de tête avant de regarder le corps. *Grand gaillard, hein ?*

Les allées et venues n'avaient cessé de toute la journée mais le blouson était resté inaperçu, là où Harris l'avait caché. Voilà qu'assis dans sa Ford avec Steve Ho, ça le rendait particulièrement nerveux, pas tant de l'avoir caché que de savoir qu'il appartenait à Billy Poe. Il se frotta les tempes ; il ne prenait plus de Zoloft depuis quelques semaines, ce qui n'arrangeait pas les choses. Il essaya de ne pas tout mélanger. Avoir caché le blouson ne le perturbait pas plus que ça. On n'arrêtait pas tous les gosses qu'on prenait à casser une vitre. Ni tous les gens qui rentraient chez eux après une bière ou deux de trop à l'heure de l'apéro. Les honnêtes citoyens avaient droit à un joker. Et les gamins à deux, même si le deuxième pouvait s'assortir d'une balade en Ford, menottes aux poings. Tout le monde avait son rôle à jouer dans la communauté, accord tacite. À savoir, en gros, faire ce qu'il fallait. Ça impliquait d'arrêter certaines personnes pour une plaque d'immatriculation sale et d'en laisser repartir d'autres malgré un délit caractérisé. Ce qui était le cas de quiconque tournait sa clef de contact après trois bières. Ça ne se disait pas mais c'était comme ça : la question n'était pas tant de respecter la loi que de faire ce qu'il fallait. Le problème étant de décider exactement ce que c'était, qu'il fallait faire.

Écoute-moi ça, pensa-t-il. Tout pour dévier du sujet. À savoir est-ce que t'as raison de protéger Billy Poe ? Sors de cette voiture, descends là-bas et trouve le blouson. T'aurais déjà dû arrêter son propriétaire. C'était une façon de voir en tout cas — celle de Monsieur

Pas-de-roulis. Le même Monsieur Pas-de-roulis qui lui avait fait acheter une cabane en rondin au sommet d'une montagne où aucune femme saine d'esprit ne viendrait jamais vivre. Monsieur Pas-de-roulis était un lâche. Harris décida de ne pas bouger. Il verrait bien ce qui se passerait. Il verrait bien qui en lui avait raison.

Peu avant le coucher du soleil, ils repérèrent du mouvement de l'autre côté du pré, vers la voie ferrée.

« En voilà deux qui veulent pas se faire voir », dit Ho.

Le malaise de Harris empira. Il leva ses jumelles. Il ne distinguait pas les visages, mais il reconnut la taille et l'étrange rebond de la démarche. On revenait chercher son blouson. Quelque chose se serra dans sa poitrine. Quand les deux silhouettes se rapprochèrent, il constata que c'était bien Billy Poe et un de ses amis, le petit dont la sœur avait dégoté toutes ces bourses d'étude. Il pensa à Grace. Et fut pris de nausée.

« Ça va ? » demanda Ho.

Harris fit oui de la tête.

Ho regarda à son tour dans ses jumelles, des Zeiss, modèle de luxe.

« C'est bien qui je pense ?

— On dirait.

— Vous voulez que j'y aille ?

— Attends. »

Il y eut quelques secondes de silence, après quoi Steve Ho dit : « Faites gaffe à pas vous griller, chef. Tout le monde sait que vous êtes intervenu en sa faveur la dernière fois. Vous-même, vous avez dit...

— Ça va.

— C'est pour vous que je dis ça, chef. On n'est plus au bon vieux temps. »

Harris alluma la rampe lumineuse quelques secondes pour indiquer aux garçons qu'il les attendait. Ils s'immobilisèrent.

« Ils vont se faire la belle.

— La sœur du petit est à Harvard. Il va rester là bien sagement. »

Et de fait, les deux jeunes se mirent à grimper mollement vers la Ford.

« Vous devriez regarder dans mes jumelles, chef. Je vois le moindre point noir sur leur nez.

— Plus tard. »

C'était suffisamment clair comme ça. Billy Poe était venu là avec des amis, boire, ou peut-être fumer de la métamphétamine, et ça avait dégénéré. À savoir que Billy Poe en avait battu un à mort avant de paniquer et de ficher le camp ; et maintenant il revenait faire un peu de ménage. Le plus triste, c'était qu'il ait mêlé l'autre gosse à tout ça ; Harris se demanda s'il pourrait éviter de l'impliquer. Les jeunes comme lui pouvaient encore s'en sortir.

Ce n'était pas vraiment pour Billy Poe qu'il s'inquiétait. Il savait depuis des années comment ce môme finirait. Il avait fait des pieds et des mains, risqué sa réputation même, mais sans aucune illusion. À partir d'un certain âge les gens suivent une trajectoire propre. Au mieux on peut espérer les faire dévier un peu, mais en général, c'est comme de vouloir rattraper quelqu'un qui tombe d'un gratte-ciel. La trajectoire de Billy Poe s'était affirmée très tôt, ce n'était donc pas pour lui qu'il s'inquiétait. C'était pour Grace, pour ce que ça allait lui faire.

Ho dit : « Vous savez que j'ai jamais pu encaisser ce connard de Cecil Small, mais ça tombe mal avec le nouveau procureur. Small aurait peut-être accepté de laisser courir.

« — Qui parle de ça ?

— Je sais que vous vous faites du souci pour votre neveu, là.

— C'est pas mon neveu. »

L'adjoint haussa les épaules. Ils regardèrent les deux gosses monter la pente. Pas des gosses, des *jeunes gens*, se corrigea Harris. Billy Poe avait vingt et un ans. Ça paraissait impossible. Quand il avait rencontré Grace, son fils avait cinq ans.

« Les voilà, dit Ho. Je vais prendre mon air méchant. »

6

Isaac

Quand il leva les yeux, une fois à découvert au sortir
des broussailles, ce fut pour voir la voiture de Harris.
Il se demanda s'ils pouvaient encore battre en retraite
sous les arbres, mais pile à ce moment-là les lumières
du toit de la Ford s'allumèrent. Poe se mit en route à
travers les hautes herbes, direction Harris et le magasin
d'usinage. Isaac le suivit, hébété.

Comme ils approchaient de la zone boueuse autour
de l'atelier, Poe ralentit pour qu'Isaac le rattrape. « Ça
va, dit-il à mi-voix. Il sait où j'habite. S'il avait trouvé
mon blouson, il se ferait pas chier à attendre.

— Tu penses qu'il va croire qu'on est là par
hasard ? » dit Isaac.

Poe hocha la tête.

Isaac allait émettre un doute mais il se demanda si
Harris, même de là-haut, ne pouvait pas les entendre.
Poe accéléra en passant près du bâtiment où gisait le
cadavre du Suédois. Plus maintenant, pensa Isaac. Exit
le Suédois. À tous les coups le coroner est déjà venu,
le procureur, tout le monde. La moitié de la ville, à en
juger par les traces de pneus. C'est quoi son nom déjà
à la fille du coroner, Dawn Wodzinski, celle qui va
hériter de l'affaire familiale. Parce qu'en plus de coroner du comté, son père est aussi directeur des pompes

funèbres. C'est pas de la connaître qui va t'aider, se dit-il. Le procureur, c'est le nouveau, là, Machinchose.

En attendant vois donc comme Poe marche vite. Soulagé qu'on lui épargne le spectacle de ce qu'il a fait. À cause de lui quelqu'un est mort, mais ce détail, il s'empressera de l'oublier. Il se souviendra qu'il est innocent. Il se souviendra que c'est toi qui as décidé de faire ce que tu as fait. Sauf que la bagarre, c'est lui qui l'a cherchée, lui qui s'est bien fiché de l'addition vu qu'elle n'était pas pour lui, mais pour le Suédois et toi — et Poe n'en prendra pas sa part. Tu le connais assez pour savoir ça.

Ils prirent l'accès incendie entre les arbres, grimpant sous le gris foncé du ciel. À leurs bas de pantalon trempés s'accrochaient des fleurs de bardane et toutes sortes de graines ; Poe montait à grandes enjambées, les yeux rivés sur le sol. Isaac devait presque courir pour le suivre, c'était humiliant et ça aussi ça le mettait en colère. Une odeur âcre d'herbe écrasée et de sumac à trois lobes se mêlait à celle, plus agréable, de la terre mouillée. Ils esquivèrent un trou où s'était embourbé un véhicule, témoins les giclures sur les troncs des arbres alentour. Isaac sentit son visage s'empourprer et s'efforça de se calmer. Dans la famille des sacrifiés sur l'autel d'autrui, je demande le fils, Isaac English. Bien fait pour lui. C'est pas le Suédois que tu as troqué contre Poe — c'est toi. Fini les rêves de Californie. Fini les rêves tout court.

Quand ils arrivèrent en haut de la butte, Harris sortit prestement de la voiture pour les recevoir. Il n'avait pas l'air particulièrement menaçant : la cinquantaine, des jambes maigres, presque chauve, une couronne de cheveux coupés court. Émergea alors un autre flic bien plus jeune, typé chinois, le torse puissant, cinq ou six ans de plus qu'Isaac maximum. Il portait des lunettes de soleil malgré la nuit tombante, carabine automatique en position de prériposte. Son visage n'était que vaguement familier. Il ne faisait pas partie des flics que tout le monde connaissait.

« On reste calme », dit-il.

Harris laissa échapper un sourire. Il fit signe à son adjoint de baisser son arme.

« Billy Poe si je me trompe pas ? dit Harris.

— Oui, m'sieur.

— Tu viens souvent par ici ?

— Non, m'sieur. Première fois. »

Harris fixa longuement Poe, puis son regard se porta sur Isaac.

« D'accord, dit-il. Première fois que vous venez là tous les deux. »

L'autre flic eut un sourire narquois et secoua la tête. En plus du fusil au canon si court qu'on aurait dit une mitraillette, il avait un gilet d'assaut avec des réserves de cartouches, une matraque et puis d'autres choses encore qu'Isaac ne reconnaissait pas. On aurait dit un fournisseur de l'armée de retour d'Irak. Harris, lui, n'avait que son pistolet, des menottes et une petite lampe torche.

« Original, comme endroit où passer la nuit, dit l'agent.

— Moins qu'on puisse dire. Dis-moi, Billy, t'aurais pas des inclinations particulières, à venir ici quand il fait noir avec un autre garçon ?

— Non, m'sieur. Pas du tout, m'sieur.

— Très bien. Alors dans ce cas je vous laisse en liberté. »

Poe et Isaac le regardèrent, perplexes.

« C'était une blague.

91

— Vous voulez que je les fouille ? demanda le jeune flic.

— Ils m'ont pas l'air dangereux vu d'ici, dit Harris. Je crois pas qu'on ait besoin de vérifier. Peut-être que s'ils promettent de pas s'attirer d'ennui on peut les raccompagner chez eux.

— On peut rentrer à pied, dit Isaac.

— Vous feriez mieux de venir avec moi.

— Qu'est-ce qui vous amène ici, au fait ? demanda Poe.

— Allons-y, dit Isaac.

— Vous êtes pas des voyous, dit Harris. Agent Ho, prenez donc vos jumelles de nuit dernier cri et allez vous poster dans ces fourrés, voir qui d'autre vient se balader par ici.

— C'est encore trempé, là-bas, chef.

— Toutes mes excuses, lui dit Harris. Allez-y quand même et patience, vous finirez par y prendre goût. »

Après un grognement, Ho ramassa ses affaires et entreprit de descendre l'accès incendie, carabine au bras, sous le regard des trois autres. Au-delà, il y avait le pré et la rivière, et plus loin, les collines presque noires à présent, émaillées d'éclats de vert là où brillaient des lumières vagabondes. Ils restèrent silencieux, à regarder mourir les couleurs jusqu'à la nuit complète.

Harris dit : « Presque une pub pour Dieu, hein ? Bizarre que personne remarque combien c'est beau par ici.

— Cherchez pas, les gens savent que se plaindre, c'est tout », répondit Poe.

Parce qu'ils sont au chômage, pensa Isaac, mais

quand il jeta un regard dérobé à Harris, il le trouva bien pensif. Probable qu'il avait déjà pris ça en compte.

Au bout de quelques instants Harris leur fit signe de monter à l'arrière de la Ford, démarra et, le différentiel enclenché, opéra un large demi-tour au milieu des arbres. C'est pas cette voiture qui se serait embourbée dans le trou de tout à l'heure, nota Isaac. Décidément, il avait dû passer des tas d'autres véhicules. Tout en haut de l'accès incendie, Harris sortit ouvrir une grille avant de prendre la route principale vers le sud.

« Évitez de traîner dans le coin, vous deux. Je veux pas vous revoir là. »

Un écran de plexiglas les séparait, sa voix leur parvenait étouffée. Il fit coulisser la plaque :

« Vous m'avez entendu ?

— Oui, m'sieur », dit Isaac.

Il faisait sombre à l'arrière et Isaac ne distinguait pas grand-chose à part le crâne chauve de Harris et le halo de l'ordinateur entre les sièges avant. Ils allaient très vite malgré la courbe de la route qui suivait la rivière. Ton argent et tes carnets sont toujours dans le pré. Sauf si quelqu'un les a trouvés. Peu probable. Il y a des tonnes de merdes là-bas et ce qu'ils cherchaient était bien en vue dans l'atelier.

« Fiston, je sais plus ton nom mais je connais ton père. Il travaillait dans l'Indiana quand l'usine Steelcor a pris feu, c'est ça ?

— Isaac English. Mon père s'appelle Henry. »

Harris hocha la tête. « Ça m'a fait de la peine quand c'est arrivé. C'est bien ta sœur qui a fait Harvard, hein ?

— Oui.

— C'est Yale, qu'elle a fait, dit Poe. Pas Harvard. »

Harris eut un petit geste de la main : « Ah, pardon.

— C'est rien, dit Isaac.

— Vous habitez toujours cette grosse maison de brique ?

— Ce qu'il en reste. »

Après quoi ils se turent. Tout droit, dans le coude de la rivière, Isaac voyait l'éparpillement de lumières qu'il savait être la ville. Il ferma les yeux, écouta le frottement des pneus contre la route dans le noir, se dit tu peux même pas être sûr de ce qui t'est passé par la tête. Du degré de pureté de ta décision. De ce que tu pensais sans même le savoir — tu fais qu'apercevoir la surface de ta conscience, y a des courants profonds à l'œuvre en permanence. Tout ce que je veux, c'est dormir, pensa-t-il. Mais t'y arriveras pas. En attendant, le grand Otto, lui, il fait que ça, dormir. Qu'est-ce qui t'a pris de lancer cette bille ? Il ne s'en souvenait pas. Ne se souvenait pas de ce qui lui était passé par la tête, ni même s'il y était passé quoi que ce soit. Ça sera du meurtre au premier degré — t'as ramassé ce bout de métal sans raison, t'es entré avec. Préméditation. Injection mortelle. On disait que ça faisait pas mal mais il en doutait. Sachant ce qu'elle impliquait, cette piqûre-là faisait forcément mal.

Il fit pression sur ses tempes. Garde ça pour toi, se dit-il. Faut que tu sois toi-même convaincu que tu l'as pas fait. Sauf que c'est perdu d'avance. Je suis pas comme ça.

Poe le poussa du coude et Isaac ouvrit les yeux. Ils étaient en train de dépasser le nouveau commissariat, direction le centre-ville. Isaac garda les yeux fixés sur le bâtiment à s'en tordre le cou, jusqu'à le voir disparaître derrière eux dans l'obscurité. Ils passèrent devant les Établissements Frank « Tout pour la voiture », un nouveau centre de traitement de la colonne vertébrale, le Centre de dialyse de la vallée, le Centre forme et bien-être, et Rothco & Co., matériel médical. Puis devant un salon de coiffure à louer et un ancien magasin de modèles réduits ferroviaires reconverti en centre de bronzage à la devanture miteuse. Devant l'armurerie Black, le supermarché Wards, fermé, la pharmacie, fermée, le Supper Club dîner-spectacle, fermé, le McDonald's, fermé, la Maison slovaque et le temple maçonnique.

Devant d'autres magasins encore, tous condamnés, dont il aurait été bien en peine de se souvenir de ce qu'ils étaient jadis. Des bâtiments de pierre à corniches et grilles de fenêtre en fer forgé savamment travaillées, les fenêtres elles-mêmes toutes barrées de contre-plaqué, les murs couverts d'affiches publicitaires pour la loterie locale. Il y avait plus de monde que d'ordinaire sur les trottoirs ; on était samedi soir.

« Si les services sociaux voyaient où part leur argent », dit Harris. Il se gara devant le premier bar venu ; déjà les gens s'éloignaient.

« Je vous donne le choix : soit je vous ramène chez vous, soit vous appelez pour qu'on vienne vous chercher. »

Isaac ne savait pas trop quoi dire mais déjà Poe répondait : « On va appeler.

— Parfait. » Il haussa les épaules. « Alors allez-y. Dites que je vous ai permis d'utiliser le téléphone.

— D'ici on peut rentrer à pied, dit Poe.

— Qu'on vienne vous chercher, dit Harris. Passez votre coup de fil. Je veux pas vous retrouver en train de traîner. »

Les garçons hochèrent la tête.

« Au fait, dit Harris. C'est quoi, cette blessure au cou ?

« — Pardon ?

— Me prends pas pour un idiot, Billy.

— J'suis tombé sur des barbelés, m'sieur. »

Harris secoua la tête. « Billy, dit-il. Oh, Billy. » Il se retourna complètement sur son siège. « Continue comme ça et ça va mal finir. Tu m'entends ?

— Oui, m'sieur.

— Pareil pour toi, dit-il à Isaac. L'un comme l'autre, vous feriez bien de rester chez vous les jours qui viennent. Que je sache où vous trouver. »

Ils entrèrent dans le bar. Des boiseries gravées d'initiales un peu partout recouvraient les murs, l'endroit était sombre, trop grand pour ce qu'il avait à offrir, avec pour toute lumière les sigles au néon des marques de bière. Deux téléviseurs diffusaient un jeu de loto tandis qu'un troisième affichait les résultats de courses de stock-cars. Dans le hall d'entrée, un panneau de contre-plaqué barrait l'accès à un ascenseur.

« Y a que des vieux, dit Isaac à mi-voix.

— T'aurais préféré Howie's, devant tout le monde ?

— On devrait pas être là du tout.

— Je me vois d'ici expliquant à ma mère pourquoi Harris me raccompagne.

— C'est vraiment pas le problème, putain », dit Isaac.

La serveuse s'approcha sans se presser, cigarette à la bouche. Jeune, jolie, elle avait été deux ou trois ans au-dessus d'eux à l'école, Isaac la reconnaissait.

Elle finit par dire : « Histoire que vous perdiez pas votre temps, je vous ai vus sortir de la voiture des flics.

— Emily Simmons, dit Poe. Je me rappelle.

— Eh ben pas moi », dit-elle.

Ça, ça m'étonnerait bien, pensa Isaac, mais mieux

valait le garder pour lui. « Harris a dit qu'on pourrait téléphoner.

— Alors si Harris l'a dit. » Elle posa le téléphone devant lui et resta plantée là tandis qu'il appelait sa sœur.

Poe reprit : « Je vais prendre un demi en attendant qu'on vienne nous chercher.

— Et je suppose que t'as oublié ta carte d'identité chez toi ?

— J'ai vingt et un ans.

— Tu t'es trompé d'endroit, mon pote.

— Tu sais, je me rappelle qu'on a joué au billard ensemble chez Dave Watson. Billy Poe. J'étais deux ans en dessous de toi.

— Je te connais pas, je l'ai déjà dit. »

Elle leur servit des sodas. Poe enleva la cerise qui décorait son verre et la jeta par terre sous le regard amusé des clients. Pour l'essentiel des hommes plus âgés en parkas ou blousons synthétiques, visages épais d'avoir travaillé trop près du souffle des fourneaux ou en extérieur, ou de ne pas avoir travaillé du tout. Certains reprirent leurs discussions, d'autres n'avaient rien de mieux à faire que de regarder les nouveaux venus.

Isaac reconnut un ami de son père, un ancien collègue de l'usine, assis tout seul, D. P. Whitehouse il s'appelait, il venait regarder le foot chez eux le lundi soir, il avait emmené le vieux chasser le faisan à son retour de l'Indiana, après l'accident. Mais ça remontait à loin — des années que D. P. n'était pas venu. Et voilà qu'il ne reconnaissait pas Isaac, ou faisait comme si.

« Peut-être qu'on ferait mieux d'attendre dehors, dit Isaac.

— Carrément. Doit y avoir moyen de se faire servir

97

une putain de bière ailleurs. » Il jeta à la serveuse un regard hostile, qu'elle ignora.

Dehors il y avait trop de monde qui traînait, ils se réfugièrent donc dans une allée latérale ; mais quand leurs yeux se furent faits à l'obscurité, ils virent deux hommes assis dans un pick-up sombre, moteur allumé. Le conducteur leur fit signe de ne pas rester là et ils obéirent, retournant sur le trottoir, mal à l'aise.

« Des flics, tu crois ? dit Isaac.

— Mais non, bordel. Arrête la paranoïa.

— Harris sait tout. Et je te signale que c'est pas pour toi que ça craint.

— Calme-toi, dit Poe.

— T'as raison, rien de grave.

— S'il savait quoi que ce soit, on serait en train de se faire taper dessus là tout de suite. Pour lui on est juste des gosses, et puis y a la bonne femme qu'a été retrouvée dans une benne à ordures la semaine dernière — ils ont d'autres chats à fouetter. »

Ils regardèrent les voitures qui passaient lentement pour, une minute plus tard, repasser dans l'autre sens.

« Il a trouvé ton blouson, dit Isaac. Sans compter que s'il a fait son enquête correctement il a aussi nos empreintes digitales, nos traces de pas et ton sang un peu partout.

— Tu regardes trop la télé, dit Poe.

— Je sais pas si t'as remarqué comme le sol a été chamboulé, y a d'autres voitures que la sienne qui sont passées par là.

— D'accord, MacGyver.

— Arrête, putain.

— Je te parie que des clodos, Harris en a explosé plus d'un en personne. Si ça se trouve, il va même se vanter pour celui-là et récolter les honneurs. Et puis y a toutes les chances pour que les autres de la bande au Suédois se soient barrés avec mon blouson, on peut pas dire qu'ils étaient super-sapés.

— Tu parles des témoins.

— Deux clodos.

— Dont un qui vit dans le coin, qui t'a déjà reconnu.

— Écoute, Isaac, si ça t'amuse de t'angoisser, te gêne pas pour moi. »

Quelques minutes plus tard, ils virent la Mercedes de Lee descendre lentement la rue à la recherche d'une place, puis se garer d'un créneau impeccable malgré le peu d'espace.

« À tous les coups elle va se la faire rayer, sa caisse, dit Isaac.

— Mais non. »

Ils allèrent à la voiture et attendirent que Lee en émerge.

« T'as mis le temps, dit Isaac.

— Désolée. » Elle eut un petit sourire coupable. « Il a fallu que je me prépare. »

Elle était élégante — longue jupe près du corps, chemise blanche ouverte, et quand elle serra Isaac dans ses bras, il sentit qu'elle s'était parfumée. On ne l'aurait pas prise pour quelqu'un du coin. Isaac remarqua qu'elle était maquillée — exceptionnel. Il remarqua aussi la façon dont elle embrassait Poe, la légère pression de sa main sur la hanche de Billy. Il se sentit brusquement troublé, ne sachant trop quelles conclusions en tirer.

« Quel est le programme ? dit-elle.

— Je crois qu'un verre nous fera pas de mal », dit Poe. Il se tenait droit à présent, souriant, un peu gêné, rougissant aussi, incapable de détacher son regard de

Lee. On va droit vers les emmerdes, se dit Isaac. Il regretta de n'avoir pas demandé à Harris de les ramener chez eux.

« Faut vraiment qu'on rentre, dit-il à mi-voix.

— Un verre, ça va, dit Poe. On a quand même une minute.

— Qu'est-ce qui se passe ? demanda Lee.

— Ton frère est fatigué, c'est tout. »

Poe fit un petit signe de tête à Lee et s'éloigna un peu pour laisser le frère et la sœur parler tandis qu'il s'allumait une cigarette.

« Alors ? dit-elle.

— Rien. » Il évitait de la regarder.

« Tu veux pas m'en parler ? »

Il ne répondit pas.

« Écoute, mon pote, dit-elle.

— Depuis quand je suis ton "pote" ? »

Elle resta immobile une minute, puis sembla prendre une décision. Elle fit demi-tour et rejoignit Poe d'un pas vif. Isaac les suivit, lentement.

7

Poe

Lee marchait devant, il la rattrapa et resta tout proche, se fichant bien de savoir si Isaac les suivait ou pas, il la frôlait sans faire exprès et elle laissait faire. Quant à Isaac, il avait toujours été comme ça, à avoir peur de tout. Pas étonnant, la manière dont les autres le traitaient à l'école, Ralph Nader junior, un vrai papi, bordel. Harris aurait pu les boucler mais il l'avait pas fait, il avait arrangé l'affaire, ouais, ce bon vieux Harris avait tout arrangé. C'était connu qu'il se foutait complètement que des clodos crèvent, il avait bien fait cramer toutes ces vieilles maisons, là, tout un tas de maisons squattées par des SDF, la Petite Serbie, le quartier s'appelait, Harris avait tout brûlé, une nuit entière ça avait duré, des pompiers partout. Alors un clodo de plus clamsé dans une usine, il s'en foutait complètement. Ça, on pouvait en être sûr.

Lee avait sorti le grand jeu. Huit mois qu'elle avait pas appelé, ça n'avait jamais été sérieux pour elle et puis voilà qu'elle était mariée maintenant. Il l'avait su par Isaac, elle s'était même pas donné la peine de lui dire. N'empêche — elle était là, à côté de lui, et magnifique avec ça, elle qui portait très peu de maquillage, ce soir il y avait toute la palette, elle avait pris soin de se faire belle, pour lui. Les têtes qui se tournent sur son passage, elle est dans une classe à part, ils le savent, jamais ils la reconnaîtraient. Il se sentit pris d'une espèce de vertige, envie de l'attraper et de la retenir, retenir une partie d'elle dans sa bouche à lui. Rien que d'être proche comme ça, si déjà il arrivait à garder cette sensation, ça suffirait.

Ils passèrent devant Howie's — hors de question d'entrer, ses potes étaient capables de dire n'importe quoi devant Lee. Il opta plutôt pour Frank's Tavern. Une clientèle d'ordinaire un peu plus âgée, mais pas trop. À l'intérieur il faisait sombre et humide et ça dansait. Des verres vides un peu partout. Isaac, à la traîne, faisait la tête. Allez, pensa Poe. Lee lui effleura la main — c'était délibéré, il lui prit la sienne et la serra, dans la foule personne verrait rien. Il la regarda — elle rougissait, un sourire au coin des lèvres, le sourire qu'elle affichait que quand c'était plus fort qu'elle. Il allait ignorer Isaac, c'était décidé, l'ignorer toute la soirée. Toute la vie. Dans le bar on finissait de fêter un mariage, un jeune couple ; il reconnut quelques têtes, repéra James Byrne à l'autre bout de la pièce et se détourna aussitôt. Jimmy Byrne qui amenait sa copine aux matchs — sauf qu'elle s'était mise à venir toute seule, elle raccompagnait Poe en voiture, ils se garaient dans les fourrés. Est-ce que Jimmy était au courant ? Peut-être. Il était de ces types qui prennent leur permis de port d'armes dès qu'ils ont l'âge légal ; il le faisait circuler dans les fêtes pour que tout le monde le voie.

La noce était sur son trente et un, les filles en tenue du dimanche, leurs petits copains en chemises neuves. Tout excités de se frotter les uns aux autres. Laissé seul dans sa poussette, un bébé assis là observait ce qui se passait, les choses, les gens.

« C'est comme au bon vieux temps », dit Lee, mais Poe ne savait pas si c'était positif ou négatif. Ils convinrent qu'elle avait plus de chances que lui de se faire servir et il la regarda se frayer un chemin jusqu'au bar dans la bousculade générale, elle croisa les bras, elle était si petite, quelques cheveux noirs s'échappaient de sa queue-de-cheval, on aurait dit — Poe cherchait — on aurait dit qu'elle venait d'ailleurs, d'Espagne, une fille dans un bar en Espagne, une fille dans un tableau. Il faillit la rejoindre mais s'obligea à ne pas bouger. Il s'adossa au mur, mains dans les poches, puis le long du corps, puis les bras croisés, puis derrière lui pour finir. Elle ramena ses cheveux derrière l'oreille, se retourna et lui sourit. Il lui rendit son sourire et ils restèrent là à se regarder, chacun à un bout de la pièce. Il aurait beau respirer et respirer encore, il lui semblait que l'air manquerait toujours. Il avait des frissons dans le cou, il aurait voulu que ça ne s'arrête pas — puis il y eut du remue-ménage, les jeunes mariés descendaient d'un coin secret à l'étage, la robe de la mariée plus très droite, applaudissements, regard gêné de la mariée, geste de main du marié, genre salut de général, ouais ben c'est bon, se dit Poe, on sait que tu l'as sautée. Mais quand ses yeux se posèrent sur Lee, il fut comme pris de nausée — il n'y avait pas si longtemps, c'était elle la mariée. L'espace d'un instant il eut la nausée, littéralement cette fois, arrière-goût de vomi dans la bouche ; il but une gorgée de bière dans une bouteille à moitié pleine qui traînait là pour faire passer. Non mais regarde-toi tu fais n'importe quoi tu devrais même pas être ici avec elle. Des gens qui dansaient l'avaient entraînée et elle lui fit signe de la rejoindre, mais il ne savait plus trop, ne savait plus quoi faire, et resta planté là. Elle essaie juste d'être gentille, point barre.

Isaac se tenait dans un coin, bras croisés. Poe le rejoignit et lui donna une tape sur l'épaule. « Détends-toi », mais sa propre voix lui parut forcée, mal assurée ; Isaac évitait son regard. « Tu veux une bière ? » Isaac l'évitait toujours. Il revint à Lee. Elle dansait. D'abord avec un gros type d'un certain âge qui flottait dans son costume du dimanche, le visage dégoulinant de sueur ; c'était le père de Frankie Norton, Frankie qui était parti étudié à Lehigh. Après avec un gamin plein de taches de rousseur qui avait l'air d'avoir quinze ans, puis avec un type en uniforme bleu de marines qui se la jouait un peu. Lee et le marine dansèrent un moment, un long moment, sembla-t-il ; il la faisait tourner lentement. Poe détestait cette chanson, un truc de Faith Hill, il détestait toute la jeune génération country. Le marine essayait de mettre son bonnet blanc sur la tête de Lee, pour rire. Puis le père de Frankie revint avec deux bières pour la jeune femme ; elle s'arrêta de danser et se fraya un chemin vers Poe. Le marine le jaugeait depuis l'autre bout de la pièce et, quand finalement il se détourna, Poe vit une cicatrice lui courir sur l'arrière du crâne, chauve à cet endroit, une cicatrice chirurgicale. On lui avait trifouillé dans la tête. Après le lycée, beaucoup s'étaient enrôlés et, rien que ce dernier mois, trois jeunes de la vallée étaient morts. Dont une fille avec qui il avait couché quelquefois, une fille un peu bizarre que tout le monde prenait pour une lesbienne. Il avait couché avec elle plusieurs fois, il n'avait pas démenti pour autant. Elle conduisait un camion quand elle avait sauté sur un engin explosif improvisé, c'était comme ça qu'ils finissaient tous, là-bas. Son seul tort avait été de s'engager dans la réserve militaire. Poe espérait que les Arabes qui avaient fait ça étaient morts, il espérait qu'ils s'étaient fait descendre par un petit gars du pays qui dégommait déjà les cerfs au berceau, il voulait que ces sales Arabes se soient crus à l'abri tandis que le sniper évaluait la déviation due au vent, et boum — les tripes à l'air. Putain, se dit-il, il s'est passé quoi, là, y a pas trois secondes j'étais heureux.

Lee lui tendit une bière : « On n'a pas voulu me laisser payer.

— Alors c'est les allocations familiales qui régalent, dit Isaac. Ou l'indemnité chômage. »

Sa sœur fit une drôle de tête. Poe aurait bien passé Isaac par la fenêtre. Lee s'apprêtait à dire quelque chose quand le marine reparut à côté d'elle. Guère plus de vingt ou vingt et un ans, des cheveux bruns coupés court, soyeux comme ceux d'un petit garçon, de l'acné dans le cou et sur les tempes.

« Quand est-ce que tu reviens danser ? dit le marine.

— Je ne danse plus, répondit Lee.

— Allez.

— Je suis venue voir mes amis, là. »

Il regarda Poe de haut en bas. Puis la prit par la main.

« Non, merci », dit-elle.

Poe s'interposa entre Lee et le marine.

« Le mari à la rescousse, c'est ça ?

— C'est ça, dit Poe.

— Sauf que t'es pas son mari.

— Si, dit Lee.

— Tu parles.

— Retourne donc avec tes amis, dit Poe.

— On part », dit Lee.

Le marine fit un pas en avant, mais déjà Poe reculait.

Le marine le suivit mais se prit les pieds dans quelque chose et tomba violemment. Il était ivre. Il se mit à hurler, il hurlait, étalé par terre. Poe reculait toujours. Lee et Isaac étaient déjà dehors.

Poe continuait de reculer, sans quitter le marine des yeux, les gens autour commençaient à regarder ; sur l'uniforme bleu bien repassé, les médailles avaient pris des positions étranges. Poe se sentit mal pour le jeune soldat, *relève-toi,* pensa-t-il, allez relève-toi. Puis il remarqua que, bizarrement, le marine avait une jambe tordue et plus longue que l'autre. Poe vit quelque chose briller et sentit son sang se glacer, il était hypnotisé par la jambe, du plastique beige au-dessus de la chaussette, un boulon d'acier au niveau de la cheville, impossible de détacher son regard, il était comme étourdi, *t'aurais pu le tabasser*, se dit-il soudain, *y a pas si longtemps tu l'aurais tabassé*, et l'espace d'un instant il crut qu'il allait s'évanouir. À un endroit la foule était moins dense, il écarta les gens sans ménagement pour sortir.

Dehors stationnait une voiture de police ; Poe s'appuya contre le mur, mais il y avait déjà quelqu'un, menottes aux poings, sur le siège arrière, attendant que le flic ait fini d'écrire. Putain, se dit-il, ta vie est en train de t'échapper, tu fais connerie sur connerie. Il s'étonna de ne pas s'en être rendu compte plus tôt. Et maintenant cette merde dans l'usine avec les clodos. Il fallait qu'il se barre, qu'il quitte cette ville. Il avait cru que ça ferait son affaire de rester, mais c'était le contraire, on avait essayé de lui dire mais il avait rien voulu entendre. Il ne se souvenait plus de l'endroit où s'était garée Lee, deux bières seulement et la tête lui tournait. À l'autre bout de la rue, une ambulance, portes arrière grandes ouvertes, lumière vive, deux personnes en train de recevoir des soins. Il repéra Isaac et Lee qui l'attendaient. Le temps qu'il les rejoigne, ils avaient fait démarrer la voiture. Il se retourna en montant à bord : une demi-douzaine de types sortaient du bar à sa recherche.

« T'as cueilli des fraises en chemin ? dit Isaac.

— Le marine, il avait une fausse jambe.

— Tu l'as pas tabassé ? demanda Lee.

— Je l'ai pas touché, putain.

— C'était vraiment une bonne idée d'aller boire un verre, dit Isaac.

— Je suis désolée, dit Lee. J'aurais pas dû discuter si longtemps avec lui.

— C'est pas ta faute.

— Encore heureux que c'est pas sa faute », dit Isaac.

Il se tut ensuite tout le trajet. Une fois la voiture garée, il en sortit et se dirigea vers la maison sans un regard pour les deux autres. Poe et Lee le suivirent des yeux, puis se regardèrent, et Poe se prépara à entendre Lee lui dire bonsoir. Il rentrerait chez lui à pied. Il avait besoin de se vider la tête.

« Tu entres boire un verre ? » dit-elle.

Il hésita longtemps. « D'accord. »

Elle lui pressa doucement le bras. « Mais tu ne peux pas rester.

— Je sais. »

Ils s'installèrent sur le canapé de la galerie à l'arrière de la maison, enfouis sous une couverture, leur visage exposé au froid mais le reste bien au chaud ; on entendait un petit cours d'eau dévaler le ravin et rejoindre un autre ruisseau, puis la rivière. Celle-ci se jetait à son tour dans l'Ohio, et l'Ohio dans le Mississippi, qui lui-même allait jusqu'au golfe du Mexique se jeter dans l'Atlantique. Tout était lié. Tout est lié, se dit-il. Il y a un sens à tout ça. Il reprit du vin. Il était bourré, voilà tout.

Il faisait chaud sous la couverture, ils se tenaient par la main, Poe ferma les yeux et prit le temps d'éprouver ce que ça lui faisait. Une tache sombre marquait le début du jardin voisin, en broussailles à présent, au point de masquer la maison vide.

« Quand je suis partie, il y avait encore quelqu'un qui vivait là, dit Lee. Pappy Cross. »

Poe termina la bouteille de vin, puis la suspendit au-dessus de ses lèvres pour en récupérer les dernières gouttes. La nouvelle lune, la nuit obscure, il lui semblait que tout était possible, que c'était comme au bon vieux temps ; il se demanda s'il ne se faisait pas des idées.

« Autant crever l'abcès, dit-il.

— Pardon de ne pas te l'avoir dit.

— Pas grave. »

Elle posa la tête sur son épaule.

« C'est le même qu'avant, c'est ça ?

— Simon.

— Celui qui s'est tapé toutes ces filles, là ?

— Pardon. Je te le dirai autant de fois que tu voudras l'entendre.

— Il retourne sa veste et ça change tout. En gros voilà l'histoire. » Mais qu'est-ce qui lui prenait de parler comme ça, ils passaient une bonne soirée ; vu la façon dont les choses évoluaient il y avait toutes les chances qu'ils couchent ensemble si lui pouvait juste faire semblant que tout était comme avant, semblant de lui pardonner.

Elle se tendit et ils restèrent un moment silencieux, puis elle dit : « Ce n'est pas pour rien que je me suis mise avec lui au départ, tu sais, il n'avait pas que des défauts. Et puis, maintenant qu'on est mariés, sa famille trouve plus naturel d'aider à s'occuper de mon père. Ça devrait nous rendre à tous la vie plus facile.

— J'espère qu'ils t'ont mis ça par écrit.

— Poe. » Elle secoua la tête. « Tu ne te rends même pas compte à quel point c'est facile pour toi de dire ça.

— J'ai pris ta défense face à ton frère mais je suis plus sûr d'avoir bien fait. »

Il ne savait toujours pas pourquoi il insistait, pourtant c'était comme si elle s'y attendait, comme si c'était normal, elle avait toujours admis les sentiments contradictoires.

« J'espère que tu ne lui as pas dit pour nous deux, dit-elle.

— Non, mais il doit être au courant maintenant. Après ce soir. »

Elle secoua de nouveau la tête. Ça ne lui plaisait pas.

« C'est un peu sa faute, aussi. »

Elle lâcha sa main.

« C'est par ton frère que je l'ai su, dit-il. T'aurais pu m'appeler, j'aurais compris. T'aurais pu me l'annoncer toi-même, mais non, il a fallu que je l'apprenne de lui, et puis j'imagine que là t'aurais quitté la ville sans me faire signe si on n'avait pas eu besoin que tu viennes nous chercher ce soir.

— Je suis mariée.

— Tant mieux pour toi si t'es heureuse.

— Si ça peut te faire plaisir, il y a des jours, on s'adresse même pas la parole. Je me rappelle même plus la dernière fois qu'on a fait l'amour. »

Il se demanda si c'était vrai, mais il s'en fichait.

C'est ce qu'il avait besoin d'entendre. Bien sûr que ça lui faisait plaisir, et elle aussi, on aurait dit que ça la soulageait. Une minute plus tard ils étaient dans les bras l'un de l'autre. Si proches qu'il l'entendait avaler sa salive, sentait son cœur battre, et il se dit vas-y, maintenant. Elle se laissa embrasser, se laissa serrer plus fort : il respirait son souffle chaud et leurs têtes se touchaient. Et puis il y avait son odeur, la plupart des filles, on sent leur parfum ou le savon qu'elles utilisent, mais elle, c'était sa peau, rien que sa peau. Il reconnaîtrait cette odeur entre mille. Certains matins après une longue nuit de sommeil, il la respirait, juste ça, sur la poitrine, à la base des cheveux en haut de la nuque. Ils restèrent ainsi un long moment, le souffle de l'un mêlé aux cheveux de l'autre, puis il se mit à lui caresser le dos, la jambe.

« Tu es injuste, dit-elle.

— Je t'aime. »

Elle soupira et se serra contre lui.

« T'as pas besoin de le dire. Je m'en fous.

— Moi aussi, je t'aime. »

Il sentit bientôt la main de Lee sur la peau nue de son ventre. Il glissa alors la sienne sous sa jupe et, encouragé par sa réaction, défit son pantalon pour s'en débarrasser. Il l'attira ensuite contre lui. Elle se laissa faire. Puis elle passa sur lui, il écarta sa culotte et s'introduisit partiellement en elle, aussi vite que ça. Elle se souleva un peu pour qu'il la pénètre facilement. Un instant d'immobilité. Elle s'agrippa alors à la chemise qu'il portait encore, serra fort avant de rouler sur le côté et d'enlever sa culotte.

Ils recommencèrent. Rapidement, le visage de Lee prit une expression soucieuse : il l'attira à lui de sorte que, la bouche contre la nuque de Poe, elle ne fasse pas de bruit. La tension de son corps finit par se dissiper, ils allaient plus lentement.

« Tu veux passer dessus ? demanda-t-elle.

— Je crois que j'ai fini.

— Moi aussi. »

Au bout d'un moment ils se déshabillèrent complètement, juste pour que leur peau se touche, elle, dos contre lui, lui, bras autour d'elle. Elle avait un grain de beauté sur le dos, sur l'omoplate exactement, il se pencha pour l'embrasser. Il savait que l'autre ne l'aurait pas fait, voilà pourquoi. Il savait que, pour l'autre, elle ne signifiait pas pareil, pas autant. Mais ça ne comptait pas. Pour lui elle était différente mais cela ne comptait pas — il allait le mettre par écrit, une grande leçon. Mais ferme-la, putain.

Puis il se dit qu'elle essayait juste d'être sympa. Elle a couché avec toi pour être sympa, le bon vieux temps, tout ça, la prochaine fois il en restera rien. Il eut froid. Il envisagea toutes les possibilités avant de décider que non, ce n'était pas de la pitié de la part de Lee, c'était un mélange de plusieurs choses, ce qu'il acceptait parfaitement. Mais il était temps qu'il parte, dans une heure il serait peut-être énervé, en colère, il voulait pas qu'elle voie ça. Il se détacha doucement d'elle et se mit à chercher ses vêtements du regard, puis se leva pour s'habiller.

Réveillée par le froid, elle ouvrit les yeux.

« Tu vas où ?

— Je sais pas. Chez moi, je suppose.

— Je te raccompagne en voiture. » Elle se leva, nue. Elle était si frêle. « La vache, je suis déchirée, dit-elle. Pas étonnant que j'aie voulu te séduire. » Elle lui sourit.

Il fut un peu blessé par ce que ça sous-entendait

111

mais sourit tout de même, il commençait à dégriser : rien d'autre à espérer, deux vieux amis, avec les petits avantages que ça comporte à l'occasion, vouloir plus, c'était risquer de plonger et qu'elle le laisse en plan. Il était content qu'il se soit passé ce qui s'était passé, un rappel efficace de ce que ça devait être. Ça devait avoir du sens, être plus que de la mécanique des corps. La vie était longue, il retrouverait tout ça, seulement pas avec elle. Il ne comprenait pas que ça lui semble si naturel, il espérait que l'évidence durerait, il savait bien que c'était la meilleure façon de terminer l'histoire. De clore ce chapitre de sa vie. Il ne voulait pas y penser.

« Je suis content de t'avoir revue. » Il s'éclaircit la gorge et prit sur lui : il se pencha pour l'embrasser sur le front. Elle essaya de l'attirer sur le canapé.

« Autant que tu restes encore un peu, dit-elle. Autant qu'on continue toute la nuit.

— Vaut mieux que je rentre.

— Ce que je t'ai dit, je le pensais.

— Je sais, dit-il. Je sais que tu le pensais. »

En partant, il se retourna pour lui faire un signe de la main et vit du mouvement à la fenêtre d'Isaac. Il ne s'arrêta pas. Bientôt il avait rejoint l'obscurité des arbres.

8

Lee

Étendue sur le canapé, elle regardait la maison où elle avait grandi mais à laquelle elle évitait de penser depuis cinq ans, plafond taché d'humidité, pans de papier peint décollés révélant le plâtre sec, et les livres d'Isaac qui traînaient un peu partout. Depuis qu'elle était partie, ils avaient tout envahi. Vieux manuels scientifiques achetés d'occasion, numéros du *National Geographic*, de *Nature*, de *Popular Science* par piles entières sur la moindre étagère, sur le piano droit de sa mère, livres et magazines par paquets jonchant le salon en tas désordonnés. Une grande pièce, mais dans laquelle le fauteuil roulant de son père passait tout juste. Henry avait visiblement décidé de laisser faire. Peut-être s'y était-il habitué. Un curieux qui regarderait par la fenêtre s'imaginerait la maison habitée par quelque vieille folle et ses vingt chats.

D'un côté elle aimait ça chez son frère, cette curiosité — il était toujours en train d'apprendre quelque chose —, mais elle commençait à se faire du souci pour lui. Il était de plus en plus isolé, de plus en plus excentrique. D'accord, se dit-elle. C'est toi qui l'as planté là. Mais elle n'avait pas vraiment eu le choix. Il lui avait toujours semblé qu'elle s'était échappée juste à temps, finalement débarrassée de la sensation qui l'avait poursuivie toute son enfance, cette sensation qu'abstraction faite de ce frère encore plus bizarre qu'elle, elle était fondamentalement seule. Le genre d'idée qui n'avançait à rien. Mais tout avait changé à son arrivée à Yale, sinon aussitôt, rapidement tout de même, le sentiment de solitude, une solitude qu'elle qualifierait maintenant d'existentielle, avait disparu. Son enfance dans la vallée de la Monongahela lui semblait aujourd'hui appartenir à un passé si reculé qu'il pourrait aussi bien s'agir de la vie de quelqu'un d'autre. Elle avait trouvé un endroit où elle se sentait chez elle. Il était inconcevable de devoir l'abandonner pour revenir ici.

Il y eut un craquement à l'étage — son frère ne dormait pas. Elle se sentit coupable. Je suis en train de faire ce qu'il faut, se dit-elle. La famille de Simon avait accepté de payer une infirmière, elle-même avait pris les choses en main et demain elle verrait les premières candidates. Ça n'aurait pas pu aller plus vite. Même topo que dans ta formation de maître-nageuse sauveteuse : si tu te noies tu ne sauveras personne, sauve-toi d'abord. C'est ce qu'elle faisait. Elle avait repris pied et maintenant elle revenait s'occuper des siens. On peut dire que tu auras mis le temps, pensa-t-elle, mais ça n'était sans doute pas vrai, elle était dure envers elle-même, voilà tout. Elle n'avait pas fait une très bonne sauveteuse, soit dit en passant — son corps manquait de surface, de flottant, et la technique avait ses limites. Les gens un peu lourds la faisaient systématiquement couler.

Elle se leva, contourna les escaliers et traversa la petite salle à manger pour rejoindre la cuisine. Juste à côté, dans l'office converti en chambre, son père ronflait — longues pauses caractéristiques, comme s'il

arrêtait de respirer. C'est lui, se dit-elle. Lui, le problème. Elle eut soudain très chaud aux oreilles et à la
nuque et dut se rafraîchir le visage dans l'évier, elle
retrouvait la sensation familière que des choses terribles allaient se passer qu'elle ne comprendrait que trop
tard, la sensation qu'elle associait à cette maison, à la
ville entière. Elle la ressentait chaque fois qu'elle y
revenait. Bientôt ils en seraient tous partis. Voilà des
années qu'elle se préparait à cette conversation, dire à
son père qu'il était temps que ses deux enfants s'en
aillent. Qu'il pouvait rester là avec une infirmière ou
aller en maison de retraite, mais qu'Isaac avait fait son
temps.

Elle avait toujours été la préférée. Leur père traitait
Isaac comme un enfant adopté, d'abord parce que lui-
même, Henry English, était un solide gaillard issu
d'une lignée de solides gaillards, ensuite parce que
Isaac faisait preuve d'une curiosité intellectuelle que
ne manifestait pas Henry, et que si ces défauts, une
petite taille et un esprit vif, étaient acceptables chez
son épouse et sa fille, sitôt qu'ils apparaissaient chez
son fils, c'était comme si tout ce que Henry avait à
offrir, tout ce qu'il estimait chez lui-même, comme si
tout cela avait été englouti par la personnalité de sa
femme. Y compris son teint de Mexicaine, dont les
deux enfants avaient hérité. Non que leur peau soit si
foncée que ça, seulement l'air bronzé ; Isaac aurait pu
passer pour un gars des collines. Peut-être pas Lee,
cela dit. Elle faisait plus étrangère. Les sourcils noirs,
se dit-elle. Henry English, lui, avait le teint pâle et les
cheveux roux. Du moins les avait eus.

Leur mère était venue aux États-Unis pour étudier
— à Carnegie Mellon University, Pittsburgh — et, à
ce que savait Lee, elle n'était jamais repartie. À la

naissance de ses enfants, elle n'avait déjà plus la moindre trace d'accent et ni l'un ni l'autre ne l'avait jamais entendue parler espagnol. Ouais, se dit Lee. Comme si Henry l'aurait toléré de toute façon. Il n'apprécierait pas non plus de savoir que tu as coché la fameuse case t'identifiant comme d'origine hispanique dans le dossier de candidature à la fac et pour ton troisième cycle de droit. Elle y avait beaucoup réfléchi, mais, le moment venu, elle n'avait pas hésité. C'était à la fois vrai et faux. Elle pouvait facilement faire latina, mais elle ne parlait pas la langue, ne connaissait pas même une comptine en espagnol — elle était fille d'ouvrier sidérurgiste, issue d'une famille de syndicalistes. À Yale elle avait choisi de faire du français. Tant pour son premier que pour son troisième cycle, elle aurait sans doute été admise quoi qu'il en soit, elle avait eu les notes maximales à peu près partout ; parfois elle aurait tout de même aimé en être certaine. Bien entendu c'était un problème de riche que de seulement se poser la question.

Elle avala une poignée de vitamines avec un verre d'eau pour compenser tout le vin qu'elle avait bu et retourna au salon. Cette maison avait quelque chose d'incroyable — plus grande, plus imposante que celles de certains de ses professeurs d'université. Construite pour un homme d'affaires en 1901, date gravée dans la pierre au-dessus de la porte d'entrée. Un peu ostentatoire, mais c'était le style de l'époque. Son père l'aimait plus qu'il n'aurait voulu l'admettre. Il l'avait achetée en 1980, quand l'activité commençait à ralentir et que les gens de la vallée étaient moins enclins à investir dans de telles superficies. Ensuite, après la fermeture de l'usine locale, c'est à cause d'elle qu'il avait dû aller travailler dans l'Indiana, vivre dans un taudis pour leur envoyer l'argent. Rétrospectivement ça semblait absurde. Mais le rêve américain l'exigeait. On n'était pas censé perdre son boulot quand on le faisait bien.

Elle ne se sentait pas d'attaque à affronter son frère, elle dormirait sur le canapé. Elle avait toujours considéré l'adultère comme typiquement masculin. Pourquoi avait-elle couché avec Poe ? Peut-être parce qu'elle le lui devait, parce qu'elle lui avait fait une promesse tacite, de celles qu'on fait avec le corps, une promesse qu'elle n'avait pas tenue. Pas tant en se mariant qu'en ne lui disant pas. Peut-être aussi qu'elle voulait que ce mariage se termine au plus vite, qu'elle essayait d'accélérer les choses. Non, ce n'est pas ce qu'elle voulait, mais tout de même, mariée à vingt-trois ans, c'était un peu ridicule. Elle l'avait fait pour montrer à Simon qu'elle lui pardonnait, une raison pas pire qu'une autre. Mais il y avait des jours où il refusait de se lever, des jours où elle n'existait pour ainsi dire pas. Il traversait une mauvaise passe, mais peut-être qu'il avait toujours été comme ça. Une mauvaise passe, certes, mais il avait grandi à Darien, Connecticut, une des villes les plus riches de États-Unis, dans une grande propriété. Il était un peu enfant gâté.

Et puis elle aimait toujours Poe, d'un amour vaguement désespéré, comme elle n'aimerait jamais personne d'autre, parce qu'elle savait que leur histoire n'irait jamais nulle part — Poe était un gars de la vallée, Poe aimait la vallée, Poe n'avait pas ouvert un livre depuis le lycée.

Elle ne regrettait pas encore, mais ça tenait sans doute aux endorphines. Ou pas — Simon, combien de fois l'avait-il trompée, il y avait trois filles pour lesquelles elle était au courant, mais combien d'autres ?

Elle se demanda s'il y avait prescription. Et ce qu'elle allait faire, pour Simon. Déjà il s'agitait, deux jours seulement qu'elle était partie, mais ne supportant guère de rester seul il était allé se réfugier à Darien, chez ses parents. Même s'il n'était qu'à une heure de train de New York, où il devait bien avoir une cinquantaine d'amis, il ne se sentait pas de quitter la maison. La faute à la dépression, mais aussi à l'habitude. Celle qu'il avait de jouer les types paumés. Dire qu'il était un peu enfant gâté : une litote flagrante. S'il devait un jour épuiser ses réserves d'argent... il ne s'en sortirait pas. La moitié seulement peut-être des amis qu'elle s'était faits à Yale s'en sortiraient. La plupart travaillaient très dur, mais aucun d'eux ne savait ce que c'était de vouloir quelque chose d'inaccessible. Sinon peut-être tel ou tel objet de désir amoureux. Tu es sur la défensive, se dit-elle. Ce que tu vis dépasse tout ce que tu pouvais espérer. C'est bien toi la plus heureuse de tous les gens que tu connaisses.

Elle n'avait pas renoncé à ses principes : elle aurait très bien pu se dispenser de finir ses études de droit maintenant, mais elle y tenait. Simon essayait de l'en dissuader, il voulait voyager, vivre un temps à l'étranger — il y avait cette maison de famille en Provence où personne n'allait. Seulement, c'était un tel cliché, la fille d'ouvrier qui épouse un riche héritier et récolte le jackpot. D'y penser, ça la rendait malade. Elle ne voulait pas de leur argent. Eux, en attendant, t'acceptent volontiers, c'est encore bien toi la plus équilibrée de la famille — flippant. Bien sûr ils étaient plus riches qu'elle pouvait jamais espérer le devenir, même en bossant pour une grosse boîte, ce qu'elle ne ferait de toute façon pas — elle finirait par travailler dans l'humanitaire ou comme commise d'office, ou dans la défense des droits civiques. C'est ce que tout le monde se raconte, pensa-t-elle : je fais mon droit à Harvard pour me mettre au service de ceux qui n'ont pas les moyens de payer un avocat. Ce serait donc Harvard ? Elle avait aussi été prise à Stanford et à Columbia, elle n'avait que l'embarras du choix. Sauf que son choix était fait. Harvard, évidemment. Elle sourit malgré elle. Quelle snobinarde tu fais. Pas grave. Du moment que tu ne le dis à personne. T'as qu'à répondre que tu vas étudier à Boston et si on te demande des précisions... Mais sinon ne va surtout pas lâcher l'info. Bien trop prétentieux — Harvard. C'était comme Yale, mais pire. Et ton frère, se dit-elle. Qu'est-ce qu'il va faire, ton frère ?

Elle se demanda s'ils avaient fait du bruit, avec Poe, si Isaac était vierge et les avait entendus coucher ensemble. Ce serait affreux. Elle ne savait plus trop dans quelle mesure elle le connaissait encore. Quelque part, elle craignait qu'il ne se prépare de sérieux ennuis. Impossible de dormir. Elle ouvrit les yeux et se redressa.

Elle fit mentalement la liste de tout ce qui n'allait pas dans la maison — le toit, la peinture et les plâtres à l'intérieur, les moulures autour des fenêtres, pourries, la façade de brique qui avait besoin d'être rejointée — et ça, ça n'était que ce dont son père lui avait parlé. C'était une demeure splendide, mais le prix des réparations serait sans doute plus élevé que ce qu'ils obtiendraient s'ils vendaient en l'état.

Car c'est bien ce qui allait se produire. Isaac ne resterait pas plus longtemps et il était hors de question qu'elle revienne, il faudrait que leur père s'y fasse. Si Henry était prêt à sacrifier Isaac, pas elle. Sauf que c'est ce que tu as fait, se dit-elle. Tu as laissé faire trop longtemps.

Elle se demanda combien ils obtiendraient pour la maison. À Boston ou Greenwich, la même vaudrait deux millions, mais par ici on pouvait en espérer quarante mille dollars. Ça faisait douze ans que la maison voisine était vide, même le panneau « À vendre » était maintenant décoloré, le bois pourri. Et on ne voyait jamais aucune voiture sur l'autoroute toute neuve au nord de Pittsburgh ; c'était quasi inimaginable ailleurs, une énorme autoroute inutilisée, l'artère centrale, vide. Pour qui avait l'habitude de conduire à New York ou Philadelphie, ou de l'une à l'autre, l'existence d'un endroit pareil, à seulement quelques heures de route, était inconcevable.

Elle décida de lire devant un bon feu pour faire venir le sommeil. Elle ouvrit l'arrivée d'air, empila quelques bûches dans l'âtre, mit du papier journal en dessous et l'alluma, mais une fois ce dernier brûlé, ni véritable chaleur ni flammes, rien que les bûches vaguement fumantes et une odeur de fumée envahissant la maison : elle ouvrit les fenêtres pour éviter que l'alarme incendie ne se déclenche. Elle était nulle, vraiment, comment avait-elle pu grandir dans un endroit pareil et rester tellement fifille. Faire un feu, tirer au fusil, tout ça, elle ne savait pas ; ça ne l'avait jamais intéressée, pourtant elle avait grandi au fin fond de la Pennsylvanie, putain, quelle honte. Peut-être qu'avant de partir elle demanderait à son père, il pourrait lui apprendre à tirer avec un de ses pistolets, des boîtes de conserve dans l'arrière-cour, par exemple. Ça, il le ferait volontiers.

Parmi les livres qu'elle avait apportés, elle choisit *Ulysse*, mais ne parvint pas à se souvenir du passage où elle s'était arrêtée. Est-ce que ça pouvait être un tel chef-d'œuvre si on oubliait aussitôt ce qu'on venait de lire ? Elle aimait bien Bloom, mais Stephen Dedalus l'emmerdait ferme. Quant à Molly, elle avait été directement au fameux passage. Osé pour l'époque, des pages et des pages de masturbation. Elle au moins n'aurait pas à y avoir recours ce soir. Quel soulagement. C'était devenu une vraie corvée. Elle était jeune, sexy, tout ce qu'il y a de plus baisable, et personne pour assurer, rien que sa main sur qui compter. Elle ne devrait pas être si dure envers Simon, allez. Mais c'est qu'elle s'inquiétait pour lui. Il avait blessé cette fille — ce n'était même pas sa voiture mais celle de John Bolton, c'est John Bolton qui aurait dû être au volant. John Bolton était presque sobre alors, mais ça lui plaisait d'encourager Simon, d'encourager ce que Simon avait de mauvais. John Bolton était un ami dont elle aurait préféré que Simon se passe. Il n'y avait d'ailleurs pas que lui. Quoi qu'il en soit, il y avait du verglas ce jour-là. L'enquête l'avait montré. Ça ne servait à rien d'y penser. Elle lui avait pardonné. On ne pardonne pas pour changer d'avis après. Simon, lui, ne s'était pas pardonné, punition suffisante. Elle voulait qu'ils retrouvent une vie normale, elle ne demandait pas que ce soit l'éclate totale — comme avant, ça irait. Sauf qu'il y avait Poe. Poe qui dégage une chaleur telle que ça donne envie de se serrer contre lui, le voir c'est ne pas pouvoir s'empêcher de le toucher. Tu ne serais pas heureuse avec Poe, se rappela-t-elle. Poe qui se bastonne dans les bars. Poe qui ne quittera jamais la vallée même pour toutes les érections du monde, quand les sens s'affolent et exigent le contact — rien que d'y penser elle serra ses jambes l'une contre l'autre fort très fort Poe Poe Poe plus fort encore — le ventre plat de Poe, les muscles de sa poitrine — elle écouta — son père dormait toujours — elle glissa une main sous sa jupe — non, se dit-elle, non, pas besoin de ça. Elle retira sa main.

Et reprit *Ulysse*. Les mains, c'est fait pour tourner les pages. Leopold Bloom était en train de déjeuner. Elle voulait dormir. Elle se demanda si elle avait du Henry James. Sauf que là tout près sur la table basse il y avait son vieil exemplaire de *L'Être et le Néant*. Sartre — ce serait très bien aussi, aussi bien que du Stilnox. Que choisir ? Décision difficile, une de plus. Elle décida de s'en tenir à Joyce, elle lirait tant qu'elle pourrait. Quelques pages plus loin, elle s'assoupit enfin.

9

Isaac

Un bruit le réveilla ; il aurait voulu que ce soit déjà le matin mais il n'y avait encore que le bleu noir de la nuit, l'éclat des étoiles. C'est la télé, se dit-il, mais ce n'était pas la télé. Ça venait de la galerie. Poe et Lee qui parlaient. Tu sais bien pourquoi. Au bout d'un moment il entendit Poe dire à Lee qu'il l'aimait et Lee lui répondre la même chose, puis il y eut un silence. Sa nuque le picotait, comme s'il était ivre. Tous dans le même sac, se dit-il. Tous à te mentir comme ils respirent.

Ils étaient sur la galerie, là où son père accrochait jadis ses vêtements de travail pour ne pas ramener de poussière dans la maison. Il se revoyait s'agripper à ses jambes, mais son père, en caleçon long sale, de le repousser tant qu'il n'était pas habillé. Un vrai souvenir ? Ou quelque chose dont tu crois que ça aurait pu arriver ?

Il écouta encore un peu, entendit soudain sa sœur gémir. Tous dans le même sac, leur condition humaine. Même ta propre mère s'est débinée pour aller couler. Des cailloux plein les poches. Un dernier clignement de l'œil, sa vie tout entière qui défile. Me demande bien si elle s'est sentie mieux ou pire.

Il avait besoin de se rincer la gorge. Continue

comme ça, se dit-il. Continue et c'est la rivière assurée.
Il se leva pour rejoindre la fenêtre ouverte, la tête lui
tournait malgré l'air frais ; sa chambre lui paraissait
énorme, à regarder autour de lui dans le noir il lui
semblait que les murs s'étendaient à l'infini comme
sous l'effet de la fièvre, il revoyait sa mère lui appli-
quant des compresses de glace contre la nuque. Elle
enseignait dans le primaire parce qu'avec les plus
grands elle se faisait déborder. Le vieux raconte à tout
le monde qu'on l'a poussée. Meurtre déguisé, il dit,
classement sans suite. C'est que le paradis ne veut pas
des suicidés.

Même elle — elle n'avait vécu que pour elle. Elle
en a eu marre, elle s'est tirée. Facile d'être généreux
quand ça coûte rien, mais dès que les choses se com-
pliquent tu vois ce qu'ils choisissent tous. Ça compte
pas de bien faire quand c'est facile. Elle, Poe, Lee, le
vieux. Comme s'ils étaient seuls au monde. Et toi tu
t'obstines à attendre autre chose. Bien fait si t'es déçu.

C'est toi qui l'as laissée partir — tu l'as regardée
descendre l'allée, tu l'as plus jamais revue. Personne
l'a plus jamais revue si ça se trouve. Peut-être qu'elle
a croisé quelqu'un en route. T'aimerais bien et t'aimerais pas. Longtemps que tu l'avais pas vue aussi
contente. Tu es monté dans ta chambre et puis tu l'as
vue partir. Un truc bizarre mais quoi. Il faisait beau,
elle allait se promener. Tu es retourné à ta lecture.
Time Magazine. Je lisais *Time Magazine* quand ma
mère est morte. Si je l'avais rattrapée, pensa-t-il. Mais
pourquoi tu l'aurais rattrapée — aucune raison. Belle
journée pour une promenade. Ce secret en toi. Je ne
savais pas, se dit-il. D'accord d'accord d'accord. Pense
à autre chose.

Il se tenait là dans le noir, à écouter. Nouveaux

bruits de voix, puis des rires étouffés, enfin il entendit la porte d'entrée s'ouvrir et se fermer. Il les regarda descendre l'allée main dans la main, s'embrasser pour se dire au revoir. Si ça se trouve, c'est surtout le fait qu'ils soient heureux qui t'affecte, se dit-il. Mais ce n'était sans doute pas ça. Dans l'obscurité, Poe traversait seul la pelouse qui descendait vers la route, Isaac le regarda, observa le drôle de rebond de sa démarche. Poe se retourna pour faire un signe de la main à Lee. Tu es mesquin, c'est tout. Ça t'énerve qu'ils soient heureux. Et puis il se dit non, ça n'a rien à voir. C'est à cause de ce qu'ils ont à l'intérieur. Enfin bon, au final tu es pire qu'eux.

Il tendit la main vers l'interrupteur, mais c'était trop tard, palpitation diffuse dans sa poitrine, battements de cœur plus rapides que jamais, ses jambes se dérobèrent sous lui et il dut s'asseoir. Impression de chaleur, comme s'il se pissait dessus. Défaillance du système cérébral. Malgré de profondes inspirations, son cœur battait trop vite, s'affolait trop pour faire circuler le sang. Comme le môme qui était mort au foot. Sans confession. Mon Dieu, je vous en prie, pensa-t-il. Adossé au mur, incapable d'inhaler suffisamment d'air, il avait la vague sensation d'avoir à nouveau froid, d'être mouillé partout. Il tenta d'appeler sa sœur, mais en vain, et puis ça commença à se calmer. La honte.

Faut que tu te casses d'ici — évidence intuitive plus que réfléchie. Les jambes en coton, il se leva tant bien que mal, alluma et s'examina, examina ce corps nu et maigre qui était le sien, ce corps presque totalement inconsistant. Il tremblait encore, il aurait voulu se rasseoir, mais il s'obligea à rester debout jusqu'à ce que ses jambes retrouvent leur force. Il était trempé de sueur mais rien d'autre. Tu es debout, maintenant bouge-toi. Casse-toi d'ici. Maintenant. Il s'essuya avec une chemise et fit la grimace. Non mais regarde-toi — au pied du mur te voilà qui pense : Seigneur Dieu, viens me sauver. Reçois ma confession, donne-moi l'absolution. Putain, se dit-il. C'était la honte, même si bien sûr il n'y avait là personne devant qui avoir honte. Va donc rendre une petite visite à l'église Saint-James. Ce bon vieux père Anthony, guide spirituel et tripoteur d'enfants de chœur. Dix « Je vous salue Marie » et une pipe. Jerry Machinchose, même année que Lee, avait fait une dépression. En attendant, la moitié de la ville y va toujours — c'est plus facile de croire que le petit Jerry mentait. Tu peux branler nos enfants, tu n'ébranleras pas notre foi.

Il savait bien que c'était faux, pour sa sœur. Elle ne méritait pas tous ces reproches. La mort de leur mère, ça l'avait poussée à s'éloigner, elle était partie à la fac juste après. C'était pas qu'elle avait choisi une autre vie, pas vraiment, mais une autre voie s'était ouverte à elle et elle avait fini par s'y engager. Comment peux-tu lui en vouloir ? T'as été la voir une fois à New Haven et t'as bien vu qu'elle était dans son élément. Tu y aurais été dans le tien aussi sans doute, mais c'est trop tard maintenant. Non, se dit-il, ce n'est décidément que ta fierté qui parle.

Presque tout ce dont il avait besoin était dans le sac à dos qu'il avait laissé près de l'atelier d'usinage. Première chose à faire sur la liste. D'accord, c'était le lieu du crime, mais quoi. Qu'est-ce qu'ils avaient été cons, traverser à découvert comme ça. Ç'aurait été tellement facile de surveiller l'endroit, de vérifier qu'ils étaient hors de vue. La sagesse que donne le recul. Tu fonctionnes déjà plus comme la semaine dernière. Fini les erreurs débiles. Il mit la main sur des sous-vêtements en Thermolactyl et commença à s'habiller, son épais pantalon de treillis, une grosse chemise de flanelle, un pull en laine. Prends ton couteau de plongée, ça peut servir.

Il ramena vers l'arrière la boucle de l'étui pour pouvoir l'accrocher à sa ceinture tout en glissant la lame dans son pantalon. Quand il se regarda dans le miroir, couteau au ceinturon, il se sentit ridicule. Descends parler à ta sœur. Non, c'est trop tard. C'était bête mais il lui semblait qu'il n'y avait pas d'échappatoire. Tu mourras seul, se dit-il. Fini les jeux d'enfants.

T'avais pas besoin de partir comme un voleur, pensa-t-il. Sauf que maintenant, si. L'autre jour t'as pris la voiture jusqu'à Charleroi et puis tu t'es retrouvé sur l'autoroute de l'Ouest et t'as continué, comme ça, pour voir, jusqu'à n'avoir presque plus d'essence, et quand t'es rentré il faisait déjà nuit, il t'attendait. Assis dans le noir, il t'attendait sur la galerie. Pourtant tu as vingt ans.

J'avais un rendez-vous avec Terry Hart, que j'ai raté.

Pourquoi tu lui as pas demandé de passer te prendre ?

Tu sais très bien que j'aime pas ça.

D'accord, tu as dit. *Désolé.*

C'est ma voiture, il a dit. *La prochaine fois que tu l'empruntes, tu me dis où tu vas et à quelle heure tu rentres.*

Il faisait de la provocation — la voiture, c'était ta seule liberté. Mais il était comme ça. Il aurait pu te prêter l'argent pour que tu t'achètes la tienne, mais non. La fois où t'as trouvé du boulot à la bibliothèque de Pittsburgh — deux heures aller, deux heures retour en car — il est tombé malade tout d'un coup. Quatre visites chez le médecin par semaine. Il voulait que tu restes à la maison, mais il voulait pas le dire. C'était sa façon de te faire comprendre. Et t'as cédé, pensa-t-il. Et quelque part, ça t'arrangeait bien. De même que, quelque part, ça t'arrangeait bien de rester coincé ici ces deux dernières années.

L'atmosphère de sa chambre lui parut soudain étouffante, il fut pris de l'envie irrépressible de sortir le plus vite possible, mais il regarda une dernière fois autour de lui et se força à réfléchir. Il y avait la tirelire en céramique que lui avait donnée sa mère, jamais voulu la casser jusque-là, en forme d'école, pleine depuis des années ; il la brisa contre le bord de la commode, ramassa billets et grosses pièces, fit le compte, trente-trois dollars cinquante sans la petite monnaie abandonnée sur le lit. Il mit son bureau sens dessus dessous pour dénicher tout ce qui pourrait lui servir, cartes de Sécurité sociale et autres, mais il avait si bien préparé son coup la dernière fois qu'il n'y avait rien. Tout — argents, carnets, etc. —, tout était dans le sac de surplus militaire qui attendait sous un tas de ferraille dans la clairière. À moins que quelqu'un ne l'ait trouvé. Peu probable, décida-t-il. Ils n'avaient aucune raison de fouiller par là-bas, tout ce qu'ils cherchaient était dans l'atelier. Il jeta un bref regard à la photo de sa mère au-dessus de son bureau, mais n'éprouva rien. C'est parce qu'elle s'est fait la malle que t'as perdu Lee, et Poe aussi maintenant. Encore que ça remontait peut-être à très longtemps. De toutes les façons, c'est mieux que tu sois au courant.

Il attrapa le sac à dos qui lui avait servi de cartable et y fourra une couverture et des chaussettes, au cas où. Au cas où rien du tout. Tu dois absolument récupérer l'autre sac. Un dernier inventaire, puis il descendit doucement l'escalier et trouva sa sœur endormie sur le canapé, un pied enfoncé dans un trou du revêtement écossais. Il la regarda tout en laçant ses chaussures. Trompe son mari et s'endort. Miraculeuse conscience. Abolie à la naissance. Des trucs que tu te dis qu'à toi-même, pensa-t-il.

Elle ouvrit les yeux, groggy, ne sachant trop qui se trouvait là. Il se dirigea vers la porte.

« Isaac ? dit-elle. Tu vas où ?

— Nulle part.

— Alors attends une seconde.

— Je vous ai entendus, Poe et toi. »

Elle eut l'air un peu perdue, puis sembla se réveiller, regarda de nouveau le sac à dos de son frère, son blouson, ses chaussures de marche. Elle se débarrassa de la couverture pour se lever d'un bond. « Attends un peu, dit-elle. C'est pas ce que tu crois. C'est rien. Une vieille histoire, mais c'est fini maintenant.

— Tu lui as dit que tu l'aimais, Lee.

— Isaac.

— Je te crois. Je sais que bizarrement, dans ta tête, les deux sont vrais.

— Laisse-moi t'expliquer. »

Elle fit un pas vers lui et buta contre une pile de vieux bouquins qui s'effondra bruyamment. Ça la fit sursauter. L'espace d'un instant, il eut l'impression de la voir clairement, cheveux en désordre, yeux cernés, au milieu du vieux salon majestueux à présent rempli de merdes, si différent de l'époque où sa mère en prenait soin. Et la maison qui tombait littéralement en ruine autour. Ici, Lee ne savait pas comment s'y prendre. Tout ce qu'elle savait faire, c'était partir.

« Bientôt on ne sera plus là, ni toi ni moi, dit-elle. Très bientôt.

— Ça n'a plus d'importance. »

Elle eut l'air interloqué, puis le vieux se mit à crier dans sa chambre. Isaac l'ignora.

« On devrait pas aller voir ?

— Il fait ça toutes les nuits dans son sommeil. »

Elle hocha la tête. Trop contente qu'on lui demande rien, se dit-il. Sa colère resurgit.

« Je te jure que tout sera bientôt réglé.

— T'es arrivée un jour trop tard », lui dit-il. Avant même d'entendre la réponse, il avait franchi la porte et rejoignait la route dans le noir.

LIVRE DEUX

1

Poe

Il lui fallut, quoi, une demi-heure pour rentrer chez lui à pied. Trois kilomètres, à peu près. Il traversa la ville, la longue arête de sa grand-rue, encore plus sombre que d'ordinaire, tout éteinte, sauf Frank's Tavern. Il lui semblait qu'une éternité s'était écoulée depuis leur passage dans le bar, vieux seulement de quelques heures. Celle de la fermeture était passée depuis longtemps, mais il y avait encore de la lumière. Un mystère pour personne. Poe prit garde à ne pas regarder par la fenêtre, on ne savait jamais qui pouvait être là. Le bar avait failli fermer à cause des arriérés d'impôts, mais, Dieu sait comment, Frank Meltzer avait dégoté l'argent, soi-disant qu'une tante lui aurait donné, mais le bruit qui courait, c'est qu'il avait pris un avion pour la Floride et en était revenu avec une fourgonnette pleine de dope. Ça rapportait dix mille dollars, avec un casier vierge — suffisait d'appeler les bonnes personnes, mais casier vierge impératif. Faire la mule, ça s'appelait. Mais c'était comme pour Michael Corleone : une fois dedans, on vous laissait pas sortir. Il se demanda si Frank Meltzer regrettait. Y avait un autre endroit comme ça, Little Poland, censé avoir été racheté par la mafia russe, n'empêche que la bouffe

133

était toujours aussi bonne, les gens venaient même de Pittsburgh pour manger là, *pierogi* et *kielbasa*.

Il allait vite. Grandes jambes — bon marcheur. Il cogitait ferme. Il se dit tu vas la suivre. Tu vas la suivre dans le Connecticut. Plein d'universités là-bas tu dégoteras une bourse. Mais putain ça va pas la tête. Elle avait emménagé avec son copain, son mari maintenant. C'était un fantasme, ce qu'il venait d'imaginer, ce n'était pas la dernière fois qu'ils couchaient ensemble, ça ne lui faisait pas l'effet d'avoir été la dernière fois, ça n'avait pas ce côté tragique, ce côté on reste assis là ensemble à pleurer. Mais pas loin. Ils coucheraient ensemble une dernière fois et ce serait affreux, après la baise il y aurait cinq ou six heures terribles à brailler et se serrer dans les bras dans un désespoir total. Après quoi il ne la reverrait plus. Elle ne reviendrait jamais dans la vallée, ça il pouvait en être sûr. Quatre ans évaporés, liquidés. Sauf que putain quatre ans ça voulait rien dire, quatre ans ça n'existait pas, ce qui avait existé c'était un truc pas sérieux étalé sur quatre ans, rien à voir avec une vraie relation. Ils n'avaient jamais vraiment été « ensemble », sauf la fois où elle était revenue pour une semaine entière à Noël trois ans plus tôt. Une semaine entière à marcher dans la rue en se tenant la main et tout, à minauder pour finir par s'embrasser, bref, tout ce que font les amoureux. Le reste du temps ça n'avait été qu'une histoire de cul. Il demandait pas mieux au départ : une jolie fille qui veut en gros rien d'autre que baiser — presque trop beau pour être vrai, ce genre de nanas. Mais maintenant ça lui allait plus du tout. Elle allait retourner pour toujours à son autre vie — parce que c'est bien de ça qu'il s'agissait, elle avait deux vies et celle-ci, sa vie dans sa ville natale, c'était celle dont elle cherchait à se débarrasser. Là-bas elle appartenait à un autre monde, qu'il n'avait pas vu, mais d'après ce qu'elle en disait il pouvait se l'imaginer, ce nouveau monde, avec ses manoirs, ses fréquentations cultivées, son majordome quelque part. Pas juste des avocats et des médecins, carrément un autre niveau. Le niveau où on a des majordomes. À moins que ça soit que dans les films. Sans doute que c'était tout de la robotique maintenant.

Alors que lui, regardez-le qui marche sur un chemin de terre, un authentique chemin de terre — il s'imagina le nouveau mari de Lee au volant de sa BMW ou équivalent : regarde, chérie, on est sur un authentique chemin de terre. Comme c'est pittoresque. Eh ouais mon gars. Il avait vu une photo du nouveau mari une fois, du temps où il était encore que le petit copain. Il faisait pédé. Le petit copain de Lee ressemblait à un authentique homosexuel. Avec sa chemise oxford rose. Peut-être que dans le Connecticut ça faisait pas pédé mais quand même, cette chemise rose, ça avait procuré à Poe beaucoup de satisfaction de la voir sur la photo. Même s'il se retrouvait à pied — vu qu'il avait pas de véhicule en état de marche — sur ce chemin de terre, avec sa maison — pas un manoir mais un grand mobil-home — droit devant lui. Il voyait déjà la lumière de l'entrée. Il était presque cinq heures du matin. Il pissa dans les buissons avant d'entrer, histoire de pas réveiller sa mère avec des bruits de WC. Il prit soin d'être le plus silencieux possible — elle avait le sommeil léger, sa mère, et si quelqu'un avait besoin de dormir, disons trois ans d'un sommeil profond, c'était bien elle.

Il se glissa doucement dans la maison, puis dans son lit. Tandis qu'il s'endormait, il dut faire l'effort de se rappeler qu'il avait des emmerdes, il s'en sentait très loin. Il décida que ça finirait forcément par se tasser.

La matinée était bien avancée quand il se réveilla, l'esprit au clair. Des semaines qu'il s'était pas senti aussi alerte. Un coup d'œil au réveil : sa mère avait déjà dû partir au boulot. Couché là dans sa chambre, en plein soleil, il pensait de nouveau à Lee. Quelle plaie, cette fenêtre plein sud, impossible de bien dormir une fois le soleil levé. Il fallait qu'il répare la tringle à rideaux, cassée depuis des plombes. Et le scotch qui se décollait de ses vieux posters — celui des Kiss, comment est-ce qu'il avait pu aimer ça, et puis Rage Against the Machine, des communistes, on lui avait dit. L'avantage c'était que sans rideau il voyait très loin, presque jusqu'à la rivière, et le soleil avait déjà chauffé la chambre. C'était agréable, même s'il avait mal dormi. La chaleur.

Il irait à la bibliothèque pour les formulaires d'inscription à la fac. On était le 10 avril, un nouveau jour d'enclenché, ça ne s'arrêterait qu'à sa mort. Sauf que même là ça ne s'arrêterait pas, le jour de sa mort serait comme les autres. Et le plus lointain possible, espérat-il. Il se leva et sortit dans le jardin en caleçon ; encore une journée magnifique, de celles qui vous rappellent combien c'est bon d'être vivant, même si par ailleurs c'est la merde. T'es vivant, pensa-t-il, tout le monde peut pas en dire autant. Il regarda sa voiture, sa Camaro 1973, dernier modèle à pare-chocs fin avant que les réglementations du gouvernement en matière de sécurité gâchent complètement la ligne. Jamais il achèterait un modèle postérieur à 1973. Faudrait vraiment être con. La Camaro attendait là où la dépanneuse l'avait déposée un mois plus tôt, en retrait du chemin. Feuilles et autres saletés recouvraient la nouvelle couche de peinture payée de sa poche. Il avait bousillé la boîte de vitesses en faisant la course avec la nouvelle Subaru WRX de Dustin McGeevy, Dustin qui le bassinait avec ses soupapes Pop-Off et ses turbos ; le premier coup Poe l'avait enfoncée, mais le deuxième, c'est là qu'il avait explosé la boîte, la Turbomatic d'origine, réduite en miettes à l'intérieur — ils avaient dû laisser la Camaro dans le fossé et Dustin l'avait raccompagné. Bravo l'industrie américaine, avait dit Dustin. Au moins c'est pas la voiture de ma mère, avait répondu Poe en envoyant valser le Jésus désodorisant pendu au rétroviseur.

C'était une leçon : la voiture japonaise de McGeevy, elle avait gagné parce qu'elle avait tenu le choc. Ils savaient ce qu'ils faisaient, les Japonais — là-bas la métallurgie allait encore bon train. Alliages spéciaux. T'as voulu croire en ton pays, mais tout le monde sait que les Allemands et les Japs produisent maintenant autant d'acier que les États-Unis, et ces pays-là font la taille de la Pennsylvanie. Il était pas tout à fait sûr de ce dernier point, mais il lui semblait bien que c'était ça ; la Pennsylvanie était un grand État. Sans parler de toutes les voitures de luxe qu'on fabriquait à l'étranger — les Lexus, les Mercedes, pour n'en citer que deux. C'est le pays entier qui morfle, se dit-il, l'âge d'or est derrière nous.

Enfin bon, il avait mis presque huit mille dollars dans la Camaro, moteur 350 PC gonflé à bloc, jantes Weld, peinture neuve, le tout grosso modo payé avec une carte de crédit qu'il n'alimentait plus. Au mieux il en tirerait trois ou quatre mille dollars. Disons trois mille cinq cents. En étant réaliste. Elle avait des taches de rouille, ce n'était pas un bon investissement. Pas comme de confier son argent à Charles Schwab

— « Toujours-plus-d'investisseurs-nous-font-confiance. Peut-être-parce-que-nous-n'oublions-jamais-à-qui-est-l'argent-qu'on-nous-confie. » Achète un truc pas cher, qui consomme pas trop. Une Toyota, genre. Il eut beau réfléchir, décidément non, la vieille Camaro lui avait pas fait tirer un seul coup qu'il aurait pas tiré sans elle. *Un aimant à filles, cette bagnole*, c'est ce que les types du garage avaient dit, mais c'était des conneries. On pouvait pas faire confiance à des gars qui disaient ce genre de trucs. Cette voiture, c'était un échec, un échec complet. Comme l'avait prédit sa mère.

Il mettrait une annonce sur Internet pour la vendre, il aurait qu'à le faire de la bibliothèque quand il irait remplir les dossiers pour la fac. Y aurait bien un idiot comme lui pour l'acheter. Il prendrait une vieille Civic ou une Tercel à la place, elles consommaient pas grand-chose. Non mais écoute-toi, se dit-il. Décidé à acheter une voiture ridicule. Impensable il y a seulement un mois. Tu changes. Tu changes à la vitesse grand V. Muni du tuyau d'arrosage et d'un sceau, il débarrassa la carrosserie des feuilles et de la poussière, puis alla chercher son produit nettoyant spécial voitures et fit mousser la Camaro, histoire qu'elle soit présentable pour un acheteur potentiel. Il n'était toujours qu'en caleçon. C'était agréable d'être dehors au soleil comme ça, presque nu, il sentait la chaleur partout sur sa peau.

Puis il entendit une voiture approcher. On aurait dit la Plymouth de sa mère. Il se serait pas attendu à la voir rentrer si tôt, mais pourquoi pas — elle avait de plus en plus mal aux mains. Encore une chose à laquelle il avait pas pensé — bientôt sa mère serait plus capable de travailler, en tout cas plus beaucoup. Elle souffrait terriblement, l'hiver. Elle se gara à côté du mobil-home et il la vit émerger, endimanchée pour l'église, tandis qu'il se tenait là, en caleçon, à presque une heure de l'après-midi. Elle secoua la tête d'un air désapprobateur ; ça ne lui plaisait pas.

« Je la vends », dit-il en guise d'excuse à sa tenue. Elle se contenta de le regarder.

« La voiture. Je vais en acheter une qui marche. Et aller à la fac. En septembre, si je peux. »

Elle ne dit rien.

« Je vais appeler l'entraîneur de Colgate University. Il a dit que je pouvais le contacter quand je voulais. Et puis y aura d'autres endroits. De toute façon j'aurai repris les cours d'ici la rentrée. Et pas dans une fac de merde comme California.

— Très bien », dit-elle. Elle se dirigea vers la porte. Elle ne le croyait pas.

« Je suis sérieux », dit-il.

Elle entra dans le mobil-home.

Il la suivit et chercha du regard un pantalon, comme si ça pouvait donner du poids à ce qu'il disait.

« Tu vas vraiment le faire ? Ou tu dis juste ça pour que je te demande pas de loyer ?

— Je vais le faire. Je vais aller à la bibliothèque récupérer les dossiers d'inscription. Histoire de les poster le plus vite possible.

— Et les lettres de recommandation de tes profs, et les relevés de notes de l'école ?

— D'accord, dit-il. Ça aussi, je vais le faire. » Il avait zappé ces détails.

« Billy ?

— Ouais ?

— C'est bien, mon fils. » Elle le prit dans ses bras. N'empêche, il était clair qu'elle ne le croyait pas. Comment lui en vouloir ? Il avait faim, mais dans le réfrigérateur, rien qui lui fasse envie. Idem dans le congélateur-coffre sur la galerie, lui aussi presque vide. Du gibier, ça lui ferait pas de mal. Il irait tirer un cerf — le braconnage, c'était de famille. Y en avait trop, des cerfs, ils rallongeaient sans cesse la saison de chasse mais jamais assez pour endiguer la prolifération des bêtes, alors un peu de braconnage, c'était pas bien grave. Vingt-cinq kilos de gibier, du fric gratos. Même si sa mère détestait.

Une fois habillé, il décrocha sa .30-30, une Winchester 94 d'avant que Winchester se mette à faire de la daube — la carabine avait cinquante ans. Éjection des douilles par le haut, seul mode agréé par Dieu, et pas de lunette de visée — c'est bon pour les gens qui savent pas tirer. Œilleton Lyman d'origine. On aurait pu croire que c'était le fusil de son père ou de son grand-père, mais aucun des deux n'aurait su prendre soin d'un bijou pareil, ça ne les intéressait même pas. Il avait économisé pour se l'acheter lui-même, négligeant les modèles récents, moches et presque tout en plastique, qui coûtaient deux fois moins cher.

Il empocha quelques cartouches, le nombre idéal c'était trois, puis descendit le pré ; le printemps était décidément là, cette riche odeur de vert, il se demanda d'où ça venait. Il se glissa dans le petit affût qu'il avait construit et inspira profondément, même l'odeur de terre mouillée était riche, c'était l'odeur des choses qui sont en train de pousser, tout simplement. L'odeur de la vie, en fait. Il inséra deux cartouches à ogive ronde dans le magasin. Un cycle. Qui continuerait bien après sa mort. Finalement il passait une bonne journée. Même s'il en avait déjà gâché une partie. Il aurait pas le temps d'arriver à la bibliothèque avant qu'elle ferme. On est dimanche, pensa-t-il. C'est sûrement pas ouvert de toute façon. Il s'occuperait de tout ça ce soir et il enverrait quand même ses dossiers demain. Mais pour le moment c'était une belle journée, et une journée pareille, on la gâche pas enfermé à la bibliothèque.

Le pré n'avait pas été tondu depuis un an, l'herbe était haute, envahie de solidages. Il fallait s'en occuper. Ça aussi, il le ferait demain, un pré pas tondu, ça reste pas un pré bien longtemps. Il allait arrêter d'être un glandeur qui remettait tout au lendemain. Plus d'excuse, il était temps de grandir. À sa façon, il était toujours le bébé à sa maman. Il le reconnaissait à présent. Y avait des choses pour lesquelles il était doué et d'autres pas. Il parcourut le paysage du regard : ondoiement de collines à perte de vue de quelque côté qu'on se tourne, succession de crêtes et de creux, rides profondes de la terre comme si Dieu en avait pris une grande brassée pour la resserrer. Comme quand on s'amuse avec la tête d'un chien et que sa peau se plisse sous nos doigts. Il avait même pas cherché à en avoir un nouveau, de chien — ça le fit réfléchir. Il n'avait pas fait son deuil d'Ours. Deux ans tout de même qu'il était mort. Question de deuil ou bien de flemme ? Il retourna au paysage ondoyant. Évidemment, c'était pas Dieu, l'explication. Isaac saurait la raison scientifique. Une histoire de plaques souterraines sans doute.

Le pré descendait progressivement jusqu'à un petit cours d'eau avant de se remettre à grimper, dans une myriade de verts — pâle de l'herbe tendre et des bourgeons tout neufs des chênes, foncé des aiguilles de pin, sapins du Canada. Le printemps... même les animaux aiment le printemps, bordel. Tout ça on disait que c'était vert, mais ça n'allait pas, il aurait dû y avoir d'autres mots, par centaines. Un jour, il en inventerait. L'air était doux, le ciel très bleu. Quelle belle journée, putain. On se serait cru au temps des Indiens, une journée pareille, la nature qui se faisait toute verte, toute belle. Il comprenait pas qu'on puisse vouloir partir d'ici. Un endroit magnifique, sans exagérer. La raison, c'était le chômage. Mais même ça c'était en train de changer. La vallée commençait à se rétablir. Seulement, elle serait jamais ce qu'elle avait été, voilà le problème. Les gens arrivaient pas à s'y faire — ça avait été une région riche, ou, sinon riche, du moins qui se portait bien : avec tous ces ouvriers métallurgistes qui se faisaient trente dollars de l'heure, c'était pas l'argent qui manquait. On retrouverait jamais ce niveau, la situation s'était trop dégradée. Maintenant ça paraissait normal d'accepter le salaire minimum. Il était trop jeune pour avoir assisté à la débâcle, c'est pour ça que ça ne l'affectait pas. Il voyait que les bons côtés. Sacré cadeau, décida-t-il, voir que les bons côtés. Parce qu'on est les premiers à grandir ici dans ces conditions. La nouvelle génération. Rien connu d'autre. Mais les choses s'améliorent à leur manière. À cet instant précis, de son poste d'observation, il voyait des étendues boisées là où dans son enfance il se rappelait des champs à l'abandon. Chênes, cerisiers, bouleaux, la terre retournait à l'état de nature.

Il regarda l'aire dans sa ligne de mire, la bande d'arbres qui bordait la propriété, ce long ruban boisé qui courait au bout du pré en s'amincissant jusqu'au ruisseau. Des ruisseaux, il y en avait partout, encore une chose remarquable ici. Ça regorgeait de vie, sauf que la plupart des gens n'y faisaient pas attention, lui le premier bien souvent. Les cerfs surgiraient des arbres dans la zone à découvert qui séparait le bois du cours d'eau. Il viserait le plus petit. Il resta assis là, à ne plus penser à rien.

Il s'écoula un certain temps, il ne faisait que regarder, en transe, le corps engourdi au point de ne plus même le sentir, une heure au moins qu'il était parfaitement immobile, sauf des yeux. Tout était là, déconnecter la tête du corps. Rien de plus naturel, son père lui avait appris ; prenez n'importe quel documentaire animalier, c'est ce que font les animaux, sinon c'est impossible de rester longtemps sans bouger pour se fondre complètement dans le paysage. Il faut mettre son corps entier sur pause, sauf les yeux. Mais les gens n'avaient plus besoin de ça. Plus besoin de se fondre dans leur environnement. Il leur suffisait de passer au drive-in. Y a quand même un problème, se dit-il. Lui-même ne supportait pas les hamburgers du McDonald's, avec leur goût de produits chimiques ; il avait l'estomac délicat. Il pouvait s'enfiler une quantité impressionnante de gibier, ou de lapin, de caille, de tout ce qui vivait dans les bois, du moment qu'il savait d'où ça venait. La viande d'un animal en liberté, rien à voir, ça vous revigorait. Mais le McDo, putain... C'était pas pour les stigmatiser, eux. Leurs produits étaient pas pires que ceux de la concurrence. Burger King, Wendy's, tous aussi mauvais. Ça lui donnait la diarrhée. Les produits chimiques, sûrement. Il regarda de nouveau sa montre, il ne s'était écoulé qu'une minute. Voilà ce qui se passe quand on réfléchit, se dit-il. Le temps avance pas si tu réfléchis. Il se concentra de nouveau. Il pensa aux cerfs. Vous faites la sieste sous les arbres, à l'écoute des chasseurs. Mais vous finirez bien par vouloir manger, peut-être même boire un peu d'eau fraîche au ruisseau, alors il vous faudra sortir à découvert. Il renifla, tourna doucement la tête et renifla encore pour vérifier le sens du vent. Toujours bon, il venait des arbres, soufflait vers lui. Les cerfs ne pouvaient pas sentir son odeur.

Attends donc qu'ils viennent boire l'eau fraîche du ruisseau. Il pensa à Lee. Ça va aller, se dit-il. Elle a beau être mariée, elle m'aime encore. Il se demanda s'il la verrait le soir même. Après tout, ça pouvait se passer sans drame, leur séparation. Ils s'aimaient mais les astres ne leur étaient pas favorables, pour ainsi dire. Elle avait raison de faire ce qu'elle faisait. C'est alors qu'il repensa à Isaac, au cadavre dans l'usine. Il eut un frisson, ce n'était pas une pensée positive, il la chassa. Harris avait tout arrangé. C'était un beau mer-dier et c'était sa faute, mais Harris avait tout arrangé.

Il entendit une nouvelle voiture arriver et se garer chez eux. Une amie de sa mère, certainement. Il se demanda s'il devrait aller vérifier. C'est ça, et gâcher ses deux heures d'attente en faisant savoir à tout le bois qu'il était là. Les écureuils et les oiseaux se sont remis à manger comme si tu n'existais pas. Et bientôt Mister le Cerf de Virginie baissera sa garde. Reste assis comme un Indien, sois plus patient qu'eux. Ils doivent être couchés à cent mètres de toi.

Une vingtaine de minutes plus tard il perçut du mouvement en haut du pré. Il tourna lentement son corps par là-bas mais sans lever son arme. Il vit alors que ce n'était pas un cerf. Quelqu'un — à savoir Harris — apparut sur la crête, près du mobil-home. Le soleil faisait briller son crâne chauve. Poe le vit scruter le champ. Putain il allait se faire choper pour braconnage. D'abord l'affaire d'hier, et aujourd'hui, ça. Il sentit la sueur ruisseler sous ses aisselles, Harris observait tou-jours, Poe pouvait quasiment lire ses pensées ; le chef de police regarda l'endroit où la zone boisée se rétré-cissait jusqu'au ruisseau, puis repéra le petit fourré et le tas de broussailles qui offraient une vue stratégique du dégagement entre les arbres et le cours d'eau. C'était le meilleur endroit pour tirer le gibier qui irait boire et Harris se mit à marcher dans cette direction, dans la direction de Poe. Ce dernier savait que Harris ne pouvait pas le voir, d'autant qu'il avait le soleil dans les yeux, n'empêche qu'il venait droit sur lui pour l'arrêter. Et pas pour braconnage. Il se serait pas déplacé pour ça. Et puis il aurait pas pu être au courant. Isaac avait vu juste — Harris n'avait fait qu'attendre son heure et putain de merde quoi faire, il avait à peine dormi, ses idées s'emmêlaient. Harris savait tout, il goberait pas n'importe quoi. Lee lui pardonnerait jamais, avoir mis son frère dans la mouise comme ça, c'était bien la dernière personne à qui il fallait attirer des emmerdes, Isaac English, Isaac qui avait essayé de se tuer en se noyant comme sa mère. Dans sa main, le poids du fusil. Il y avait deux cents mètres entre Harris et lui, cent quatre-vingts peut-être, il ne pouvait penser à rien d'autre, les points d'appui ne manquaient pas, il fallait sans doute prévoir un ajustement de six pouces à cette distance. La seule occasion que tu auras jamais. Toi ou n'importe qui d'autre, Harris c'est une machine, tout le monde sait ça. Il fixa Harris et continua un long moment dans cette veine. Il avait une drôle de sensation au ventre, c'était de la peur ; qu'on en finisse vite, se dit-il. Quand il posa finalement sa .30-30, Harris n'était plus qu'à soixante-dix pas. Putain. Putain mais t'es malade, complètement malade, envisager de tuer un représentant de la loi que tu connais depuis que t'es gosse. Comme si ça allait arranger tes affaires.

Il glissa la carabine sous les broussailles et rampa un moment derrière le taillis afin d'être loin de l'arme quand Harris finirait par le voir émerger.

Harris attendit qu'il se relève.

« Billy.

— Bonjour, vous allez bien ?

— Prends ta carabine et va la ranger, sinon elle va rouiller. »

Poe le dévisagea.

« Allez, dit Harris. On a des choses plus importantes à régler. »

2

Isaac

Il avançait avec précaution le long de la rivière, nouvelle lune, se dit-il — la nuit était très sombre. Les berges escarpées s'aplanirent bientôt et il se retrouva sur le terrain de l'aciérie, immédiatement au sud de la ville. Il prit vers le nord et longea les grands bâtiments vides, quatre cents mètres de long et vingt étages chacun. Il passa devant les quatre hauts-fourneaux restants et leur centrale électrique ; noirs de rouille, ils ne s'en élevaient pas moins bien au-dessus du reste, tortueux méandres de métal où s'entremêlaient des centaines de tuyaux gigantesques. Des chariots à scories attendaient encore par dizaines sur leurs rails. Il passa sous la grue à minerai puis devant des piles et des piles de poutres, poutrelles et autres éléments structuraux. Le démantèlement avait été interrompu faute d'argent. Personne ne voulait racheter une vieille aciérie. Trop risqué.

Il faisait sombre, il était serein. Longeant la voie ferrée, il quitta l'enceinte de l'usine, dépassa la ville, son ancienne école, la route qui menait chez Poe. Tout ça disparaissait bien vite hors de vue. Creusé à flanc de coteau, le lit du chemin de fer était noir, étroit et sinueux, la forêt dense de part et d'autre, le bruit de ses pas sonore, portant loin. Le kid commence son voyage pour de bon. Aussi seul maintenant qu'à sa venue au monde. Au plus calme de la nuit, quand les créatures diurnes dorment encore et que les autres se sont couchées. Un gosse à pied. En route pour la Californie. Chaleur d'un désert tout à lui.

Il y avait des campements de clochards dans les bois le long de la voie, aussi guettait-il les feux de camp potentiels. Le kid va s'en tirer, se dit-il. Roi des serpents, duc des mendiants. Il regarda un point lumineux traverser le ciel à vive allure, loin au-dessus de lui — un satellite. Frère des marchands arabes et des astronautes. Tous des vagabonds.

Petit à petit une lueur gris pâle gagna sur la nuit. Quelques minutes avant que le soleil se lève pour de bon, Isaac se dit : *ça va être maintenant,* peu après il y eut un pépiement isolé, puis un autre, et en quelques secondes bois et fourrés se mirent à bruire, à frémir de chants d'oiseaux et de battements d'ailes, tangaras, gros-becs, orioles. Tous sur la même horloge. Vivant selon les mêmes règles, immuables. Pas comme le kid. Son soleil, c'est lui qui se le crée. Et il se trouve qu'il préfère la nuit.

Une lumière vive éclaboussait déjà l'autre rive et de ce côté-ci les ombres n'en étaient que plus noires. Devant lui il distinguait la haute cheminée et le château d'eau croupie de l'usine. Il commença à se sentir nerveux. Non, se dit-il, le kid adore les défis. Il se mesure à quiconque dit *je t'interdis* et autres commandements. Il va récupérer son sac à dos et ses affaires parce que ça lui chante. Seulement, cette fois, il va aborder l'usine par-derrière.

Quittant la voie ferrée, Isaac grimpa le long d'un petit ruisseau, canopée d'aulnes, blancheur de l'écorce contre le vert du reste, mousse alanguie dans le courant d'eau claire. Plantes en fleurs — les blanches : des sang-dragon — les mauves : sais pas. Des aubépines aussi — en voie d'extinction, victimes de leur succès. Sur la crête, la source, un trou dans le sol. Isaac se coucha sur la mousse humide et s'envoya de grandes lampées d'eau fraîche, de quoi se remplir l'estomac. Puis il s'enfonça lentement dans la forêt, se déplaçant d'arbre en arbre jusqu'à voir la clairière où s'était garé Harris la veille. Personne. Il resta néanmoins sous le couvert des bois, suivant l'axe de l'accès incendie jusqu'à ce qu'il ait rejoint le pré et l'atelier d'usinage. Tout ça avait pris du temps, le soleil était déjà haut. Isaac regarda la porte ouverte de l'atelier plongé dans le noir. Culpabilité accompagnée d'autre chose. Le lieu de la victoire. Je devrais pas être fier mais je le suis. Il se sentit plus coupable encore et alla chercher son sac dans le pré.

Ça mérite d'être approfondi, décida-t-il. Tu connais combien de gens qu'ont jamais frappé personne sous l'effet de la colère ? Aucun à part toi. Même compte tenu de ce qui s'est passé l'autre soir.

En attendant, voici ton sac, pile où tu l'as laissé... avec l'argent et les carnets. Un peu mouillés, certes. Un sachet de cacahuètes et de raisins secs. Excellent petit déjeuner. Tiens, c'est vrai, le kid n'a rien mangé depuis deux jours. Pas grave — la nourriture, ça se trouve partout. Une fois ce dont il avait besoin transféré dans le sac à dos militaire, il abandonna l'autre, plus petit, et reprit la direction de la voie ferrée tout en liquidant le contenu du sachet.

Deux heures plus tard, il se fit doubler par un train court dans une grande ligne droite et ne put que regarder, impuissant, les wagons défiler, bien trop vite pour qu'il tente de grimper. Et puis il était fatigué, affamé.

Si ça se trouve tu serais passé sous les roues. Et alors ? Simple accélération du processus naturel. Êtres vivants pris dans le temps, en route vers leur dernier souffle. C'est lâche, se dit-il. C'est bien pour ça que ça compte. De tous les spermatozoïdes et ovules ayant jamais existé, te voilà, doué de facultés propres. Quelles étaient les chances que tu existes ? Une sur dix trillions — non, moins que ça. Une sur le nombre d'Avogadro : $6\,022 \times 10^{23}$. Ça n'empêche pas les gens de se supprimer.

Il décida de ne pas y penser — la tristesse, pouvait plus. Il calcula où il était, ainsi que sa vitesse. Sur du plat il fait du 5,5 kilomètres heure. Mais pas sur ces graviers, ça fatigue les chevilles. Sans compter que la voie suit le moindre lacet de la rivière — ce serait plus court par la route. Sauf qu'ici c'est du plat et que la rivière le mènera là où il veut aller. Le kid sait bien que, par la route, il se perdra. Il s'accorde aux rythmes du cosmos. Lentement mais sûrement.

Belle Vernon était la prochaine ville d'importance le long de la rivière. On y avait pas mal construit récemment, une galerie commerciale, un centre de bricolage, un Starbucks, ce genre de choses. À voyager pour de bon à pied, le kid aborde des territoires où il ne connaît plus personne. À mesure que s'éloigne le confort matériel, il ne sera plus étranger nulle part. Il a la clef du monde entier. Ces enseignements, il les envoie à travers l'éther pour que d'autres les absorbent par les pores de leur peau. Les premiers mots d'un enfant, la conception d'une petite fille, la prise de conscience d'un vieil homme sur son lit de mort en Inde — merci le kid.

Au détour d'un coude serré de la rivière où un mur de contention protégeait la voie ferrée des glissements de terrain, il surprit deux hommes, torse nu. C'était un endroit isolé, les deux types tenaient des bombes de peinture à la main. L'un avait le crâne rasé et un aigle immense tatoué sur la poitrine. Isaac hésitait entre faire demi-tour et continuer quand il reconnut Daryl Foster. Daryl était l'année en dessous de lui à l'école, mais il avait laissé tomber. Il travaillait au Dollar Store, « Tout à un dollar », à Charleroi. Isaac se détendit.

« Isaac English ?

— Content de te voir, Daryl.

— Moi aussi, ça fait un bail, hein ? » Daryl souriait ; il avait l'air sincèrement heureux de retrouver Isaac.

« Salut, dit l'autre, le type au crâne rasé.

— Salut, dit Isaac.

— C'est du Nietzsche », dit Daryl, en montrant le début de graffiti.

Isaac hocha la tête. Ils avaient écrit, en grosses lettres capitales bien nettes : APPRIS À L'ÉCOLE DE GUERRE DE LA VIE, CE QUI NE ME TUE — c'est là qu'il les avait interrompus.

« À plus, mon frère, dit l'autre type avec un signe de tête à Isaac.

— À plus », dit Isaac. Le message était clair, il se remit en route.

« Hé ! cria Daryl. Tu t'occupes toujours de ton père ? Merde, j'aurais cru que tu te serais barré depuis longtemps, à faire des expériences scientifiques et tout.

— Justement, j'y vais, cria Isaac en retour. Si on me cherche...

— On dira rien, mon frère. »

Isaac fit un signe de la main et poursuivit son chemin. C'est ça qui était bien dans la vallée, une sérieuse tendance au rejet de l'autorité. Un mouchard, c'était pire qu'un assassin. Même des types comme eux, là, ils sont dans le camp du kid, se dit-il. Le kid choisit indifféremment parmi les héros et les assassins. Les riches et les déshérités.

Il marchait toujours. Que Daryl traîne avec les apôtres de la supériorité de la race blanche, ça n'était guère étonnant. « Stormfront », ils s'appelaient. Le mouvement s'était développé au moment des fermetures d'usines et il était maintenant bien implanté en Pennsylvanie. Plus que dans n'importe quel autre État, avait-il lu quelque part. C'est qu'il y avait aussi les collines — facile d'organiser des rassemblements secrets. Mais bon, personne les prenait au sérieux. À ce que savait Isaac, ils n'avaient jamais fait de mal à qui que ce soit. OK, facile à dire quand on est blanc.

Peu après il passa Allenport sur la berge opposée, son aciérie marchait toujours, même s'il ne faisait pas de doute qu'elle fermerait bientôt — plus qu'une seule équipe, quelques centaines d'ouvriers. Un convoi chargé de rouleaux de métal n'en finissait pas de sortir de la cour.

Il traversa ensuite une grande section boisée avant d'apercevoir quelques kilomètres plus loin le port fluvial de Fayette City, ses jetées et ses énormes réservoirs blancs, un petit groupe de pousseurs attachés — cheminées, postes de pilotage, proues courtes et carrées — et quelques barges vides amarrées sur la berge opposée. Arbres, broussailles, le vert envahissait tout, un vrai putsch : au-dessus de lui, du vert, autour de lui, du vert, sur l'eau, du vert, pas un endroit qui ne fût épargné, sinon le lit de gravier de la voie ferrée. Et un petit morceau de blanc dans les hautes herbes. Polystyrène ? Tibia. Décapé et blanchi. Quelqu'un qui sera passé sous les roues, accident ou suicide. Un donneur de phosphore. Les vieux os font les jeunes pousses. Régénération. Le kid connaît. Il a chevauché des proues vikings, chassé l'ours polaire ; tentant de sauver ses camarades, il est de ceux qui sont tombés à Omaha Beach. Mettez-le à terre, il se relève. Il marche la tête haute — des comme lui, il n'y en a pas beaucoup. Les gens se détournent, honteux, sur son passage ; le kid se dresse, seul. Il accepte la compagnie des meilleurs comme des pires. Il accepte sa propre compagnie.

Le kid va se reposer une minute, se dit Isaac. Le kid n'a pas dormi depuis vingt-sept heures. Il trouva un endroit sur la berge dans l'épaisseur des broussailles, s'allongea sur son sac de couchage et sombra aussitôt. Il faisait presque nuit quand il se réveilla ; il se remit en marche. Tu as dormi huit heures. Rechargé les batteries. L'obscurité était complète quand il entra dans Fayette City, maisons basses et carrées, magasins vides ; le chemin de fer suivait de près le bord de l'eau, une robe de femme dans les graviers, puis des maisonnettes blanches aux pelouses impeccables le long des rails. Il avait de nouveau faim, il calcula qu'il avait dû faire quinze ou seize kilomètres et quitta la voie ferrée pour chercher de quoi manger dans la grand-rue. Rien. Tous les magasins avaient déménagé à la périphérie, regroupés en mini-centres commerciaux. Pas grave, se dit-il. On tient trente jours sans manger. Il avait de la marge. Il regagna les rails.

Rivière noire, étoiles très brillantes. Impression de n'avoir parlé à personne depuis des siècles. Ignore la sensation dans ton estomac. Douleur aiguë puis diffuse puis aiguë de nouveau. Pense à autre chose. L'étoile la plus proche est à quarante trillions de kilomètres. Proxima machin-bidule. Brûlait déjà du temps des dinosaures. Brûlera encore quand les hommes auront disparu. D'autres galaxies, un trillion d'étoiles. On a beau se sentir minuscule, on est encore loin du compte, atomes, grains de poussière.

Raisonnement anémique, se dit-il. Même si c'est vrai. Comme de déprimer parce qu'on va mourir un jour. Un seul devoir : faire avec. Seul vrai péché : passer à côté. En attendant c'est déjà Charleroi sur l'autre rive, t'avances bien. Les grues, là, ça doit être l'écluse numéro 4. Réveille-toi. Il se gifla. Celle-là, je l'ai sentie passer. De l'autre côté de la rivière, les lumières de la ville tapissaient les collines. Il se rapprocha des grues — c'est là qu'on l'avait trouvée. Repérée dans le sas même de l'écluse et encore, seulement par contraste avec les murs de ciment clairs. Dixit Lee. Qui le tenait d'où ? Personne savait où elle était entrée dans la rivière, seulement où elle était sortie. Où on l'avait sortie. Deux semaines après sa disparition. Le vieux était certain qu'elle s'était fait assassiner, sûrement des skinheads, et puis il y avait eu l'autopsie : de l'eau plein les poumons. J'ai soif. Noyée, sans autre blessure — un miracle qu'on l'ait même repérée. Les poches de son manteau pleines de galets, presque six kilos. D'après tes estimations avisées. À remplir tes propres poches de pierres pour te peser sur la balance. Six kilos, ça ferait couler n'importe qui, même Poe — équilibre précaire que de flotter. Le vieux t'a chopé, en train de te peser. D'imaginer ta mère marcher le long de la rivière, ramasser des galets en fredonnant. Elle avait sa souffrance à elle. De la pire espèce. Indescriptible. Imprescriptible. Lui en veux pas.

Il accéléra le pas, regard droit devant ; marche toute la nuit, mets de la distance entre elle et toi. Tu dormiras de jour. Il passait devant un vieux bâtiment, un entrepôt peut-être, quand une voiture apparut sur la petite route qui longeait la voie. Il bondit dans les fourrés sans même savoir pourquoi et vit la lumière d'une torche électrique — un flic. Il s'accroupit dans les hautes herbes jusqu'à ce que la patrouille soit passée ; le faisceau lumineux avait éclairé les branches juste au-dessus de sa tête. Des habitants du coin avaient dû appeler. Rien que de te voir ça les a fait flipper. Puis il se dit tu pourrais aussi lui demander à boire, au flic, mais il attendit pour se relever que la voiture fût loin.

Il continua à travers les fourrés en direction du vieux bâtiment. Bouche très sèche à présent — ça vire à l'obsession. C'est dans la tête, tu te fais avoir. Trouve un autre ruisseau. Mais il n'y aurait pas de ruisseau — c'était une zone industrielle. Au bout de quelques minutes, il se retrouva sur la route de graviers qui menait à l'entrepôt ; un peu en retrait, il y avait une vieille chargeuse frontale abandonnée, recouverte d'herbe aux cent nœuds. Il se fraya un chemin entre les ronces pour arriver au godet : il était plein d'eau de pluie. Isaac écarta les feuilles et but au creux de sa main, l'eau avait un goût de tanin et de métal mais il avala tout de même pour s'humecter la gorge, il but plusieurs gorgées. Tu le regretteras peut-être, se dit-il.

Il approchait du bâtiment quand il fut pris d'une envie subite, il eut à peine de temps de s'accroupir dans le fossé. Rien pour s'essuyer. Adieu Monsieur Propre. Est-ce que c'était l'eau ? Trop tôt. Seulement le choc d'avoir quelque chose dans l'estomac. C'est quand la dernière fois que tu t'es senti aussi crade ?

Il fit le tour de l'entrepôt pour essayer les portes, toutes fermées sauf une. Son stylo lampe de poche révéla un sol sale, des gravats partout, les gens avaient fouillé pour récupérer les fils et tuyaux de cuivre. Juste à côté de la porte par laquelle il était entré, une autre conduisait à une petite pièce — on aurait dit le local administratif — plus propre, moins poussiéreuse que le reste du bâtiment. Vieux classeurs, vieux bureaux. L'endroit rêvé, se dit-il. Odeur d'urine rancie. Il sortit son sac de couchage et l'étala sur une table, ou peut-être un établi, il n'aurait su dire.

Si ce n'était pas très confortable, du moins il se réchauffait ; il finit par être bien, couché là, mais impossible de dormir. Tu peux pas t'arrêter de cogiter, tente la bonne vieille technique. Il glissa sa main dans son pantalon et se tripota un moment, sans résultat. Trop fatigué. Il pensa à Poe et sa sœur, il l'avait entendue gémir, une fois, le son étouffé de quelqu'un qui retient son souffle, et bientôt son sexe se durcit, c'était dégoûtant, sa propre sœur, mais tant pis, c'était encore ce qui se rapprochait le plus d'une séance de baise en deux ans, depuis la fois où il avait couché avec Autumn Dodson après sa fête de fin d'année. Il savait toujours pas pourquoi elle avait couché avec lui, elle était partie à Penn State University peu après. Parce que de toute l'école y avait que toi de pas totalement idiot. C'était pas la seule raison — là aussi le kid avait pris les choses en main. Le kid avait tout arrangé, dit des choses que ce brave Isaac English n'aurait jamais eu les couilles de dire. Alors vous voilà dans sa piaule sur le canapé et elle de lever son joli petit derrière pour que tu lui enlèves sa culotte. T'oses à peine y croire : une fille à poil devant toi, jambes écartées. Tu as glissé ton doigt en elle, tu l'as regardé entrer et sortir un long moment, un vrai miracle que ce soit glissant comme ça. Couché là dans le noir la main dans le pantalon, il y repensa, c'était du réchauffé mais ça ferait l'affaire, il jouit et s'endormit aussitôt.

Un certain temps s'écoula. Il rêvait, il y avait une voiture et puis des bruits de voix, il se demandait s'il pourrait bloquer la porte quand les voix se firent plus fortes : il comprit qu'il ne rêvait pas. Il y avait des gens dans l'usine, avec des lampes électriques.

« La porte, là, quelqu'un l'a forcée. Elle était pas comme ça avant.

— Arrête, Hicks.

— Mais viens voir. Tu vois rien de là où t'es. »

La voix reprit, fort cette fois : « Si y a des clodos de mes deux là-dedans, vous feriez bien de sortir maintenant, ça nous épargnera du taf. » Rires. Quelqu'un dit : « T'es vraiment trop con, Hicks. »

Isaac entreprit de s'extirper du sac de couchage ; la pièce était petite, le secrétariat peut-être, et il n'y avait qu'une seule issue. Il n'était qu'à demi sorti du sac quand la porte s'ouvrit brusquement et qu'une lumière balaya la pièce ; il mit la main à son couteau mais s'aperçut alors qu'en face ils étaient très jeunes, des lycéens, et il lâcha son arme.

« Attendez », dit-il, mais à peine s'était-il levé que l'un d'eux lui fonça droit dessus, se tournant un instant vers ses amis comme pour s'assurer qu'ils le regardaient avant de le frapper au visage.

« J'chuis un ancien de Buell Memorial », reprit Isaac, mais déjà les autres étaient sur lui et il tomba à terre. Il tenta de se protéger la tête mais sa mâchoire prit quand même un coup, puis ce fut le tour de son estomac, ses côtes, son dos, et quand il essaya de se protéger le ventre ils le frappèrent à nouveau à la bouche. Il se couvrit la tête, ils frappaient toujours. Il avait le souffle coupé, n'arrivait plus à respirer, il étouffait. Enfin quelqu'un braqua la lampe sur son visage et les coups cessèrent aussitôt.

« Putain, Hicks, c'est un jeune. »

Isaac ne bougea pas, la tête toujours dans les mains.

« Ta gueule, dit Hicks. Fermez-la, tous. »

À quoi l'un des autres répondit : « Va te faire foutre. On se casse avec la voiture, tu peux rentrer à pied si tu préfères. »

Le fameux Hicks s'accroupit à côté d'Isaac : « Ça va aller, mon pote. On t'a confondu avec quelqu'un d'autre. Tu veux une bière ou quelque chose ?

— Me touche pas », dit Isaac.

Hicks resta accroupi là quelques secondes de plus, ne sachant trop quoi faire, puis Isaac l'entendit se lever et filer. Il entendit ensuite les portes de la voiture claquer et le bruit d'un moteur qui démarre et s'éloigne. Il se leva, sortit sur le parking de terre battue. Vide. Ça n'avait duré qu'une minute. Il ne sentait presque pas son visage, il rentra ramasser ses affaires et reprit enfin son souffle. Il dénicha un paillasson en caoutchouc et le traîna dehors pour dormir dessus. Ces gamins devaient avoir seize ou dix-sept ans, moins peut-être. Bien, dit-il tout haut. Maintenant tu sais. Il prit au travers des taillis vers la rivière, assez loin pour être sûr d'être tranquille. Au ras du sol on ne sentait plus le vent. Son cœur battait toujours la chamade et il avait un goût de sang dans la bouche. T'aurais pu arrêter ça, se dit-il. Si t'en avais eu ne serait-ce qu'un seul au couteau, les autres auraient détalé. Il décida que ça n'avait pas d'importance. On me la fera pas deux fois. Il sortit le couteau et le posa près de sa tête. Il fallut longtemps pour que son rythme cardiaque se calme et qu'il arrive à s'endormir.

3

Poe

Il était à l'arrière de la voiture. Harris s'arrêta devant le commissariat. C'était pas la première fois que Poe y mettait les pieds, même pas un vrai commissariat d'ailleurs : ça s'appelait Office municipal de Buell vu que le bâtiment abritait aussi les bureaux du maire et du conseil municipal. D'après les journaux, le maire y dormait maintenant parce que sa femme l'avait viré de chez lui. Ça avait fait son petit scandale, que le maire vive dans son bureau. Le bâtiment de trois étages était un bloc de parpaings blancs ; on aurait dit un gros atelier de réparation, pas le siège administratif d'une ville. L'intérieur était peint en jaune. Un bâtiment récent, mais qui faisait déjà vieux. La mairie d'origine avait été condamnée des années plus tôt, Poe y était entré par effraction plusieurs fois pour se balader. Un grand bâtiment de brique rouge qui ressemblait à un château, fenêtres en fer forgé, boiseries aux murs, moulures aux plafonds, on aurait dit une maison de riches, le genre d'endroit propice au respect de soi. Mais la ville n'avait pas les moyens de l'entretenir.

Une fois dans le nouveau bâtiment, Poe aperçut le flic chinois grassouillet ; il regardait Fox News, on l'aurait dit en pleine conversation avec le téléviseur. Harris conduisit Poe au sous-sol jusqu'aux cellules de garde à vue, Poe connaissait déjà, un long couloir avec des grosses portes en métal comme des portes coupe-feu tous les trois mètres environ. Dans la cellule, une banquette de bois en guise de lit, pas de matelas. La lumière du couloir clignotait à vous faire prendre une crise d'épilepsie. Il y avait une fenêtre en hauteur qui donnait sur le parking, mais la vitre en plastique était opaque.

« Je reviens te chercher dans un moment », dit Harris. Quand il n'était pas en train de tabasser quelqu'un, Harris avait un visage ouvert, bienveillant, un regard indulgent, comme s'il était fait pour autre chose, instit peut-être. Ça devait être pour ça qu'il était obligé de tabasser tant de monde, pour compenser sa bonne tête.

« Dans combien de temps, à peu... », dit Poe, mais Harris avait déjà refermé la porte sur lui.

Il entendit Harris ajouter : « Fais comme chez toi », puis le bruit d'autres portes qu'on claque.

Il n'avait pas de blouson, or c'était comme si un tuyau lui soufflait de l'air froid dessus, sans parler de la flaque des toilettes qui fuyaient ; de l'eau presque partout. Voilà donc où il était. On croirait pas que c'était possible, qu'ils vous enferment comme ça — pourtant si. Impossible d'y échapper. Une des tragédies de la vie. En tout cas c'est comme ça qu'il l'avait vécu la première fois, impossible d'y échapper, sauf que, rétrospectivement, c'était faux. Et maintenant aussi c'était faux. Il avait choisi. Pas qu'il ait eu l'impression de choisir sur le coup, mais il avait choisi quand même. Ça l'arrangeait bien de croire que c'était une conspiration mais la vérité était tout autre.

La dernière fois qu'il s'était retrouvé au trou, c'était pour le petit jeune de Donora. Un grand gars, encore que pas aussi grand que Poe, et, à part les boutons qui lui couvraient le visage et le cou, en parfaite santé. Un garçon plutôt prometteur à ce qu'on disait. Du moins jusqu'à ce que Poe lui règle son compte. Poe se revoyait le maintenir au sol, ils saignaient tous les deux, les filles autour qui regardaient. De nuit sur un parking, presque pas de bruit, tout le monde s'était tu pour les regarder, pas même un cri d'encouragement, rien que leur respiration bruyante et leurs grognements. Le gamin était cloué au sol et Poe savait qu'y fallait pas le laisser se relever. Reste là, il lui avait murmuré, mais il savait aussi que l'autre obéirait pas, qu'il voulait pas perdre, qu'il lui était impossible de perdre. Et que ce serait leur perte à tous les deux. Reste là, il lui avait répété doucement à l'oreille, mais fallait bien qu'il le laisse se relever, ils allaient pas passer la nuit couchés là. Il aurait dû l'étrangler, pour son bien, mais d'autres s'en seraient mêlés alors. D'une manière ou d'une autre y avait pas moyen de gagner, et il avait beau savoir ce qui allait se passer, il finit par le libérer. Bien sûr, il savait pas *exactement* ce qui allait se passer. Seulement que ça allait pas s'arranger.

Le gars était allé à sa voiture. Au retour, tout le monde s'écartait sur son passage. Il tenait un couteau, le genre de baïonnette militaire qui s'achète dans les foires aux armes, et la foule s'entrouvrit pour permettre à Poe de battre en retraite. Mais Poe n'avait pas bougé, ça aurait été facile de partir, c'était juste que le gosse supportait pas d'avoir perdu, il allait pas se servir de la baïonnette, il était du genre qui irait à l'université, il avait honte, c'est tout.

Mais Poe n'avait pas bougé. Parce qu'il était à fond. Parce qu'il avait gagné et que maintenant il ne voulait pas perdre. Il était resté sur place, personne ne savait quoi faire, l'autre pas plus que lui, et puis Vincent Lewis lui avait mis une batte de base-ball dans la main, une batte d'enfant, légère, courte, une bonne arme. Ça tenait du combat de gladiateurs, glaive contre massue. Ni l'un ni l'autre ne voulait en arriver là, mais il y avait tous ces gens qui regardaient. Avec l'âge les choses devenaient sérieuses. On avait de moins en moins le droit de merder. D'abord le gars de Donora, maintenant le Suédois. De pire en pire. Il se demanda ce que ce serait la prochaine fois. Dans les deux premiers cas il aurait dû, il aurait pu se retenir mais il ne l'avait pas fait. La prochaine fois, putain, ce serait quelqu'un qu'il aimait, sa mère, ou Lee, un truc impensable.

Le gars de Donora, Poe avait pris de ses nouvelles plusieurs fois, ça n'allait pas. Il pouvait même pas tenir une caisse enregistreuse, il mélangeait les chiffres à cause du coup que Poe lui avait donné avec la batte. Poe l'avait frappé et l'autre s'était effondré, et puis, il savait plus trop, il l'avait de nouveau frappé à la tête. Parce que le gosse avait pas lâché la baïonnette. Et c'est à ça que Poe devait les poursuites judiciaires — le deuxième coup. Censé lui servir de leçon. Mais t'as rien appris, se dit-il. Rien appris.

Il fallait toujours qu'il essaie de voir jusqu'où il pouvait aller — et voilà qu'un homme en était mort. Il y avait un joueur en lui. Qui voulait voir jusqu'où pousser la chance. C'était dans ses gènes, alors quel con d'avoir cru qu'il pourrait y échapper. Hiram Poe, son grand-père, le plus grand braconnier de la vallée, s'était tiré une balle dans la tête, personne savait pourquoi, parce que c'était un vieux cinglé, avait dit son père. T'inquiète pas, t'es pas comme lui, il avait rajouté — sauf que Poe s'inquiétait pas, ça lui avait même pas traversé l'esprit qu'il puisse ressembler à son vieil azimuté de Papi. Alors que maintenant. Maintenant les choses allaient de mal en pis.

Son père avait le don de tirer son épingle du jeu. Il avait travaillé sur les pousseurs quand Poe était petit et puis il s'était fait virer parce qu'il avait mal amarré les barges et qu'il y avait eu un orage et qu'une barge pleine de charbon s'était barrée sur la rivière en manquant de provoquer un accident. Eh ben mon salaud, malgré ça cette fouine de Virgil avait réussi à retourner la situation. Il lui était arrivé un truc sur les bateaux, il s'était coincé le dos, Dieu sait comment ; ça lui avait permis d'obtenir une petite pension d'invalidité en disant que le dommage était irréversible alors qu'il allait très bien. Il avait perdu son boulot quand même mais il avait gagné une rente à vie. Il était jamais au même endroit. Il venait en ville de temps à autre se taper une gonzesse, surtout des jeunes, mais parfois aussi la mère de Poe. Poe n'aimait pas particulièrement y penser, imaginer sa mère en pleine action, mais bon, en vivant dans un mobil-home y avait pas vraiment moyen d'y couper. Quant à Virgil, il faisait parfois des petits boulots à droite à gauche, traînait dans les bars avec un bouquin, histoire que les filles le prennent pour un grand penseur, un rebelle, alors que c'était qu'un sale glandeur qu'en avait rien à foutre de personne. À tous les coups, son bouquin, il le tenait à l'envers. Intellectuellement, face à quelqu'un comme Lee ou Isaac, il se ferait pulvériser.

Poe regarda autour de lui — dehors la nuit tombait déjà. C'était une grande cellule, trois mètres par sept peut-être, mais le sol était trempé. Et maintenant qu'il entrait plus de lumière du dehors, elle était plus sombre encore — pas très efficace, le plafonnier du couloir — un coup à s'abîmer les yeux en lisant. Sauf qu'il avait rien à lire. Il essaya de continuer à penser à ceci ou cela pour éviter que s'installe l'ennui, la spirale fatale. Celle qui avait eu raison du vieux Hiram — rien à faire ni rien à penser trop longtemps, c'est l'impasse assurée : la conscience aiguë que le fait d'être vivant, là, ne durera pas toujours, alors à quoi bon faire semblant.

Son grand-père avait eu ce qu'il méritait et Poe n'était pas fâché qu'il ait disparu. Une fois, quand il avait sept ans, lui, son père et le vieux Hiram guettaient les cerfs dans un affût et Poe s'était endormi. À son réveil, il y avait un troupeau juste devant l'affût et il avait dit : regarde, une biche — tout le troupeau s'était enfui, notamment un cerf magnifique, et Hiram avait raté sa chasse. Plus tard Poe avait entendu son père dire : *tu lui en veux pas, hein ? C'est qu'un gosse.* Mais Hiram lui en voulait — il en voulait à un petit garçon dont c'était la première partie de chasse. Virgil avait souvent battu Poe, mais une fois où Virgil n'était pas là, Hiram aussi l'avait frappé. C'était pourtant pas la faute de Hiram, ni celle de Virgil, c'était dans les gènes, c'était la faute de quelqu'un bien avant eux. Dieu, peut-être.

Il se leva et tambourina contre la porte de la cellule à en avoir mal aux mains, tout en sachant pertinemment que personne viendrait. Quand il en eut marre, il regarda par la fenêtre, il voyait des formes bouger mais il aurait pas pu dire ce que c'était, un oiseau, une voiture, quelqu'un qui marchait. Lui-même allait nulle part, au propre comme au figuré. Quant à l'université, quelle blague, si y avait une chose pour laquelle il était pas doué, pas doué du tout, c'était bien se fourrer le nez dans les bouquins... Lui, c'était un manuel, changer le gicleur d'un carburateur, étriper un cerf, pas de problème il faisait ça très bien, mais suffisait qu'il se retrouve assis sur une chaise derrière un bureau pour que son intelligence se bloque. L'importance des choses lui échappait. Il faisait pas la différence entre ce qui était important et ce qui l'était pas, il retenait que l'accessoire. Ça avait toujours été comme ça.

Mais sur un terrain de football, en compétition avec d'autres, comme hors de son propre corps, alors il se passait quelque chose : le torrent d'informations qui arrivait, il le captait entièrement, il flottait littéralement au-dessus des autres, les connaissait mieux qu'ils se connaissaient eux-mêmes, savait l'exact point sur l'herbe où leur pied allait se poser, les ouvertures qui se formaient et disparaissaient entre les corps, la balle suspendue en l'air. C'était comme de lire l'avenir. Pas d'autre moyen de le décrire, un film où lui aurait bougé en temps réel et le monde autour au ralenti. C'est dans ces moments-là qu'il se préférait — quand il n'était pas vraiment lui-même. Quand quelque chose en lui qu'il ne comprenait pas l'animait, quand les autres ne le voyaient pas.

La vérité, c'est qu'il était dans une merde sans nom. Dès qu'il s'agissait de prendre une décision, une décision fondamentale, soit il s'emballait, soit il se figeait. Fou furieux ou pétrifié. Tétanisé. Il réfléchissait trop longtemps, à tout examiner sous toutes les coutures. Comme pour Colgate, il avait l'impression qu'on l'avait pressé, tout le monde qui lui disait vas-y mais vas-y. Il s'était figé — deux ans plus tard il était toujours à réfléchir. Il aurait dû y aller ; alors rien de tout ça — ni les séquelles mentales du jeune de Donora ni la mort du Suédois — rien ne serait arrivé. S'il était allé à Colgate, il aurait été physiquement impossible que ça arrive. C'était une erreur, une erreur dont il était responsable. Enfin pas exactement. C'était inévitable. Certains hommes sont destinés à mourir en héros. Pas lui. Il l'avait toujours su.

4

Harris

Il avait choisi la pire cellule pour Billy Poe — que le gamin y passe la nuit, ça lui donnera le temps de se figurer ce qui l'attend. Couché sur sa banquette de bois. Les Québécois appellent ce genre de meuble un bloc de boucher. Tout à fait de circonstance. Ça s'agitait sérieusement chez le procureur, Harris ne savait pas trop comment ça finirait, mais il soupçonnait que d'une façon ou d'une autre ça n'arrangerait pas les affaires de Billy Poe. Il ferma son bureau à clef avant d'aller saluer l'agent de permanence. C'était Steve Ho.

« Encore toi ?

— Miller est malade. »

Faudra vérifier combien de fois Ron Miller a été malade, se dit Harris.

« Vous-même vous avez pas l'air en forme, chef.

— Juste fatigué. »

Ho eut un hochement de tête. Harris sortit du commissariat et grimpa dans sa vieille Silverado. C'était une belle fin d'après-midi et il aurait encore plusieurs heures de jour devant lui, même en comptant le temps de rentrer. Une chance. Et un avantage de plus à être chef — pas de permanence de nuit.

Au fil du trajet, direction le sud puis l'ouest, la route goudronnée devint pleine d'ornières, puis laissa la place à une route de gravier, qui elle-même finit par se réduire à un chemin de terre. Harris habitait sur une crête, dans une enclave privée de quinze hectares au milieu d'une zone forestière protégée.

Chaque fois qu'il sortait de sa voiture et regardait sa maison perchée là, il se sentait immanquablement heureux. Une baraque de rondin trapue, cheminées en pierre, soixante kilomètres de vue. On voyait trois États du balcon. Personne n'était jamais arrivé chez lui par erreur, personne, en quatre ans qu'il était là.

Poilu, son gros malamute, l'attendait à l'intérieur ; Harris s'écarta pour que le chien fonce dehors mais Poilu, immobile, voulait d'abord un câlin. Il avait les hanches de plus en plus raides et le dos qui s'affaissait un peu, toujours en train de réclamer de l'attention, un vrai pacha. Dans la nature, dit Harris en lui secouant affectueusement la nuque, les ours ne feraient qu'une bouchée de toi. Poilu était trop gros pour son ossature ; certains soirs, devant la télé avec un whiskey, Harris lui massait les hanches. Après une dernière petite tape sur la tête, l'animal sauta du balcon, presque deux mètres de haut, et détalla dans les bois. Peut-être pas si vieux que ça après tout. Peut-être juste manipulateur.

Harris se versa un verre d'eau gazeuse et retourna s'appuyer contre la rambarde du balcon, tout à la contemplation de la vue. Rien que des montagnes et des forêts — Mount Davis, Packhorse Mountain, Winding Ridge. Sous la maison, le terrain descendait en pente raide jusqu'au fond de la vallée, quatre cents mètres plus bas. Un bon endroit où vivre. Son Waldo à lui. Sa quille de roulis. Walden, se dit-il. Pas Waldo. Il sourit de son ânerie. Il aurait pu tirer bien d'autres cartes dans la vie, celles de son frère, par exemple, programmateur informatique en Floride, quatre enfants, maison dans un lotissement Disney. Ce qui pour Harris se résumait en un mot : l'enfer. Son frère avait commencé tôt dans l'informatique, avec les ordinateurs centraux, ces bons vieux UNIVAC ; il gagnait six fois plus que lui. Un sentiment d'échec malgré tout — c'était peut-être de famille. Il n'était pas Bill Gates — ses propres mots : *Bud, j'ai exactement le même âge que Bill Gates.* Tu gagnes bien ta vie, avait dit Harris. Ils n'avaient fait d'études ni l'un ni l'autre, mais tous les deux ans, son frère achetait une nouvelle Mercedes. Je m'en sors pas mal, avait-il répondu, mais ça fait du bien de l'admettre : j'ai le même âge que Bill Gates. Harris ne savait trop qu'en penser. On pouvait bien raconter n'importe quoi, y avait toujours moyen de justifier les choix qu'on faisait dans la vie. Cette maison dans les bois, par exemple, qui à la fois t'empêche de devenir fou et te condamne au célibat. Ces trucs-là devraient pas être sur le même pied, pensa-t-il.

Il alluma le gril et sortit un steak du réfrigérateur, tout en sachant pertinemment ce qu'il devait faire d'abord. Il avait deux messages sur son répondeur, d'elle, tous les deux. Une conversation dont il se serait passé. Allez, se dit-il. Tu l'as bien cherché.

Grace décrocha à la première sonnerie.

« C'est moi, dit-il.

— Je suis un peu à cran. On peut sauter les salut comment ça va ?

— Comme tu veux. Moi aussi j'ai un DVD à regarder. »

Il y eut un silence.

« C'était une blague, dit-il.

— Ça en est où avec mon fils, Bud ? »

Il se demanda comment répondre. Après quelques secondes de réflexion, il dit : « Billy traînait dans des coins qu'il aurait mieux fait d'éviter. » Il faillit ajouter *comme d'habitude*, mais s'abstint. Quelque chose dans la respiration de Grace à l'autre bout du fil... impossible à expliquer, mais il eut le sentiment qu'elle savait exactement ce que son fils avait fait. Probable qu'elle en savait plus long que lui. Il se sentit agacé.

« Il est pas encore mis en examen, dit-il, mais je crois que ça va pas tarder.

— Et ton ami, Patacki ?

— Grace, dit-il.

— Pardon, dit-elle. Mais c'est mon fils. »

L'agacement de Harris était en passe de se muer en colère, mais Monsieur Pas-de-Roulis prit le relais et ce ne fut plus que de l'ennui. Toujours la même histoire, elle avait systématiquement quelque chose à lui demander.

« Y a des chances que Billy soit mêlé à l'affaire du type qu'on a retrouvé mort dans la vieille usine. Mêlé comment, j'en sais rien, il est pas bavard.

— Il faut qu'on prenne un avocat ?

— Oui, dit-il. Connaissant Billy, ça vaudrait mieux.

— Buddy...

— J'essaie de t'aider. Je ferai tout ce que je peux. »

Il abrégea la conversation et raccrocha. Pourquoi donc est-ce qu'il essayait de l'aider ? Il n'en savait rien. Il résista à la tentation d'un bon verre et jeta un œil au balcon : les couleurs étaient prometteuses, ce serait un vrai coucher de soleil. Mets une patate au micro-ondes, cuis ton steak, fais-toi une salade. Il sortit mettre la viande sur le gril et commença à retrouver sa routine. Poilu était revenu de ses aventures, pile à l'heure, comme toujours.

« C'est pas pour toi », dit-il au chien. Il ferma le

couvercle du gril et rentra préparer le reste de son dîner.

Il manquait pas de sujets de préoccupation, avec ou sans Billy Poe. Le procureur du comté enquêtait sur Don Cunko, son bon copain du conseil municipal ; on allait pas tarder à découvrir que l'aménagement de la cave de Don en boîte de nuit avec bar intégré avait été payé par Steelville Excavation, les mêmes qui avaient remporté l'appel d'offres pour la réfection des égouts de Buell. Harris aimait bien Cunko. Peut-être qu'en matière amicale il avait pas très bon goût. Non, se dit-il, Cunko était allé trop loin, d'abord en prenant l'argent, ensuite en donnant des fêtes dans son nouveau sous-sol. Mais Harris laissait à d'autres les leçons de morale — lui même avait pas mal de choses à se reprocher. Il avait jamais accepté d'argent, c'est vrai, mais il avait toujours pris d'autres libertés, notamment quand il s'agissait d'encourager certains indésirables à aller voir ailleurs. C'était pour ça que Buell avait un taux de criminalité deux fois moindre que celui de Monessen ou de Brownsville. Beaucoup de gens auraient des choses à raconter. Pas des gens particulièrement crédibles, mais en nombre suffisant. L'enquête sur Cunko était l'occasion de s'en souvenir.

Et puis il y avait des décisions urgentes à prendre. Le conseil municipal venait d'annoncer le nouveau budget, les infrastructures étaient dans un état lamentable et l'Agence pour la protection de l'environnement obligeait la ville à réparer ses égouts, les eaux usagées refoulaient dans la Mon les jours de gros orages. La part du budget accordée au département de police était passée de 785 000 à 541 000 dollars — la coupe la plus importante qu'il ait jamais subie. En plus de réduire les dépenses de formation et de garder indéfiniment des véhicules de service déjà au bout du rouleau, il allait devoir se séparer de deux ou trois de ses permanents. C'est-à-dire de presque tout le monde.

Il regarda la grande tête d'élan au mur et se demanda quand il pourrait retourner dans le Wyoming. Pas avant la retraite. À compter du mois prochain, le département se réduirait à lui-même, Steve Ho, Dick Nance et douze gars à mi-temps. Bert Haggerton, il le gardait pas, c'était sûr. Personne le regretterait. Mais faudrait aussi virer Ron Miller, qui avait des gosses à l'université, Miller, qu'il connaissait depuis vingt ans. Le problème de Miller, c'est que c'était un tire-au-flanc, toujours l'œil sur sa montre : si on l'appelait pendant son déjeuner, il commandait un dessert. Jerzy Borkowski, qui allait aussi y passer, valait pas mieux. Deux braves flics de province, mais les temps changeaient, exigeaient une autre attitude, terminée l'époque où il suffisait de tirer une oreille par-ci et de faire les gros yeux par-là. Il ressentit une nouvelle bouffée de soulagement à l'idée de garder Steve Ho — il avait eu peur que le conseil l'oblige à garder Miller, au vu de son ancienneté. Il pourrait mentir à Miller et Borkowski, leur dire que c'était le conseil qui avait décidé qui restait et qui partait, mais dans une ville de cette taille ils finiraient bien par apprendre la vérité. Ni l'un ni l'autre ne lui adresserait plus jamais la parole. Autant se faire à l'idée. Haggerton non plus d'ailleurs, mais Haggerton, il s'en foutait.

Le steak, se dit-il. Il sortit le tourner. Tout n'était pas perdu.

« Pousse-toi de là », dit-il à Poilu qui se rapprochait discrètement du gril.

Un jour ou l'autre, tout le monde le savait, le budget du service serait à nouveau diminué et il n'y aurait plus de département de police à Buell — la ville relèverait des services régionaux, à Belle Vernon. Trois ans plus tôt il y avait déjà eu une crise budgétaire ; fin novembre, la ville s'était retrouvée à court d'argent et les quatre dernières semaines de l'année, tous les employés municipaux avaient dû aller à la Mon Valley Bank pour y retirer un certificat de prêt en guise de paie. Le 1ᵉʳ janvier, ils avaient apporté leurs certificats à la comptabilité et la ville les avait payés. Harry était à peu près certain qu'ailleurs, ça se passait pas comme ça.

La population de la vallée avait recommencé à augmenter mais les revenus baissaient toujours, les budgets diminuaient et les infrastructures n'avaient fait l'objet d'aucun investissement depuis des lustres. Ils avaient les moyens d'une petite ville mais les problèmes d'une grande. Comme disait Ho, on approchait du point de non-retour. Sauf peut-être Charleroi et Mon City, presque toutes les autres villes de la vallée l'avaient franchi et c'en était fini. La semaine précédente, un type s'était fait descendre en plein jour à Monessen. C'était partout pareil ; et les jeunes, la façon dont la plupart se résignaient à l'absence d'avenir, c'était comme de regarder s'éteindre des étincelles dans la nuit. Pour seulement travailler dans un bureau il fallait un diplôme universitaire et, même ces boulots-là, y en avait pas assez pour tout le monde — pas non plus besoin de nombres illimités d'informaticiens ou de conseils en stratégie. Sans compter que les délocalisations à l'étranger allaient déjà bon train, comme avant dans la sidérurgie.

Il voyait pas comment le pays pouvait survivre à long terme ; la stabilité sociale repose sur la stabilité de l'emploi, aussi simple que ça. La police pouvait pas résoudre ce genre de problèmes. Les gens qui avaient des retraites et des mutuelles, on les voyait rarement voler leurs voisins, battre leur femme ou se cuisiner de la méth dans leur cabane de jardin. Et pourtant, c'était toujours la faute aux flics — comme s'ils pouvaient empêcher toute une société de s'effondrer. La police doit faire preuve de plus d'agressivité, disaient les gens — jusqu'au jour où vous pinciez leur fils en train de voler une voiture et que vous lui tordiez un peu violemment le bras — là vous étiez un monstre, un violateur des libertés publiques. Les gens voulaient des réponses simples, mais elles existaient pas. Faites en sorte que vos enfants sèchent pas l'école. Espérez que des compagnies biomédicales viendront s'installer par ici.

En attendant, toi, profite de ce que tu peux. Il rassembla son dîner et donna à Poilu ses deux mesures de croquettes. Le chien lança un long regard suppliant à son maître assis là avec son assiette sur les genoux, steak et patates-ciboulette. Harris haussa les épaules et continua de manger.

Il aurait le temps de se faire un bon feu, il finirait peut-être son livre. James Patterson et son inspecteur Cross. Il oublierait Billy Poe.

« Par ici, carnivore en manque. »

Certain désormais de goûter au steak, Poilu vint s'asseoir près de son maître.

À son arrivée au bureau le lendemain matin, il avait déjà des messages. Le plus important venait du procureur : on avait trouvé un témoin qui prétendait avoir été présent au moment du meurtre. Le témoin accusait un footballeur dont il ne se rappelait pas le nom, mais qu'il était certain de reconnaître dans un tapissage — est-ce que ça lui rappelait quelqu'un ?

Harris tenta de le joindre mais il était sorti. Il s'assit et se massa les tempes. Son petit tour de passe-passe avec le blouson n'avait servi à rien. Personne l'avait trouvé, autant qu'il sache, mais ça n'avait plus d'importance. Murray Clark. C'était le témoin. Harris lança une recherche dans la base de données. Une conduite en état d'ivresse en 81, une autre en 83, une arrestation en 87 pour troubles à l'ordre public. Rien depuis. Il se massa la nuque, raide. Visiblement le bonhomme s'était réformé. Pas de quoi discréditer son témoignage. Harris éteint l'ordinateur. Fallait plus qu'il y pense — ça le mettrait dans tous ses états.

Trouvant qu'il faisait chaud dans le bureau, il ouvrit les fenêtres et s'assit dans son gros fauteuil en cuir, face à la rivière, jambes ballantes. Il méritait bien un cigare, ça lui permettrait de faire le vide. L'humidificateur était à portée de main, la circulation de l'air favorable — la fumée gênerait personne. Il choisit soigneusement le cigare, l'alluma, puis se laissa aller dans le fauteuil ; il savourait. Un whiskey et ce serait parfait. Tu vas un peu loin là, se dit-il.

C'était un endroit agréable, son bureau. Il tenait plus d'un salon de club, en fait. Tout le monde détestait le nouveau bâtiment, ses parpaings et ses néons, ce que Harris comprenait, mais au fond tout dépendait de ce qu'on en faisait. Maintenir l'ancienne mairie en état de marche avait coûté cent mille dollars par an. Bien sûr, c'était une œuvre d'art — tours, frontons, boiseries, hauteur de plafond, beaux volumes. De quoi être fier d'y travailler. Le nouveau bâtiment, tout le monde disait, à raison, qu'il ressemblait à un garage.

Il fit tourner la fumée dans sa bouche. Une pensée

pour Grace. Son regard passa de ses jambes maigres et de ses bottes éraflées posées sur le bureau au reste de la pièce. Il avait sauvé deux ou trois choses du vieux bâtiment, son grand bureau de chêne, des lampes, des meubles en cuir, quelques tableaux impressionnistes de la vallée dans l'ancien temps — on y voyait des hommes manœuvrer des bateaux à fond plat sur la Mon, les lueurs orangées d'un ciel nocturne au-dessus d'une aciérie. Avec ça il y avait des têtes de cerfs et encore un élan, qu'il avait tué dans le Maine. L'une des têtes était celle d'un petit cerf aux bois à peine développés, que le taxidermiste avait été gêné de monter. Mais Harris avait traîné ce cerf du fin fond de la forêt : c'était le dernier jour de la chasse, il avait marché six kilomètres, tué son cerf, et puis il l'avait ramené, encore six kilomètres — les autres têtes sur le mur avaient le même genre d'histoire, aucune n'était un trophée mais toutes lui rappelaient de bons souvenirs, des fois où les choses avaient mieux tourné que prévu.

Quant à Billy Poe, il avait vécu ça un million de fois — l'inconvénient des petites villes, on connaît les gens qu'on arrête, on connaît leur mère. En l'espèce, on couche avec, même si bien sûr c'était plus que ça. Une montagne de paperasserie l'attendait comme toujours, mais il décida de s'accorder un moment pour contempler la rivière, vingt minutes à regarder le ciel changer, la rivière couler, cette rivière qui coulait déjà bien avant que l'homme pose les yeux sur elle et coulerait encore bien après que tous auraient disparu. C'était un bon moyen de se désembrouiller la tête. Rien de ce dont l'humanité était capable, même dans ce que la nature humaine avait de pire, rien ne durerait assez pour que ça compte, c'est ce qu'enseignait la moindre rivière, la moindre montagne — on avait beau polluer, on avait beau déforester, la nature se réparait, les arbres vivaient plus longtemps que nous et certaines pierres survivraient même à la fin du monde. Tu l'oublies, des fois — tu commences à te laisser affecter par la laideur des hommes. Peu importe, ça aussi c'était éphémère, comme le reste.

Il ne fumait que depuis quelques minutes, mais revint pourtant à sa liste de choses à faire, celle qu'il notait dans son carnet et celle, la vraie, qu'il avait de toute façon toujours en tête. Il bannit Billy Poe de ses pensées — le gosse avait bien rué dans les brancards mais il commençait à s'essouffler. Harris avait de la peine pour Grace, rien de plus.

Alors pourquoi encore cette migraine ? Dans dix-huit mois il pourrait prendre sa retraite, il avait toujours prévu de ne pas s'en priver, mais plus ça se rapprochait, moins il était sûr, il aimait bien venir travailler tous les jours, il aimait bien son boulot. Un ou deux jours de repos en plus par semaine, ce serait pas de refus, mais sept jours sur sept, ça risquait de l'achever — il pouvait quand même pas chasser tout le temps. Il fut soudain frappé par l'énormité de l'erreur qu'il avait commise en s'installant dans sa baraque de rondin : une fois retraité, il serait complètement seul. Steve Ho et Dick Nance, Dolly Wagner et Sue Patterson au secrétariat du conseil municipal, Don Cunko, même Miller et Borkowski — ces gens étaient pour lui ce qui se rapprochait le plus d'une famille. Il s'était trompé, trompé sur toute la ligne. Et il en portait l'entière responsabilité.

Il se leva d'un bond pour aller chercher du Xanax dans son sac, fit tomber un comprimé sur le bureau, mais n'y toucha pas. Il le remit dans la boîte et fit trois séries de pompes et d'abdos. En s'occupant de son corps, on soigne aussi son esprit. À ce qu'on dit. Il s'en tirait pas trop mal, financièrement. Plutôt bien, même — il avait suffisamment économisé, il finirait pas comme Joe Lewis, le chef de police de Monessen qui avait dû faire agent de sûreté dans une école quand il avait pris sa retraite. Et puis, comme il se le disait souvent, il faisait du bon boulot, il pouvait être fier de ce qu'il avait accompli. Buell avait beau être une des villes les plus pauvres de la vallée, c'était aussi une de celles où il faisait le moins mauvais vivre : pas tant de graffitis que ça et les dealers officiaient pas en plein jour. Même si c'était reculer pour mieux sauter. Une jeune femme avait été retrouvée morte quelques semaines plus tôt, une fille de Green County, l'organisme saturé de méthamphétamine, personne savait ce qu'elle fichait à Buell. On avait trouvé six autres corps dans le comté de Fayette cette année ; pour la moitié on avait aucune piste. Les journaux lâchaient pas le morceau, le nouveau procureur du comté était sur la brèche. Les deux derniers, c'était dans ta circonscription, se dit Harris. Le proc va vouloir marquer un grand coup.

On frappa à sa porte ; Harris alla ouvrir et découvrit Ho, précédé de son gros ventre. Bizarrement il avait de tout petits pieds et de toutes petites mains. Ses parents étaient de Hong Kong, ils tenaient le Buffet chinois dans le nord de Belle Vernon. Ho entra sans plus de cérémonie et se mit à renifler le bureau ; il trouva le cigare dans le cendrier et le jeta par la fenêtre.

Harris fit la grimace. Un cigare à sept dollars.

« Il est dix heures du mat, bordel, dit Ho.

— Je suis majeur et vacciné », dit Harris.

Ho eut un haussement d'épaules. « On aura peut-être une plainte, dit-il. Hier soir il y a eu du tapage nocturne à Sparrows Point, j'ai fini par me servir de ma carabine. Douze rafales. »

Harris marqua le coup puis se dit : non, si ça avait dégénéré je serais déjà au courant. Quoi qu'il en soit, ça venait à point lui changer les idées. Une bonne partie de leurs ennuis venaient de Sparrows Point, un ensemble HLM à la périphérie de la ville.

« C'était juste un pitbull, poursuivit Ho. Vous voyez le petit chauve, celui avec le visage tatoué ? Il a lâché son chien sur moi, comme si j'allais grimper sur le toit de ma voiture ou je sais pas quoi, faire la danse du Chinois.

— À part le chien, d'autres dégâts ?

— Non, voyons. Mais vous auriez dû voir ces enfoirés, ils ont tous plongé derrière les voitures et tout. J'aurais trop aimé qu'ils soient filmés.

— Qu'est-ce que tu foutais avec un fusil pour du tapage nocturne ?

— Ils étaient sept ou huit. J'étais censé faire quoi, bordel ?

— Tu sais combien ça nous coûte, l'assurance ?

— Je l'emmerde, l'assurance, dit Ho. Un peu d'intimidation ça fait pas de mal. Ces salauds fabriquent de la méth chez eux. Un vrai danger pour l'environnement, cet endroit, putain.

— Ça dérange pas le citoyen moyen. Ceux qui veulent de la méth en trouveront bien de toute façon.

— Ça, c'est encore vos idées libérales, dit Ho.

— Libertaires.

— Ouais, n'importe. » Ho sourit.

« Tu ferais bien de faire gaffe à ce que tu dis si tu veux garder ce fusil.

— Oui, chef.

— La paperasse, déjà fait ?

— Je voulais vous demander d'abord. »

Harris se frotta les tempes. L'un dans l'autre, il valait mieux qu'il n'y ait pas de trace officielle de l'incident. Mais si le propriétaire du chien portait plainte... « Je vais réfléchir. En attendant il est onze heures, va donc chercher quelque chose à manger pour Billy Poe.

— Il est cuit, hein ? On m'a dit, pour le témoin de Carzano.

— On verra.

— Désolé, chef. Je vous l'ai déjà dit, mais c'est vrai que ça aurait été plus simple si ce connard de Cecil Small était toujours procureur.

— C'est bon, dit Harris. J'ai du travail. » Il fit un petit signe de la main et Ho le laissa seul dans son bureau.

Ho avait raison. Cecil Small, déjà procureur du comté avant que Harris devienne flic, lui avait demandé son soutien aux élections, l'année précédente. Harris avait refusé et Cecil Small avait perdu de quatorze voix. Une affaire comme celle-là, Cecil Small aurait pu la gommer — du reste il avait déjà évité à Billy Poe une mise en examen pour coups et blessures. Mais Harris n'avait jamais aimé Cecil Small — il se prenait un peu trop pour Dieu. Ça manquait de dignité, un homme de soixante-dix ans que ça faisait toujours triper d'envoyer des gens en taule. Qui trouvait naturel qu'on lui paie à boire chaque fois qu'il gagnait un procès. Comme s'il était la cheville ouvrière de la lutte entre le bien et le mal. Pendant trente ans il avait été l'empereur de Fayette, mais finalement ça l'avait rattrapé — les électeurs en avaient eu marre. Le nouveau procureur n'avait que vingt-huit ans ; non seulement

Harris avait voté pour lui, mais il lui avait pour ainsi dire offert le poste en ne passant pas les coups de fil qu'il aurait fallu en faveur de Cecil Small. Seulement, ce jeune procureur avait besoin de faire ses preuves et une affaire comme celle-ci, pour lui c'était du pain bénit. Voter en âme et conscience n'était pas sans conséquence.

Il se demanda ce que Ho en pensait, du fait qu'il protège le fils de Grace. Sans doute que ça le choquait pas plus que ça. Ho était réaliste. Il croyait pas pouvoir changer le monde. Il était de la nouvelle génération, promenait sa carabine automatique à canon court partout, s'habillait comme pour aller à la guerre, tandis que Harris s'embarrassait rarement de son gilet pare-balles et portait pour toutes « chaussures de service » les vieilles santiags qu'il avait rapportées du Wyoming — pas terrible en cas de course-poursuite. C'est Ho qui avait raison. Si les choses tournaient mal, il fallait au moins une demi-heure pour obtenir du renfort, à savoir celui de la police de l'État ; les temps changeaient, les gamins prenaient tous du speed, ils le fabriquaient eux-mêmes et on savait pas de quoi ils étaient capables. Non, se dit-il, même ce genre de raisonnement, ça va pas. Ça vous pose d'emblée comme des ennemis, eux et toi. Il secoua la tête, se désapprouvant lui-même. Y a-t-il jamais eu un vieux qui considère pas les jeunes comme des dégénérés ? C'est dans l'ordre des choses. On souffre de voir le monde changer sans nous.

Mais bon, il comprenait parfaitement que Ho veuille pas affronter ce genre de situations avec pour seule arme un pistolet. Sans parler du fait que si Ho était encore là c'est bien parce que Harris rendait le boulot sympa, lui laissait carte blanche. La police fédérale se débarrassait de ses vieux M16 et les donnait aux services municipaux, Harris en avait pris dix, que les frais de livraison à payer. Le département avait aussi récupéré des jumelles, y compris de vision nocturne, des boucliers antiémeute, des vieux gilets pare-balles, le tout gratuitement. Ils avaient maintenant plus d'armes et compagnie que de flics, plus d'équipement que Harris au Vietnam comme marine. C'est à Ho qu'ils le devaient, il avait pris sur son temps libre, passé des semaines à remplir tous les formulaires, sans parler des milliers de dollars qu'il avait mis de sa poche dans son fusil, canon de vingt-cinq centimètres, viseur holographique. Pour le moment, ça allait à Ho de vivre chez ses parents et de faire un peu d'armurerie en dehors de ses heures de service, mais un jour il en aurait marre. Ce que Harris précipiterait s'il rendait le boulot barbant. Il regretterait Ho, alors. Mais pourquoi penser à ça maintenant ? Ho n'était pas encore parti.

Il tâcha de se souvenir de ce qu'il était censé faire, mais ses pensées revenaient toujours à Billy Poe, à ce que ça ferait à Grace. Il se rappelait vaguement l'homme que Ho avait désigné comme le propriétaire du chien, fraîchement débarqué de Virginie-Occidentale, consommateur de speed typique, édenté, il avait de la famille ici. Harris se demanda s'il fallait lui rendre une petite visite. Mais ça lui avait sans doute suffi de voir son chien se faire descendre à la mitraillette.

Il fit une bonne heure de paperasserie avant de décider qu'il n'en pouvait plus. Il alla chercher Billy Poe dans sa cellule. Billy avait l'air déprimé. C'était bon signe.

« On parlera dans mon bureau », dit Harris.

Billy le suivit et resta poliment debout jusqu'à ce que Harris lui fasse signe de s'asseoir. Harris se dit soudain que le môme connaissait ça par cœur, se faire convoquer dans le bureau du directeur pour un sermon. Se faire convoquer dans ce bureau-ci pour un sermon. Il tenta de se souvenir de ce qu'il lui avait dit la dernière fois. Il espérait ne pas se répéter — en face ils se rappelaient toujours ce qu'on leur avait dit.

« Je t'ai souvent vu jouer au foot », dit-il.

Billy Poe ne dit rien. Il regardait par terre.

« T'aurais dû continuer à l'université.

— J'en pouvais plus de l'école.

— Compte pas sur moi pour te dire que t'as bien fait. Je sais que d'autres te l'ont dit, ou bien n'ont rien dit du tout. Mais tu l'entendras pas de ma bouche. C'était une connerie monumentale. »

Poe secoua la tête. « On devrait pouvoir grandir quelque part et pas avoir à se casser dès qu'on a dix-huit ans. »

Harris fut un peu décontenancé. « Que je sois d'accord avec toi ou pas, ça change rien.

— Je vais appeler l'entraîneur de Colgate. »

Ho frappa à la porte, Harris lui dit d'entrer. Il tira de la boîte en carton Dairy Queen livrée par son adjoint un hamburger, des frites et un milk-shake qu'il plaça devant Poe. On voyait la chaleur s'évaporer de la nourriture.

« Milk-shake vanille ? dit Harris.

— Non, merci.

— Allez, mange.

— Je peux pas. Ces trucs-là, ça me fout mal au ventre. »

Harris et Ho échangèrent un regard, avant de revenir à Billy.

« Il a pas non plus touché à ce qu'on lui a apporté hier soir, dit Ho.

— C'est tous ces produits chimiques, dit Poe. C'est pas frais, ces machins-là.

— Et tu crois qu'en prison ce sera comment, la bouffe ? dit Ho. Tu t'imagines peut-être qu'ils cuisinent bio ? »

Harris sourit mais lui fit signe de sortir ; il regarda à nouveau Billy Poe bien en face, de derrière son bureau. Il décida de le provoquer un peu. « Pas de boulot, dit-il. Pas de formation, pas de voiture, si on compte que celles qui marchent. À parier que tu finiras par mettre une fille dans le pétrin, si c'est pas déjà fait. Et maintenant à un poil de cul d'une condamnation pour meurtre, et j'ai bien dit un poil de cul. »

Poe ne dit rien. Il prit une frite.

« Parle-moi du bonhomme.

— Je sais rien.

— Je t'ai vu là-bas, William. Revenir sur les lieux du crime pour... » Il faillit parler du blouson mais s'arrêta. « Si je t'ai pas arrêté sur-le-champ, c'est uniquement à cause de ta mère. Y a plein de gars comme toi qui partent, mais ceux qui restent, j'ai vu ce qu'ils deviennent.

— Pourquoi vous êtes là si c'est tellement mieux de partir ?

— Je suis vieux. J'ai un bateau à la cale et une maison en haut d'une montagne.

— Vous parlez d'une raison. »

Harris fouilla dans les tiroirs du grand bureau de chêne et en tira un dossier, dont il sortit plusieurs photos imprimées à partir de clichés numériques. Il les fit passer à Poe. À la façon dont ce dernier les reposa, il était clair qu'il reconnaissait la scène.

« Otto Carson, si tu veux savoir son nom. Le procureur à Uniontown est tout nouveau, je sais pas si t'es au courant, il a sur les bras un cadavre de femme retrouvé dans une benne à ordures sans le moindre début de piste et voilà que tu lui fais un joli cadeau. On voudrait bien que je confisque tes chaussures, du côté de la police d'État. »

Poe regarda ses baskets.

« Le fait est, Billy, que le défunt M. Carson était une grosse merde. Il a fait de la taule pour des tas de trucs, plusieurs séjours en asile psychiatrique, et y a deux mandats d'arrêt contre lui pour coups et blessures, un à Baltimore, l'autre à Philadelphie.

— Où vous voulez en venir ? dit Poe.

— Si ça dépendait que de moi, si t'étais venu me voir tout de suite, ce serait facile de plaider la légitime défense. On n'aurait peut-être même pas eu à en arriver là. Mais c'est pas ce que t'as fait. T'as fui. Et maintenant voilà qu'un des gars qui était sur place dans l'atelier d'usinage dit que t'as tué son pote. »

Harris se cala dans sa chaise, en plein dans les rayons du soleil. D'habitude il aimait bien observer les gens dans cette situation, le moindre tic sur leur visage coupable. Mais il ne voulait pas regarder Billy Poe. « Un café ? » demanda-t-il.

Poe fit non de la tête.

Harris attendait que Poe s'exprime ou fasse un geste, mais il ne fit rien. Harris se leva pour aller à la fenêtre regarder la vallée. « Je crois comprendre que vous étiez cinq, là-bas. Toi, quelqu'un d'autre qui devait être Isaac English, M. Carson et deux de ses amis...

— Alors pourquoi vous avez pas arrêté Isaac ?

— Isaac English n'est pas un suspect, dit Harris, parce que le procureur n'en a pas entendu parler et que

184

plus le procureur en saura long et moins ça va arranger tes affaires.

— Je vous ai déjà dit que j'étais au courant de rien. »

Harris hocha la tête. Il décida d'essayer la tactique du flic sympa. « T'as fait ce qu'il fallait faire, Billy. Maintenant faut que tu me dises ce qui s'est passé, et qui d'autre était là, pour qu'on puisse t'aider à plaider la légitime défense. Parce que si tout ce que le jury voit c'est que t'as tué un homme et que tu t'es barré, même les copains ils vont voter pour qu'on te pende.

— Son pote me tenait avec un couteau au cou et celui qu'est mort s'approchait pour finir le boulot.

— Bien. »

Poe le regarda.

« T'arrête pas en si bon chemin.

— Il faisait noir, dit Poe. Je voyais pas les visages.

— Non.

— Je l'ai pas tué.

— Billy, je t'ai chopé en train de revenir sur les lieux du crime. » À nouveau il s'abstint de mentionner le blouson. « J'ai les empreintes de tes baskets partout. Des Adidas, taille quarante-sept — tu connais beaucoup de monde qui porte ça ? » Il regarda sous le bureau les pieds de Poe. « Je parierais qu'elles sont bleues, hein ? »

Poe haussa les épaules.

« Si t'as de la chance, tu te retrouveras derrière les barreaux pour trente ans. Sinon, ce sera la dernière piqûre.

— Ouais ouais.

— Billy, toi et moi on connaît la vérité, celle qui compte : ce sont les choix de vie de ce type qui l'ont tué. Concrètement tu as joué un rôle tellement négligeable que ça n'a aucune importance. Mais faut que tu m'aides, maintenant.

— Je ne voyais pas leur visage. »

Harris secoua la tête. Il fit signe à Poe de se lever.

« Vous allez me coffrer ?

— Par amitié pour ta mère, je te laisse rentrer chez toi ce soir et préparer tes affaires. Demain je viendrai te chercher avant que les copains de la police d'État le fassent. Je veux que ces chaussures aient disparu, et si t'as encore la boîte, ou un reçu ou je ne sais quoi, brûle tout avec. Et te fais pas d'idées. Ils te rattraperont si tu t'enfuis.

— Très bien, dit Poe. Vous me trouverez demain.

— Le témoin, là, il dit qu'il a tout vu. Qu'est-ce que tu peux me dire sur lui ?

— J'ai besoin de rentrer chez moi. Donnez-moi vingt-quatre heures pour réfléchir.

— Tu vas filer si je te laisse partir ?

— Non. »

Qu'est-ce que ça peut faire de toute façon, se dit Harris. Avant de se reprendre : déconne pas. De toute façon ils n'avaient rien contre lui qui justifie de le retenir. Du moins rien qui soit connu du procureur.

« Je dirais que t'as un jour, deux peut-être, avant qu'il y ait un mandat contre toi, donc je passerai chez ta mère demain matin. T'as intérêt à y être. »

Billy Poe fit oui de la tête.

Bon, se dit Harris en raccompagnant Billy à la porte du commissariat. Il se pourrait bien que tu viennes de rendre ta vie nettement plus intéressante.

5

Lee

Il y avait presque deux jours qu'Isaac était parti, deux jours qu'elle essayait d'appeler Poe sur son portable pour tomber chaque fois sur un message disant que le numéro était hors service. Il avait encore dû ne pas payer sa facture. Du Poe tout craché — négliger les factures, préférer les vieilles voitures éternellement en panne —, jusqu'ici elle y avait vu une forme de rébellion, assez admirable en soi, mais voilà qu'elle trouvait ça immature et horripilant. Il fallait qu'elle retrouve son frère. Est-ce que ça n'en dit pas long sur quelqu'un, qu'il ne paie pas ses factures de téléphone ? Elle pensa alors : ça dit surtout qu'il n'en a pas les moyens. Elle lui en voulait quand même. Et s'en voulait à elle-même. Elle posa sa tête sur la table et compta lentement jusqu'à dix. Puis se leva pour rejoindre son père : il avait rendez-vous à l'hôpital de Charleroi, c'était l'heure de partir.

À Buell ils prirent vers le nord la route qui longe la rivière ; son père, au volant de la Ford Tempo spécialement équipée, allait bien trop vite sur la chaussée étroite. Mais Lee fut bientôt distraite par la beauté de la vallée : la berge opposée qui se dressait hors de l'eau, l'entrelacs d'arbres et de vigne vierge où affleurait parfois tout juste une roche brun-rouge, le vert débridé qui recouvrait tout, les branches en quête de lumière s'étirant au-dessus de l'eau, le petit bateau blanc amarré sous leur protection.

Plus loin elle ne put s'empêcher de remarquer la vieille goulotte à charbon qui courait sur toute la longueur du coteau avant d'enjamber la route, perchée sur ses pieds de métal, on voyait le ciel à travers, toute rongée de rouille qu'elle était ; et puis le pont suspendu au-dessus de la rivière, condamné à chaque bout, son ossature entière pareillement envahie, dérobée par la rouille. Puis ce fut comme une éruption de structures abandonnées, une gigantesque usine aux parois métalliques bleu roi, cheminées tachées de ces coulées brun-rouge décidément omniprésentes, portail fermé par une chaîne depuis Dieu sait combien d'années — elle ne l'avait jamais connu ouvert. Au final tout n'était que rouille. C'est ce qui définissait la région. Observation brillante. Elle devait bien être la dix millionième à y penser.

Pour revenir à son père, Henry, assis à côté d'elle, elle ne se rappelait pas l'avoir jamais vu si content ; il était heureux qu'elle se soit mariée, ça l'apaisait, au moins elle ne faisait pas comme sa mère, qui l'avait épousé à trente ans passés après avoir été fiancée à un autre homme. Henry ne s'entendrait jamais avec Simon, elle le savait. Il était impossible qu'il comprenne un jour quelqu'un comme Simon. Ils ne s'étaient jamais rencontrés, elle avait toujours trouvé un prétexte ou un autre ; le mariage avait eu lieu sur un coup de tête, un mariage civil. Elle se demanda si Simon comprenait. En tout cas il ne s'en était pas plaint. Henry, qui savait très bien qu'on lui servait des prétextes, et pourquoi, Henry avait joué le jeu, se contentant de dire : *je le rencontrerai bien un jour*. Il avait toujours eu pour sa fille une sorte de respect mêlé d'admiration, le même que pour sa femme. Un sentiment qu'il ne pouvait s'empêcher de compenser par un certain mépris pour son fils. Un homme comme Henry ne pouvait pas non plus renoncer à tout.

Il n'avait été fait aucune allusion à l'argent volé par Isaac depuis plusieurs jours et, quant à sa nouvelle disparition, Henry s'était contenté de dire *on va pas tarder à le voir rappliquer*. Allez savoir pourquoi, ça ne faisait que renforcer Lee dans la certitude qu'Isaac ne rentrerait pas, ni bientôt ni jamais.

Elle attendait dehors au soleil ; de la hauteur où l'hôpital était construit, on dominait toute la ville, jusqu'à l'immense cimetière de l'autre côté de la rivière, étalé sur un versant entier, à perte de vue. On aurait dit le cimetière plus grand que la ville. Elle fut prise d'une bouffée de culpabilité.

C'était pourtant de son plein gré qu'Isaac était resté. Elle ne voyait pas d'autre explication — il lui avait rendu visite à Yale une fois, ça s'était apparemment bien passé, il avait même trouvé une sorte de mentor en la personne de son ex-petit copain, Todd Hughes, qui s'était proposé de l'aider avec son dossier d'inscription et avait souvent demandé de ses nouvelles par la suite. Mais Isaac n'avait jamais réagi aux autres invitations de Lee, elle avait fini par ne plus proposer. Peut-être que ça l'avait impressionné, de venir comme ça. Elle-même n'était allée voir aucune université avant de se décider, elle ne faisait pas confiance à son jugement de l'époque, qu'elle supposait provincial. Ce en quoi elle avait raison, elle le savait maintenant. Il valait décidément mieux ne pas aller sur place et se fier à la réputation des facultés. Sans quoi, à dix-sept

ans, on risquait de se décider en fonction de l'archi-
tecture, ou parce qu'un professeur vous avait souri, ou
encore pour ne pas quitter son meilleur ami — des
choix affectifs qui, surtout à cet âge, seraient à coup
sûr arbitraires, mal renseignés et pétris de manque de
confiance en soi.

Elle ne parvenait pourtant pas à comprendre que
son frère ait choisi de rester à Buell. Ce n'était pas par
respect pour leur père ; le dédain qu'Isaac éprouvait
pour Henry était le pendant de celui que Henry éprouvait pour lui. Mais c'est comme s'il y avait eu entre
eux un contrat qui échappait à Lee, un contrat qu'Isaac
n'était pas disposé à rompre. Henry, de plus en plus
faible certes, pouvait quand même faire ses courses,
conduire la voiture aménagée, préparer ses repas, faire
le ménage et sa toilette. Pour des raisons de sécurité,
il ne pouvait bien sûr pas vivre seul — s'il y avait eu
un incendie, par exemple ? Mais vu la population vieil-
lissante de la vallée, il aurait été facile de trouver
quelqu'un pour s'occuper de lui à un prix raisonnable
— Lee se disait que si Isaac avait été pris dans une
bonne université, Henry, par fierté, aurait été obligé
de le laisser partir. Mais ce n'est pas ce qu'avait fait
Isaac. Peut-être voulait-il qu'on le libère plutôt que
d'avoir à se battre pour s'échapper. Ou bien il avait
voulu attendre d'obtenir le respect de son père, pensant
qu'il le gagnerait à sacrifier des années à ses côtés.
Sans savoir que ça produirait plutôt l'effet inverse
— qu'il serait difficile pour un homme, surtout un
homme comme Henry English, de respecter quiconque
renforcerait son sentiment de dépendance. Peut-être
qu'Isaac avait fini par le comprendre et que, ne sachant
où se tourner, il avait volé le pécule de son père, *le
fonds spécial coups durs*, comme il l'appelait, la pile

de billets cachée en guise de tranquillisants, des fois que sa banque ferait faillite, des fois que le pays entier ferait faillite. Et maintenant...

Elle s'assit au bord du trottoir, lissa sa jupe et regarda de nouveau la vallée : au-delà du bitume du parking, les arbres explosaient d'une sève toute printanière, la vue était agréable. Du reste, rares étaient les endroits dans la vallée qui n'offraient pas de vue agréable, même du temps des usines. Le relief était intéressant et la nature très verte, partout des petites maisons en terrasse à flanc de colline, des fabriques et des usines dans les rares zones de plaine le long de la rivière, on aurait dit ces images de villes médiévales dans les livres d'école — *les gens vivaient ici et ils travaillaient là*. Des vies entières lisibles dans le paysage.

Elle se releva. Vraiment, sa capacité à se voiler la face était impressionnante. Pas besoin d'une analyse bien profonde pour comprendre la décision d'Isaac. Il avait plus de sens moral qu'elle. Que n'importe qui d'autre, à vrai dire. Il était resté parce qu'il estimait que c'était mal de laisser leur père seul et il lui avait fallu cinq ans pour se convaincre du contraire. Cinq ans — à dire comme ça, ça ne semblait pas si long. Mais les années se vivaient en journées, en heures, et quelques minutes seulement avec Henry pouvaient parfois être insoutenables, surtout pour Isaac. Lee s'était sentie très peu coupable de partir, sauve-toi d'abord avant de sauver le monde. Isaac n'avait alors que quinze ans. Et pour vivre ça sans être rongée par le remords... Pitié, pensa-t-elle. Il doit bien y avoir un juste milieu.

Elle avait besoin de parler à Simon. Mais bien sûr son téléphone n'avait pas de réseau. Elle l'appellerait ce soir de la maison, lui dirait de rappeler tout de suite pour que son père ne se plaigne pas du coût. Elle commençait à s'ennuyer — elle fouilla la Ford Tempo mais il n'y avait là ni livre ni rien d'autre à lire, peut-être était-ce normal, bien qu'il lui semblât qu'elle-même avait toujours quelques bouquins ou magazines sous son siège, l'avantage de ne jamais ranger sa voiture. Comme il était hors de question qu'elle rentre dans l'hôpital lire la presse people, elle resta dans la voiture à écouter les programmes locaux de la RNP, la radio publique nationale, puis, espiègle tout à coup, elle changea les fréquences mises en mémoire sur le poste pour les régler toutes sur la RNP ; son père n'avait choisi que des talk-shows radiophoniques de stations commerciales. Sans trop savoir pourquoi, elle en tira une grande satisfaction.

Quand Henry en eut fini de son rendez-vous, ils reprirent la direction du sud et s'arrêtèrent à Buell pour quelques courses. Le guichetier de la banque et la caissière du supermarché reconnurent Lee, la caissière se souvenait qu'elle avait été chargée du discours de cérémonie de fin de cycle au collège et encore au lycée, savait qu'elle avait été à Yale, qu'elle avait eu son diplôme, se souvenait aussi qu'une grande fondation lui avait accordé une bourse d'études. Lee se sentit coupable — elle ne reconnaissait absolument pas la caissière. Ce qui ne l'empêcha pas de sourire et de faire comme si. Par automatisme, elle tendit sa carte de crédit, mais Henry, de toute évidence gêné, allongea le bras depuis son fauteuil pour reprendre la carte à la caissière. « Je règle par chèque », dit-il. Lee ne savait pas si elle devait s'excuser. Tandis qu'ils quittaient le magasin, elle se dit qu'elle pouvait sans doute compter sur les doigts d'une main ceux qui, à Yale, en savaient aussi long sur elle que la caissière.

Sur le parking, des gens s'arrêtèrent pour parler à Henry, même si Lee voyait bien que la plupart voulaient surtout lui dire bonjour à elle. Elle fut frappée du nombre de têtes blanches, la population de la vallée semblait divisée en deux : les très vieux et les très jeunes, des retraités ou des gamines de quinze ans avec des poussettes, personne entre les deux. Elle pliait le fauteuil roulant pour le mettre dans le coffre quand il y eut un bruit assourdissant : un train de charbon passa lentement dans un grondement de tonnerre, longeant le supermarché puis l'aciérie à demi démolie qui dominait toujours le centre-ville, là où son père avait travaillé plus de vingt ans. Elle se revoyait aller l'attendre avec sa mère au changement d'équipes, le coup de sirène, les rues pleines d'hommes tout propres, bleu de travail et grosse chemise de laine, boîte à sandwiches à la main, croisant d'autres hommes, presque tous très sales, boîte à sandwiches cette fois vide ; elle revoyait l'admiration teintée de respect que sa mère, si menue, si effacée, provoquait pourtant dans cette foule, et sa fierté à elle de tant lui ressembler — elle n'avait jamais connu d'âge ingrat, elle avait toujours été le portrait de sa mère. Son père ne touchait jamais cette dernière en public comme les autres hommes tripotaient leur femme, il l'embrassait respectueusement et la prenait par la main, qu'elle avait si petite. Grand, le teint pâle, le nez fort et l'arcade sourcilière prononcée, il n'était pas beau mais il en imposait ; dans un groupe il se détachait, comme l'aciérie elle-même se détachait des bâtiments plus bas du centre-ville.

Une fois de retour chez eux, Lee aida son père à descendre de la voiture, mais alors qu'il se soulevait pour passer du siège à son fauteuil, il tomba sans qu'elle puisse le rattraper — même vieux et rabougri, il était encore deux fois plus lourd qu'elle. Plus de peur que de mal, mais en le poussant sur la rampe qui menait à la maison, elle s'en voulut soudain d'avoir couché avec Poe. Ça n'avait été loyal envers personne.

Ce soir-là, il y eut un drôle de bruit dehors ; elle l'entendit une deuxième, puis une troisième fois, avant de comprendre que quelqu'un frappait à la porte. Henry regardait la télévision dans sa chambre. L'espace d'un instant elle crut que c'était Isaac, mais en se précipitant vers l'entrée elle se dit qu'Isaac n'aurait pas frappé. Il faisait noir, elle jeta un œil dehors : Poe se tenait sur le seuil.

À son sourire elle ne répondit que par un demi-sourire ; il vit que quelque chose en elle avait changé.

Quand elle ouvrit la porte, il dit aussitôt : « Il faut que je parle à ton frère.

— Attends, je prends mon manteau », répondit-elle.

Ils n'échangèrent rien d'autre jusqu'à ce qu'elle fût ressortie et qu'ils se fussent suffisamment éloignés dans l'allée pour n'être pas entendus de Henry.

« Isaac est parti hier matin, dit-elle. Quelques heures après toi. Il avait un sac de voyage. »

Elle vit le visage de Poe passer de l'incompréhension à la peur, puis à quelque chose qu'elle n'avait jamais vu chez lui : une absence d'expression.

« Poe ?

— Faut qu'on parle, dit-il doucement. Pas ici de préférence. »

Elle alla voir son père. La télévision beuglait.

« Pittsburgh contre San Diego, dit-il. Des fois que tu t'intéresses au base-ball.

— Je crois que je vais aller faire un tour avec Poe. »

Il lui jeta un regard soupçonneux, puis hocha la tête.

Ils se rendirent dans un parc au bord de la rivière, à la périphérie de la ville. Sombre, mal entretenu, de grandes étendues de boue là où il lui semblait qu'il y avait jadis de l'herbe — encore qu'elle ne fasse guère confiance à sa mémoire, elle avait commencé à oublier l'endroit, oublier le détail de cette ville, sitôt qu'elle était partie étudier ailleurs. Il y avait là, donnant sur la rivière, un banc isolé que l'accumulation des couches de peinture avait rendu grumeleux. Ils s'assirent.

« Il nous a entendus l'autre nuit, lui dit-elle.

— Il a entendu quoi ?

— Tout. »

Poe ne dit rien, elle promena son regard sur l'eau. Elle était venue ici souvent. Dans son souvenir le coin était alors plus agréable, un classique des rencontres amoureuses lycéennes. Elle y était venue un soir se baigner nue avec son premier petit copain, Daryl Foster ; elle faisait la planche depuis un moment, à regarder le ciel, quand elle s'était redressée pour le chercher des yeux, sans le trouver, elle avait eu beau tourner dans tous les sens, personne. Il y avait des courants sous-marins, c'était connu, aussi avait-elle plongé plusieurs fois pour le chercher sous l'eau mais sans résultat, il faisait trop sombre, elle s'était mise à hurler son nom, tant pis si on l'entendait. Ce n'est que quand elle regagna le rivage, en larmes, pour aller chercher des secours qu'il réapparut. Il avait retenu son souffle. Plus tard cette nuit-là, elle avait couché avec lui, il avait dix-huit ans, elle, seize, c'était sa première fois. Oui,

se dit-elle, mais après je l'ai largué. Je n'ai pas totalement manqué de dignité.

« Tu m'écoutes ? demandait Poe.

— Pardon.

— Lui et moi on est dans le pétrin. Je me suis fait
interroger aujourd'hui, demain ils vont m'arrêter. »

Elle le regarda — elle ne comprenait pas.

« On a des emmerdes, répéta-t-il. Isaac et moi.

— Qu'est-ce qui s'est passé ? » Sa propre voix lui
semblait venir d'ailleurs.

« Le type qu'ils ont retrouvé près de l'ancienne
usine de wagons. C'était dans le journal, le clodo
trouvé mort. »

Quelque chose dans son ventre se serra, elle ferma
les yeux, elle ne savait même plus ce qu'elle ressentait,
rien.

« C'est pas moi.

— Où est mon frère ?

— J'en sais rien. Je sais juste qu'il est pas sur la
liste des suspects.

— Mais il est impliqué.

— Ouais, dit Poe. On peut dire ça comme ça. »

Elle voulait en savoir plus mais elle avait peur. Elle
se mit à penser aux quatre organismes d'aide à domi-
cile répertoriés dans l'annuaire de Buell, elle pourrait
en appeler un, être de retour à Darien le lendemain
après-midi ; elle se sentit se fermer à tout ce qui se
passait ici, à Poe, à son père, elle s'imagina dans le
jardin de Simon, à regarder les lucioles au-dessus de
l'étang, les parents de Simon quelque part dans le
décor, en train de recevoir leurs invités. Un endroit où
rien ne lui pesait. Elle dit : « Je crois que je ferais
mieux de te raccompagner chez toi.

— Je l'ai pas tué.

— Je peux pas être mêlée à ça, dit-elle doucement.

— Lee, je te jure, je l'ai même pas touché, ce type.

— Allons-y, dit-elle. Je suis désolée.

— C'est Isaac. »

Elle le regarda longuement.

« C'est Isaac, répéta-t-il.

— Tu mens », dit-elle, mais à regarder son visage, elle le crut. Il y eut un long silence. Sa tête la démangeait et elle eut soudain très froid, elle frissonnait, peut-être était-ce la température extérieure, peut-être ; en tout cas c'était comme si tout son sang s'était retiré de ses veines.

Poe, penché vers l'avant, coudes sur les genoux, ne la regardait pas. Il se mit à parler, comme si c'était à lui-même qu'il disait ce qui s'était passé, ou à la rivière, sans omettre aucun détail ; au bout d'un moment elle se laissa aller contre lui, parce qu'elle avait besoin de réconfort, parce qu'elle avait froid. Elle aurait sans doute dû pleurer mais elle ne pleurait pas — le sentiment de surprise était déjà passé.

Il était en train de lui raconter comment il avait failli attraper la mort assis sous la neige près du mobil-home parce qu'il ne pouvait pas affronter sa mère après ça. Lee écoutait toujours mais son cerveau anticipait déjà, elle se disait : ils auront tous les deux besoin d'un avocat sauf qu'ils ne sont plus du même côté. Tu vas devoir choisir ton camp, c'est bien simple. Isaac contre Poe. Isaac et ton père contre Poe. Le fameux dilemme du prisonnier, cours d'éco de première année. Si tout le monde coopère et que personne ne parle, ça finit bien — c'est l'équilibre de Nash. Ou est-ce que l'équilibre de Nash, c'était quand les deux camps ne coopéraient pas ? Voilà du reste ce que démontrait l'exercice : les gens coopèrent rarement. Poe parlait toujours mais elle n'arrivait plus à se concentrer. Le carnet de chèques était là, dans son sac, avec son nom et celui de Simon en haut, elle l'avait apporté parce qu'elle savait qu'elle en aurait besoin pour l'infirmière, pour les réparations de la maison, elle pouvait très bien signer, offrir à Poe un bon avocat, lui donner une chance de s'en sortir.

Sauf que si Poe avait un bon avocat ça n'arrangerait pas les affaires d'Isaac. Au contraire. Poe parlait toujours, lui racontait sa discussion avec le chef de police, mais ça n'avait plus d'importance — ce que Poe trouvait important n'avait plus d'importance. Il n'aurait pas les moyens de se payer un avocat, il vivait dans un mobil-home. Si elle se chargeait des frais et que Simon regardait les relevés de compte — peu probable mais quand même —, si Simon ou son père découvrait qu'elle avait payé l'avocat d'un de ses anciens petits amis, son amant, accusé de meurtre, ce serait terminé. Aussi simple que ça. Poe s'était tu. Il était perdu dans ses pensées, les yeux sur la rivière. Il faisait incroyablement noir.

« Je vais pas le balancer, dit-il, se méprenant sur le silence de Lee. J'espère que tu le sais. Je lui ferais jamais ça, ni à toi.

— T'en fais pas pour moi. » Elle lui passa la main dans le dos.

« Il a dû aller à Berkeley, il en parlait tout le temps.

— Berkeley, en Californie ?

— Ouais, dit-il. L'université. »

Elle secoua la tête — elle n'y comprenait décidément rien. Elle tenta d'évaluer les chances que Poe soit simplement en train de lui mentir. Elle n'y croyait pas, mais tout était différent maintenant, mieux valait ne plus trop lui faire confiance.

« Qui d'autre aurait une idée ?

— Il y a un vieux, à la bibliothèque, à qui il parlait de temps en temps, mais c'est tout.

— Donc ce qui s'est passé l'autre soir, c'est qu'il a découvert que la seule personne sur qui il fallait vraiment qu'il puisse compter couchait avec sa sœur et lui mentait.

— Lee.

— J'ai juste du mal à comprendre pourquoi on est allés boire des coups alors que vous veniez de frôler l'arrestation. Si tu voulais me voir, il suffisait de m'appeler.

— Je vois pas comment j'aurais pu t'appeler vu que je savais même pas que t'étais là.

— On n'aurait pas dû coucher ensemble, dit-elle. C'est tellement con que j'arrive même pas à y croire. C'est nous qui sommes censés le protéger. »

Il la regarda, sceptique. « Tu le connais pas.

— C'est mon frère.

— Ça fait longtemps que t'es partie, Lee.

— Eh ben maintenant je suis là. » Elle se leva. « Je te raccompagne. »

Poe ne bougea pas. « Il y a deux mois environ, il a sauté dans la rivière. T'es sans doute pas au courant parce qu'il est sûrement pas allé te le raconter et parce que quand moi je t'ai téléphoné pour t'en parler tu m'as jamais rappelé. Mais en gros il a fallu que je plonge après lui pour le tirer de là. Il devait faire moins dix, je sais même pas comment on s'en est sortis. »

Elle ne dit rien. Elle se rappelait vaguement avoir eu un message de Poe ; évidemment qu'elle ne l'avait pas rappelé, elle ne savait pas ce qu'il voulait.

« C'est pas un mystère, Lee. Tu fais comme si les

199

choses allaient s'arranger jusqu'à ce que tu sois capable de les affronter.

— Arrête, s'il te plaît.

— Ce qui s'est passé avec ce type, je vais devoir assumer. Je le sais. Mais y a pas que moi en cause. »

Il la regarda un long moment avant de se lever.

« Tu me fais marcher pendant deux ans et puis tu te maries sans me le dire. Demain je vais me retrouver en taule à la place de ton frère.

— Je crois pas que tu comprennes bien la situation.

— Toi, en tout cas, je te comprends très bien. T'es comme tout le monde. »

Elle se tut. Son cerveau semblait s'être éteint.

« Il avait raison, ton frère, dit-il. À ton sujet, je veux dire. Je sais pas comment j'ai jamais pu croire le contraire. »

Il prit la direction de la route. Elle le regarda s'éloigner puis se leva et courut après lui.

« Tu as un avocat ? dit-elle une fois qu'elle l'eut rejoint.

— Harris dit qu'il connaît quelqu'un de bien dans les commis d'office.

— Arrête-toi. S'il te plaît, arrête-toi une seconde. S'il te plaît. »

Il s'immobilisa.

« Retournons à la voiture », dit-elle. Elle lui prit la main ; il lui jeta un regard réprobateur sans toutefois retirer la sienne. Une fois dedans, elle mit le contact et alluma le chauffage, mais laissa les phares éteints. Quand elle alla pour l'embrasser, il l'arrêta, l'air blessé. Puis ce fut lui qui l'embrassa. Le cerveau de Lee travaillait tous azimuts, elle pensait statistiques, espérance mathématique, vous avez trois personnes, le premier choix en protège une seule alors que le second en pro-

200

tège deux, en même temps elle sentait la main de Poe entre ses jambes, le choix qu'elle ferait était évident. Elle se pressa plus fort contre lui et sentit ses pensées se dissoudre, puis il y eut autre chose et elle refit surface, elle réfléchissait de nouveau. Poe aurait besoin d'un avocat, c'était comme si un raz-de-marée de mots se préparait, un raz-de-marée qu'il lui faudrait contenir ; dans ce type d'affaire ce n'était pas un avocat commis d'office qu'il fallait, c'était Johnnie Cochran, l'homme capable de faire acquitter O. J. Simpson. Le commis d'office s'endormirait pendant les débats, le commis d'office ne servait qu'à permettre une parodie de procès équitable, après quoi on vous coffrait pour la vie.

« Qu'est-ce qu'il y a ? dit Poe.

— Rien.

— Tu préfères qu'on arrête ?

— Non. » Elle remit la main de Poe où elle était.

Quand ils eurent fini, elle mit sa tête sur ses genoux, sentit sur lui sa propre odeur, ramena ses jambes sous elle. Il les caressa, du pied jusqu'à la hanche, de la hanche jusqu'au pied. Elle recevait en plein visage la soufflerie du chauffage. L'espace d'un instant elle eut une sensation de légèreté, d'apesanteur, comme ce moment de suspension au-dessus du plongeoir quand la gravité n'a pas encore repris ses droits. Elle se dit : je ferais n'importe quoi pour me sentir comme ça toujours.

Poe dormait. Chaleur du souffle d'air, halo du tableau de bord. Elle fit courir sa main sur les cuisses de Poe, passant ses doigts dans la toison au milieu, puis toucha la fenêtre, la vitre glacée, il faisait très froid dehors. Elle savait la décision qu'elle prendrait. On n'était pas dans *Roméo et Juliette*. La sensation de légèreté avait disparu et elle avait maintenant l'impression de tomber, elle dut se redresser, appuyer son front contre la vitre pour sentir le froid, tout était confus dans sa tête. Il fallait qu'elle appelle Simon. Simon était son point d'ancrage. Poe remua un peu, elle lui frotta le bras, par réflexe ; elle fut reprise de nausée, il fallait qu'elle sorte de la voiture, elle s'habilla rapidement, la moitié de ses vêtements à l'envers, prit son sac, se glissa dehors et ferma la porte doucement.

Son téléphone avait du réseau. Elle se retourna vers la voiture, vers Poe qui dormait dedans, puis regarda l'appareil et composa le numéro de Simon. Il y avait cette phrase célèbre — *D'accord : je suis pensionnaire d'une maison de santé*. Ça sonnait, Simon décrocha. Elle s'éloigna de la voiture, jusque sous les arbres ; elle entendait la rivière.

« Mon amour, dit-il, tu rentres ?

— Pas encore.

— Tu as trouvé ton frère ?

— Plus ou moins, mais je l'ai reperdu.

— J'espère que tu vas vite le retrouver. Je suis malheureux sans toi.

— Je suis obligée de rester, je vois les infirmières demain.

— OK OK OK. Tu sais, j'aurais dû te proposer de t'accompagner. Je suis désolé d'avoir fait le bébé. Je devrais être là-bas avec toi. »

Elle eut l'impression qu'elle allait étouffer, bruits de gens qui parlent en fond, confusion, elle était sur le point de tout lui raconter.

« Écoute, dit-il, tous les copains sont là, ils sont venus de New York me rendre visite, je peux te rappeler plus tard ou demain ?

— D'accord.

— Tout le monde te dit bonjour. Dites bonjour, tout le monde ! »

Elle entendit un chœur de voix en fond sonore, les voix de ses amis, indistinctes, lointaines.

« Ce cher M. Bolton a apporté une caisse de Veuve Clicquot.

— Simon, écoute une seconde. Je vais peut-être avoir besoin d'argent. Il se peut qu'il faille un avocat pour mon frère.

— C'est grave ?

— Je sais pas. » Un temps. « C'est pas encore très clair.

— Lee, je suis désolé, vraiment désolé, j'aurais dû venir avec toi.

— T'inquiète pas, mais je suis contente que t'aies décroché. C'est juste que je deviens un peu chèvre ici.

— Je prends un avion et je suis là demain. »

À nouveau sa gorge se serra. « Non, dit-elle. Ça devrait aller. Je me fais trop de souci et je panique, c'est tout.

— Je peux être là demain. Et puis merde, je vais dire à Bolton qu'on part tout de suite avec sa voiture, on sera chez toi vers trois heures du mat.

— Non, ça va, dit-elle. J'avais juste besoin d'entendre ta voix. Je me sens déjà beaucoup mieux.

— Rappelle-moi tout à l'heure. Ou demain matin, comme tu préfères. Tu as le carnet de chèques ?

— Oui.

— Alors sers-t'en. Si c'est vraiment grave, je demanderai à mon père de trouver quelqu'un.

— N'en parle pas à ton père.

— Tu peux lui faire confiance.

— Je sais. Mais je préfère quand même que tu ne lui en parles pas.

— D'accord, dit-il. Je t'aime.

— Moi aussi je t'aime. »

Une fois qu'elle eut raccroché, elle resta un moment immobile dans le froid, il faisait très sombre, l'air était très pur, au-dessus d'elle les étoiles brillaient d'un éclat froid et vif. Elle retourna à la voiture. Il faudrait qu'elle garde ça en elle pour toujours, il n'y aurait jamais personne à qui en parler. Bon, se dit-elle, au moins tu sais que tu feras une bonne avocate.

6

Isaac

Quand il se réveilla, il faisait jour, il était couché dans les hautes herbes derrière l'entrepôt. Bruit de bateaux à moteur sur la rivière. Pourquoi cet œil ne veut-il pas s'ouvrir ? Il le toucha. Saletés et sang coagulé. Je pourrais rester ici jusqu'à ce que j'aille mieux, se dit-il. Prendre racine et hiberner. Émerger aux beaux jours. Sympas, les autochtones. Il regarda autour de lui. Ça va maintenant, se dit-il. Debout.

C'était une belle journée, chaleur et vent, ciel sec au bleu profond, nuages filant vers le sud, un grand V d'oies sauvages vers le nord. Nomades originelles. Le kid, quant à lui, ne s'en fait pas. À côté de ce qu'il a vécu au Vietnam, chez les Bérets verts, ce n'est rien, ça. Revenu d'entre les morts comme à Pâques. Sensation de coup de lance au travers des côtes, d'os en bouillie — une agréable journée de marche en perspective.

La douleur était telle qu'il lui fallut une bonne demi-minute pour se lever. Le sol était mouillé, son sac de couchage couvert de boue, ses vêtements dégoûtants. Il rebroussa chemin au milieu des herbes hautes balayées par le vent, tantôt couchées, tantôt droites ; l'entrepôt n'était pas aussi loin qu'il le lui avait semblé dans le noir — deux cents mètres peut-être jusqu'à la route principale. Sur le parking de terre, des ordures, des cannettes de bière, un préservatif ici ou là. Signe de communion. Désireux de payer sa dette de sang envers Otto le Suédois, le kid fait la tournée des planques de délinquants du coin : offrande expiatoire de son réceptacle sacré. Le lait de sa tendresse les attire comme du sang et c'est le sien qui sert à son baptême en cette église. Il leva les yeux vers le bâtiment de brique, sa façade abîmée, ses fenêtres voûtées. Seulement, voyez : ses mains sont toujours sales, la dette n'est pas éteinte.

Sur le parking, il tomba sur son propre tas d'excréments, s'arrêta pour le couvrir de terre, se dit que peut-être le kid ne devrait pas se comparer à Jésus. Puis : rien à foutre. Si l'Enfer existe, il doit être tellement plein qu'un tapis de damnés amortira ma chute — hypocrites en dessous, pratiquants par paquets. Coin VIP pour les papes.

Il traversa le pré en boitant jusqu'à la route 906. Il y avait beaucoup de circulation, manifestement la balade ne serait pas agréable — la chaussée était tout juste assez large pour les voitures. Il marchait très lentement. À tous les coups tu as une côte cassée — mal quand tu inspires. Contusions aux bras, aux jambes, au dos. Il se toucha le visage : sous ses doigts, une croûte de poussière et de sang. Ses lèvres, ses joues, ses yeux, tous enflés. Un vrai miracle qu'il n'ait pas perdu de dents. T'es pas taillé pour cette vie-là, se dit-il. Mais aussitôt lui vint l'image du Suédois debout en train de regarder quelque chose, la masse de sa veste militaire, son pantalon de treillis noir de suie. Crois ce que tu veux, on a la preuve du contraire. Les données empiriques attestent une autre hypothèse. Le kid a l'air très capable — il fait des erreurs, mais il apprend vite. Il semblerait qu'il ait les bons réflexes. Un peu rouillés, voilà tout.

La route longeait une plaine inondable qui allait jusqu'à Monessen. Au fond se dressait le flanc de la vallée, rien que des bois, mais devant s'égrenaient vieux bâtiments, entrepôts et usines. La circulation était dense, des voitures de marque américaine plutôt petites, de vieux pick-up. Il y avait juste assez d'asphalte pour les véhicules et très peu de place sur le bas-côté, même dans les broussailles — l'air tremblait à chaque voiture qui passait, quelle que soit sa taille. Cinq ou six personnes marchaient à intervalles irréguliers dans la même direction que lui — vers Monessen, jadis l'une des villes les plus prospères de la vallée, aujourd'hui l'une des plus pauvres. Les restes d'une cokerie US Steel y tournaient encore tant bien que mal, employant quelques centaines de personnes. À part ça, des réformés pour inaptitude en veux-tu en voilà.

Une demi-heure plus tard il y était. Pour l'essentiel, la ville ressemblait à Buell, la plaine des berges cédant progressivement la place au coteau pentu où se superposaient rangs de maisons, églises de pierre, églises de bois et trois églises orthodoxes aux dômes dorés. Et partout, des arbres. De loin la ville avait l'air calme. De près elle avait l'air abandonnée — la plupart des bâtiments tombaient en ruine, effet combiné du vandalisme et du manque d'entretien. Il traversa le centre ; à part quelques voitures garées là, on voyait surtout des immeubles vides, de vieilles enseignes sur de vieux magasins, d'antiques panneaux « À louer » dans la plupart des vitrines. Le seul signe de vie provenait de la cokerie au bord de la rivière, longs bâtiments de tôle ondulée, haute cheminée où brûlaient les gaz rejetés, de temps à autre d'épais nuages de vapeur provenant de l'extinction du coke. Une pelleteuse assez grosse pour ramasser un semi-remorque prenait du charbon sur une barge et le lâchait sur des transporteurs, qui l'emportaient vers l'usine principale. Les rails étaient encombrés de wagons remplis de coke gris-noir, mais, Isaac excepté, aucun être humain en vue.

Dans le centre, il trouva un restaurant ouvert. La serveuse était assise à une table près de la devanture, seule, le regard perdu dans le lointain, souriante, du moins jusqu'à ce qu'elle voie entrer Isaac. Elle profitait du soleil, n'avait pas envie de se lever. Elle devait avoir une cinquantaine d'années, les cheveux teints en blond.

« Désolée, mon chou, dit-elle. Je peux pas t'accepter dans cet état.

— Je vais me nettoyer. Je me suis fait agresser. » Son regard balaya le *diner*, le restaurant, quel que soit le nom qui convienne ; il n'y avait qu'un seul client à part lui.

Elle secoua la tête. « Il y a un hôpital de l'autre côté du pont, à Charleroi.

— J'ai de quoi payer. » Il ouvrit son portefeuille pour lui montrer. Ça sentait la nourriture en train de cuire, pommes de terre frites, viande : il ne bougerait pas d'ici. Il fut surpris de lui tenir tête — avant, il serait ressorti tout de suite, aurait cherché ailleurs. « Mettez-vous à ma place », ajouta-t-il.

Il se demandait s'il n'en avait pas trop dit quand elle soupira, lui désignant les toilettes au fond de la salle. L'autre client, un Noir d'un certain âge, boîte à sandwiches posée à côté de lui, leva les yeux de son magazine puis se replongea aussitôt dans sa lecture, buvant son café à petites gorgées, sans plus de curiosité.

Pour accéder aux toilettes, Isaac dut contourner des stocks de serviettes en papier et d'huile de cuisine. Une fois dedans, il ferma la porte à clef et se planta face au miroir. Un cadavre bien amoché droit sorti de la rivière. Ou d'un charnier. Son pantalon et son blouson étaient couverts d'herbe et de boue, son visage maculé de crasse grisâtre. Lui-même ne se serait accepté nulle part, *diner* ou autre. Il avait un œil méchamment enflé, les lèvres fendues ; difficile de faire la part du sang séché et de la saleté. Il commença par mettre à profit les toilettes puis se déshabilla intégralement pour se regarder dans le miroir, marron sale du visage comme déconnecté du corps blafard, rose des griffures le long des côtes, pâle violacé des ecchymoses qui apparaissaient ici et là. Il se lava la tête dans le lavabo, non sans envoyer partout des éclaboussures crasseuses, se disant que l'homme était une création bien fragile — enfin, les autres surtout. Pour le reste, serviette imbibée d'eau, toilettage réglementaire du cadavre. Dernière ablution du corps. Insister sur les entailles — sans doute que de nos jours ils font ça au tuyau d'arrosage avant de laisser sécher tout seul, lavage automatique pour traitement industriel. Qui sait par qui nous serons touchés, une fois mort ? Il prit une nouvelle poignée de serviettes en papier, les mouilla et continua sa toilette. Il frissonnait déjà, l'eau refroidissait vite. Le bain chaud de la matrice, on le tient pour acquis — c'est dans la nature même de la matrice. Ma mère aussi s'est baignée. Je me demande s'ils l'ont lavée après. Comme les hommes des tourbières — momifiés. Otto le Suédois, non — pas de bain aux frais du contribuable. La fosse commune, encore trop chère. Son ultime chaleur : l'incinérateur. Arrête d'y penser. T'en es pas encore là.

Quand il eut fini, il sortit son couteau, lava soigneusement la lame avec du savon, la rinça puis la sécha, avant de se frictionner avec les dernières serviettes ; il était venu à bout de deux rouleaux entiers. Comme il avait trouvé l'endroit très propre, il essuya consciencieusement le sol et le lavabo. Il s'examina dans le miroir. À partir de la taille, ça allait. Son blouson avait à peu près protégé sa chemise et son pull. Ne rentre nulle part avec ton blouson, se dit-il. Enlève-le d'abord.

Quand il émergea des toilettes, la serveuse le guettait ; elle se leva pesamment, comme si ses genoux allaient lâcher, pour lui apporter le menu et du café. Assis là dans son box, tout le fond du restaurant pour lui, il se sentait au chaud, au sec, au propre ; c'était confortable. Crème et sucre ajoutés en grande quantité, il sirota son café. Il commençait à retrouver ses esprits. Il allait prendre son temps. Savourer. Il commanda un steak haché pané, des galettes de pomme de terre, trois œufs au plat et de la tarte aux pêches. La serveuse prit note et lui resservit du café, qu'il accommoda à son exacte convenance, sucré, crémeux, presque un dessert. Il examina le *diner* : un endroit agréable, plus un vrai restaurant d'ailleurs, quelques dizaines de tables, nappes à carreaux. Probable qu'ils n'affichaient jamais complet, ces temps-ci, mais c'était bien tenu, lumière agréablement tamisée, boiseries de pin noueux, imitation de moulures victoriennes au plafond. Les murs étaient couverts de photos des Monessen Greyhounds, l'équipe de foot locale, il y avait aussi des portraits de Dan Martino et Joe Montana, les deux grandes stars du ballon de la vallée, et des posters encadrés de corridas espagnoles, souvenirs d'un voyage qui devait remonter à une vingtaine d'années. La serveuse revint avec sa commande.

« Des dégâts internes ? dit-elle en désignant le visage d'Isaac.

— Pas vraiment.

— Sérieux quand même, hein ?

— Ils étaient plusieurs.

— Tu devrais rentrer chez toi. C'est tout ce qui t'attend.

— Vous êtes aussi encourageante avec tous les clients ? »

Elle lui sourit et il ne put que sourire en retour. Elle avait des bagues.

« Parfait. Me laisse pas te faire la leçon. » Elle retourna lentement à sa table, laissant deux assiettes pleines devant lui. « La tarte arrive dans une minute. »

Il découpa le steak en petits morceaux ; entre le croustillant de la chapelure frite et la saveur de la viande juteuse dessous, il n'avait jamais rien mangé d'aussi bon. Il écrasa une galette de pomme de terre revenue avec des oignons et y mélangea un œuf ; c'était comme s'il mangeait pour la première fois, il aurait voulu déguster par petites bouchées mais ne pouvait s'empêcher d'avaler d'énormes fourchettées. La serveuse apporta la tarte et remplit sa tasse, contraste bienvenu de l'amertume du café avec la richesse de la nourriture. Quand son assiette fut enfin vide, il attaqua le dessert.

Il se laissa ensuite aller contre le dossier, les yeux fermés, tout en sachant qu'il ne pouvait pas s'endormir là. C'est la belle vie, se dit-il. Entrer quelque part et manger : la belle vie. La serveuse reparut avec une coupe de glace.

« C'est la maison qui régale, dit-elle. Visiblement on a bon appétit. »

Au bout d'un certain temps, il sentit qu'il s'assoupissait — il faisait si bon —, il décida de ne pas exagérer. Il regarda l'addition, la serveuse n'avait compté que les œufs et le café, deux dollars et quatre-vingts cents. Il leva les yeux pour la remercier, mais elle était retournée s'asseoir à sa table, perdue dans son monde.

Il réfléchit au pourboire, il fallait qu'il économise son argent ; il laissa finalement dix dollars. Solidarité entre pauvres. De toute façon il aurait bien fini par les dépenser.

De retour dans la rue, ses contusions lui faisaient moins mal, des années qu'il ne s'était pas senti aussi bien, il avait envie de se coucher au soleil et de faire la sieste. Une fois sorti de la ville, il quitta la route, prit à travers champs jusqu'à la voie ferrée et trouva un coin d'herbe isolé au bord de l'eau. Le soleil brillait, il ôta chemise et chaussures et s'assit, torse nu et pieds à l'air. Tu dois pas t'arrêter. Il secoua la tête : ce soir je serai peut-être mort. Profite de ce qui se présente.

Il s'allongea et resta là, à sentir sur sa peau la chaleur du soleil. Plaisirs simples pour lesquels nous sommes programmés. Un million d'années d'évolution — savourer une belle journée.

Je suis mis à l'épreuve, se dit-il. Qu'est-ce qui va se passer pour le Suédois ? Il décida que ce n'était pas le moment d'y penser. Je vais d'abord à Berkeley, je verrai ensuite. S'il doit se passer quoi que ce soit, j'aurai au moins accompli ça. Ils finiront bien par découvrir ce que tu as fait. Poe parlera. Il est comme ça, c'est tout. Pas sa faute. Quand même, se dit-il, il vaut mieux que les autres.

Il ferma les yeux. Se demanda si sa sœur était encore

à Buell. Et si d'aventure elle passait par là en voiture ? J'irais avec elle. J'ai tout ce qu'il me faut sur moi. Il essaya de le faire advenir par la force de sa volonté : monte dans ta voiture, Lee, démarre. Rendez-vous au bord de la 906. Mais, bien sûr, c'était ridicule. Elle ne pouvait pas l'entendre.

Lors de la cérémonie de fin de scolarité de sa sœur, il se rappelait ce qu'il avait ressenti, assis à côté d'elle. Le directeur n'en finissait plus de chanter ses louanges, résultats maximaux aux SAT — ces examens nationaux utilisés pour l'admission à l'université —, bourse d'une grande fondation, acceptée à Yale, Stanford, Cornell et Duke. Vous étiez là tous les quatre. Ça restait gravé dans sa mémoire comme l'instant où tout avait semblé parfaitement cohérent. T'imaginais déjà le moment où toi-même tu te lèverais pour aller chercher ton diplôme, c'était comme de lire l'avenir. Une image très nette dans ta tête — tu regardais ta sœur et tu t'y voyais. Tu t'en rappelles bien. Et puis maman est morte et Lee est partie, t'avais espéré qu'elle resterait, mais bien sûr... Qui l'aurait fait ? Une nouvelle vie en perspective — c'était devenu encore plus crucial de quitter tout ça. Rien à lui reprocher.

Il aperçut un grand faucon — non, c'était un aigle, ils revenaient. Les choses changeaient constamment. Parfois en bien, parfois en mal. T'as rien d'autre à faire que de te réveiller jusqu'à ce qu'on t'arrête. Il comptait bien s'exécuter. Sa sœur avait eu la vie plus facile, mais à quoi bon s'en soucier. Il y arriverait tout seul. Il vivrait dans les montagnes au nord de la Californie, des montagnes vertes, bien plus hautes que les collines d'ici, de vraies montagnes. Près d'un observatoire. Un observatoire à demeure, accès aux étoiles à toute heure — la maison aurait un de ces grands balcons suspendus au-dessus d'une falaise qui donnent l'impression de flotter dans l'espace. Comme Lee, tu seras pas tout seul. Rappelle-toi ta visite à Yale — chacun, à sa façon, était comme elle et toi. C'était presque inconcevable, mais sa sœur avait réussi, alors qu'à bien des égards elle n'avait pas d'objectif aussi clair que lui. Lui, il avait toujours su ce qu'il voulait faire. Bien sûr, elle l'avait quand même battu aux SAT. Quarante points. Dans la marge d'erreur statistique. D'ailleurs c'est la première chose qu'elle avait dite quand il avait annoncé ses résultats — *tu sais, c'est dans la marge d'erreur*. Toujours compatissante, toujours attentionnée. Sauf qu'il y avait l'histoire avec Poe. C'est ce qui avait tout gâché. Il en aurait pas fait un drame, il connaissait les autres types avec qui elle avait couché dans la vallée, il y en avait deux, ça l'avait pas perturbé, pas tellement en tout cas. Mais cette histoire avec Poe lui semblait le signe de quelque chose de bien plus important. Il n'aurait pas su dire quoi, n'empêche qu'il en était sûr.

Change de sujet, pensa-t-il. Sens cette chaleur. En Californie, ce sera ça presque toute l'année. Une bonne dose d'ultraviolets. Guérit les ecchymoses et tue les bactéries. Ultra, ça veut dire qu'on ne peut pas les voir. Non, ça veut dire *beaucoup*. Pauvre débile. Il se redressa et regarda autour de lui. De l'herbe et des arbres tout autour, et devant, la rivière. Au sud, il y avait un gros terminal intermodal et ses longs tas de charbon, scories et autres matériaux en vrac, et juste après le terminal, les trois grands ponts qui menaient à Charleroi, et au-delà des ponts, les grues de l'écluse qu'il distinguait encore. Un embouteillage de barges encombrait l'entrée du sas.

Fini tout ça, se dit-il, au nord il n'y a plus que des

bois. Le soleil était vif, sensation exquise de picotement, comme la course légère de doigts sur sa peau,
il ne voulait pas s'endormir, c'était trop bon. Sur la
berge opposée, quatre hommes pêchaient, quelque
chose dans le spectacle de ces quatre hommes assis là,
en face... il s'assoupit. Pêcheurs d'hommes. Il se
réveilla à l'ombre ; le soleil, maintenant sur l'autre
rive, se couchait déjà presque derrière les collines de
l'ouest, les pêcheurs étaient partis. Deuxième journée
que tu passes à dormir. T'as qu'à prendre le car, se
dit-il, au moins tu bougeras en dormant. C'est ça
— pour laisser une trace de là où tu vas. À la gare de
triage aussi il faudrait bien qu'il demande à quelqu'un,
pour savoir quelles lignes allaient vers le sud ou
l'ouest. Mais c'était mieux que d'acheter un billet. Il
vérifia son portefeuille, il avait encore vingt-deux dollars, plus l'enveloppe de près de quatre mille dollars
dans une des poches de son treillis.

Il marchait de nouveau, mais n'avançait guère, ses
jambes s'étaient engourdies pendant son sommeil. Il
faisait nuit depuis longtemps lorsqu'il passa sous le
pont de Mon City ; la voie ferrée traversait une longue
zone industrielle aux entrepôts bien éclairés, aussi
resta-t-il proche des arbres, à l'orée de la lumière,
passant devant des dizaines de vieux conteneurs, une
maison inondée, des remorques aux pneus crevés et à
la peinture écaillée. De l'autre côté de la rivière, les
villes de Mon City et New Eagle brillaient de tous
leurs feux, il était bien content de ne pas être de ce
côté-là. Devant lui, dans la grande étendue sombre de
la forêt, le métal poli des rails, captant la pâle lumière
des étoiles, luisait faiblement. Sitôt qu'il eut rejoint
l'obscurité, il se sentit à nouveau en sécurité. Hormis
le hululement des chouettes, il n'y avait que le bruit

de ses pas et le bourdonnement occasionnel d'un bateau pousseur et ses barges. Il se dit qu'il devrait avoir soif, mais, bizarrement, ça allait. Faudrait quand même qu'il se trouve une gourde ou une bouteille.

Sur l'autre berge, un gigantesque panache de fumée et de vapeur s'élevait de la station électrique West Penn Power, fantôme blanc dans la nuit noire au-dessus des immenses cheminées. À côté, la masse sombre des tas de charbon, telles de petites pyramides, et puis plusieurs dizaines de barges allant et venant sur la rivière. Quelques kilomètres plus loin, toujours sur la berge opposée, il aperçut l'usine Elrama, encore plus grande, amplement éclairée par des lampes à sodium ; sa plus haute cheminée faisait peut-être cent cinquante mètres de haut, le flot de vapeur occultait une grande partie du ciel, voilage blanc et propre. Sauf que c'est du charbon qui brûle, se dit-il. Certainement pas propre. Peu après il traversa une installation minière obscure où un énorme silo de chargement chapeautait les voies, le sol était noir de charbon, on l'entendait craquer sous les pieds. D'innombrables wagons en étaient remplis, immobiles sur les rails, tandis que des barges vides attendaient, sagement amarrées. Plus tard, il approcha d'un parc industriel complètement éclairé ; pour éviter d'être vu, il grimpa à travers bois dans la direction opposée à la rivière jusqu'à tomber sur une route sombre qui en suivait le cours.

Un petit hameau plongé dans l'obscurité, une caserne de pompiers vide, fermée pour la nuit. Quelques piscines hors sol, une porte d'entrée allumée ici et là, mais sinon, noir complet. La route était calme, il distinguait bien les étoiles. Un peu plus loin, dans un jardin, il vit un feu autour duquel se tenaient une bonne vingtaine de personnes, sans doute la moitié du village, un verre à la main. Quelqu'un s'apprêtait à sauter dans une piscine ; à la pâleur des silhouettes, Isaac comprit que le groupe était nu malgré le froid. Tête baissée, il tenta de passer inaperçu, sans succès.

« Hé ! cria quelqu'un près du feu, viens donc boire une bière. »

Il ignora l'invitation, mais la personne appela une seconde fois. Il fit un signe de la main et fixa ses pieds, espérant être bientôt hors de vue.

« Qui est là ? entendit-il crier après lui. Brian Foote, c'est toi ? »

Isaac fit un nouveau signe de la main et poursuivit sa route.

Quelques pâtés de maisons plus loin, à la sortie du bourg, un bruit de bouteille cassée le fit se retourner : des silhouettes se découpaient à contre-jour, il était suivi. Ils étaient quatre. Sans attendre de voir ce qui allait se passer, il se mit à courir, sac à dos serré contre lui, malgré sa cheville, ses jambes contusionnées et la douleur qui lui déchirait les côtes ; derrière lui ça criait, chaque foulée le faisait souffrir et son sac cognait contre lui, mais il ne ralentit pas.

Au premier virage, il sauta dans les bois et attendit dans le noir le plus complet pour voir s'ils étaient toujours après lui. Personne ne vint. Diverses explications possibles : ils pensaient peut-être que t'étais un invité qui séchait la fête, ou bien ils voulaient te donner une resucée du traitement d'hier. Enfin bon... Il finit par se détendre. Poursuivi par des bandits, le kid persévère — indemne cette fois. Sachant qu'il constitue la principale attraction de leur soirée, il craint toutefois qu'ils ne reviennent avec une voiture. Un drain dévalait le coteau, il le suivit dans la direction opposée à la rivière. L'eau coulait avec une certaine force et il lui fallait parfois longtemps pour trouver un appui sec dans le noir. Le conduit se termina entre deux collines escarpées et il fut bientôt totalement désorienté, commença à paniquer, puis se calma. Tu te repéreras demain matin. Il fera jour alors. Peu après il déboucha sur une zone dégagée, récemment tondue. Ni lumière ni maison en vue. L'herbe était très douce et il se coucha en bordure de clairière, sous un surplomb de branches avides de rosée.

Blotti dans son sac de couchage, il ferma les yeux et des images rémanentes apparurent — des images de quoi, il ne savait pas. On aurait dit des gens qui marchaient. Il vit la route qu'il avait suivie le matin même et les autres marcheurs. Il ouvrit les yeux. Il avait chaud partout, sauf au visage. C'était une nuit froide et claire. Il revit le Suédois, debout près du poêle, son visage maintenant à demi dans l'ombre. C'est normal, pensa-t-il. Toujours couché, il sortit un bras du duvet pour caresser une nouvelle fois l'herbe tendre — fraîche, humide, douce. Il contempla les étoiles et s'efforça d'oublier le Suédois.

Tu le savais bien, qu'y fallait pas rester si longtemps. Tu le savais, qu'il allait finir par arriver quelque chose de moche. Tu te racontais que tu jouais la montre mais en fait tu savais très bien. J'avais nulle part où aller. Lee non plus, elle s'est débrouillée. M. Painter t'a proposé de te présenter à son père, professeur à Cornwell — aucun problème, il avait dit.

J'étais pas encore prêt à partir, se dit-il. Pas pareil pour Lee — plus immédiatement sympathique. Sa mère meurt et elle, elle part — cicatrice effacée. Elle dit que, quand elle pense à la maison, c'est la maison *comme avant*. T'as jamais pensé à lui dire que toi t'avais pas ce luxe-là. Avant-dernière année de lycée et tu te retrouves seul avec le vieux. Sans compter qu'à la maison, tout le monde était au service de Lee. Notre petite « Fleur des champs ». Silence dans la maison si elle était à ses devoirs, tout un flan à chacun de ses bulletins. Tu laissais les tiens en évidence pour qu'il les voie, mais jamais un mot.

Si vous aviez inversé les rôles, il t'aurait mis dans une institution. Tu lui as demandé une fois : et si j'avais un accident, comme toi ? Pas de réponse. T'es quand même resté. Parce que je suis pas comme ça, même envers les gens comme lui. Non, se dit-il, y a autre chose. Tu voulais son approbation. Qu'il admette qu'il avait besoin de toi. Non, je suis resté parce que ça aurait été mal de le laisser seul. Mais t'es parti quand même. Au bout de cinq ans, pensa-t-il. Pas rationnel, comme décision. Pas cohérent.

Il ferma les yeux. Je m'en sors très bien. Mieux qu'hier. Et je m'en sortirai encore mieux demain. Il faisait sombre, tout était tranquille, il ne lui fallut qu'une minute pour repérer les étoiles qu'il connaissait avant de sombrer dans un sommeil agité.

7

Grace

Ce jour-là, elle téléphona quatre fois à Harris du travail, mais chaque fois elle tomba sur sa boîte vocale. Elle fit en sorte de travailler plus vite que d'habitude, se forçant à rester concentrée. Elle ne pouvait pas laisser son esprit vagabonder. Steiner passa près de sa table, nota son avancée dans le travail et lui sourit. L'air sombre, elle répondit d'un petit signe de tête et se pencha à nouveau sur l'ouvrage. Billy avait tué quelqu'un. C'était évident — l'état dans lequel il était rentré vendredi soir, et maintenant Harris qui l'interrogeait, une nuit en garde à vue. À peine si elle avait fermé l'œil. Voilà que Bud avait décidé de ne pas décrocher quand elle l'appelait. Elle essaierait du téléphone de l'administration, il ne reconnaîtrait pas le numéro — oui mais quelqu'un risquait d'entendre. Il faudrait qu'elle attende d'être chez elle.

Plus tard elle sentit une main sur son épaule — encore Steiner.

« On ferme, dit-il. On dirait que vous êtes dans un autre monde. »

Il y avait de l'inquiétude dans sa voix, mais elle ne put se résoudre à le regarder. C'était Steiner. On ne savait jamais. Il avait couché avec Barb et Lindsay Werner, ça, elle le savait. Si d'aventure il pouvait lui

220

avancer l'argent d'un avocat, sauver Billy — elle n'hésiterait pas. Entre son fils et sa dignité, c'était vite vu. Il lui parut soudain que c'était un luxe de ne pas avoir à en passer par là.

« Ça va, dit-elle. J'essaie d'avancer au maximum. » Elle lui sourit.

Il sourit en retour et elle sentit qu'il lui pressait un peu l'épaule, elle était mal à l'aise, elle se dégoûtait.

« À demain alors », dit-il.

Elle rassembla ses affaires, descendit par l'ascenseur des marchandises, puis grimpa la côte pour retrouver sa voiture, le cœur au bord des lèvres. De toute façon il n'était pas possible que Billy ait fait ça. Et s'il l'avait fait... il faudrait qu'elle tienne le coup, qu'elle marche la tête droite. Une fois qu'on avait perdu sa dignité, il ne restait rien. La dignité, c'est la vie.

Sur le chemin du retour, son téléphone sonna, c'était Harris.

« Je viens de le laisser partir, dit-il.

— C'est pas l'affaire de l'an dernier, dis-moi ?

— Grace, s'il te plaît.

— Tu passes à la maison ?

— Je crois pas que ce soit une bonne idée.

— On sera seuls.

— Grace, dit-il. Grace Grace Grace.

— Je pensais pas à ça.

— D'accord. »

Elle accéléra, elle voulait prendre une douche avant qu'il arrive. Peut-être bien qu'elle pensait à ça. Sauf qu'ils ne pouvaient pas — ce serait sale, maintenant. Elle sentit les larmes monter et elle cligna des yeux pour y voir clair. Quelle surprise, la vie est injuste. Ne t'effondre pas. Haut les cœurs.

221

Vingt minutes plus tard, elle était chez elle, pas de Billy. Elle se déshabilla et tenta de régler la douche sur la position où elle n'était ni brûlante ni froide. Deux ans à travailler dans une quincaillerie mais Billy n'avait pas été fichu d'apprendre à réparer le robinet — ou bien il avait eu la flemme. C'est pas le moment de lui en vouloir, se dit-elle. Mais c'était plus fort qu'elle. Bien le fils de son père, tiens. Tu récoltes ce que tu as semé. Toujours su que ça se passerait comme ça.

Elle se savonna et se rinça rapidement, sans soin particulier. Elle appréciait sa vie, dans ses petits détails. Se démenait pour aider les autres : c'est tout ce qu'on vous demandait — à Dieu de pourvoir au reste. Elle y avait presque cru, Billy à deux doigts de partir, d'aller à l'université, une nouvelle vie qu'il aurait été difficile de gâcher totalement. Mais il avait choisi de rester. Ça voulait peut-être dire qu'il n'avait jamais été près de s'en sortir. Tout de même, elle n'avait pas compris : il adorait le foot, c'était l'occasion de continuer à jouer. Sauf qu'il n'aurait plus été la star, se dit-elle. Plus été le roi, il le savait. Ça devait quand même être plus compliqué que ça. Le foot l'avait canalisé, dynamisé d'une façon qu'elle ne lui connaissait pas, forcé à se remettre en question, à se dépasser, mais dès la fin du lycée il s'était contenté de revenir à sa vie d'avant. Content de ce qu'il avait, content qu'on s'occupe de lui. Le même à vingt ans qu'à treize. Enfin, peut-être avait-elle toujours su.

Déjà tout petit, c'était une tête brûlée, elle voyait bien la différence avec les autres enfants, il n'avait pas douze ans que c'était chez elle une certitude ; elle était sortie de la maison juste à temps pour le voir dévaler le jardin sur son vélo, de plus en plus vite, direction la berme juste avant le ruisseau. Elle avait d'abord cru qu'il avait perdu le contrôle de sa bicyclette, mais elle ne mit pas longtemps à comprendre qu'il faisait exprès — avec l'accotement pour tremplin, la vitesse le propulsa au-dessus du fossé et puis haut dans les airs au-dessus du ruisseau, haut, bien trop haut : il avait lâché le vélo en plein vol et elle avait fermé les yeux. Quand elle les rouvrit, ce fut pour voir Billy sur pied de l'autre côté de l'eau examiner les déchirures de son tee-shirt, ramasser son vélo et en redresser soigneusement le guidon. Il retraversa le ruisseau, vélo à la main, l'air content de lui. Pitié, Seigneur, se souvenait-elle avoir pensé. Pitié, Seigneur, veillez sur mon fils. Et Virgil qui n'avait même pas voulu confisquer le vélo. Il voulait que Billy l'aime.

Elle réussit à passer une jupe, à s'attacher les cheveux, à se maquiller un peu. Elle prit une grande inspiration et s'examina attentivement, pour décider que, dans la lumière déclinante, elle ressemblait déjà plus à quelque chose. Est-ce qu'elle avait sérieusement envisagé ça avec George Steiner ? Elle inspira profondément. Ça ne servait à rien de renoncer. Pas à son fils en tout cas.

Quand Harris se gara, elle l'observa, observa sa façon de sauter de son pick-up, haut pourtant — à le voir en mouvement il ne faisait pas ses cinquante ans passés, c'était réconfortant.

Elle sortit sur la galerie.

« Bonsoir », dit-elle.

Elle espérait qu'il monterait l'embrasser, mais il n'en fit rien. Il se tenait au bas des marches. Soucieux.

« J'ai voulu te faciliter les choses, dit-il, en arrêtant Billy avant que la police d'État s'en charge.

— Développe...

— J'ai une mauvaise nouvelle, Grace, mais quelque chose me dit que t'es déjà au courant.

— Il est rentré très amoché l'autre soir. »

Il secoua la tête. « L'autre gars s'en est encore plus mal sorti.

— Le SDF. » Elle savait que ça ne changeait rien que l'homme soit SDF ou pas, mais quelque part, elle se disait que peut-être si.

Il hocha la tête et son regard se perdit dans le lointain, bien au-delà du mobil-home.

« J'ai toujours essayé de le protéger. Tu le sais bien.

— Alors dis-leur que c'est moi qui l'ai tué. Ils ont qu'à m'arrêter, moi.

— Grace. Ma pauvre Grace. » Il semblait vouloir monter les marches, mais ne bougeait pas.

Elle croisa les bras, elle étouffait. « Je parle sérieusement », dit-elle.

Alors seulement il la rejoignit sur la galerie ; il se tint là, sans trop savoir comment la réconforter. Comme il s'apprêtait finalement à la prendre dans ses bras, elle le repoussa d'un coup sur la poitrine, soudain furieuse contre lui, contre sa maladresse, elle ne savait pas pourquoi mais c'était comme ça.

« J'ai toujours fait ce que j'ai pu, répéta-t-il.

— Et Isaac English ? Il était avec Billy.

— Il est pas sur la liste des suspects, c'est pas plus mal si le procureur entend pas parler de lui. J'irai le voir demain.

— Est-ce que Billy est mis en examen ?

— Ils ont pas encore son nom, mais ça va pas tarder. »

Elle se sentit s'éloigner de lui, comme si elle rentrait

en elle-même, comme si c'était une étrangère qui voyait par ses propres yeux.

« Je me répète, mais je...

— Ce n'est pas de toi qu'il s'agit, dit-elle.

— D'accord, Grace. »

C'était comme si une pression montait, elle savait qu'elle ferait mieux de se taire mais il fallait que ça sorte : « Dire un mot au juge, ton grand copain avec qui tu vas pêcher, c'est pas demander la lune... »

Soudain lui aussi fut en colère. « J'ai fait bien plus que dire un mot, putain. Il aurait pu se prendre six ans, huit même, pour ce qu'il a fait à ce gosse.

— Le gosse en question avait une baïonnette, Bud. Une baïonnette de M16.

— Le gosse en question était à terre, Grace. »

Elle lui jeta un regard furieux, ne sachant toujours pas si elle était vraiment en colère ou si elle voulait juste en avoir l'air, mais lui en avait assez. Il la frôla en regagnant les marches.

« Attends, cria-t-elle. Je suis désolée. »

Il secoua la tête et monta dans sa voiture.

Elle courut après lui tandis qu'il fermait sa porte.

« Pardon, Bud. J'ai failli devenir folle aujourd'hui avec cette histoire. »

C'était comme s'il ne l'entendait pas. Au bout d'un instant il dit : « Parfois je me demande vraiment pourquoi je te rends service.

— Pardon.

— Tu ne te rends absolument pas compte.

— Pardon, dit-elle. Je fais pas exprès d'être si pénible.

— Tu sais, il y a six ou sept ans, juste après ta énième séparation d'avec Virgil, je l'ai attrapé qui venait de griller un feu rouge, avec Billy sur le siège passager et deux gros rouleaux de fil de cuivre à l'arrière qu'il venait de voler sur un chantier. Pas même une bâche par-dessus, là, comme ça, à vue, des rouleaux de deux cents kilos. C'était quand ils construisaient la zone industrielle à Monessen. » Il secoua la tête. « Même pas fichu de mettre une bâche dessus. Tu imagines la situation dans laquelle je me suis retrouvé.

— Bud, dit-elle doucement.

— Je parie que Virgil t'a jamais raconté ça, hein ? Et bien sûr, maintenant je me dis que ça aurait mieux valu pour Billy que j'arrête son père, là, devant lui.

— Je sais que je me suis trompée.

— C'est juste après que j'ai commencé à passer des coups de fil à droite et à gauche pour te trouver quelque chose ailleurs. » Il la regarda. « Ce boulot à Philadelphie. Je me suis mis en quatre pour que vous ayez une chance, Billy et toi, et tu as craché dessus.

— Je n'ai pas craché dessus. »

Il était sur le point de continuer, elle attendit, se préparant au pire. Mais il se contenta de mettre le contact. « Bon, dit-il. On va dire que ça suffit pour ce soir. » Elle monta sur le marchepied et passa le bras par la fenêtre ouverte pour poser sa main sur la sienne.

« Je voulais pas qu'on en arrive là, dit-elle. C'est pas pour ça que je t'ai demandé de venir.

— Je sais que Virgil est de retour. » Il avait l'air pétrifié sur son siège, le regard fixe, droit devant lui.

« C'est terminé. Il est parti, ça n'a même pas duré vingt-quatre heures. Fini pour de bon. »

Harris ne dit rien.

« Je veux que toi et moi ce soit comme avant.

— Impossible, dit Harris.

— On pourrait essayer d'être amis.

— Grace.

— Je sais bien l'impression que ça peut donner. Je m'en fous.

— T'as raison, c'est exactement l'impression que ça donne. Et elle est pas bonne.

— Je t'appelle. »

Il secoua la tête et se libéra gentiment de la main de Grace, qui descendit du marchepied. Elle le regarda faire demi-tour et disparaître lentement.

8

Poe

Il faisait jour le lendemain matin quand Lee déposa
Poe chez sa mère ; ils se dirent au revoir, mais il était
déjà ailleurs. Il se précipita dans sa chambre pour enfiler ses chaussures de boulot, avant de descendre le pré
avec les baskets qu'il portait le soir de la mort du
Suédois, la boîte et un bidon d'essence. Il arrosa les
chaussures et y mit le feu. Est-ce qu'il avait un reçu
quelque part ? Non, il gardait pas ce genre de trucs.
Pas que ça fasse la moindre différence s'ils avaient un
témoin. Il se demanda si c'était Jesús ou l'autre. À
quoi bon y penser, il saurait bien assez vite.

Il se tint là dans le vert du champ, des solidages
jusqu'à la taille, à regarder autour de lui. La grange
délabrée couleur de suie sur la colline du lointain ; il
avait vu un vieux bonhomme y entrer de temps en
temps — une fois même il l'avait regardé aux jumelles,
sans jamais savoir qui c'était. Le vieux serait sans
doute mort, le temps que lui sorte de prison ; il le
reverrait jamais. Il le connaissait pas, mais il éprouva
un sentiment de perte. Il reverrait pas non plus la
grange, au loin, ni ces collines ondoyantes : s'il devait
être absent longtemps, sa mère vendrait le mobil-home
et partirait. Ce monde toujours changeant, il cesserait
d'exister, pour lui. C'était la première fois qu'il y pen-

sait en ces termes. S'il prenait la peine maximale, à sa sortie il serait plus âgé que sa mère ; en vingt-cinq ans, il pouvait s'en passer, des choses, des colonies sur la Lune, la fleur de son âge. Il resterait que la lie et, autant pas se voiler la face, il avait déjà pu constater que la lie, ça valait rien. Personne voulait, personne voudrait d'un type de quarante-six ans ayant passé la moitié de sa vie en taule. Il serait seul. Sans intérêt, ni pour les autres ni pour lui-même. Sans parler de la vitesse à laquelle les choses changeaient : dans vingt-cinq ans, ce serait comme de sortir d'une boucle spatio-temporelle, comme les films où on ressuscite un homme des cavernes. Il comprendrait rien. Et encore, à supposer qu'il échappe à la peine capitale. La piqûre. Il savait plus trop. Il fallait qu'il soit clair avec lui-même — s'il se faisait condamner pour ça, pour le meurtre du Suédois, c'est à sa vie entière qu'il renonçait. Ces mots-là, pensa-t-il, on dirait des mots comme les autres, mais tu peux même pas concevoir ce qu'ils veulent dire — renoncer à sa vie, il devrait y avoir autre chose que des mots pour le décrire. Une machine qu'on brancherait sur votre cerveau et qui vous ferait sentir ce que c'est, vraiment. Mais ce serait trop. Personne tiendrait le coup. On pouvait accepter la réalité que progressivement, impossible d'en comprendre comme ça les tenants et les aboutissants.

Je renonce à ma vie, dit-il à haute voix. Mais les mots ne faisaient toujours rien naître dans sa tête, aucune description, une vague sensation seulement, il aurait aussi bien pu dire : je veux un verre de lait.

C'était même pas lui qui avait tué le Suédois. Le Suédois qui, en plus, n'avait rien fait. Si encore Isaac avait tué le Mexicain, d'accord, Poe se serait peut-être vu aller en taule pour ça. Mais le Suédois avait juste été là, sans rien faire. Sauf que c'était faux. Il se mentait à lui-même. Il se mentait pour éviter la prison, il savait très bien que si Isaac n'avait pas tué le Suédois, l'autre, Jesús, lui aurait tranché la gorge. Ça servait à rien de faire comme s'il avait oublié leurs noms. C'était lui ou le Suédois. Billy Poe ou Otto Carson, cadavre en putréfaction. La mort d'Otto Carson, condition *sine qua non* de sa propre survie. *Sine qua non*, se dit-il. Ce qui signifiait que l'addition n'était pas pour Isaac. Le raisonnement pouvait paraître tortueux, mais il était simple. Poe le comprenait mieux qu'il n'aurait su dire. Les mots ne servaient à rien ; au contraire, plus il y penserait, plus il raisonnerait, plus il trouverait justifié de se défiler. La vérité, celle qui comptait, c'était qu'il était, lui, Poe, responsable de la mort du Suédois. Il y avait d'autres vérités, tout aussi vraies, mais c'était celle-là qui comptait.

Il avait envie de s'asseoir un moment, de mémoriser la vue du champ, il avait jamais assez bien regardé, il n'était pas comme Isaac, et maintenant le temps pressait. Il remonta au mobil-home et frappa à la porte de sa mère. La chambre sentait le sommeil et le whiskey, Grace était couchée sur son lit, en chemise de nuit, la couverture entortillée autour de ses jambes épaisses, légèrement écartées. Il tira sur les draps pour la couvrir et s'assit à côté d'elle.

« Viens ici », murmura-t-elle. Il se coucha dos contre elle et elle le serra dans ses bras. Un vrai bébé, pensa-t-il. Rien à foutre. Il avait dû s'endormir parce qu'il eut soudain conscience d'un martèlement insistant qu'il n'avait pas envie d'entendre, puis quelqu'un finit par pousser la porte. Poe ouvrit les yeux : c'était Bud Harris. Quand Harris vint lui poser sa main sur l'épaule, il tressaillit à son contact.

« Allez, Billy. C'est l'heure. »

Poe vit Harris regarder sa mère ; il se redressa aussitôt et se leva pour obliger Harris à reculer, pour lui cacher Grace.

« Ça fait cinq minutes que je frappe.

— C'est bon, dit Poe. J'arrive. »

Il entendit Harris sortir et la porte claquer ; il remit ses chaussures. Ça servait à rien de se préparer — ce qu'il emporterait, on lui confisquerait. Il aurait peut-être dû prendre une douche, c'était sans doute la dernière fois qu'il avait l'occasion de se laver seul, mais il voulait garder l'odeur de Lee, il avait entendu des histoires de types en prison, la femme d'Untel au parloir, fourrant sa main dans sa culotte pour la faire ensuite sentir à son mari, genre, et le mari qui pouvait déjà s'estimer heureux. Il avait toujours trouvé ces histoires exagérées, mais voilà qu'elles devenaient très plausibles.

« Il faut que tu te prépares », dit sa mère. Elle s'était redressée, dans son grand tee-shirt. « Facilite-lui les choses.

— OK », dit-il.

Dehors, il trouva Harris qui attendait près de sa Ford Explorer.

« Je suis prêt. » Mais ils ne pouvaient pas partir avant que sa mère lui ait dit au revoir — pourtant il demandait que ça, partir, en voiture et allons-y, en finir au plus vite, ne plus voir cet endroit, c'était douloureux maintenant ; il se sentait presque au bord des larmes et il ne voulait pas se donner en spectacle à Harris. Il alla pour monter à bord, mais l'autre l'arrêta :

« Attends que ta mère soit là. »

Il resta debout, ferma brièvement les yeux — ça changeait rien. Grace finit par sortir, en bas de survêtement et manteau ; elle le serra dans ses bras et cette fois il ferma les yeux pour tenter de les garder secs.

« Écoute-le, lui dit sa mère. Fais ce qu'il te dit. »

Poe hocha la tête, sa gorge se noua. Harris fit mine de farfouiller dans sa voiture, histoire de faire comme s'il ne remarquait rien.

« Prends soin de lui, dit-elle à Harris.

— Appelle-moi ce soir, Grace. »

Poe observa l'échange de regards entre eux, quelque chose passait.

Puis Harris lui fit signe de s'asseoir devant. Ils avaient presque rejoint la route principale quand il s'arrêta sur le bas-côté.

« Va falloir que tu passes à l'arrière, dit-il. Je voulais pas qu'elle te voie comme ça, mais si ça se trouve la police d'État sera déjà au commissariat. Je vais aussi devoir te mettre les menottes. »

Poe se laissa faire et s'installa derrière, de l'autre côté de l'écran de plexiglas. Bizarrement, ça l'apaisa un peu.

« Tu te rends compte de la gravité de la situation au moins ?

— Ouais.

— Est-ce que le petit English est mêlé à l'affaire en quoi que ce soit ? Je suis passé chez lui ce matin, son père m'a dit qu'il était parti il y a deux jours, pas vu depuis.

— Nan », dit Poe.

Harris secoua la tête. « Le nouveau proc va faire qu'une bouchée de toi. Il saura ce que tu vas dire avant même que t'ouvres la bouche.

— Je suis pas complètement con.

— Figure-toi que si, dit Harris, t'es complètement

con. Et tu ferais bien de t'en rappeler avant que la situation s'aggrave, si tant est qu'elle puisse être pire.

— C'est ça.

— Pourquoi t'es pas venu me trouver ? Rien de tout ça serait arrivé. »

Il voyait bien que Harris lui en voulait. Il se mit à lui en vouloir aussi.

« Pas la peine de me regarder comme ça, dit Harris, si le témoin te reconnaît, et c'est bien parti pour, t'es dans une merde noire. Vingt-cinq ans, avec du bol, mais comme je te l'ai déjà dit, le proc demande pas mieux qu'une bonne peine capitale pour faire avancer sa carrière, et pour lui t'as tout du ticket gagnant. Je dis pas qu'il va y arriver, ça va pas être facile à vendre au jury, mais il va essayer. Juste pour que tu saches : c'est un type très intelligent qui va faire tout ce qu'il peut pour t'envoyer dans le couloir de la

mort. » Il marqua un temps. « Toi, reprit-il. Pas quelqu'un d'autre, toi. Billy Poe.

— Qu'est-ce qu'il dit, le témoin ?

— Que le petit — Isaac English, je suppose — a vu qu'il y avait de la baston dans l'air et qu'il a filé. Toi t'es resté, tu les as provoqués, t'as frappé le témoin à la tête et, quand il est revenu à lui, t'avais aussi frappé son ami Otto Carson à la tête, seulement bien plus fort. Son ami qui maintenant est mort.

— Et le troisième, celui qui me menaçait avec un couteau ?

— Personne a parlé de couteau. Et s'il y a un troisième gars, probable qu'il est déjà au Kansas parce qu'il faudrait vraiment être con pour rester mêlé à cette histoire.

— Il s'appelait Jesús. Je vous l'ai dit, j'avais son couteau contre la gorge.

— Eh ben c'est pas ce que le témoin a vu.

— Eh ben ce que le témoin raconte c'est pas ce qui s'est passé, mais j'imagine que ça tout le monde s'en fout.

— Si tu le fais pas pour toi, fais-le pour ta mère : tu dois tout me dire, y a que comme ça que t'auras une chance de t'en sortir. »

Poe resta silencieux, il se dit : après tout ce serait que la vérité — et puis il se rappela que ça ne serait pas la vérité.

La route longeait la rivière, l'éclat de l'eau la rendait impossible à regarder, et puis du vert partout, ça poussait de tous les côtés, il y avait là quelqu'un qui pêchait au chalut, dans un petit bateau, un retraité qui profitait de la vie.

Harris poursuivit : « Tu sais que je lui avais trouvé du boulot à Philadelphie. Un très bon poste au bureau du procureur de Pennsylvanie. Ce qui ne manque pas de sel, vu ta situation actuelle. En tout cas elle aurait eu trente-quatre mille dollars par an et une retraite ; j'avais tout arrangé, mais t'étais à fond dans le foot et elle voulait pas te séparer de ton père. J'ai essayé de lui faire entendre raison, je lui ai dit que du foot, tu pourrais en faire n'importe où, et que ton père avait dû payer en tout et pour tout deux pensions alimentaires. Ça fait six ans, tu venais d'entrer au lycée. Elle a dit qu'elle partirait quand tu irais à la fac, mais t'es resté chez toi, à vivre à ses crochets, même pas capable de garder un boulot de magasinier.

— Le patron a viré tout le monde », dit Poe. Ce que disait Harris ne l'atteignait plus. Ils arrivaient en ville. Il voulait pas se farcir un sermon maintenant, il voulait que Harris lui dise quoi raconter à la police d'État.

« Ta mère, c'est quelqu'un de bien, dit Harris. Tu mesures pas le nombre de deuxièmes chances que tu lui dois.

— Elle est mariée, ma mère.

— Arrête, dit Harris. Ton père s'est tapé la moitié des filles du coin. C'est un miracle que t'aies pas vingt frères et sœurs.

— Vous êtes vraiment un enfoiré, vous le savez, ça ? »

Ils se garèrent sur le parking du commissariat, mais Harris ne faisait pas mine de sortir. Il dit : « Billy, tu te rappelles toutes les fois où toi et tes petits copains du foot, vous vous êtes fait arrêter pour consommation d'alcool ? »

Poe émit un grognement. « J'me suis jamais fait prendre pour ça.

— Ah ouais. Vraiment. Et la fois où un de mes gars t'a chopé au double de la vitesse autorisée, trop bourré pour penser à jeter les cannettes vides par la fenêtre ? Et — voyons si je me souviens bien — celle où t'as frappé un petit jeune à la tête avec une batte de base-ball, alors qu'il était déjà à terre et qu'il menaçait plus personne, et que malgré tout tu t'en es tiré avec une mise à l'épreuve ? »

Poe ne dit rien.

« Toi tu t'es dit que c'était un coup de bol, hein ?

— C'est vraiment pas le moment.

— Mais c'est pas du bol que t'as. C'est un poids chiche en guise de cervelle et des habitudes de sale gosse et ça fait des années que je me mets en quatre pour qu'il t'arrive rien.

— Vous dites ça pour vous donner bonne conscience.

« — Tu tiens trop de ton père. C'est bien dommage pour tout le monde et surtout pour ta mère.

— Vous avez de la chance que je sois bloqué à l'arrière, dit Poe. Vous pouvez dire merci à ce putain de mur en plastique.

— Garde ce genre de conneries pour le trou. Je te garantis que tu vas en avoir besoin. »

Harris sortit de la voiture, lui ouvrit la portière et le conduisit dans le bâtiment. Le gros flic, Ho, était assis au même bureau, comme s'il avait pas bougé en vingt-quatre heures.

« La police d'État est là ?

— Non, dit Ho. La tête de nœud qui leur sert de chef a téléphoné, ils veulent qu'on leur livre le client à Uniontown.

— Occupe-toi des photos et des empreintes », dit-il en désignant Poe de la tête.

Harris disparut et l'autre flic emmena Poe dans une petite pièce toute blanche avec une étagère à hauteur de la taille. Poe s'attendait à ce que le petit Chinois le malmène un peu, mais non.

« Détends ta main et laisse-moi appuyer tes doigts. Si t'en fous partout, je vais devoir tout recommencer.

— C'est bon, j'vais pas en foutre partout. »

Harris passa la tête dans l'embrasure de la porte.

« Avant de prendre les photos de ce petit con, envoie-le se raser et se débarbouiller. À tous les coups l'autre connard va nous placarder sa tronche partout dans les journaux. »

Harris se tourna vers Poe : « À partir de maintenant si quelqu'un te pose une question, la réponse, c'est "*un avocat*". On te demande si le ciel est bleu, tu dis : *un avocat*. On te demande qui est président des États-Unis, tu dis ?

— Un avocat. »

Ho attendit devant les toilettes le temps que Poe se rase, puis ils prirent quatre séries de photos, jusqu'à ce que Harris se déclare satisfait. Voilà, enfin la tête du gentil lycéen, dit-il. Après quoi ils remontèrent dans sa voiture, direction Uniontown, siège du comté. On le dispensa des menottes cette fois, c'était déjà ça. Personne ne parlait ; Harris avait pris le chemin le plus long, sans doute pour être sympa vu que Poe reverrait pas tout ça de sitôt. La vallée s'aplanissait un peu au sud de Brownsville et, quand ils prirent le ferry à Fredericktown, l'eau de la rivière, d'habitude boueuse, était presque transparente, ça faisait bizarre de voir la Mon de cette couleur. Normalement le pilote du ferry vous faisait attendre jusqu'à ce qu'il soit plein, six voitures, mais il fit passer Harris tout de suite alors qu'il n'y avait qu'un seul autre véhicule à bord ; le pilote dévisageait Poe, ce petit péquenaud le fixait même carrément, il devait avoir dix-sept ans et Poe n'avait qu'une envie, c'était de sortir lui mettre son poing dans la gueule, mais il remarqua que les passagers de l'autre voiture le fixaient aussi, un père et son fils, sans doute que le gamin était en train de se faire sermonner par son vieux sur ce qui se passait quand on suivait pas les règles. Avec Poe comme exemple. Il se contenta de regarder le plancher de la voiture doublé de caoutchouc pour un nettoyage facile. Il y eut un à-coup au moment où le ferry touchait l'autre rive, puis ils reprirent la route.

« Pourquoi on va par là ? demanda Poe. Uniontown, c'est de l'autre côté de la rivière. » En disant ces mots, il fut pris du vague espoir que Harris allait l'aider à s'enfuir, qu'il le lâcherait à la frontière de la Virginie-Occidentale.

« Je me suis dit qu'en prenant la route touristique on aurait le temps de causer. Sans parler du fait que c'est peut-être la dernière fois que tu vois tout ça avant d'avoir cinquante ans. Si tant est que tu le revoies. »

Poe sentit son ventre se nouer.

« Je vous ai déjà tout raconté », dit-il.

Harris haussa les épaules.

En prenant vers l'ouest à partir de la Mon, on voyait encore et toujours des collines, mais aussi des granges et des silos d'un autre âge, c'était le règne de l'agriculture et non de l'industrie. Ils avaient fait un sacré détour — il leur faudrait retraverser la rivière. Le paysage changeait rapidement dès qu'on s'éloignait du cours d'eau, de vieilles fermes en pierre, ça vous rappelait que des gens vivaient là depuis deux, trois cents ans — il y avait des maisons vieilles de trois cents ans. Son père prétendait que sa famille aussi était là depuis trois cents ans, fondateurs historiques — picoleurs historiques plutôt. Dans les recoins les moins ragoûtants de l'histoire, on trouvait toujours un voleur de cheval. Un Poe ou un autre. Il aurait préféré que Harris prenne la route directe. Et puis soudain, cette prise de conscience brutale : c'est vraiment ta dernière chance de voir tout ça. C'est aussi grave que ça.

Peut-être que le clochard — il se disait à présent que ça devait être Murray, celui qui l'avait reconnu de ses années de footballeur —, peut-être que Murray le reconnaîtrait pas dans un tapissage, mais putain, les chances étaient faibles : il l'avait remis en le rencontrant par hasard, alors maintenant qu'il était persuadé que Poe avait tué son pote, c'est sûr qu'il allait le reconnaître. Sans compter que Poe l'avait bien tabassé. Rien de tel qu'une bonne vengeance et Murray allait pas se priver, c'était couru d'avance. Maintenant que

Poe voyait les choses sous cet angle, il était plus du tout pressé d'arriver, il était même très content que Harris ait choisi de faire un détour. Il s'efforça de regarder le moindre bosquet, de tout mémoriser. Il se demanda à combien s'élèverait la caution, elle serait salée, c'était clair, histoire qu'il puisse surtout pas payer. Ils passèrent devant une véritable collection de tracteurs, quarante, cinquante peut-être, alignés sur une grande pelouse devant une petite maison. Ils avaient dû retraverser la rivière sans qu'il s'en aperçoive. Depuis combien de temps est-ce qu'ils roulaient ? Ils étaient déjà à Uniontown, c'en était presque fini, sa dernière balade.

Quelques passants le dévisagèrent jusqu'à ce qu'il se mette à les dévisager aussi. Un homme, fou, de toute évidence, descendait la rue en parlant à quelqu'un qui n'était pas là. Si seulement je pouvais changer de place avec lui, il gagnerait un toit et trois repas par jour. Moi je survivrais, je m'habillerais de peaux de bêtes. Il se demanda où était Isaac. Sur la route quelque part. Il se dit que, quand même, Isaac devrait être ici avec lui, pas pour toujours, quelques minutes seulement. Peut-être qu'ils étaient quittes. Il avait sauvé Isaac, Isaac l'avait sauvé. Est-ce qu'ils étaient quittes ? Harris ouvrit l'écran de plexiglas pour lui tendre les menottes.

« Serre-les bien, qu'on croie que c'est moi qui te les ai mises. »

Ils s'arrêtèrent peu après à l'arrière d'un grand bâtiment de brique qui ressemblait à l'ancien commissariat de Buell. Harris le conduisit à l'intérieur.

Un bureau en hauteur et un flic derrière, et puis d'autres flics qui traînaient, en pleine discussion avec un homme en costard, jeune et séduisant, pas très grand, à l'épaisse tignasse blonde et aux allures d'homme politique. Il regarda Poe des pieds à la tête, comme on regarde une voiture qu'on envisage d'acheter. Poe fit un signe de tête, mais qu'il ait remarqué ou pas, l'homme ne manifesta aucune réaction.

Sur un des deux bancs de la cellule où on mit Poe était couché un type d'un certain âge. Il avait les cheveux en bataille, un pantalon de treillis et une chemise de golf. Vu l'odeur, il devait baigner dans son jus alcoolisé depuis pas mal de temps, il avait les yeux cernés et s'était vomi dessus plus ou moins récemment, ce qui rajoutait à la puanteur. Il jeta un bref regard à Poe et, estimant sans doute qu'il ne représentait pas de danger, referma les yeux. Poe se sentit légèrement insulté.

Au bout d'un moment on vint le chercher et il se retrouva debout contre un mur avec cinq autres hommes de son âge et de sa taille à peu près. Parmi eux, l'un des flics qu'il avait vus dans l'entrée à son arrivée, en civil à présent. Ils faisaient face à un miroir sans tain. Quelques minutes plus tard on le reconduisit à la cellule. Puis Harris vint taper aux barreaux pour attirer son attention.

« Alors ? »

Harris secoua la tête. « Il lui a pas fallu longtemps.

— Bon ben j'imagine que c'est réglé. » Il haussa les épaules.

« Y a une bonne avocate sur la liste des commis d'office ici. Je vais lui demander de s'occuper de toi.

— Merci.

— À plus tard.

— Attendez, où est-ce qu'ils m'envoient ?

— À Fayette.

— Fayette ?

— La caution est trop élevée pour la prison d'ici. En tout cas c'est ce que dit notre ami le procureur.

— Génial.

— Je tiens ta mère au courant. »

Poe haussa les épaules.

« Essaie d'éviter la bagarre, si tu peux. Et si tu peux pas, tâche d'avoir le dessus. C'est toujours le premier jour le pire. »

Une fois Harris parti, le type en chemise de golf se redressa pour regarder Poe.

« Qui y faut sucer pour qu'on vous traite comme ça ? dit-il. Ces enfoirés m'ont pas dit un seul mot.

— Pas sûr qu'il y ait de quoi être jaloux.

— C'est ma deuxième arrestation pour conduite en état d'ivresse.

— Ils vont vous relâcher, vous inquiétez pas.

— J'chais pas. J'ai dit des conneries au flic.

— Ils ont d'autres problèmes à régler, allez. »

L'homme s'assit.

« Putain, et dire que j'ai ma commission de titularisation la semaine prochaine.

— C'est quoi, ça ? »

L'homme regarda Poe. « Je suis professeur d'université. En fait je suis poète.

— À California ? »

L'autre fit non de la tête.

« Je m'en fous, dit Poe. C'est pas comme si j'allais étudier là-bas.

— T'es là pour quoi ?

— Laissez tomber.

— Allez, va. Je m'en fiche.

— Paraît que j'ai tué quelqu'un, dit Poe. Sauf que c'est pas moi.

— Vrai de vrai ?

241

— Vrai de vrai.

— Putain », dit l'homme. Mais il eut l'air moins déprimé. Il alla se rincer le visage au lavabo puis retourna se coucher et ferma les yeux.

Poe sentit la colère monter, il se dit : tu devrais mettre ton poing dans la gueule de ce mec qui trouve tes problèmes si consolants. Sauf qu'il en avait fini avec ce genre de comportement. Non, pas vrai. Là où il allait, on pouvait parier qu'il était loin, très loin d'en avoir fini avec ce genre de comportement. Il observa le professeur qui puait la gerbe mais se reposait tranquillement.

Pour finir, un flic vint le chercher pour l'emmener dans un garage ; on le fit monter dans une fourgonnette avec une cage à l'arrière. Là, il attendit longtemps, la cage ressemblait à une cage pour animaux, des chiens d'ours par exemple ; il ferma les yeux. Il ne devait guère être plus de deux heures de l'après-midi mais il avait l'impression d'être parti de chez lui depuis une éternité. Après un temps indéterminable, il entendit le bruit de la portière du conducteur, puis le garage s'ouvrit et ils sortirent au grand jour. Le chauffeur ne disait rien et Poe n'avait pas vraiment envie de se réveiller, il pensait à Lee, à la nuit passée ; il ne la comprenait pas bien. Ils avaient été dans un motel et avaient fait l'amour jusqu'au matin, mais quelque chose en elle n'y était pas. Une femme mariée, tu t'attendais à quoi ? Le visage de Lee dans le noir, l'image était très claire dans sa tête, précise comme un tableau, c'est comme ça qu'on se rappelle les choses, en y repensant sans cesse, sauf que des fois on se met à s'en rappeler différemment de ce qu'elles étaient. Les montagnes russes de la route commençaient à lui donner mal au cœur, la fourgonnette n'était pas toute jeune. Il n'avait aucune idée de là où ils étaient, succession infinie de champs et de bois, encore et encore, perpétuels plongeons et virages des petites routes, il allait être malade. Quand enfin ils s'arrêtèrent, ils étaient devant un grand complexe au sommet d'une colline, les bâtiments n'étaient pas très hauts, ils avaient l'air flambant neufs, ça aurait pu être une école sans le grillage de douze mètres de haut et les barbelés. Il y avait une bonne vue de la rivière, quatre tours à canon trapues et un homme au volant d'un pick-up blanc entre les deux clôtures, qui patrouillait. À l'intérieur de la clôture la plus proche des bâtiments, dans ce qui était de toute évidence la cour de promenade des détenus, pas d'herbe, juste de la terre ; ils se tenaient là, en chemises bleues et pantalons de toile marron, dans deux zones distinctes, près de ce qui ressemblait à des machines de musculation.

La peinture fraîche affichait un blanc vif, les barbelés au sommet des grillages brillaient sous le soleil et les grandes fenêtres en haut des tours de guet étaient impeccables. Quelqu'un vint ouvrir la grille d'entrée. Poe la regarda se fermer derrière lui et s'éloigner. À l'intérieur d'un des bâtiments, on prit la grande enveloppe de papier kraft qui contenait son portefeuille et sa montre avant de recompter l'argent devant lui et de lui dire de se déshabiller. Il était nu face au mur. Il y avait deux gardiens, tous deux une matraque à la main. Nous y voilà, se dit-il.

« Ouvre la bouche et lève la langue. Passe ta main dans tes cheveux, partout. Tourne-toi et pousse tes oreilles vers l'avant. »

Poe s'exécuta.

« Penche-toi complètement et écarte bien tes fesses. »

Les deux hommes se tenaient à distance. Poe fit ce qu'ils demandaient.

« T'as quoi que ce soit dans tes grolles, là ?

— Dans quoi ?

— Dans tes chaussures. T'as quoi que ce soit dedans ?

— Non.

— Est-ce qu'il faut que je les découpe pour voir ?

— S'il vous plaît, non, découpez-les pas. »

Poe se retourna. L'un des gardiens était en train de tâter l'intérieur des chaussures avec des gants de latex bleus. Leur uniforme se composait d'une chemise grise et d'un pantalon noir en tissu bon marché ; les chemises peluchaient à force d'être lavées.

« Face au mur, bordel, dit le plus petit. Je le répéterai pas. »

Poe obéit.

« OK. Maintenant tu vas te pencher trois fois de suite, rapidement. Jusqu'à toucher par terre. »

Poe obéit.

Un des gardiens donna un coup de matraque dans le mur.

« Rapidement. Deux fois plus vite. »

Poe obéit.

« En forme, dit l'un des gardiens.

— Ça sert à quoi ?

— Des fois que tu te sois planqué un couteau dans le cul. Si tu te fourres un truc là-dedans et que tu te penches trop vite, ça te déchire les entrailles.

— J'ai rien, dit Poe.

— Prends note pour l'avenir, alors. Ça fait partie de la procédure. »

Ils lui rendirent ses chaussures et lui lancèrent un survêtement orange qui sentait la transpiration.

« J'ai pas de chaussettes ni de caleçon », dit Poe. Les gardiens l'ignorèrent. Ils le conduisirent dans une autre pièce où on lui fit signe de se tenir debout devant un grand bureau auquel était assise une imposante femme noire. Il la salua, sans réponse. Elle vérifia son nom.

« Est-ce que vous avez des pulsions suicidaires ? dit-elle.

— Non.

— Êtes-vous homosexuel ?

— Non.

— Avez-vous un problème médical particulier ou une allergie ?

— Non.

— Est-ce que vous avez déjà envisagé de vous automutiler ?

— Je viens de vous le dire. »

Elle lui jeta un regard exaspéré.

« Laissez tomber, dit-il. Et mon avocat ? »

Elle fit comme si de rien n'était. Il resta là à la regarder écrire. Il sentait la colère monter, mais ne s'énerva pas, ça servirait à rien de se laisser submerger.

La femme mit son dossier de côté et s'intéressa à des papiers qui avaient l'air sans rapport avec lui, avant d'écrire quelque chose dans son agenda. Il était debout devant le bureau, mains derrière le dos. Il resta longtemps comme ça. Puis remua un peu, une de ses jambes s'était engourdie. Pour finir la femme fit signe aux gardiens et on l'emmena dans une autre pièce. Un détenu aux cheveux gris qui bossait comme auxiliaire, un petit homme noir d'une soixantaine d'années, lui tendit une pile de draps, une serviette et un oreiller, et lui demanda sa taille de vêtements.

Quand les gardiens furent retournés dans la pièce

précédente, le détenu lui dit : « Tu veux combien pour tes pompes, mon pote ? C'est des Timberland ?

— Des Red Wings.

— Dis-moi combien tu veux.

— Elles sont pas à vendre.

— Va pas me casser les couilles, mec. »

Poe ne dit rien. L'homme disparut un instant puis balança à Poe un pantalon de treillis noir en synthétique, deux paires de chaussettes, deux caleçons et une chemise en jean bleue.

« C'est pas la bonne taille, dit Poe.

— T'es vraiment con, dis donc, même pour un cave. »

Il aurait pu empoigner le petit bonhomme et lui fracasser le crâne, mais bizarrement le détenu n'avait pas peur de lui. Poe quitta le survêtement orange pour mettre les nouveaux vêtements ; quand un des surveillants revint, il ramassa son paquetage et le suivit le long d'un étroit corridor. Ils passèrent devant un poste de surveillance protégé par une épaisse cloison en plexiglas et on leur ouvrit à distance une porte en fer qui donnait sur un large couloir, long comme un terrain de foot. Il n'y avait là que deux gardiens qui patrouillaient et un détenu qui passait la serpillière. Le sol reluisait, dans une écœurante odeur de cire et de solvant. Toujours à la suite du gardien, Poe passa devant plusieurs portes ; derrière, des hommes assis, des tables, des chaises, de la musique à fond. Poe attendait en vain que le gardien lui explique où ils allaient.

Ils finirent par s'arrêter devant une des portes ; le surveillant se tourna, il y eut un déclic et ils entrèrent dans le bloc. C'était un espace assez vaste avec des cellules sur trois niveaux de chaque côté et une grande aire commune au milieu. Plusieurs télévisions étaient allumées, son au maximum, beuglant leur Jerry Springer ou des clips de rap. Il y avait des tables où les détenus jouaient aux dames, ou peut-être aux échecs ; certains étaient habillés comme Poe, pantalon de treillis et chemise en jean, mais la plupart portaient des vêtements qui n'avaient pas l'air d'avoir été fournis par l'administration. Aussitôt le bruit cessa dans la pièce et tous les regards se braquèrent sur lui.

« Chouettes pompes, dit quelqu'un.

— Regardez-moi ça, il a un joli petit cul, ce cave de mes deux.

— Un petit cul bien ferme à la Britney Spears. Je vais me le prendre à deux mains et puis... » Du coin de l'œil, Poe vit un détenu donner de grands coups de hanches exagérés.

« Ta gueule, bâtard », dit un autre. Il s'adressa à Poe. « Je vais m'occuper de toi, mon cœur. Oublie ces enfoirés. T'es bien trop mignon pour eux. »

Rires sonores, sifflements, et chacun de crier plus fort que les autres dire ce qu'il allait lui faire.

Poe se tourna vers le surveillant, pensant qu'il allait intervenir pour les calmer, mais rien.

« Te fais pas de bile, lapin, ce merdeux de maton va pas broncher. Hein. Parce qu'y sait que juste après toi c'est lui qui passe à la casserole. »

Le surveillant regardait droit devant lui. Il fit signe à un groupe de détenus qui bloquaient les escaliers de se pousser, mais ils ne bougèrent qu'à la toute dernière seconde. Le surveillant, guère plus âgé que Poe, évita soigneusement de croiser leur regard.

Toutes les portes des cellules étaient ouvertes, sauf une. Le gardien chercha la bonne clef dans son trousseau et la tourna dans la serrure. Un moment d'immobilité, jusqu'à ce que Poe comprenne que c'était à lui d'ouvrir la porte.

La cellule devait faire deux mètres de large sur trois de long. Deux couchettes de fer vissées au mur l'une au-dessus de l'autre mangeaient la moitié de la largeur ; au fond se trouvait une cuvette de toilettes en inox sans couvercle et un lavabo à bouton-poussoir. Il n'y avait pas assez de place pour que deux personnes à la fois s'y tiennent debout.

« C'est là que vous mettez les nouveaux ?

— Tu t'attendais à quoi ? dit le surveillant.

— À un peu plus grand, pour deux lits.

— Si tu trouves ça petit, dis-toi que, d'habitude, les nouveaux on les fout au mitard une semaine ou deux, histoire qu'y percutent où y sont. Toi au moins t'as la chance de rejoindre directement les autres. En plus, ton colocataire, il y est justement, au mitard, alors pour le moment t'as la cellule pour toi tout seul.

— Quel lit ? dit Poe.

— Celui sur lequel y a rien, Ducon. »

Poe prit celui du haut, y posa son paquetage.

« Fermeture des portes dans cinq minutes. Tu ferais mieux de pas bouger.

— Quand est-ce qu'on mange ?

— T'as raté le dîner », dit le gardien. Un haussement d'épaules et il tourna les talons.

Poe fit son lit, chercha de quoi s'occuper. Rien. Il but au lavabo. S'étendit. Dans sa tête la pression augmentait, comme si le moteur là-haut s'emballait, comme si les vis et les écrous qui le tenaient étaient sur le point de lâcher et qu'il allait finir en miettes, imploser, iné-vitablement. C'était une erreur, en fait. Exactement. Une erreur. Il avait rien à faire là. Jamais au grand jamais il aurait dû se retrouver dans un endroit pareil.

9

Isaac

Réveillé par la pâle lumière de l'aube, il ouvrit aussitôt les yeux et se crut, l'espace d'un instant, de retour dans son lit. Non. Il était dans son sac de couchage à l'orée d'une pelouse. Il tourna la tête : pelouse au loin encore, à perte de vue — le fairway d'un terrain de golf. Lit moelleux, tendre à son corps meurtri. De son souffle, il testa la température, observa la vapeur qui s'élevait dans les airs. Froid, silence total, dernier homme en vie sur terre peut-être. Avant j'aimais bien me lever tôt comme ça. Rendors-toi.

Il referma les yeux et attendit que le ciel fût suffisamment clair pour réveiller les oiseaux : un piaillement isolé, puis tout un chœur de gazouillis, roucoulements et autres prat prat prat, trrriii trrriii trrriiii, tiululu tiululu tiululu. Il y eut un battement d'ailes juste au-dessus de son visage, éclair de blanc et de gris : un passereau. Mangeur d'abeilles. Il cala ses bras derrière sa tête et resta un moment encore à écouter les oiseaux s'interpeller, à regarder le ciel changer de couleur à mesure que se levait le soleil.

Quand il se redressa d'un coup, la douleur se rappela brutalement à lui — déchirement dans la cage thoracique. Est-ce que je me suis encore fait taper, hier ? Non. Les restes de dimanche. Les blessures aux organes internes, ça vous donne la nausée. Mieux vaut encore se casser le bras. Enfin ça dépend. Fracture nette des côtes vaut mieux que sale fracture du bras. Le pire, c'est la jambe — immobilisé — le piège. En plus on perd un quart de litre de sang par fémur. C'est pour ça qu'on vous les casse sur la croix — par charité.

Il mit longtemps à rassembler ses affaires, le moindre mouvement lui faisait mal. Pire qu'hier, se dit-il. Le surlendemain d'une raclée est pire que le lendemain. Le corps dit pas vraiment à quel point on est blessé avant qu'on soit hors de danger — il attend qu'on puisse encaisser la nouvelle. Histoire de ménager le moral.

Pour finir il se tint un moment debout, tête baissée, à sentir le soleil sur lui, la lumière des rayons braquée directement sur son cerveau, effet revigorant, glande pinéale. Soudaine sensation de danger — *ils peuvent tous te voir*. Voir que tu es blessé. Dors le jour, bouge la nuit. La recette n'est pas neuve mais elle a fait ses preuves — c'est bien pour ça que les animaux voient dans le noir. De nuit les yeux reflètent la lumière, mais l'absorbent aussi. Médite un peu ça, Watson.

Il chargea son sac sur ses épaules et s'enfonça dans la forêt, suivant le drain dans les cailloux de la pente, les jambes plus douloureuses que la veille. Il marchait voûté, à petits pas, comme sous le poids d'un énorme fardeau. Il aurait bien voulu alléger son sac, mais il n'y avait rien dont il pût se passer. Des fleurs étonnantes, très colorées, bordaient le ruisseau, sauf que le simple fait d'avancer, si lentement que ce soit, lui prenait toute son énergie : il passa sans les regarder. Quel est le programme aujourd'hui ? Un dos brisé, peut-être. Histoire que tu te battes avec le vieux pour son fauteuil. C'est lui qui gagnerait — tactiques brevetées. L'art de la guerre en fauteuil de fer. Qu'est-ce qu'il dirait s'il te voyait maintenant : petite merde ingrate, ce sont les forts qui survivent. Envoyez vos pauvres, vos exténués, vos affamés. Passez-les au mixeur, des saucisses pour l'empereur. Au menu ce soir, la poussière des chemins. C'est loin, la prochaine ville ?

De la corniche, il regarda la rivière couler au fond de sa vallée, verte et sinueuse, densément boisée. Sur la berge opposée, l'usine Elrama dominait l'horizon de sa cheminée orange vif, quinze mètres de diamètre, cent cinquante de haut. Panache de fumée sur des centaines et des centaines de mètres. Elizabeth est plus qu'à cinq ou six kilomètres. *Plus qu'à*, se dit-il. Ça va prendre la journée, à ce rythme.

Il entama la lente descente du coteau escarpé. Il apercevait la route qu'il avait quittée la nuit précédente et, juste après, la voie ferrée et la rivière. Chaque pas dans la pente était une souffrance. Mais le kid ne s'en fait pas. Sachant combien il serait facile de voyager sur deux jambes valides, il préfère se faire tabasser. Estomac vide, pensée fluide. Quand la marche l'ennuie, il se laisse pousser des branchies, remonte la rivière, émerge en pleine ville. La foule se pâme. Les sirènes vénèrent le tombeur de Suédois.

Tous les cent pas environ, il s'arrêtait pour se reposer. La faim l'avait repris. Il passa devant un petit groupe de maisons et un genre d'installation navale. Il y avait un distributeur automatique à côté d'un des bâtiments ; il contourna donc le grillage, clopin-clopant, sortit un dollar et récupéra une cannette de Dr Pepper, qu'il but aussitôt, debout devant la machine. Il se sentit tout de suite mieux. Il racheta une cannette pour plus tard.

Du coin de l'œil, il repéra quelqu'un en uniforme qui traversait le parking en sa direction et s'empressa de retourner dans les bois. C'est ça, t'arrête pas. Bien, il te suit pas. Peu après il se sentit suffisamment tranquille pour souffler près d'un ruisseau qui rejoignait la rivière. Il était parfaitement seul. Adossé à son sac, il s'assoupit un moment, avant de se remettre en route et de rejoindre la voie ferrée.

Il finit par apercevoir un pont sur la Mon : il n'était plus très loin d'Elizabeth. Le kid s'accroche. Traqué par les hommes comme par les bêtes, il s'inquiète d'arriver au terme de son voyage sans avoir rien accompli. Dommage, ses jambes ne sont que contusionnées, pas cassées. Il est l'Atlas de son pays, le nouveau Paul Bunyan, coup de hache légendaire et stature de géant. Empereur moral — son peuple renie les papes les prêtres les présidents. Il tient bon la barre, il tient bon devant. Fait bon usage de ses jambes tant qu'elles le portent encore.

Autour d'Elizabeth, le relief était vallonné et boisé, sauf une zone de plaine au bord de la rivière où se dressaient encore une centrale électrique et sa haute cheminée orange et blanc ; à côté il y avait une vraie montagne de charbon, au moins trente mètres de haut, et une série de barges d'où l'on en déchargeait davantage encore. Plus bas le long de la rivière, il passa devant une usine chimique, une autre écluse. Le coteau était parsemé de maisons. Un peu avant le pont d'Elizabeth, il vit deux jeunes de son âge assis sur une petite jetée.

« Hé, t'as une clope ? » demanda le garçon.

Isaac fit non de la tête et passa lentement.

« T'es sûr ? demanda la fille.

— Je fume pas, répondit-il, plus fort que prévu.

— Tu m'étonnes », dit le garçon en ricanant.

Il y avait là une station-service et sa boutique. Le kid découvre une mine d'or. S'en sort très bien tout seul.

À l'intérieur, le vendeur le dévisagea. L'air supérieur. Un Indien ou un Pakistanais — tous les hôtels et stations-service leur appartenaient. On se demandait bien pourquoi. Il ignora le regard de l'homme et remplit son panier : saucissons Slim Jim, saucisses de Francfort en boîte, un petit pack de lait, une demi-douzaine de barres chocolatées et deux grandes bouteilles d'eau. Rien qu'à manipuler la nourriture, il salivait drôlement, c'est tout juste s'il pouvait se retenir de déchirer les emballages. Il posa le panier sur le comptoir pour que le vendeur scanne ses articles. Au rayon des cartes, il trouva un atlas routier qu'il ajouta à ses achats.

« Il y a quoi, plus loin ? » demanda Isaac.

Le vendeur ne comprenait pas.

« Quelle ville ? Clairton ?

— Clairton, c'est de l'autre côté de la rivière. La prochaine ville de ce côté-ci, c'est Glassport. Ça fait dix-huit dollars soixante-dix. »

Isaac paya, il ne lui restait qu'un dollar dans son portefeuille. Mais plein d'autres dans la poche de son pantalon. Il rangea ses courses dans son sac, l'atlas aussi, puis il pensa à quelque chose : il alla au distributeur de serviettes en papier près des hot-dogs et en prit une pleine poignée. Le vendeur le regarda faire, comptant mentalement les serviettes, mais ne dit rien.

Un peu plus de trente dollars il avait maintenant dépensé, en une trentaine de kilomètres. Il fallait qu'il passe aux trains. Il but le lait tout de suite, pour les vitamines, un quart de litre, et commença à se sentir bien mieux. Tu pourrais ne vivre que de lait, pensa-t-il. Le seul liquide qui satisfasse la faim. Où est-ce qu'il avait lu ça ? Un relent de l'enfance.

Elizabeth était aussi délabrée que le reste de la vallée, des maisons aux façades brutes parsemaient le coteau, une armature métallique enjambait la rivière, le seul pont sur seize kilomètres. Un peu plus au nord, c'était Glassport, une ville déjà plus riche. Là-bas on le remarquerait, la police s'en mêlerait. Il retourna au pont. Beaucoup de circulation — il se rapprochait de Pittsburgh. En aval, en direction de Pittsburgh justement, il distinguait les longs bâtiments de la cokerie de Clairton, hangar après hangar, à perte de vue, cheminées par douzaines. L'ensemble faisait plusieurs kilomètres de long — plus grand que la ville. Il passa devant le premier parking, des voitures plutôt récentes, des hommes qui s'affairaient en tenues bleu sombre de mécanicien. Un bon job — dix-sept dollars de l'heure pour commencer. Le long de la rivière, quarante ou cinquante barges étaient en voie de déchargement ; énorme réseau de voies ferrées. N'empêche que la ville était plus ou moins à l'abandon, avec ses maisons vides sur l'artère principale. La plus grande cokerie du pays et ça suffisait pas à l'empêcher de sombrer. *Niggertown*, le vieux l'appelle, maintenant. Va surtout pas répéter ça, pensa-t-il, sois pas comme lui. Couché dans l'herbe du coteau, il regardait la rivière et l'usine ; cette partie de la vallée était escarpée, la terre montait dru de chaque côté de l'eau. Fais gaffe à pas te faire tomber dessus — à Clairton on lésine pas sur l'héroïne. Une vraie comptine. Il observa le déchargement de la houille avant transformation.

Des ténèbres nous faisons naître la lumière — huile noire et charbon. Calcine la cause — au bûcher, tes aïeux.

Il s'assoupit, il était minuit passé quand il se réveilla, gelé, il n'avait pas fermé son blouson. Il faisait sombre. La seule lumière venait de la cokerie ; la faible lueur des éclairages de sécurité y dessinait le contour des bâtiments et des cheminées, à perte de vue. Dans le noir, on aurait dit ces jeux pour enfants où on relie des points pour faire apparaître un dessin. Un jeu de plusieurs kilomètres de long. Quel métrage de tuyaux ? Des millions de mètres, facilement. Des constructions par centaines. Fours à coke, grues, transporteurs, qui sait ce qui se faisait dans chacun de ces bâtiments ; de chacun, de chaque tuyau même s'élevait de la vapeur. Chaleur, condensation, le noir du charbon. Monde souterrain.

Dans une rue sombre, il passa devant un homme assis contre une palissade, enroulé dans une couverture. L'homme le regarda, puis détourna son regard. Quelques pas plus loin, Isaac s'arrêta et fouilla ses poches pour essayer de retirer un billet de l'enveloppe, mais c'était difficile. Donne-lui donc tout, pensa-t-il. Donne et tu pourras rentrer chez toi. Il réfléchit. Non. Il faut que je continue.

Il revint sur ses pas et lui tendit vingt dollars, que l'homme hésita à accepter. Un jeune, constata Isaac. Le visage sale, peut-être un camé. « Merci beaucoup.

— Pas de quoi », dit Isaac. Il poursuivit sa route. Il est temps de prendre le train, la grande évasion. Rassemblant ses esprits, il se dirigea vers la cokerie ; le vent avait tourné, l'odeur était violente. VILLE DE PRIÈRE, disait le panneau, encore de beaux immeubles condamnés, des rues obscures, détritus du passé.

C'était quoi, la blague, déjà ? *Un garçon et une fille en train de se tripoter dans la voiture du type ; finalement la fille n'y tient plus. Embrasse-moi, murmure-t-elle. Embrasse-moi là où ça sent mauvais. Et hop, il l'emmène à Clairton.*

D'un peu plus haut sur le versant lui parvenait un murmure, un groupe de gens sans doute, il y avait de la lumière derrière un vieux bâtiment, une école peut-être, c'était un bâtiment isolé. Sans doute pas des gens du coin. Peut-être que quelqu'un aurait l'horaire des trains.

Derrière l'école, deux poubelles en métal avaient été converties en énormes braseros ; une bonne ving-taine de personnes se tenaient là, assises ou debout par petits groupes près des murs, autour d'autres feux, dans des abris de fortune en bouts de contre-plaqué et de tôle ondulée. Adossé contre un mur, un adolescent à dreadlocks tapait sur des seaux à plâtre blancs, une baguette dans chaque main — rythmes syncopés, pas le jeu d'un amateur, sûrement un ancien de l'orchestre de l'école. Tambour-major relooké indigène.

Isaac observait, caché derrière un buisson. Il y avait là un mélange de vieux clodos du coin et de jeunes gens, entre quinze et vingt-cinq ans, disons. Il ne faisait pas chaud, mais une fille aux gros seins enleva sa chemise pour danser en soutien-gorge ; il y eut quel-ques bravos, après quoi elle se rassit. Un petit groupe s'affairait autour d'une bougie, Isaac finit par com-prendre qu'ils se shootaient.

Vas-y, se dit-il. T'es comme eux. Il n'arrivait pour-tant pas à se décider. Une bagarre éclata brusquement entre deux types, un grand et un petit qui s'envoyaient de grands coups, mais dans le vide, jusqu'à ce que d'autres interviennent pour les séparer. Le grand, crâne rasé, était jeune ; il rejoignit ses amis. Son adversaire, plus âgé, resta seul dans son coin. Un petit groupe de nouveaux arrivants apparurent et Isaac reconnut le garçon et la fille qu'il avait vus sous le pont. Le garçon portait un pack de bières dans chaque main, la fille un sac à provisions.

Isaac venait de trouver le courage d'y aller quand la bagarre reprit entre le crâne rasé et l'autre, sauf que cette fois le skinhead trébucha et l'autre en profita pour le frapper à la tête avec un bâton ; le skinhead tomba et se prit d'autres coups en roulant au sol. Le petit, celui qui venait de le frapper, ramassa ses affaires et quitta aussitôt la zone de chargement, sous le regard de l'assemblée ; il alla presque droit sur Isaac.

« Je te vois pas, dit l'homme en piétinant la broussaille, mais c'est pas de moi que tu devrais te méfier. » Il faisait plus ou moins la même taille qu'Isaac, qui se détendit un peu.

« C'est pas un bon coin, ici, poursuivit l'homme. Y a de la mauvaise engeance là-dedans, des camés de première, et quand y vont regarder de plus près le grand connard que j'ai tabassé, ça va pas leur plaire. »

Il prit la direction de la voie ferrée, sac au dos, duvet accroché par-dessous. Après un temps d'hésitation, Isaac décida de le suivre.

Au bout d'une centaine de mètres, l'homme ralentit pour lui permettre de le rattraper.

« On peut aussi bien se battre si tu veux.

— Je me bats pas, dit Isaac.

— Alors d'accord, on marche ensemble et t'arrête de me rendre nerveux. »

Il reprit sa descente le long des rues obscures, Isaac sur ses talons.

« Des vrais fouteurs de merde, dans le lot, dit

l'homme. Des fois ça se passe comme ça. » Il capta le
regard d'Isaac sur son visage, en partie couvert de
sang. « Putain, dit-il. Y m'a pas raté, hein ?

— On dirait.

— Ça va cicatriser, ça cicatrise toujours. Tu
connais le coin ?

— Je suis de la région.

— Tu pars ?

— Dans le sud.

— C'est complètement débile. L'été sera là en
moins de deux — c'est vers le nord qu'y faut aller.

— Ça m'est égal.

— Un rebelle, à ce que je vois ? »

Isaac haussa les épaules.

« J'aime bien les rebelles », dit l'homme.

Ils se rapprochaient de la cokerie. Quand l'homme
s'arrêta pour pisser au milieu de la voie ferrée, Isaac
ajusta son couteau. T'es devenu complètement parano,
se dit-il.

« Où tu vas, exactement ?

— En Californie.

— Comment tu comptes faire ?

— Je sais pas », dit Isaac avant de comprendre le
pourquoi de la question et de regretter aussitôt sa
réponse.

« Ah ben merde, je vais te mettre sur la bonne route.
Justement je vais par là. »

Isaac ne dit rien.

« T'as de la chance. Toujours bon d'avoir un mentor. Moi ça me dérange pas.

— Je m'en sors très bien tout seul.

— T'as qu'un mot à dire et j'me casse, dit-il. Si
t'es du genre casse-couilles solitaire. »

Isaac secoua la tête, sourire forcé. « Y a pas de problème. »

Ils approchaient de la partie nord de la cokerie. Isaac n'en revenait toujours pas de sa taille, même l'aciérie de Buell n'avait pas été si grande, mais l'autre ne semblait pas y faire attention. Depuis un coude de la rivière, dans les broussailles, ils observaient la gare de triage. Il y avait une bonne douzaine de rails. Et plusieurs trains longs avec leur cargaison de coke.

« Faut que tu trouves un cheminot et que tu demandes qu'est-ce qui va où.

— Et comment je lui demande, au cheminot ?

— Comme à n'importe qui, pardi. »

Isaac haussa les épaules.

« Tu sais même pas quoi demander, hein ? »

Qu'il aille se faire foutre, pensa Isaac. Leurs regards se croisèrent dans le noir.

« D'accord, je m'en charge. Attends-moi là. »

Il fit quelques pas avant de s'arrêter.

« Au fait, mon nom, c'est Wilson. Mais en général on m'appelle le Baron. »

Isaac se présenta, puis se demanda s'il aurait dû donner un faux nom. Il décida que non, il avait ce qu'il voulait. Tu peux toujours filer en douce quand tu veux. Pour le moment t'as besoin de lui.

Le Baron ne tarda pas à revenir. « C'est le grand, là, avec les quatre wagons. Celui au bout, y va juste un peu plus loin en amont, mais le gros y va presque jusqu'à Detroit. Là-bas y a un trafic pas possible, tu trouveras ton bonheur sans problème.

— Départ à quelle heure ?

— Tout de suite, il a dit. En général ça veut dire dans deux heures. »

C'est alors qu'un triangle de lumières s'alluma à

l'avant du train ; le moteur diesel se mit en route avant de tourner à plein régime.

Le type fit un grand sourire. « Tu me portes chance, dis donc. Ça fait trois jours que je voulais lui mettre dans la gueule, à ce grand con. Et maintenant, notre taxi qu'arrive. Observe-moi bien et fais pareil.

— Je sais comment on monte, dit Isaac.

— Parfait, caïd. Je fais ça depuis trente-sept ans mais je vois pas pourquoi j'aurais quoi que ce soit à t'apprendre.

— OK, je regarde.

— C'est bien, mon gars. »

Le convoi s'ébranla lentement et ils furent éblouis par les phares ; sitôt la locomotive passée, ils traversèrent la première voie pour courir à côté du train. Isaac ne se sentait pas le pied très sûr dans les graviers. Devant lui, le Baron balança son sac sur une plate-forme avant d'agripper l'échelle et de disparaître entre deux wagons-trémies. Isaac lança le sien sur la plate-forme arrière d'un autre wagon et se hissa à son tour.

Il s'assit sur le petit palier métallique face au wagon d'après. Il faisait toujours noir, mais vu les saletés sur ses mains, le wagon de coke devait être dégueulasse. Ça lui était bien égal — t'avances sans même lever le pied. Un miracle après toute cette marche. Pas compliqué de comprendre pourquoi des gens font leur vie comme ça.

Il étira ses jambes ; le train prenait de la vitesse, son bruit redoubla, puis redoubla encore.

Isaac regardait défiler le paysage, les lumières sur l'autre berge. Ils allaient de plus en plus vite, il commençait à faire froid en plein vent. Et il fera encore plus froid une fois hors de la vallée, quand on ira tout droit. Il s'apprêtait à sortir son sac de couchage, mais renonça : il se ferait aspirer. Tu vas te peler le cul. Non, rentre dans ce trou. À tâtons, il trouva une ouverture tout en longueur, une sorte de hublot à l'arrière du wagon, ça devait pas être bien large à l'intérieur. Tant pis, au moins il y était un peu protégé. Il décida d'attendre.

Au bout de quelques minutes, il commença à distinguer Pittsburgh, les gratte-ciel, la centrale électrique sur son île, puis le train ralentit et prit à gauche vers l'ouest : Isaac s'agrippa au garde-fou et serra son sac de l'autre main pour qu'il ne passe pas sous les roues. Alors la ville recula — les grands immeubles, les ponts, la rivière : disparus.

LIVRE TROIS

1

Grace

Harris avait arrêté Billy le matin même, et quand Grace rentra du travail, elle trouva le mobil-home éteint et tout exactement comme elle l'avait laissé. Billy n'était pas là, il ne rentrerait pas. Jamais, peut-être. Elle ferait bien de lancer le poêle, au cas où la nuit serait froide, mais elle n'arrivait pas à s'y mettre. N'arrivait pas à décoller de sa chaise. D'abord elle avait été certaine qu'il ne lui arriverait rien — l'espoir aveugle d'une mère, c'est tout. Une certaine incapacité à affronter la réalité. Il faudrait qu'elle s'habitue à ce nouveau sentiment. Tu croyais faire de grands compromis, mais c'était rien à côté de ce qui se prépare.

Elle avait toujours cru — elle ne savait pas pourquoi, mais elle avait toujours cru qu'un jour quelqu'un s'occuperait d'elle comme elle s'était occupée des autres : de sa propre mère, de Virgil, de Billy. Mais voilà longtemps que ce n'était plus le cas, personne n'avait pris soin d'elle depuis son enfance ; par amour, elle avait manifestement pris la mauvaise décision, elle n'avait pas voulu renoncer à Virgil, pas voulu partir loin de lui, aller là où son fils aurait pu devenir quelqu'un d'autre, et la conséquence de cette décision, c'est qu'elle avait perdu son fils.

Et tout ça pour Virgil. Billy avait mal tourné à cause

des choix, des mauvais choix qu'elle avait faits. Tes trois semestres d'université — au bout de combien de temps tu avais cessé d'en parler ? Là aussi c'était pour lui, pour Virgil, que tu avais abandonné — il ne s'en sortait pas financièrement. Et il t'en voulait d'aller à la fac, toujours à demander quand donc on verrait la couleur des retombées. Même cet avertissement précoce, tu l'avais ignoré. J'avais vingt-deux ans, se dit-elle. Et un enfant en bas âge, et la vallée était en pleine dépression. C'est déjà miraculeux que j'aie pu faire ce que j'ai fait. Rétrospectivement, elle se dit qu'elle était plus courageuse, alors. Encore quelque chose qui s'était abîmé. Tout ce qu'on avait besoin de savoir dans la vie, eh bien on l'apprenait trop tard, une fois les décisions prises. Pour le meilleur et pour le pire, on était façonné par les gens qui nous entouraient. Virgil l'avait usée, une érosion graduelle, comme une rivière use ses berges. Il l'avait persuadée d'arrêter ses études, persuadée d'accepter un travail qu'elle détestait, parce qu'un jour il avait compris qu'il y avait moyen de faire financer par sa femme la vie facile qu'il entendait mener. Un petit miracle compte tenu du contexte, mais il avait réussi, au sacrifice de sa femme et maintenant de son fils. Il suffisait de mentir quasi quotidiennement, de faire semblant de chercher du travail, et, dans les périodes où effectivement il travaillait, de garder sa paie pour lui au lieu de la ramener à la maison. Elle s'étonnait toujours, au moment des impôts, de tout ce que Virgil avait gagné sur le papier — si peu de cet argent semblait jamais profiter à la famille.

Ça la rendait malade d'y penser à présent. C'était elle, la coupable, elle n'avait pas à faire porter la faute à Virgil. Elle aurait dû voir clair dans son jeu. C'est juste qu'elle n'aurait jamais cru qu'on puisse être manipulateur à ce point.

Et puis il y avait Harris. Il s'était offert plusieurs fois, elle n'avait plus voulu, et maintenant que c'était lui qui ne voulait plus, elle avait désespérément envie de le récupérer. Ça avait beau être désagréable à admettre, c'était vrai, une donnée de la nature humaine : on ne désire rien tant que ce qu'on ne peut pas avoir. Virgil avait toujours veillé à ce qu'elle ne soit pas sûre d'être aimée, à ce qu'elle garde un petit doute, c'est toujours elle qui lui avait couru après. Alors que Bud Harris avait joué cartes sur table avec ses sentiments.

C'était physiquement insupportable d'y penser. Elle était responsable de ce qui lui arrivait, de ce qui arrivait à Billy. Respire. Bien sûr, c'était injuste. Son fils, c'était toute sa vie. Mais elle n'était pas si vieille que ça. Elle avait encore trente, trente-cinq ans devant elle. Tout est question d'attitude. Il fallait qu'elle se fixe des buts à elle. Qu'elle arrête de vivre pour les autres. Depuis que Billy avait décidé de rester à Buell, elle avait passé le plus clair de son temps libre à angoisser pour lui et, toutes ces années, elle avait oublié de s'occuper d'elle-même. C'est ça qui l'avait perdue. Elle n'était pas la seule mère à avoir un fils, les autres s'en sortaient. Peut-être que ça tenait aux montagnes russes que Billy lui avait fait subir. En haut en bas en haut. Et maintenant en bas. Mais il ne faisait pas exprès. Il était comme ça, voilà tout.

Il fallait qu'elle se ressaisisse. On ne peut pas vivre pour les autres. Bon sang, se dit-elle, je devrais pas me retrouver à penser à ces choses-là. Mais elle n'avait pas le choix. Billy avait fait ce qu'il avait fait et on n'y pouvait rien. Il faudrait qu'elle continue à vivre.

Elle se servit une vodka-orange, elle avait ce qu'il fallait. Un avocat, c'était au-dessus de ses moyens, un bon en tout cas. Si elle arrêtait de rembourser la maison, alors elle aurait l'argent, mais ça prendrait plusieurs mois. Ce serait trop tard. Il faudrait bien qu'elle fasse confiance à Harris. Un avocat commis d'office. Elle secoua la tête. Tant pis elle arrêterait de payer les traites. Elle économiserait cet argent. Et perdrait la maison au besoin, mais on ne laissait pas son fils à la merci d'un avocat commis d'office. Autant s'épargner le procès à ce compte-là.

Pas de décision hâtive, se dit-elle. Elle sortit sur la galerie à l'arrière du mobil-home, avec la bouteille de vodka et le jus d'orange, et regarda le ciel s'assombrir en sirotant son verre. Ça faisait combien de temps... trois ans — elle avait l'impression que c'était hier — qu'elle avait discuté avec Harriet, la directrice du foyer ; Harriet lui avait expliqué les démarches pour devenir conseillère psychosociologique. Ou assistante sociale, elle hésitait. Elles s'étaient assises, toutes les deux, et elles avaient tout mis par écrit. Les études, ça revenait à ça. Un obstacle qu'elle devait franchir. *C'est simple,* avait dit Harriet, *il faut que tu puisses mettre des diplômes sur ton CV. Une maîtrise, un master, ce que tu veux. Sinon ce sera toujours le bas de l'échelle. Un master, surtout.* Elle avait dû remarquer la tête que faisait Grace parce qu'elle avait haussé les épaules avec un sourire. *Mais bon, on vieillira tous, diplôme ou pas. Les études ne protègent pas du temps qui passe.*

Elle se servit un autre verre. Le ciel était sombre à présent, les étoiles faisaient leur apparition, une à une. Elle revoyait Virgil se tournant vers elle — c'était la dernière année de lycée de Billy, pendant un match de foot, Billy venait de marquer pour les Eagles. *On a*

fait du bon boulot avec l'éducation de ce gosse, hein ?
C'est ce que Virgil avait dit. C'est là qu'elle avait
commencé à y voir clair — il n'y avait pas eu de « on »
dans l'éducation de Billy. Elle en avait porté la charge
depuis le premier jour et, jusqu'à cet instant au stade,
elle avait présumé que Virgil en était conscient
— jouer au ballon une heure par semaine avec son fils,
ça n'était pas faire son éducation. Quoi qu'il en soit,
c'est là dans les gradins qu'elle avait commencé à ne
plus être amoureuse de Virgil, même s'il lui avait fallu
trois années de plus pour aller jusqu'au bout.
Aujourd'hui Billy détestait son père, elle n'en était pas
mécontente. Qu'est-ce que tu peux être mesquine, des
fois.

Où serais-tu si tu avais accepté la proposition de
Bud Harris — six ans dans l'administration, retraite
garantie, mutuelle, etc. ? Billy aurait grandi dans une
vraie ville, loin de tout ça. Non, se dit-elle, tu ne pouvais pas accepter. Pas offert comme ça sur un plateau,
impossible.

Tu as péché par excès d'optimisme. Pas pour toi,
mais pour Billy. Tu as cru qu'il pourrait échapper à sa
nature. Ça a toujours été comme ça, bien sûr. L'amour
t'a toujours rendue aveugle à la vérité. Et maintenant...

Peu importe ce qui va se passer, se dit-elle. Tu fais
de ton mieux et puis voilà. Elle resta assise là un
moment à pleurer. Assez, lève-toi. Et arrête de boire.
Elle lança la bouteille de vodka par-dessus la balustrade.

C'est alors qu'une voiture apparut dans le chemin,
elle vit d'abord les phares, puis la voiture vint se garer
dans l'allée ; elle se demanda qui ça pouvait être et
trébucha sur les marches en rentrant dans le mobil-

home. Harris se tenait debout devant la porte, en uniforme.

Il vit qu'elle avait pleuré, il ouvrit les bras et elle se laissa aller contre lui.

« Tu veux entrer ?

— Il vaut mieux que je te dise deux ou trois choses avant. »

Elle ferma les yeux, elle savait que les nouvelles ne seraient pas bonnes.

« C'est la procédure habituelle dans les grosses affaires comme celle-ci, mais ils l'ont emmené à Fayette. Je l'ai fait se raser et se rendre présentable avant le fichage, à tous les coups sa photo sera dans le journal demain.

— Ça s'annonce comment ?

— Pas très bien. Sauf s'il finit par accepter de nous raconter ce qui s'est passé.

— Fayette, c'est la nouvelle prison, c'est ça ? » Elle se força à le dire. « Celle où tous ces gardiens se sont fait poignarder.

— Billy sait se défendre. C'est un grand gaillard et personne va s'amuser à le chercher, même là-bas.

— Est-ce qu'on peut le tirer de là ?

— C'est le procureur qui décide, vu le chef d'accusation.

— Je regrette de pas avoir voté pour Cecil Small, maintenant.

— Moi aussi, dit Harris.

— Pour eux c'est un jeu, hein ? Ils se rendent pas compte de ce qu'ils font vraiment aux gens.

— Non, tu as raison. Ils se rendent pas compte. »

Elle avait posé son verre sur la rambarde. Elle le reprit et le vida d'un trait.

« C'est pas ta faute. T'as fait tout ce que tu pouvais. »

Elle haussa les épaules. « J'ai fait un mauvais choix, un seul, mais je l'ai fait jour après jour.

— Y a des gens qui font ça toute leur vie.

— Sans doute.

— Qu'est-ce que tu bois ?

— Une vodka-orange. »

Il y eut un bref silence.

« T'en veux une ?

— T'as pas autre chose, un truc pour les grands ?

— Pas vraiment.

— Alors d'accord.

— Faut que je retrouve la bouteille. Je viens de la jeter dans le jardin.

— Je m'en occupe », dit-il en riant. Ils rentrèrent dans le mobil-home, puis Harris ressortit avec sa lampe torche, pour revenir presque aussitôt avec la bouteille. Il resta un moment à regarder par la fenêtre du fond, ou peut-être que c'est leur reflet qu'il regardait, pendant qu'elle préparait les verres.

« T'as planté tes tomates ? »

Elle fit oui de la tête.

« Je vais pas tarder non plus, enfin j'espère. »

Elle hocha la tête et le regarda. Il but une gorgée et lui sourit. Il était de taille moyenne, rien d'extraordinaire, pas que la taille d'ailleurs, il faisait même petit, debout dans la cuisine en uniforme. Mais ce n'est pas l'impression qu'il donnait aux autres ; dans une pièce pleine de monde, les gens s'écartaient devant lui, c'était une manière d'être qu'il avait quand il voulait. Mais là tout de suite, même avec son arme à la ceinture, il n'était que lui-même. C'est ce qui était bien chez lui — il ne demandait qu'à arrêter son numéro. Contrairement à Virgil, toujours en train d'évaluer les choses et les gens, même quand il souriait. Encore une chose à laquelle elle n'avait pas pensé avant.

« Je me sens vraiment mal de t'avoir dit toutes ces bêtises, hier, dit-elle. J'étais malheureuse, mais je sais que ça n'excuse rien.

— C'est comme ça que je me sens tous les matins. » Il sourit. « Et si on s'asseyait. » Ils passèrent au salon, elle s'installa au bout du canapé, lui vers le milieu.

« Tu peux venir par ici si tu veux. »

Il se glissa près d'elle et ils restèrent assis un moment en silence, main dans la main. Il déplaça un peu sa ceinture pour que son pistolet ne gêne pas, ferma les yeux et posa sa tête sur l'épaule de Grace. Son corps se détendit totalement, comme après l'amour. Il faisait sombre mais ils n'allumèrent pas. Elle n'avait pas manqué d'occasions de le regarder. Un bel homme à sa façon. Ce long visage à l'expression si mobile. Il aurait peut-être fait un très bon clown, il avait ce don d'exagérer la forme de son visage, très drôle. Elle caressa le sommet de son crâne, lisse, les cheveux courts et doux tout autour. Des tas d'hommes de son âge les auraient laissés pousser et rabattus pour cacher leur calvitie. Lui, il se les coupait lui-même chaque semaine à la tondeuse. Comme s'il n'avait rien à cacher. Une fois elle lui avait suggéré de se raser complètement, comme ce flic de série télé, là, mais il avait dit que ça serait faire preuve de vanité.

Peut-être que c'est ton corps qui te pousse à faire ça, parce que t'as besoin qu'on s'occupe de toi. Le corps qui joue la carte du pragmatisme. Pas le cœur. Mais elle n'avait pas l'impression. Sa nuque la chatouillait là où l'effleurait le souffle de Harris et la sensation se propageait dans tout son corps. Elle posa la main sur son ceinturon, mais il l'écarta.

« Tu es de service ? demanda-t-elle.

— J'attends encore d'être convaincu que maintenant ça pourrait marcher quand ça n'a jamais marché avant.

— Mais tu es venu.

— On dirait bien, oui.

— On peut réessayer. »

Elle posa à nouveau la main sur sa cuisse.

« Des fois je me demande si tu sais à quel point tu es déloyale.

— Je fais pas exprès.

— Je sais. Mais ça arrange rien. »

Il s'écarta doucement d'elle, puis se leva dans l'obscurité. Elle se surprit à regarder son pantalon, juste en dessous de la ceinture, et il le remarqua.

« Bon sang, Grace, dit-il avant de se mettre à rire.

— Je suis incorrigible.

— Peut-être. » Il promena son regard sur les objets autour de lui, mais c'est surtout dehors qu'il regardait. Il s'éclaircit la gorge. « Attendons un jour ou deux, par exemple. Que tu te reposes un peu.

— D'accord, dit-elle.

— À bientôt. » il se pencha vers elle et l'embrassa sur le front avant de sortir.

Elle l'écouta partir, son pas léger sur la galerie, puis le bruit de la voiture. Elle devrait allumer, elle le savait, mais elle n'avait pas envie, elle était bien, couchée là dans le noir, à sentir encore l'odeur de sa lotion après-rasage, sentir là où il l'avait touchée. Il lui sembla que pour la première fois depuis des semaines, non, des mois, elle avait vraiment de l'espoir.

2

Poe

Sa cellule était toute petite, rectangle étroit ouvert
à l'avant, mais fermé tout de même par des barres.
Comme la cage d'un chien. Une fente horizontale en
guise de fenêtre, trop étroite pour s'y glisser ; il essaya
de déterminer l'orientation, la direction dans laquelle
il regardait par rapport à la rivière, au mobil-home de
sa mère, au canapé chez Lee. Sauf que non. Ce genre
de choses, ça ferait que le déprimer davantage — tout
ça n'existait plus vraiment pour lui. Il se demanda si
Lee assisterait à son procès, même ça, c'était pas sûr,
et puis impossible de dormir bordel, matelas bien trop
fin, et pas de magazine, rien à lire — son cerveau
finirait par se retourner contre lui-même. Aussi inéluc-
table que la marée. Capitulation. Couvert d'excréments
dans une cellule capitonnée.

Il allait se fabriquer une ceinture. Il se redressa et
réussit en un rien de temps à déchirer une longue bande
de drap qu'il glissa dans les passants de son pantalon,
ça ferait l'affaire, une bonne ceinture, une ceinture de
pirate. Après quoi il se trouva à nouveau désœuvré.

Il y avait pas mal de bruit dans le bloc, les télévisions avaient beau être éteintes, on entendait de la
musique un peu partout, radios de poche, rythmes tapés
sur du métal, conversations hurlées d'un coin à l'autre,

il écouta ce qui se disait, ça n'avait aucun intérêt : *hé Dee, ça va, tu fais quoi ?* Et l'inévitable réponse : *ça va, j'me repose.* Rien qui mérite d'être dit. C'était parler pour parler. Il avait toujours détesté ça, pourquoi pas le silence, lui qui était d'or. Toujours détesté ça, vraiment ? Il ne savait plus. En tout cas il détestait ça maintenant, ça lui tapait sur les nerfs, il était irrité, physiquement, par le bruit. Encore que c'était quelque chose sur quoi se concentrer, le bruit ; ça au moins c'était bien, agaçant mais bien, et pour l'atténuer il se mit le maigre oreiller sur la tête. Il allait éviter de se mêler des affaires d'autrui. Il allait s'asphyxier. Il dégagea l'oreiller. Sa règle d'or désormais : ne pas se mêler des affaires des autres, il pourrait bien y avoir un meurtre à côté de lui, il ne s'en mêlerait pas. Il était baraqué, on le laisserait tranquille.

Ça commença à se calmer vers minuit, encore qu'il aurait pu être dix heures du soir ou trois heures du matin, il ne savait plus, on lui avait pris sa montre. Un filet de lumière annonçant le jour finit par entrer dans la cellule, il entendit des bruits de pas et de clefs qui s'entrechoquent, puis sa porte s'ouvrit. Il vit le visage d'un jeune surveillant, un visage de gosse qu'une moustache tentait de durcir.

« Le petit déjeuner est servi pendant une heure. Si tu veux manger, tu ferais bien de te bouger le cul. »

Il avait oublié qu'il avait eu faim toute la nuit mais, tiens, il n'avait aucune idée d'où était le réfectoire. Il ne fit pas l'erreur de demander, autant trouver tout seul. Il se leva et s'habilla en vitesse. Riche idée, le coup de la ceinture, bonne préparation ; de la cellule d'à côté lui parvint un bruit marqué de boyaux qui se soulagent, pas trop l'air d'aller. Tout le monde chiait plus ou moins à vue ; à part un petit rideau qui se tirait, pas d'intimité.

Va donc petit-déjeuner, pensa-t-il.

Sa cellule, au deuxième niveau, donnait sur une passerelle de béton qui se terminait par des escaliers. On était plutôt haut, à bien cinq ou six mètres du sol, pas intérêt à se faire pousser. Il se demanda pourquoi ils n'avaient pas mis une balustrade plus costaude. Mais sans doute que ça les arrangeait bien de se débarrasser d'un détenu à l'occasion, tout était affaire de nombre, de places disponibles, c'est comme ça qu'avait rouvert la vieille prison du côté de Pittsburgh, celle qui avait fermé après l'ouverture de celle-ci. Ils avaient décidé qu'ils voulaient enfermer plus de gens, la vieille prison avait repris du service, et voilà, maintenant ils en avaient deux.

Une fois au rez-de-chaussée, il suivit le flot des autres détenus. Tous le regardaient mais personne ne dit rien, peut-être qu'il était trop tôt pour les commentaires. Chaque bloc déversait ses occupants dans le large couloir central et ça bouchonnait, embouteillage humain. Poe regardait droit devant lui, ou bien il fixait les néons du plafond, ou encore le lino luisant de propre par terre, partout où il ne croiserait pas un des multiples regards posés sur lui. Ça sentait la nourriture. Ça sentait pas bon. La cantine de l'école, en pire.

À la cafétéria on aurait dit une émeute, un vrai pandémonium, ceux qui ne criaient pas parlaient aussi fort qu'ils pouvaient, des centaines de détenus, des milliers peut-être, et pas un seul surveillant. Mais c'était pas une émeute. C'était un matin comme un autre. Un endroit dangereux. Un endroit où il pouvait se passer tout et n'importe quoi. Faudrait qu'il trouve ailleurs où manger, sauf qu'en prison y avait pas de restau où commander un steak et s'installer seul dans son box.

De longues tables tristes avec bancs attachés, sans doute pour qu'ils ne puissent pas servir d'armes. Ségrégation de fait, les Noirs d'un côté, les Hispaniques de l'autre, des jeunes qui essayaient de parler plus fort que le voisin dans une cacophonie de voix masculines. Les Blancs étaient visiblement en minorité, plus calmes, plus vieux aussi.

De leur côté, trois hommes étaient assis seuls à un bout de table ; de toute évidence c'était eux les patrons, plus ou moins grands, mais tous baraqués, les bras couverts de tatouages. Le premier avait le crâne rasé mais quelque chose de bienveillant dans l'expression, le deuxième portait un bonnet noir enfoncé jusqu'aux yeux, le troisième arborait une banane blonde pour laquelle il avait certainement dû se lever de bonne heure. À vue d'œil, Poe estima que les types particulièrement costauds, c'était pas la majorité, la plupart des gars étaient maigrelets, ou bedonnants, les cheveux filandreux et l'air maladif, des camés, des prolos de base élevés en mobil-home. Beaucoup d'hommes mûrs aussi, des vieux qui ressemblaient à n'importe quels vieux — en fait y avait des types de tous âges. À strictement parler, il était lui-même un prolo de base élevé en mobil-home, mais bon, il se dit qu'il appartenait plutôt à la catégorie du dessus. Sauf qu'il avait qu'un ballon de foot tatoué sur la poitrine, côté cœur, et son numéro de joueur sur le mollet, il se demanda si ça suffirait, ce qu'en penseraient les autres ; à l'époque où il s'était fait tatouer, il savait pas qu'il irait en prison. Il aurait mieux valu un couteau, un pistolet fumant. Ou bien, à en juger d'après les tatouages des durs à cuire, quelque chose évoquant la suprématie blanche, un aigle, un symbole SS — choix populaire — il y avait même un Adolf Hitler, mais on ne le reconnaissait qu'à la moustache, pour le reste ça aurait pu être n'importe qui — un des tatouages les plus débiles que Poe ait jamais vus, et le gars l'avait pour le restant de ses jours.

Il prit un plateau et se mit dans la queue, tranquille. On lui donna deux tranches de pain de mie, des pseudo-œufs brouillés à base de préparation en poudre, une saucisse et de la gelée verte — il avait bien essayé de retirer son plateau, mais impossible d'échapper à la gelée. Il prit un verre de Fanta orange pour faire glisser le tout.

Est-ce qu'on allait pas essayer de lui faire un croche-patte tandis qu'il portait tout ça ? Non. Il s'assit dans la zone des Blancs, à un bout de table vide. Un type hirsute et maigrelet lui sourit et croisa son regard plusieurs fois, un accro au speed, il lui manquait la moitié des dents. Poe ne répondit pas. À l'autre bout de la table se trouvait un petit groupe ; Poe salua de la tête celui qui en imposait le plus, mais n'obtint aucune réaction.

Un Noir de l'âge de Poe vint s'asseoir à côté de lui, dreadlocks courtes, survêtement, tongs, tee-shirt déchiré, comme s'il venait de faire de l'exercice, le genre de type qu'on croise dans les salles de sport. Il avait l'air parfaitement décontracté, bien qu'il ait franchi la frontière invisible qui délimitait la zone blanche — peut-être qu'il y avait des exceptions. Les trois caïds avaient remarqué mais continuaient leur conversation.

« Salut, dit-il.

— Salut.

— Dur, le premier jour, hein ?

— Ça va.

— Dion », dit-il. Il tendit son poing, Poe le cogna du sien et se présenta.

« Ils ont dû geler ton compte, tu pourras pas cantiner aujourd'hui, ni déo, ni shampoing, ni dentifrice, rien. »

Poe sentit venir l'arnaque. « Je m'en passerai.

— Ah ouais, ça te fait kiffer d'être sale ? »

Poe ne dit rien.

« OK, Crado. Viens me voir si t'as besoin de quoi que ce soit. » Il sourit et tendit à nouveau son poing, mais Poe savait qu'il venait de se faire insulter ; il retourna à ses œufs. Vu leurs regards, les Blancs à l'autre bout de la table s'attendaient à ce qu'il réagisse, le type lui-même se retourna en s'éloignant, mais Poe ne dit rien. Il se mit à engloutir sa nourriture, il avait comme un pressentiment, il fallait manger aussi vite que possible. Autour, les gars eurent un sourire moqueur et retournèrent à leurs affaires, mais Poe savait qu'il venait de se passer quelque chose de grave : il venait d'être marqué, catalogué en moins de deux.

Ignorant la barrière invisible, un autre Noir s'approcha, grand, épais, la chenille rose d'une cicatrice en travers du visage, les bras couverts de tatouages que sa peau sombre empêchait Poe de distinguer.

« Salut, Crado. »

Poe ne dit rien. Il n'y avait toujours aucun surveillant dans la pièce. De plus en plus de gars commençaient à regarder ce qui se passait.

« Hé, Crado, file-moi une de tes saucisses, là. »

Poe poussa son plateau hors de portée.

« Merci, sympa », dit le type.

Il se leva pour atteindre le plateau, mais Poe le repoussa encore. Alors l'autre vint se mettre nez à nez avec lui et partit d'un rire sonore en lui postillonnant dessus.

« T'as un problème, babtou ? Tu veux pas qu'un nègre touche à ta bouffe ? »

Il parlait assez fort pour être entendu de l'autre bout de la salle, le vacarme avait déjà pas mal diminué.

« J'ai pas de problème », dit Poe.

En fait il n'y avait plus de vacarme du tout, l'atmosphère de la salle avait changé, c'était lui le centre d'attention. Il allait devoir faire quelque chose. Il ne se sentait pas particulièrement vigoureux.

« J'espère que t'as des potes, ici, mon canard. »

Poe fixait son assiette.

« Oh, tu connais personne, c'est ça ? Personne de personne de personne ? »

Poe savait qu'il n'y avait rien d'autre à faire que cogner, mais vu le tour nettement racial de la situation, les autres Blacks lui tomberaient dessus, c'était couru d'avance. Il avait pourtant pas le choix. Il avait pas envie de se battre, il avait peur, très peur ; il avait jamais eu si peu envie de se battre.

« Je vais m'occuper de toi, tu sais », dit le type en caressant doucement le bras de Poe — éclats de rire de l'autre côté de la salle, certains Blancs aussi se marraient plus ou moins. Quand l'autre se retourna vers ses amis pour crâner un coup, Poe le cravata et l'entraîna au sol, faisant en sorte que l'arrière de son crâne heurte le ciment de tout le poids de leurs deux corps.

Le type fut suffisamment sonné pour que Poe l'immobilise d'une main et se mette à le cogner de l'autre, encore et encore, jusqu'à perdre le compte, il était limité dans son mouvement mais ça suffisait ; autour les gars criaient leurs encouragements, pas tellement à Poe mais au combat lui-même. Il se pencha en arrière, entraînant la tête de son opposant, qui essayait tant bien que mal de le frapper au visage, mais c'était trop tard, Poe l'avait bien en main. Il pourrait sans doute lui casser le cou s'il voulait ; lui parvenait une odeur de sueur et de gomina, Poe avait chaud, il sentait sa force revenir, l'autre était complètement sonné, peut-être depuis longtemps, soudain Poe reçut un petit coup de pied dans les côtes.

C'était un Blanc.

« Lève-toi », dit-il.

Poe obéit. Autour de lui, ça se pressait, des Noirs, des Blancs — surtout des Noirs. Poe se dit qu'il allait se faire tabasser, mais ils n'étaient pas là pour ça.

« Combat loyal, dit l'un des meneurs blancs.

— Mon cul, ouais, enculé de sa race », répondit quelqu'un côté noir. Poe se mit à trembler. L'adrénaline. Il mit les mains dans ses poches pour que personne ne voie. Il y eut un moment de malaise palpable, qui dura. Tous les Blancs étaient debout ; finalement l'un des meneurs sembla prendre une décision, il fit un léger signe de tête à Poe, qui n'avait plus qu'à le suivre. Une vague de soulagement le parcourut, comme un seau d'eau chaude qu'on lui aurait versé sur la tête. Une demi-douzaine de Blancs, ceux qui commandaient, se dirigèrent vers la sortie et il leur emboîta le pas. Ils descendirent le large corridor qui séparait les blocs jusqu'au bout, puis tournèrent ; il y avait là un détecteur à métaux, puis des portes en fer, et les hommes qu'il suivait firent signe à des gardiens que protégeait une vitre en plexiglas. Les portes s'ouvrirent et ils se retrouvèrent dehors, dans la cour de promenade, en plein soleil. Il entendit les portes claquer derrière eux.

Il faisait chaud, le ciel était très bleu et il avait mal aux yeux. Au sol, de la terre battue. Il continua de suivre le grand type au crâne rasé qui se dirigeait vers les appareils de musculation. Les autres de la table avaient suivi aussi. La luminosité était vive et leurs yeux ne s'étaient pas encore tout à fait ajustés ; à travers le grillage Poe voyait le vert de la vallée fuyant vers l'horizon et, au loin, à défaut de la rivière elle-même, le renflement de l'autre berge.

Ils s'arrêtèrent à la machine.

« Pendant une minute on a bien cru que t'allais virer ta cuti », dit celui au crâne rasé et au visage avenant. Il fit un clin d'œil à Poe, le premier geste amical à son intention depuis des jours.

Le type avec la banane blonde, le chef, ajouta : « C'est clair que t'as mis le temps à te décider. »

Les autres rirent, Poe ne savait pas trop quoi faire.

« C'est bon, reprit le type. T'as fini par faire ce qu'il fallait. » Il eut un large sourire. « Moi c'est Larry, dit-il, on m'appelle aussi Black Larry. Tu peux m'appeler Black Larry, Larry, je m'en bats les couilles. »

Les deux autres se présentèrent : Dwayne, crâne rasé, air sympa, et Clovis, bonnet baissé jusqu'aux yeux. Clovis était notablement plus carré que Poe, il devait faire dans les cent trente kilos.

Poe se retourna pour voir s'ils avaient été suivis. Les portes qui menaient au bâtiment principal étaient toujours fermées, ils étaient seuls dans la cour.

« C'est ces mecs-là qui font la loi ? demanda Poe.

— Clovis, dit Black Larry, notre jeune ami aurait-il demandé si ce sont nos frères noirs qui font la loi ? »

Clovis ajusta imperceptiblement son bonnet et répondit : « J'crois bien qu'oui. »

Black Larry poussa un profond soupir.

« Primo, dit Clovis, est-ce que ces petits merdeux sont encore en vue ou est-ce qu'ils sont enfermés derrière cette putain de porte de mes deux ? Deuzio, arrête de poser tes questions de cave débiles.

— Désolé, dit Poe. Je débarque.

— Sans blague, dit Clovis.

— J'ai même pas encore été jugé.

— Non mais écoutez-moi ça, dit Clovis.

— C'est pas le genre de truc à raconter, dit Dwayne. Sauf à nous.

— Désolé », répéta Poe. Il avait l'impression de merder, il savait pas quoi dire. Mieux valait se taire.

« C'est bon, dit Black Larry. On est entre amis.

— Mais faut que tu la boucles sérieux, dit Clovis. Tout le monde va te chatouiller jusqu'à ce que tu zappes ta tronche de babouin dépressif. Ça sert à rien de savoir te battre si tu te balades avec une dégaine de bouffon. »

Les deux autres hochèrent la tête.

« OK, dit Poe. Reçu.

— Y reçoit, dit Clovis.

— Ouais, dit Poe, cinq sur cinq. » Il fit un grand sourire et les autres sourirent en retour, sauf Clovis, qui secoua la tête.

« Lui et moi, on va faire un petit tour, dit Dwayne, histoire qu'il se lave les mains. L'autre salaud est plombé.

— Ah ouais, Little Man ? dit Black Larry.

— Ouais.

— C'est qui, Little Man ?

— Celui que t'as cogné. Il a le dasse. »

L'expression de Poe était sans doute éloquente.

« Le sida », dit Dwayne. Il fit signe à Poe de lui montrer ses mains et c'est presque tendrement qu'il les prit pour les examiner : elles étaient entaillées et pleines de sang coagulé, mais celui de qui, allez savoir.

« T'as du savon ? dit Dwayne.

— Nan.

— Je vais t'en filer, viens dans ma cellule. »

Black Larry dit : « Après il a intérêt à se faire oublier pour un temps. En tout cas jusqu'à ce qu'on règle ça avec les Blackos. »

Dwayne hocha la tête. Il se mit en route, mais Poe était rivé sur place, droit comme un I — hors de question de suivre un énorme skinhead tatoué dans sa cellule. Tous les types éclatèrent de rire.

« T'inquiète, dit Dwayne, je vais rien te fourrer dans le cul. »

Dwayne avait une cellule pour lui tout seul, trois petits tapis par terre et des rideaux bleus avec la Vierge Marie dessus. Comme il était en bout de bâtiment, il avait la lumière de sa fenêtre et celle de la grande fenêtre du couloir.

« J'ai récupéré ça au service des soins palliatifs », dit-il des rideaux.

Poe se lava les mains, ça sentait la lavande. C'était pas le savon de la prison. C'était le genre que Lee pourrait utiliser, il se lava les mains une deuxième fois. « Comment ça rentre ici, tout ça ?

— De dix mille façons, dit Dwayne. Les visiteurs, les gardiens, ils sortent et rentrent au moins une fois pas jour. »

Poe dut faire une drôle de tête. Dwayne poursuivit :

« Ils se font dix-huit mille dollars par an. Si tu leur proposes de s'en faire deux mille de plus en faisant rentrer trois quatre bricoles, j'en connais pas beaucoup qui vont refuser.

— Sauf que s'y se font choper, c'est toi qui ramasses.

— J'ai pris trois fois perpète, dit Dwayne. Qu'est-ce que tu veux qu'y m'arrive ? »

Plus tard dans l'après-midi, il était de retour dans sa cellule. Ils lui avaient dit d'y rester jusqu'à ce qu'ils viennent le chercher le lendemain matin et il comptait bien obéir, dormir les pieds côté barres et la tête côté toilettes où ça risquait rien, où personne pourrait passer le bras et lui glisser une corde autour du cou. Une lumière blafarde entrait par la fenêtre en plastique, le même plastique bon marché qu'au commissariat, d'un jaune opaque sous le soleil, installée à partir de pièces détachées par le même entrepreneur certainement, qui s'en mettait plein les poches. Il y avait quelque part des barons de la prison comme il y avait jadis des barons de l'acier.

Au rez-de-chaussée du bloc, sur toutes les télés, c'était à nouveau l'heure de Jerry Springer, des tantes qui couchaient avec leur neveu, genre — peut-être pas ça exactement, mais c'était bien ce genre de truc qui poussait les gens à regarder ces émissions, c'est bien ça qu'ils espéraient y trouver, lui-même il les avait regardées ; aujourd'hui ça lui paraissait de mauvais goût. Les détenus criaient leurs encouragements. Il remarqua qu'il commençait à ne plus entendre le bruit. Son estomac était sens dessus dessous, il avait sans doute faim et le peu qu'il avait mangé au petit déjeuner, il ne l'avait pas du tout digéré. Heureusement il était seul alors. Au moment même où il mangeait, il avait su que ça arriverait, que ça le rendrait malade et ressortirait avant l'heure par un bout ou par l'autre. Mais il avait pas le choix — fallait bien qu'il mange. Son problème, c'est qu'il s'était trop dorloté. Toute sa vie, il se l'était coulée douce, c'était son problème, ça avait causé sa perte, les chances qu'il aurait pu saisir, il avait toujours choisi la facilité, et voilà que même ça, même sa tatillonnerie alimentaire allait lui nuire : il avait besoin d'énergie, il lui faudrait manger. Il lui faudrait aussi bientôt prendre une douche et cette perspective, la douche en commun, ne le réjouissait guère. Ça ne pouvait pas être un endroit agréable. Il avait encore sur lui l'odeur de Lee, qui partirait au lavage ; il se demanda s'il y avait moyen de la conserver d'une façon ou d'une autre, mais impossible, les odeurs, ça disparaît comme ça arrive, ça se conserve pas, pas comme une image dans sa tête à laquelle on peut revenir quand on veut.

Dwayne avait dit qu'on lui apporterait à manger de l'intendance ; il savait que ça coûtait de l'argent. Ils lui avaient rien demandé, mais il était pas idiot, rien n'était gratuit. Pas le choix. S'il avait bien compris, il avait tous les gangs de la prison contre lui. Dwayne et Larry avaient dit qu'ils négocieraient et calmeraient le jeu, fallait juste qu'il soit pas dans leurs pattes. Il y aurait peut-être des accords secrets, il en savait rien, obligé de leur faire confiance. La semaine qu'il avait passée dans la prison du comté, rien à voir, les gars étaient là pour conduite en état d'ivresse, des choses pas graves, ils retourneraient ensuite à leur vie normale ; mais ici, non, ici, les gars étaient chez eux, c'était leur monde.

Sauf que ce genre d'attitude mène à rien. C'est pas comme ça qu'on gagne un match ou un combat, ni rien d'autre. Encore un problème qu'il avait, sa façon de voir les choses. Il s'en sortait très bien. Situation quasi florissante. Tout allait se passer comme sur des roulettes, aucune raison d'être pessimiste, il allait pas moisir ici, il allait repartir, c'était juste la tactique du procureur pour le faire craquer, il allait pas moisir ici, sûr et certain. Ce serait un interlude, une histoire qu'il raconterait dans les bars. Il était pas comme ces gars, y aurait pas d'erreur, ça servait à rien d'envisager autre chose.

3

Isaac

Il n'aurait pas su dire depuis combien de temps le train roulait, il avait regardé la danse des lignes électriques, étrange course de haies, jusqu'à ce que le mouvement lui donne mal au cœur. Plusieurs fois le train s'était rangé sur le côté, attendant sur une voie en impasse que filent d'autres trains qui semblaient n'en jamais finir ; Isaac, agité, s'ennuyait, mais ça n'aurait servi à rien de descendre — il avait mis suffisamment longtemps à monter.

Plus tard ils longèrent une autoroute, à toute allure, ils en dépassaient les voitures. Il y avait tant de bruits différents qu'Isaac ne parvenait pas à les dissocier, martèlement des rails, chocs des wagons, fracas du vent, et soudain le crissement des freins, assourdissant, et le wagon d'après qui fait littéralement un bond en avant, de quoi l'écraser, et puis tous les wagons qui s'entrechoquent et rebondissent ; il en avait presque été éjecté de la plate-forme, il aurait pu finir sous les roues.

Fais gaffe. T'as failli te faire mettre en pièces. Soit le voyage est agréable, soit c'est un cauchemar. Non, pour l'essentiel c'est juste ennuyeux. Mais joli quand la vue est dégagée, au loin sur les collines, parfois juste un aperçu entre les arbres, un mur de vert devant toi, un peu claustro. Le pire c'est les tunnels.

Et Poe, qu'est-ce qu'il peut bien faire ? Sans doute en train de sauter ta sœur. Ou bien ivre mort quelque part. Mais bon, il a plongé après toi dans la rivière — ça, tu peux pas lui enlever. Il t'a aussi accompagné dans ta folle escapade. Ouais, et puis il a provoqué cette fameuse bagarre. T'aurais mieux fait de partir seul.

Il changea à nouveau de position ; la plate-forme était toute petite, pas assez longue pour ses jambes, il avait l'impression que son corps entier était en proie aux crampes et aux bleus. Il escalada l'échelle et s'assit sur le tas de houille — la vue était bonne, point culminant du train, il voyait le Baron, sept ou huit wagons devant, juché lui aussi sur son tas de charbon à regarder le paysage. Agréable. Mais froid. On serait mieux l'été. Au bout d'un moment Isaac redescendit l'échelle et se glissa dans l'étroite cavité à l'arrière du wagon ; il y serait protégé du vent. Petit espace triangulaire entre l'angle intérieur de la trémie et la structure extérieure du wagon. Tout sauf propre — il sentait les saletés sous ses doigts, mais au moins il avait chaud. Tu dois ressembler à un mineur. Enroule-toi dans ton sac de couchage. Tu peux pas dormir plus tranquille qu'ici — personne va te tomber dessus dans un train en marche. C'est quand la dernière fois que t'as eu les idées claires ? Des mois de ça. Mange quelque chose. Il ouvrit une boîte de saucisses de Francfort, qu'il avala aussitôt, recrachant les saletés qui lui collaient aux doigts. Il ne savait pas trop s'il se sentait mieux ou pas, il but de l'eau.

Il se réveilla un peu plus tard. Endolori. Pas la place de s'étirer. Il commençait à faire sombre ; une journée entière à bord de ce train. Tu pourrais être n'importe où, à voir défiler des arbres et encore des arbres. L'Angleterre, la France, l'Allemagne. Imagine que t'es en Europe plutôt que... l'Ohio sans doute ? À moins qu'on soit déjà dans le Michigan. Impossible de savoir avant d'y être — tout ce que tu vois est nouveau. Apprécie tant que tu peux.

Sommeil ou veille, pareil. Zone floue de l'entre-deux. Terne lumière bleutée de l'ouverture, vue sur le wagon d'après. Bruit du train, vibrations, toi avec, secousses. Viande qu'on attendrit. Pardonne-nous nos mollesses quotidiennes. Re-noir complet — encore un tunnel. Tu vas devenir sourd — bouche-toi les oreilles. Prie pour que ça finisse vite — la fumée. Un tunnel trop long et c'est l'asphyxie. Un tunnel court SVP. Mais la fumée s'intensifiait et ses yeux commençaient à le brûler. Il passa sa tête par l'ouverture, au-dessus de la plate-forme — c'était pire. Si tu t'évanouis là, tu te réveilleras pas. Un bon bol de gaz à suicide. Fais gaffe à pas passer sous les roues si jamais tu t'endors. Mieux vaut rester là-dedans.

Puis soudain la lumière revint et le calme avec. Sors avant que... Il passa la tête dehors, face au mur de vert que frôlait le train, respira l'air pur et vomit. Qu'est-ce que c'est que ça ? Un dollar cinquante de saucisses. De la bouffe pour chiens. Mangée exprès.

Il se coucha, recroquevillé, la tête sur son sac, près de l'ouverture, afin de voir les arbres défiler. Il faisait bien plus sombre à présent, plus que dix minutes avant la nuit. La vie qu'ils mènent, tous. Sans doute pas une sinécure, le non-conformisme. Ce que le Suédois a vécu, la raison de leur colère quand ils t'ont trouvé dans ce vieil atelier. Privés de leurs plaisirs tout simples.

C'est ça, se dit-il, un peu plus de culpabilité encore. Prends modèle sur le vieux : ne reconnais jamais que tu puisses avoir eu tort. Mens-toi et découvre le vrai bonheur. Lee et Poe, même combat. Une addiction, en vérité, faudrait un numéro d'urgence. Non, se dit-il, le kid ferait bien de regarder ce qui l'entoure. Il y a de l'or dans ces collines. Contrat commercial originel. Vends ton pardon. Mentez trichez volez, le kid vous pardonnera. L'Église du Kid est ouverte à tous. Suivez ses instructions pour la vie après la mort. Seize vierges et un clavecin. Vos crimes vous seront pardonnés, que vous soyez homme, femme, enfant. On ne vous demande que la foi — croyants, avancez-vous, engagez-vous. Trouvez le pardon dans la réflexion. Miroitement du plat de quête.

Il repensa au Suédois. Je m'en fais plus pour ça, se dit-il. Donnez-moi eau et lumière et j'abattrai un temple. Jésus-Christ ? Non, simple péquenaud. Lumière, vie, amour. Et le vieux disant qu'il avait jamais aimé mon prénom — ça faisait juif soi-disant. C'est ma mère qui avait insisté. Je suis la Vérité et la Lumière. Je suis la vérité dans un couteau. Trajectoire d'un objet au voisinage du sol : champ de pesanteur, 9,8 mètres par seconde carrée suivant l'axe des y, zéro suivant l'axe des x, vitesse initiale vingt-cinq mètres par seconde, angle de lancer de quinze degrés. En négligeant la résistance de l'air. Et la présence éventuelle d'une tête sur la trajectoire.

T'es en train de devenir fou, se dit-il. *Jeune homme, tu t'es servi de la science pour boucher le trou laissé par l'absence de Dieu.* Ta mère a eu le problème inverse : elle s'est servie de Dieu pour boucher le trou laissé par... Sauf qu'elle a emporté son secret avec elle. Préféré la vie éternelle à celle-ci. Légère erreur de

calcul — où est-elle maintenant ? Rien que les ténèbres. Si telle est bien la non-existence.

Il resta comme ça longtemps, à regarder les arbres
défiler à toute allure, veillant à ne pas se toucher les
yeux de peur d'y mettre des saletés. Continue, se dit-il,
lave-toi le regard. Voilà qu'il faisait totalement nuit.

4

Harris

Il avait reçu l'appel de Glen Patacki à l'heure du déjeuner. *Bud, Glen Patacki à l'appareil, ça fait longtemps. Et si on buvait une bière sur mon bateau cet après-midi ?*

Glen avait vingt ans de plus que Harris, c'était le juge de Buell, celui qui était intervenu en faveur de Billy Poe la dernière fois. Il avait longtemps été chef de police du temps où Harris était sergent, une des premières personnes qu'il avait rencontrées en arrivant. Huit ou neuf mois que Glen n'avait pas appelé, c'était pas un hasard qu'il appelle aujourd'hui.

Montagnes russes des collines, bois et cultures, brusques ravins et vallons, paysage si dérobé qu'on pouvait parcourir les routes les plus hautes et malgré tout ne pas voir la moitié de ce qu'on avait devant soi tant la terre était repliée sur elle-même. Du vert partout. Et dans les plaines, des marais.

Ho avait déposé le journal du matin sur son bureau, photo de Billy Poe en première page, matériau de rêve pour la presse : l'ex-star du foot local vire assassin. Le genre d'histoire que les gens ont forcément envie de lire. D'ici ce soir, se dit-il, à peu près tout Buell, sinon toute la vallée, sera au courant.

Il rétrograda en troisième dans la descente pour

épargner ses freins. Il se rappelait parfaitement l'époque où il lui restait encore dix ans à tirer avant la retraite ; plus que dix-huit mois aujourd'hui. Compte à rebours du reste de ta vie. En espérant que ça va s'accélérer. Il se demanda si tout le monde était comme ça, si les médecins ou les avocats, par exemple, pensaient pareil. Cinquante-quatre ans. Il en avait quarante quand il avait pris la tête du département, le plus jeune chef de police jamais nommé à Buell, le plus jeune de toute la vallée ; c'était Don Cunko qui lui avait obtenu le poste, grandement aidé par des gens comme Glen Patacki. À l'époque, le département de police comptait quatorze gars à plein temps et, disons, six à temps partiel. Maintenant c'était le contraire.

Harris s'était enrôlé dans les marines à dix-neuf ans ; il avait choisi comme spécialisation le maintien de l'ordre public et voilà que, trente-cinq ans plus tard, il assumait encore les conséquences d'une décision de gamin. J'aime ma vie, se dit-il. Être heureux, c'est du boulot. C'est elle qui t'a appris ça. Le fait qu'il faille y travailler montrait peut-être bien qu'il s'agissait pas d'un état naturel. Mais il avait pas d'excuse. Quand on avait un certain niveau de confort, ce qui était son cas, il suffisait de décider chaque matin. Heureux ou triste aujourd'hui ? Non mais écoute-moi ces conneries. Le seul à qui tu pourrais dire ça, c'est Poilu.

Il se voyait très bien courir après Grace jusqu'à épuisement, ça lui irait parfaitement, il le savait. Jamais assez près pour s'y brûler ou le payer cher. Jamais assez loin pour la perdre de vue. Ses sentiments pour elle l'empêchaient de rencontrer quelqu'un d'autre. À sa façon Grace était sa quille de roulis.

C'était pas sa faute, avoir quelqu'un comme Billy Poe à charge, elle y avait laissé des plumes. Pas la peine de trop compatir non plus, se dit-il. Mais il était comme ça. Mort d'inquiétude quand son chien tardait à rentrer de vadrouille.

Au panneau indiquant la marina, il prit une longue route sous un tunnel d'arbres, verdure encore et toujours. Il vivait ici depuis combien de temps ? Vingt-trois ans. Avant il avait passé six ans dans la police de Philadelphie et quatre chez les marines dans le corps de police militaire. Rien de tout ça n'était prévu, il s'était enrôlé parce que ça valait mieux que d'être appelé et, vu le numéro qu'il avait tiré, il était à peu près sûr de pas y couper. Quelqu'un lui avait dit que dans la police militaire on avait moins de chances d'être envoyé en mission suicide par un connard d'officier de seconde zone, sans compter qu'on en sortait, si toutefois on en sortait, avec des compétences recyclables.

Sur le parking, il repéra la Lincoln noire de Glen Patacki, une vraie voiture de juge, fraîchement astiquée. Il y avait ceux qui astiquaient leur voiture et les autres, et en dessous, ceux qui lavaient leur voiture et les autres. Harris faisait partie de ces autres-là.

Dès qu'il l'aperçut sur la pelouse de la rive, Glen lui fit signe depuis son bateau, un Carver de trente-huit pieds, moteurs Crusader 454. Un vrai yacht, pour un bateau de rivière. Harris avait son propre mouillage, mais ça faisait trois ans que son Valiant de dix-neuf pieds était en cale sèche. Un de ces jours il le vendrait. Être propriétaire d'un bateau, c'était comme avoir un deuxième chien, sauf que vous aviez beau y passer la moitié de votre salaire, le bateau ne vous témoignait aucune gratitude.

« Sacrée journée, hein ? » dit Glen. Il désigna les

alentours d'un geste de bras. « Trois kilomètres en amont, on pourrait jamais imaginer. »

Un autre monde. Buell ne manquait pas d'arbres, certes, mais le sud de la vallée était inaccessible à toute industrie. Dais de branches basses au-dessus de l'eau, cours trouble et paresseux de la rivière, point. Le calme, un bateau de temps à autre, parfois une file de barges.

Harris grimpa à bord et, d'un geste, Glen l'invita à s'asseoir.

« Bud, je vais pas tourner autour du pot, je t'ai demandé de venir parce que j'ai sur le dos un journaliste du *Valley Independant* qui fouine et pose des questions, des histoires de mandats.

— À savoir ?

— Il cherche la petite bête, s'il y aurait pas une irrégularité ou une autre. Il fouine du côté de tout ce qui rendrait l'affaire Billy Poe plus puante encore, si tu vois ce que je veux dire.

— Il trouvera rien. Si c'est pour ça que tu m'as fait faire toute la route jusqu'ici.

— Tu me manquais, mon cochon, dit Glen. Tu sais bien que c'est ça, la vraie raison.

— Je sais.

— Une chose à laquelle je pense aussi ces derniers temps, c'est que je ne vais pas faire long feu à ce poste. Je voulais qu'on en parle. »

Harris le regarda d'un air interrogateur.

« Je vais très bien, dit Patacki. Mais j'ai fait mon beurre et je me disais que, quand je prendrai ma retraite, tu devrais penser à te présenter après moi. Ce serait bien pour toi.

— J'y avais jamais pensé.

— Jamais ?

— Pas vraiment.

— C'est ça qui est magnifique chez toi, Bud. J'aurais pu dire ça à dix personnes différentes, elles se seraient toutes mises à me lécher le cul.

— Je vais d'abord boire un coup si tu veux bien.

— Bien sûr. Tu sais où te servir. »

Harris plongea la main dans la glacière à côté de lui et en retira une Miller High Life.

« Si tu veux mon avis, d'un point de vue professionnel et aussi parce que j'ai quelques années d'avance sur toi, je me demande si t'aurais pas intérêt à te distancier de Billy Poe, eu égard à cette affaire dans le journal, dit Patacki. Ça vaut aussi pour sa mère.

— T'inquiète pas pour moi, tête de nœud.

— La seule chose qui me rassure, c'est qu'apparemment le dossier du proc contre lui est en béton.

— Ce que j'ai fait, je l'ai fait pour sa mère, pas pour lui. J'ai toujours su que ce gosse était une cause perdue. »

Patacki eut un sourire. « Tu sais, tu t'es pas facilité la vie en te mariant pas. Les gens veulent des fonctionnaires qui font comme tout le monde. Et sans vice. Comme moi.

— J'entends, Glen. Je te suis très reconnaissant du service que tu m'as rendu l'an dernier. Je suis désolé que ça te revienne dans les dents.

— Non, Bud, tu fais ce que t'as à faire et c'est très bien, je suis qu'un vieux poivrot qui se fait du souci, voilà tout, sans compter que j'ai eu un petit tête-à-tête autour d'un Martini avec cette poule mouillée de Huck Cramer, il m'a complètement paniqué. »

Huck Cramer était le maire de Buell ; comme Don Cunko, il était impliqué dans l'affaire des égouts. « Cramer ferait bien de s'inquiéter d'autre chose.

— N'oublie pas que t'es un employé municipal, Bud. Si tu prends ta retraite dans le trou du cul du Kentucky, je te donne un an avant de te tirer une balle. T'es un animal social, toi aussi. »

Harris haussa les épaules.

« Je t'envie pas, ça c'est sûr. On m'a dit pour ce putain de budget et je sais bien ce que ça veut dire, encore plus de nuls à mi-temps.

— La faute aux charges patronales, dit Harris.

— J'arrive même plus à vous faire mettre des PV, la moitié des gars travaillent vingt-quatre heures d'affilée, ils font leur journée à Charleroi, ensuite ils foncent à Buell et ils finissent par Brownsville. Tout ça en vivant dans un autre comté. Ils connaissent rien aux communautés où ils doivent maintenir l'ordre.

— Ils sont pas censés faire plus de douze heures de suite.

— Pour être honnête, ça, je m'en tape. Du moment qu'ils mettent des PV, bordel. Il y a encore dix ans, je traitais six mille cas par an, maintenant j'en suis à quatre mille trois cents. Mon bureau perçoit quatre cent cinquante mille dollars alors qu'on dépassait les huit cent mille. La voilà, ta coupe budgétaire. Putain, avant on faisait cent mille dollars rien qu'en PV de stationnement, mais aujourd'hui la fille qui s'occupe des parcmètres, elle est jamais sur le terrain.

— Et c'est que la partie émergée de l'iceberg. »

Patacki hocha la tête et consulta sa montre. « Je suis en retard pour ma piqûre, dit-il. Tu permets ? » Il tira à lui son attaché-case, l'ouvrit et en sortit une petite seringue, puis il souleva sa chemise et piqua son ventre pâle. Il sourit à Harris, légèrement gêné. « Les toubibs disent que c'est sans doute la picole qui a provoqué le diabète, mais...

— On n'est pas faits pour vivre comme des moines.

— C'est bien mon avis. » Nouvelle gorgée d'alcool. « Laisse-moi te raconter un petit scénario qui me trotte dans la tête. Et si tous ces immeubles qui ont été rachetés et transformés en HLM, on les avait plutôt brûlés, disons vers 1985, si toutes les habitations vides avaient été rasées avant que ces gens viennent s'y installer... Si tu réfléchis bien, à l'heure actuelle la moitié de la ville serait retournée à l'état de forêt. La base imposable serait exactement la même, avec moitié moins de monde et aucun des problèmes actuels.

— Ces HLM, c'est eux qui ont payé les apparts de Danny Carroll au Colorado et à Miami. Et sans lui... » Harris haussa les épaules. « Le voilà, le problème. »

Patacki hocha la tête. « Et ça, ça m'arrange bien de l'ignorer, évidemment.

— C'est pas ce que je voulais dire.

— C'est pas comme ça que je l'ai pris, dit-il avec un geste de la main. Tout le monde sait que t'es un type bien, Bud. La plupart des gars qui ont des responsabilités sont comme John Dietz, ils passent leur temps sur les machines de vidéo poker à essayer de se faire trois sous. Mais pas toi, dit-il.

— C'est pas mon truc.

— Ton truc, c'est Grace Poe. C'est là que ton bât blesse.

— Tu vas pas remettre ça ?

— Tu la vois toujours ? »

Harris détourna son regard vers l'eau. Il pensa soudain que la prison de Fayette, celle où Billy Poe était détenu, se trouvait à La Belle, juste de l'autre côté de la rivière. Un kilomètre à peu près.

« T'aurais dû être là dans les années soixante-dix, Bud. Le département achetait des bagnoles neuves avec des moteurs de Corvette peut-être tous les trois ans. Et puis sont arrivées les années quatre-vingt, et c'est pas tant le chômage que le fait que les gens se retrouvaient bons à rien. » Il haussa les épaules. « Pas vraiment moyen d'exceller quand on pousse une serpillière ou qu'on vide un bassin hygiénique. La nation recule, sans doute pour la première fois de son histoire, et ça n'a rien à voir avec les pédés et les mômes à cheveux violets. Personnellement ça m'attire pas, mais ce genre de choses, c'est inévitable. Le vrai problème, c'est que le citoyen moyen a pas de boulot qu'il puisse trouver de la fierté à bien faire. Ça perdu, c'est le pays qui sombre.

— Ta femme te parle plus ou quoi ?

— Je suis vieux et gros, dit Patacki. Je cogite et je théorise.

— Tu devrais boire plus, dit Harris. Ou prendre un stagiaire.

— C'est fait. Pour la boisson, je veux dire. Pour le stagiaire, j'y penserai. »

Ils se turent un instant. D'autres gens étaient là, assis dans leur bateau, à contempler le calme alentour, les berges et les reflets du soleil, et à boire, comme Patacki et Harris. La plupart des embarcations ne quittaient jamais le dock — l'essence coûtait trop cher. Les gens venaient à la marina boire à bord de leur bateau et repartaient sans même l'avoir démarré.

« Qui est-ce qui dégage ? demanda Patacki.

— Haggerton. Et puis Miller et Borkowski.

— Et le nouveau ?

— Il bosse plus que tous les autres réunis.

— Sauf que Miller et Borkowski sont lieutenants.

— Miller seulement. Borkowski rate l'examen à

chaque fois. Et puis le nouveau fait la moitié de son boulot sur ses heures perso.

— Tu vas avoir des problèmes avec le syndicat.

— T'inquiète.

— C'est le Chinois ? »

Harris hocha la tête.

« Je vois que tu l'aimes bien, dit Patacki. Tant mieux.

— Je suppose.

— Fais-moi une dernière fleur, Bud.

— La der des der ?

— Je voudrais te toucher deux mots du meilleur job que j'aie jamais eu.

— Quelque chose me dit que je vais entendre parler du tribunal de première instance de Buell.

— Même pas. Mon boulot préféré, ça a été de fabriquer des glaces pour Sealtest Dairy. De 64 à 67, avant de rentrer dans la police. Un énorme bâtiment, on aurait dit une usine, seulement on pointait, on passait une tenue propre, et là, on avait rien le droit de toucher jusqu'à ce qu'on soit passé dans une lumière bleue. Absolument pas le droit de se salir. Des bacs entiers de pistaches et de fruits frais, des pêches, des cerises, tous les fruits imaginables, et on mélangeait tout ça dans les machines. T'as sans doute jamais vu de glace avant congélation, mais je te jure que c'est extraordinaire. » Patacki but une gorgée. « C'était vraiment le paradis, rien que d'être là-bas. Quand t'avais fini un lot, tu emmenais les barils au durcissement et des fois, avec l'humidité, vu qu'on passait notre temps à ouvrir et fermer la porte, des fois il neigeait dans la pièce, des litres de glace empilés jusqu'au plafond et de la neige qui te tombe dessus en plein été. T'es en train de fabriquer de la glace, il te neige dessus et tu regardes

301

par la fenêtre : dehors il fait trente degrés et grand soleil. Je recommencerais demain s'ils me proposaient le job. C'était le paradis total. »

Patacki prit une poignée de glace et rafraîchit son verre. Puis il rajouta du gin. « T'as vu le citron ?

— Je me serais jamais douté, dit Harris en lui passant une tranche.

— Ce qui m'inquiète, tu vois, c'est que je voudrais pas que tu te retrouves dans une situation où, le mieux, ce serait encore de te rappeler qu'il y a un job comme ça auquel t'aimerais retourner. Mais si ça se trouve, c'est encore pire que ce qu'on m'a dit.

— C'est pas pire, dit Harris.

— Non ? »

Mais il savait bien que si. Patacki lisait en lui comme dans un livre. Il hocha la tête, par pure gentillesse.

« Ça va empirer, mon ami. Les bonnes actions ne restent jamais impunies. »

5

Poe

Le troisième jour, il sortit à la promenade sur les talons de Dwayne : des détenus partout, seuls ou par groupes plus ou moins nombreux, à tourner en rond, tout à leurs préoccupations, échafaudant les plans qui leur permettraient d'améliorer leur situation, sachant que rien ne s'obtient jamais qu'au détriment d'autrui. Quoi qu'il en soit, les détenus noirs s'en tenaient à leur côté et Poe ne se fit pas prier pour s'en tenir au sien. Le soleil était haut, les gardiens surveillaient ce qui se passait en bas depuis leurs miradors, M16 contre la hanche — à moins que ce soit un autre type de fusil, il était pas sûr, non, c'était bien des M16, ce serait un massacre si ça leur prenait, le sang coulerait comme eau du robinet. Au-delà de la double clôture et des barbelés, la vallée débordait toujours de verdure, mais il ne savait plus trop qu'en penser, ça n'avait plus le même sens pour lui.

Autour des machines de musculation il y avait une hiérarchie : tandis que les boss et leurs lieutenants enchaînaient squats et dips, ou traînaient près du grillage, quelques dizaines de petites frappes, la bande des camés et une sélection de prolos délimitaient une sorte de périmètre. Parfois chargés d'une commission, ils pouvaient aussi se tenir au coude à coude pour bloquer la vue des surveillants. Poe faisait partie du premier cercle, avec Black Larry et ses acolytes, ils devaient être une dizaine au total. Mais sa position était fragile, il voyait bien qu'il était à l'essai, rien de plus, il veillait à rire ou à s'énerver au diapason des autres. Il arrivait qu'un étranger au groupe s'approche pour utiliser les poids, un des lieutenants notait alors son nom sur un bout de papier.

« C'est dix dollars par jour quand t'es pas membre », dit Clovis.

Poe lui jeta un regard surpris.

« Au moins ils ont le choix, reprit Clovis. Alors qu'eux là-bas... » Il désigna l'appareil de musculation sous le contrôle des Noirs. « Si tu t'approches, ils te balancent des poids dessus, ils ont explosé le crâne d'un cave il y a quelques mois, treize kilos direct dans la tempe.

— Bande de golios, dit Poe.

— C'est clair », dit Clovis en se tapant la tête de l'index.

La musculation occupa l'essentiel de la journée, c'était plus intensif encore que son entraînement de foot à la grande époque. À part lui, tous les types du premier cercle étaient couverts de tatouages, les deux bras jusqu'au poignet, et puis de gros motifs dans le dos et sur la poitrine, des vautours, des aigles, des oiseaux imaginaires que Poe ne reconnaissait pas. Sur les triceps de Clovis, il y avait WHITE d'un côté et POWER de l'autre. Dwayne avait un aigle, comme beaucoup, ailes déployées sur les omoplates. Black Larry affichait deux jokers sur la poitrine, et sur l'abdomen pas mal de trucs écrits que Poe se sentait pas trop d'aller regarder de près pour savoir ce que ça disait. La plupart avaient des cicatrices noueuses ici et là. Et dix ou quinze ans de plus que Poe, mais il risquait pas de demander, c'était pas le genre d'endroit où la curiosité était récompensée.

Une des petites frappes lui donna une roulée ; c'était infect, du tabac de récupération. Quand Dwayne le vit fumer, il secoua la tête et lui offrit une vraie cigarette. Poe rendit la roulée au type, qui l'essuya soigneusement avant de la finir. Il y avait un défilé de gars venus témoigner leur respect, notamment un groupe de Latinos visiblement alliés au gang ; leur chef et Black Larry s'isolèrent pour parler un long moment. De temps à autre, un visiteur faisait discrètement tomber un truc par terre. Récupéré plus tard par quelqu'un d'autre.

Black Larry se tourna vers Poe, qui venait de finir une nouvelle série de curls et mangeait une barre chocolatée en buvant un soda, assis sur le banc.

« Faut qu'on te trouve un vrai pantalon », dit Black Larry. Il évalua la taille de Poe. « Regardez-moi ces bouclettes. Un pur play-boy à la David Hasselhoff, hein ? »

Les autres approuvèrent d'un hochement de tête, même si, chez certains lieutenants, parmi les plus jeunes, c'était surtout par respect pour Black Larry ; l'existence de Poe ne les réjouissait pas particulièrement.

« C'est entre lui et Dwayne pour le roi des étalons. »

Dwayne sourit.

« Dwayne s'est fait choper en train de niquer une des profs d'anglais, une jolie petite étudiante bien propre sur elle. Ils l'ont pas laissée revenir.

— Mais elle m'écrit toujours, dit Dwayne.

— Bon, jeune homme, dit Black Larry à Poe, t'es pas encore affranchi. Mais on a confiance. »

L'après-midi, un pantalon de toile classique fit son apparition, et Poe donna celui qu'il portait à un des sous-fifres du gang. Il faisait chaud, les gars étaient assis sur les bancs, ou contre les murs, à transpirer au soleil en regardant ce qui se passait dans la cour. Poe se tenait là comme les autres, torse nu, on aurait dit un groupe d'ouvriers en pause déjeuner, ou des pompiers, enfin des types normaux, ni monstres ni héros, c'était comme partout, comme dehors, fallait qu'il s'accroche à cette idée. Quelques heures plus tard, personne n'avait bougé, Poe avait chaud, il était déshydraté et il avait attrapé un coup de soleil ; les autres, ça leur faisait rien, visiblement, de rester assis au soleil à se faire cramer comme ça. Il avait très soif mais fini les sodas, il avait l'impression d'en avoir déjà bien trop bu. Il était fatigué mais il luttait pour garder les yeux ouverts, certains lieutenants s'étaient éloignés, mais lui n'avait pas le choix, obligé de rester près de Dwayne et de Black Larry. Vint l'heure de dîner ; de l'avis général c'était pas une bonne idée que Poe se pointe au réfectoire.

« T'as besoin de rien ? dit Black Larry. Skittles, cigarettes ? Vin maison ?

— Je mangerais bien autre chose que des bonbecs, dit Poe, mais j'ai pas de thune.

— Ils ont des packs de saumon fumé à l'intendance. On va t'en faire porter. Et puis des chips aussi. »

Dwayne le raccompagna à sa cellule. Il y avait un sac de linge sur son lit, rempli de produits de l'intendance : déodorant, Snickers, quatre paquets de saumon sous vide et des biscuits salés.

« OK ? » dit Dwayne. Ils entrechoquèrent leurs poings.

« Ça roule, dit Poe.

— Ton coloc revient ce soir. Ça fait six mois qu'il est au mitard, alors va pas lui marcher sur les pieds.

— Pas de soucis.

— Y fera pas chier. Y va juste te saouler à vouloir parler non-stop. »

Une fois seul, il dévora deux des packs de saumon et les biscuits secs, première nourriture mangeable qu'il ait eue depuis, quoi, des jours. Il s'installa sur son lit, agréable sensation d'engourdissement, tout allait bien se passer. D'abord il ne put s'empêcher de sourire, mais l'autre sensation revint, il aurait quelque chose à payer en retour. Eh ben d'accord. Il prendrait les choses comme elles viendraient.

En bas, au rez-de-chaussée du bloc, ça regardait des vidéos de rap à la télé et ça chantait. Il ferma les yeux et resta couché là, sans pouvoir dormir ; ses mains lui faisaient mal, il les regarda, elles commençaient à cicatriser — pas de doute que son sang s'était mélangé à celui de l'autre, Little Man. Il se leva et se les lava à nouveau, il savait que ça servirait à rien, fallait qu'il fasse gaffe, genre, qu'il se prépare, un cadenas ou des piles dans une chaussette par exemple. Il allait pas s'en faire pour ça. Le sida, c'était bien le dernier de ses soucis. Ce qui le tuerait, ce serait de se faire trancher la gorge, un jour à la cafète alors qu'il serait en train de manger un toast au fromage. Clovis lui avait montré un couteau improvisé de neuf pouces de long, un broyeur d'os, il avait dit, et si Clovis avait ça, la partie adverse l'avait aussi. Alors là tout de suite, s'inquiéter de savoir s'il avait le sida, c'était comme s'inquiéter de savoir si une comète allait pas s'écraser sur la Terre. Il se demanda s'il ne menait pas un combat déjà perdu, complètement perdu, sauf qu'il serait encore debout. Enfant, il avait vu Virgil tuer un petit cerf avec son arc à poulies, le cerf avait sursauté et puis s'était remis à brouter l'ivraie comme si de rien n'était. Quelques secondes plus tard il s'était effondré, transpercé de part en part, l'aorte tranchée ; son coup de grâce, à peine senti. Et voilà Poe qui se congratulait alors qu'il ne se passait vraiment rien d'encourageant ; seule certitude, les choses empiraient, c'était une tendance lourde dans sa vie.

Il avait rien demandé. Il avait pas demandé à aller dans cet atelier en plein orage, quand c'était évident que la planque serait squattée. C'est à cause d'Isaac qu'ils avaient été là, à cause d'Isaac qu'ils s'étaient retrouvés dans un hangar plein de fuites sous la pluie au lieu de boire des bières sur la galerie du mobil-home avec vue sur la campagne. Poe pouvait pas se permettre de se retrouver dans ce genre de situation, mais ça, Isaac s'en foutait bien ; Poe raisonnait pas pareil, fonctionnait pas pareil, il pouvait pas juste se lever et partir quand des clodos trempés arrivaient pour l'insulter, il avait de la fierté, de la dignité, alors qu'Isaac, on pouvait bien lui dire n'importe quoi, c'était debout et dehors. C'est exactement à une situation de ce genre que les avait conduits Isaac, et bien sûr il s'était levé et il avait disparu. Mais Poe n'était pas comme ça. Ça s'appelait le respect de soi, lui en avait, pas Isaac.

Il se redressa. Rien n'avait changé, il était dans une cellule, fenêtre jaune opaque, sol de ciment, barres de fer ; en bas une pub pour une assurance auto passait à fond — ils ne baissaient même pas le son, alors que qui ça pouvait bien intéresser, ici, une assurance auto ? Il ouvrit un troisième pack de saumon, c'était gras et salé, il se lécha les doigts, une bière et ce serait parfait, c'était pas si mal d'être là, dans cette cellule, il était à l'abri. Mais il pouvait pas rester dans sa cellule jour et nuit. Le Noir qu'il avait cogné, c'était un caïd, un meneur. Poe avait eu du bol, le foutre par terre direct. Mais c'était pas du cinéma, il suffisait pas de battre le type le plus costaud pour qu'on vous laisse tranquille. Ça marchait pas comme ça. Il allait falloir qu'ils se vengent et Poe s'en tirerait pas avec quelques coups, fallait monter d'un cran quand on se vengeait, il le savait d'expérience. Fallait faire pire que ce qu'on vous avait fait.

Il respirait fort, son corps entier était raide. Il était tellement tendu qu'il avait mal au cou ; il tenta de se décontracter. Ça va aller, se dit-il. Démerde-toi. Démerde-toi d'accord sauf que t'as rien fait pour être là. Le mort, Otto, c'est pas toi qui l'as tué. Toi, t'as juste eu les couilles broyées et la tête quasi séparée du corps. Alors qu'est-ce que tu fous là ? T'es là et ça s'arrange pas, si ça se trouve demain au détour d'un couloir, bang, cinq types vont te tomber dessus et là, finito, mais Isaac, lui, il est toujours dehors. À se balader en liberté.

6

Isaac

Le train avait passé la nuit à s'arrêter sur des voies secondaires, des heures d'immobilisation chaque fois. Isaac s'asseyait sur la plate-forme, retournait dans son abri, grimpait à l'échelle pour se percher sur le tas noir, les pieds enfoncés dans le charbon, à regarder les étoiles. Il estima qu'il devait être deux heures du matin. Si t'avais pensé à prendre ta carte du ciel, tu saurais. Ou changé les piles de ta montre. Il remua les pieds, sous ses mains la paroi de métal du wagon était froide. Ferme les yeux, essaie de sentir la rotation de la Terre. Les étoiles sont en mouvement constant. Position changeante d'heure en heure. La Grande Louche commence à se retourner — c'est le printemps. Ou plutôt la Grande Ourse, *Ursa Major*, à proprement parler. N'empêche qu'elle ressemble plus à une louche. *Alpha Ursae Minoris*, temporaire, en bonne étoile Polaire. Avant c'était Thuban. Un jour ce sera Alderamin. Puis Deneb. Le catalogue complet de Ptolémée, cent cinquante ans avant Jésus-Christ. Nommeur d'étoiles — bel héritage. Même si personne le sait. Lui-même héritier des Babyloniens, mais plus de traces, disparues en fumée à Alexandrie. La faute à Jules César. Davantage de savoir envolé que t'en auras jamais.

Il scruta le reste du ciel. Cancer et Lion. Et ça doit

être les Gémeaux, là, en train de disparaître. T'aurais dû emporter de la lecture. Non, c'est des piles pour ta lampe de poche que t'aurais dû emporter. Quel con d'avoir oublié. Il regarda le sol en dessous de lui. La tentation de descendre était forte, le train n'allait pas repartir tout de suite. Non — dans le noir tu retrouveras jamais ce wagon, tu perdras ton sac. Sans compter que t'as pas la moindre idée de là où t'es. La semaine prochaine tu seras à Berkeley, tout ça ce sera oublié.

Vint le matin. Les heures passaient. Il tâchait de rester le plus possible sur la plate-forme, perché à l'air libre jusqu'à ce qu'il fasse trop froid. Tes vêtements sont tout noirs. Sans doute que ton visage aussi.

Ils suivaient une grande rivière, bien plus large que la Mon, au loin il distingua une usine qui se révéla être une énorme aciérie, longs bâtiments par dizaines, hauts-fourneaux, nuages de vapeur s'élevant d'un peu partout. L'endroit dégageait une impression de modernité, les bâtiments étaient en pleine réparation. On pouvait lire : US STEEL, ÉTABLISSEMENTS DES GRANDS LACS. On est dans le Michigan, se dit-il. Une des usines qu'ils n'ont pas fermées. Parking plein de voitures, comme avant à Buell, et la ville derrière. Jamais vu de paysage aussi plat.

Les freins crissèrent à leur arrivée dans une énorme gare de triage, bouche-toi les oreilles, c'est le moment de descendre. Ils vont vider le charbon, tu vas te faire repérer. Prépare-toi. Il fourra ses affaires dans son sac et ressortit sur la plate-forme, accroupi, à se dire de ne pas attendre l'arrêt complet. Ils étaient presque au bout des rails et le train allait tout doucement, il pencha la tête et vit le Baron descendre, quelques wagons avant lui. Il se laissa glisser au sol, aussitôt rejoint par le Baron.

C'était la première fois qu'il le voyait en plein jour, son visage était rouge, enflé, creusé de rides profondes, sa peau visiblement dure et épaisse, il avait le nez tordu et un œil bien plus bas que l'autre, des os cassés, jamais bien remis, comme si tous ses traits étaient de travers. Il était couvert de suie. On aurait dit qu'il était passé par le feu.

« Nom d'un rat, dit le Baron qui le regardait avec de grands yeux, eh ben y t'ont pas raté, hein ? »

Isaac n'avait pas l'air de comprendre.

« Ton visage, je veux dire, il a ramassé. T'as deux beaux yeux au beurre noir.

— Ils étaient quatre », dit Isaac.

Ils traversèrent les voies en direction de la ville, s'écartant vivement pour éviter une locomotive bleue qui leur fonçait dessus.

« Fais gaffe, dit le Baron. C'est pas croyable comme y sont silencieux, ces trains, j'avais un associé qui s'est fait couper en deux. Plus rien à faire dans un cas comme ça. »

Ils traversèrent encore des voies, puis franchirent un drain et se retrouvèrent sur une petite route.

« On est au bon endroit ?

— Ouais, dit le Baron. Ça s'appelle Ekkers, ici. C'est là qu'ils déchargent le coke.

— T'avais dit qu'on arriverait à Detroit.

— Commence pas à chercher la petite bête. C'est à quinze kilomètres. »

À mesure qu'ils avançaient, les bâtiments industriels laissaient peu à peu place à la ville, ils passèrent devant un champ de réservoirs blancs autour desquels la pelouse était bien tondue, puis rejoignirent une rue résidentielle. Un grand panneau disait ECORSE. *Ekkers*. Le nom de la ville. Les maisons étaient plus grandes que celles de Buell, mais tout aussi délabrées pour la plupart. C'est quand même un progrès, se rappela-t-il. Tu t'es rapproché de la Californie d'au moins mille kilomètres. Ce sera pas rose tout du long.

« Tu me paies à bouffer si je trouve où ? » dit le Baron.

Débarrasse-toi de lui dès que tu peux, pensa Isaac, mais il dit : « D'accord. Mais faut pas que je tarde, direction le sud.

— T'inquiète. On a passé une autre branche de voie ferrée. Tout c'qu'on a à faire, c'est de la remonter jusqu'à l'intersection avec la ligne principale. Là tu le trouveras, ton train. »

Le long de la même rue, l'état des maisons s'améliorait, puis empirait, avant de s'améliorer de nouveau. Un groupe de Noirs en doudoune jouaient aux dés sur un balcon. Ils dévisagèrent Isaac et le Baron qui passaient devant eux.

« Hé, prenez une douche, les gars », dit l'un d'eux. Les autres éclatèrent de rire. Isaac se préparait à piquer un sprint, mais les types retournèrent à leur partie.

« Sûr qu'y faut qu'on trouve une laverie, dit le Baron. Qu'on lave nos affaires et qu'on se débarbouille. Encore que ça, on peut le faire là où on mangera.

— Moi je voudrais bien trouver ce train.

— Ça sert à rien de se presser. On mange, on se lave, on trouve un endroit où pioncer. Je vois bien que t'es crevé, courir les trains comme un zombie ça mène à rien d'autre qu'à passer sous les roues. Je l'ai vu de mes yeux vu, ces trains, là, ils te passent dessus comme

313

si de rien n'était, comme toi tu marcherais sur une fourmi. »

Tu l'as déjà dit, pensa Isaac, mais il se tut. Un peu plus loin, ils trouvèrent un endroit qui faisait du poulet frit. Ils se lavèrent chacun à leur tour dans les toilettes. À commencer par le Baron, qui mit des plombes ; quand Isaac prit le relais, ça sentait l'excrément et le lavabo était taché d'éclaboussures noires. Isaac soulagea sa vessie, puis se débarbouilla ; son visage, ses mains, son blouson, tout était dégueulasse. En sortant il avait l'air un peu plus présentable, mais bon. Ces vêtements-là, faudrait les jeter.

Au comptoir, le Baron commanda une grosse portion de poulet frit et plusieurs accompagnements, Isaac regretta aussitôt cette histoire de dîner ; ça faisait plus de vingt dollars et quand il sortit son portefeuille pour payer il n'avait qu'un dollar. Le Baron le regardait.

« Alors tu paies ou quoi ? »

Les employés attendaient. Isaac se détourna et ouvrit la fermeture éclair de la poche qui contenait l'argent ; il essaya de retirer un billet de l'enveloppe, mais ça ne venait pas. Comme il n'arrivait pas à atteindre l'enveloppe, il dut la sortir un peu de la poche : le Baron l'aperçut et détourna immédiatement les yeux. Isaac tendit un billet de cinquante dollars à la caissière, qui l'inspecta en pleine lumière et vérifia qu'il était vrai avec un feutre.

« Content que t'aies eu autre chose », dit le Baron. Il prit le sac de nourriture et sortit tandis qu'Isaac refermait la fermeture éclair de sa poche.

« Tu vois bien qu'on est près de Detroit, dit le Baron. Ils adorent le poulet frit. »

Ils s'assirent au bord du trottoir pour manger. Isaac mordit dans un pilon, croûte fine et ferme, goût de

314

poivre et de sel ; du jus tomba par terre. Il dévorait, croustillant de la peau, moelleux de la viande en dessous, il se l'enfournait dans la bouche, jamais rien mangé d'aussi bon — et y en avait encore plein. Il commençait à voir les choses sous un jour plus positif. Comme chaque fois que tu manges. Le kid n'est qu'un animal. Le Meilleur Poulet frit du Monde. Le kid est d'accord, il vote pour à cent pour cent. Chez Diddy Curtin. Il s'en souviendra.

Ils mangèrent jusqu'à n'en plus pouvoir, puis enroulèrent les morceaux qui restaient dans des serviettes en papier pour les ranger dans leur sac. Isaac s'allongea sur le trottoir et regarda autour de lui, il ne voyait pas qui viendrait les déranger pour le moment. Il ferma les yeux. Pour la première fois depuis longtemps, ses bleus aux hanches et aux épaules, son corps endolori à force de dormir n'importe où ne se rappelèrent pas à lui.

« Si on reste couchés là, on va s'attirer des ennuis, dit le Baron. Ce qui faut, c'est qu'on se trouve un motel, histoire de dormir dans un vrai lit et de faire de la lessive, on pourra même regarder un film.

— Nan », dit Isaac sans ouvrir les yeux. Il se dit soudain : tu peux facilement le semer. La prochaine fois qu'ils se trouveraient séparés, pour aller aux toilettes, genre, il décamperait. Son optimisme augmenta encore.

« J'ai passé ma vie entière de train en train. Je te le dis, faut profiter des petits luxes quand tu peux. Ça empêche de devenir dingue. L'argent, on en retrouve toujours.

— Eh ben t'as qu'à payer, alors.

— On pourrait s'acheter à boire au moins. Tu régales ?

— OK. Donne-moi juste une minute. »

Quand Isaac remarqua qu'on les observait depuis une fenêtre du restaurant où ils avaient acheté leur poulet, ils se levèrent et se mirent en route. Des maisons, des magasins, à nouveau des maisons, la route passa au-dessus d'un grand canal, puis sous un pont d'autoroute, avant de déboucher sur un boulevard, tout était si plat, c'était désorientant. Isaac comprit qu'il s'attendait inconsciemment à ce que s'arrêtent les maisons et que commence la forêt, mais elles continuaient, la ville se répandait à n'en plus finir. Il avait fait gris toute la journée et voilà longtemps qu'ils avaient perdu de vue la rivière, les mêmes maisons basses s'étalaient de toutes parts, il n'avait aucune idée de leur direction, ils avaient dû faire trois kilomètres depuis l'aciérie. Les gens sauraient où c'était si jamais il devait demander. Ils aperçurent une laverie de l'autre côté de la rue, avec un panneau écrit à la main MAINTENANT ON A L'EAU CHAUDE, mais elle était fermée. « Pas de chance, dit le Baron, mais regarde. »

Un peu plus bas, un magasin vendait de l'alcool. « T'es assez grand pour en acheter ? demanda le Baron.

— Non.

— Alors file-moi dix dollars et je m'occupe de tout. »

Isaac réfléchit une seconde. Il tendit un billet au Baron. « En voilà vingt, prends ton temps. »

Le Baron entra dans le magasin. Isaac s'éloignait déjà quand le Baron le rattrapa, bouteille de whiskey en main.

« T'arrête pas, dit-il. Le vendeur était dans l'arrière-boutique.

— Hein ?

— Continue, j'te dis. »

Ils accélérèrent le pas. Une fois suffisamment loin, le Baron brandit à nouveau son trophée. « Du Jack Daniel's, mon pote ! Je viens de nous économiser trente-quatre dollars. »

Isaac hocha la tête.

« Allez, on va se trouver un coin pour la nuit. Maintenant que j'y pense, on aurait dû rester sur ce train, ou alors en descendre plus tôt. On a pas de ressources, par ici.

— Je veux retourner à l'autre gare de triage.

— Un truc que je me dis, c'est qu'avec cinquante, soixante dollars, je pourrais aller voir ma sœur au Canada. Ils ont des centres médico-sociaux gratuits, là-bas.

— Eh ben t'en as déjà vingt.

— Je paie le prochain repas, dit le Baron. Fallait que je tente ma chance, tu sais. Moi j'ai jamais trop réussi à économiser. C'est un truc que je respecte chez toi.

— C'est bon.

— Pourtant j'avais le cerveau qu'y fallait pour faire du fric, c'est de famille. Mon père avait sa propre boîte. Seulement j'ai vu ce que ça lui faisait, à lui et à tous ces gens, là. » Il fit un large geste du bras. « Ils sont prisonniers de toute cette merde. C'est à nous autant qu'à eux. Ce sera encore là quand y seront morts — alors quoi ? C'est une cage. C'est pas nous qui possédons les choses, c'est les choses qui nous possèdent. »

Isaac hocha la tête. Ils marchaient toujours.

Il se dit qu'ils allaient trouver ce qu'ils cherchaient quand ils tombèrent sur un autre petit canal que bordait un parc. Arbres et pelouses tondues. D'un côté du canal se trouvait un lotissement de mobil-homes de luxe et son bâtiment administratif, et de l'autre un quartier plus chic, belles maisons entourées de palissades.

« Voilà notre affaire, dit le Baron. Et gratos avec ça. »

En suivant le canal, ils trouvèrent une zone de buissons et d'arbres suffisamment grande et se faufilèrent au milieu. Le bruit des voitures qui passaient sur la route une centaine de mètres plus loin rassura Isaac. Demain tu prends un train pour le sud, réveille-toi avant lui.

C'était la fin d'un chapitre, le début d'un autre. Demain, direction le sud. Il se demanda si un mandat lancé en Pennsylvanie était aussi valable dans le Michigan, si tant est qu'un mandat ait déjà été lancé. C'était déprimant. Il se força à ne plus y penser.

Dans une petite clairière, ils sortirent leurs sacs de couchage. Des caravanes leur parvenaient de la musique, des rires aussi. Isaac était épuisé mais il ne voulait pas s'endormir.

« Eh ben, bonne nuit, dit le Baron.

— Bonne nuit à toi. »

Il essaya de remonter complètement la fermeture éclair de son sac mais il y avait un problème, elle s'était décousue, il était trop tard pour s'en occuper. C'est mieux comme ça, décida-t-il. Et garde tes chaussures. Il disposa le sac de couchage comme un édredon et s'installa de sorte que son couteau reste à portée de main. Puis il pensa à la rosée ; il se releva dans le noir pour se glisser à moitié sous un arbre déraciné. Il sortit le couteau de son étui.

Au bout de quelques heures il se réveilla, le Baron dormait toujours à cinq ou six mètres de lui, il n'avait pas bougé. Tu devrais te lever et ficher le camp maintenant, se dit-il, mais il était trop fatigué, ses jambes refusaient de bouger. Il se réveilla de nouveau un peu plus tard — bruit de feuilles qu'on remue — il scruta longuement l'obscurité avant de se dire que ça n'était sans doute qu'un animal. Le Baron dormait toujours à la même place.

Allez, debout. Impossible. Il lui semblait qu'il pourrait dormir une éternité.

7

Lee

Elle prépara à déjeuner pour son père, *insalata caprese* en entrée, risotto, baguette de pain achetée chez Keystone à Monessen. Elle n'avait que rarement l'occasion de cuisiner, Simon préférait manger dehors. Pourquoi pas. Mais ça faisait partie des bons côtés de son retour ici. Après le repas ils restèrent boire leur café à la table de la salle à manger, Henry plongé dans son journal, elle dans la contemplation absente de la grande pelouse en pente, du muret qui ceignait la propriété — une construction purement ornementale, luxe impensable aujourd'hui, des briques en quantité suffisante pour construire une seconde maison. Le muret était dans le même état de décrépitude que le reste.

Henry lisait le *Post-Gazette*, le soleil tapait fort contre la vitre. Lee laissa ses pensées vagabonder. Elle annulerait les entretiens de l'après-midi avec les infirmières. Poe, pour des raisons qui n'étaient pas bien difficiles à comprendre, lui aurait-il raconté des histoires ? Hypothèse confortable. Elle était pourtant certaine qu'il n'avait pas menti. Elle n'aurait su dire pourquoi, elle le savait, c'est tout.

Le portrait avait fait la une du *Valley Independent* avec en gros titre STAR DU FOOTBALL ACCUSÉE DE MEURTRE. Elle avait caché le journal avant que son père le voie. Ce qui n'avait servi à rien : la veille, le chef de police était venu pour Isaac. Un homme mince, presque chauve, au physique engageant, visiblement soucieux. Elle l'avait aussitôt pris en sympathie et aurait bien aimé avoir son avis sur cette affaire, mais il ne voulait parler qu'à son père. Elle comprit que c'était par respect, mais bon. Elle avait quand même saisi l'essentiel — Poe était accusé du meurtre du SDF ; Isaac avait sans doute été témoin, mais, à ce stade, il n'était pas inquiété.

Ce matin, son père avait l'air hagard. Il déclinait. De fait, son état avait empiré depuis l'arrivée de Lee. Ça faisait combien de temps ? De samedi à aujourd'hui, jeudi : six jours. Elle avait l'impression d'être là depuis bien plus longtemps. Deux jours que son père ne s'était pas lavé ; ses cheveux blancs étaient emmêlés, tout plats, ses épaules couvertes de pellicules. Un visage de buveur — nez et joues marbrés de veinules dilatées —, lui qui ne touchait quasiment jamais à l'alcool. Yeux humides. Il était en bout de course.

Ils prenaient leurs repas à la salle à manger. Vieux meubles en noyer, vaisselier et crédence d'époque, papier peint taché par les infiltrations autour des fenêtres. Une pièce aux vastes proportions ornée d'un lustre en verre. Elle se demanda soudain si son père avait acheté cette maison à cause de sa mère, pour l'impressionner. Difficile à dire.

La visite du policier n'avait toujours pas été évoquée. Il y avait là, dans leur désir d'éviter le conflit, quelque chose de remarquable. Mais il faudrait bien en parler. Elle se leva pour faire la vaisselle.

« Tu as fini ?

— À défaut de l'être, oui. »

Elle sourit mais ne parvint pas à rire. Elle emporta les assiettes à la cuisine, fit couler l'eau jusqu'à ce qu'elle soit bouillante, enfila les gants de caoutchouc et se mit à frotter. Après quoi elle passa un coup sur la cuisinière et le plan de travail, bien qu'ils ne soient pas sales : elle les avait nettoyés le matin même. Dans l'appartement de New Haven, ils avaient bien sûr une machine à laver et aussi une femme de ménage qui venait une fois par semaine. Au début elle s'y était opposée mais Simon l'avait regardée comme si elle était folle. Les gens normaux avaient des femmes de ménage.

Elle fut prise d'un sentiment de solitude, elle n'était chez elle ni ici ni là-bas, l'eau chaude continuait à lui couler sur les mains. Puis elle se ressaisit : tu ne mérites pas de t'apitoyer sur ton sort. Va lui parler.

Mais elle chercha plutôt une nouvelle tâche ménagère. Elle pourrait balayer la galerie à l'arrière de la maison. Il était une heure de l'après-midi, des biches broutaient sous le vieux pommier. La galerie était très sale, Lee repéra une tache sur le canapé, là où elle avait couché avec Poe. Elle passa le balai. C'était agréable, le décor vert et ensoleillé, les biches, les arbres, les collines au loin, mais c'était tout, cet endroit n'avait rien d'autre à offrir. Elle ne comprenait pas pourquoi sa mère y était venue. Ni pourquoi elle avait épousé Henry English.

Bien sûr, elle aussi faisait des compromis, mais pas comme sa mère. Mariage précoce et avantageux. D'y penser, ça lui faisait comme un coup de poing dans le ventre. Elle n'avait pas non plus particulièrement envie de faire du droit, elle aurait sans doute été plus à sa place aux beaux-arts, ou en littérature comparée, mais elle ne s'était jamais laissée aller à fréquenter ces groupes-là — hors de question vu sa situation familiale. Elle aurait aussi bien aimé partir comme bénévole pour le Peace Corps, histoire de voir où elle aurait atterri, se laisser porter par les vents plutôt que suivre une voie toute tracée. Comme Siddharta — une pierre qui tombe dans l'eau. Dans quelques années, elle aurait un diplôme de droit, une bonne mutuelle — même si les choses tournaient mal avec Simon, elle aurait de quoi aider son père et Isaac. Elle avait tout prévu. Rien n'était jamais parfait, mais elle dormait tranquille.

Dans ce contexte, compte tenu de la manière dont elle-même avait réglé sa vie, comment comprendre ce qui était arrivé à sa mère. Sa mère qui avait un jour décidé que Henry English était encore ce qu'elle pouvait espérer de mieux. C'est dégueulasse de penser ça, se dit-elle, tu es abominable. N'empêche. Cela dit, sa mère s'était retrouvée dans une situation plus délicate qu'elle. Trente et un ans, célibataire, pas de famille dans le pays. C'est là que Henry English s'assoit à côté d'elle dans un rade pourri, un homme stable, honnête, prévisible. Un mari fier d'elle, qui ne la quitterait pour rien au monde, conscient qu'il ne mérite pas tant. Et puis la vallée s'effondre, il perd son travail, adieu stabilité, deux enfants par-dessus le marché. Il passe deux ans au chômage, trois dans l'Indiana d'où il envoie de l'argent, jusqu'à l'accident.

C'est quand tu obtiens une place à l'université que les choses commencent à changer. Ses humeurs s'exacerbent — les hauts sont plus hauts, les bas plus bas. Le dimanche d'après la remise des diplômes au lycée, tout le monde va à l'église et, cet après-midi-là, elle disparaît. Deux mois plus tard tu partais pour New Haven.

Avant son père, elle le savait, sa mère avait été

fiancée à un autre homme, un étudiant en musique à Carnegie Mellon University, mais il avait rompu les fiançailles au dernier moment. Bien avant encore, elle avait quitté le Mexique et sa famille, une famille riche, vers laquelle la fierté l'avait empêchée de retourner ; à sa mort, ça faisait vingt-cinq ans qu'elle ne leur avait pas parlé. Lee pensait parfois à cette famille maternelle, mais son intérêt n'était que théorique. Les rencontrer ne lui aurait rien révélé qu'elle brûlât de savoir. Selon toute probabilité ça ne ferait que la déprimer.

Au final, impossible de savoir. Pour épouser Henry English, sa mère avait dû éprouver un sentiment de désespoir, de solitude, d'impuissance face à l'inéluctabilité du temps qui passe. Une femme magnifique, titulaire d'un master de composition musicale. Mais elle avait trente et un ans, elle vivait dans un pays qui n'était pas le sien, n'avait à proprement parler aucune famille, aucun soutien extérieur, et voilà qu'elle rencontre un homme qui ne l'abandonnerait jamais, un homme avec un bon travail, un homme qui ne demandait qu'à s'occuper d'elle. Sachant bien que sa situation risquait d'être plus pénible si elle épousait un homme riche. À moins que Mary English, née Maria Salinas, n'ait eu les mêmes conceptions que les amis marxistes de Lee à Yale — solidarité, noblesse des ouvriers, révolution imminente. Elle avait peut-être voulu épouser un homme du peuple, ultime façon de rejeter sa famille. Il y avait d'autres gens comme ça dans la vallée, M. Painter, le prof d'histoire à Buell High School, celui qui avait écrit les lettres de recommandation de Lee ; il lui avait raconté qu'il était venu dans la vallée propager le socialisme dans les usines, il avait travaillé comme ouvrier sidérurgiste pendant dix ans, avant de perdre son emploi et de devenir enseignant. *On était nombreux,* lui avait-il dit, *les rouges qui travaillaient au coude à coude avec les gars d'ici.* Mais il n'y avait jamais eu de révolution, ni même rien d'approchant, cent cinquante mille personnes avaient perdu leur emploi, parties sans broncher. De toute évidence il y avait des responsables, des hommes de chair et d'os qui avaient pris la décision de mettre la moitié de la vallée au chômage, ils avaient des maisons secondaires à Aspen, envoyaient leurs enfants à Yale, leurs portefeuilles d'actions avaient grimpé quand les usines avaient fermé. Mais, à part l'anecdote fameuse de quelques pasteurs s'introduisant dans une église huppée pour jeter de l'huile de moufette sur le riche officiant, personne n'avait eu le moindre geste protestataire. Il y avait là, dans cette propension à se considérer comme responsable de sa malchance, quelque chose de typiquement américain : une résistance à admettre que l'existence puisse être affectée par des forces sociales, une tendance à ramener les problèmes globaux aux comportements individuels. Négatif peu ragoûtant du rêve américain. En France, se dit-elle, les gens auraient paralysé le pays. Ils auraient empêché les usines de fermer. Mais bien sûr il était hors de question de tenir ce genre de discours en public et encore moins devant son père.

La galerie était balayée. Ça ne servait à rien de reculer encore. Lee rentra dans la maison, traversa la cuisine et rejoignit son père, qui n'avait pas quitté la salle à manger.

« Papa ?

— Présent. » Il leva les yeux à contrecœur. Il savait ce qu'elle voulait.

« Qu'est-ce que t'a dit le chef de police ?

— Billy, le copain d'Isaac. Il est en prison pour meurtre. »

Il retourna à sa lecture ; Lee voyait bien qu'il était mal à l'aise. Elle se demanda ce qu'il savait. Il faisait soudain très chaud dans la pièce.

« Je crois pas que ce soit lui, le coupable.

— Possible, mais ça sert à rien de te casser la tête. Ce sera au tribunal de décider.

— Peut-être que ce que j'essaie de dire, c'est que je suis à peu près sûre que c'est pas lui.

— Peut-être que t'es pas objective. »

Il y eut un silence ; elle se sentit rougir. Elle n'avait pas plus envie que son père de poursuivre la conversation, mais elle se força à rajouter : « D'après Billy, c'est Isaac qui a tué ce type.

— Lee, enchaîna-t-il aussitôt, Billy Poe a failli tuer quelqu'un l'an dernier, il a frappé le gars à la tête avec une batte de base-ball et, s'il a échappé à la prison cette fois-là, c'est uniquement parce que Bud Harris, le policier qui est venu hier, est un ami proche de sa mère. *Proche,* si tu vois ce que je veux dire. Ce qui va arranger les affaires de personne, maintenant que Billy a remis ça.

— Tout ça, je le sais », dit-elle. Sauf que ce n'était pas vrai — l'histoire ne lui avait pas été racontée exactement en ces termes.

«œPardon si j'ai haussé le ton. Ce que m'a dit Bud Harris, c'est qu'il pense qu'Isaac était présent, mais qu'il vaut mieux qu'il reste en dehors de l'affaire. Autant éviter qu'il y soit mêlé, sauf si on peut pas faire autrement. Et ça me semble une bonne idée.

— En cas de procès, il y sera forcément mêlé.

— Je sais. J'ai passé toute la nuit à me demander si je connaissais un avocat par ici.

— Et ça te fait rien qu'Isaac ait assisté à ça ?

— Je me sens coupable, si c'est là que tu veux en venir.

— C'est pas ce que je voulais dire. » Encore que. Peut-être que c'était précisément ce qu'elle voulait dire. Elle se rapprocha de lui, il lui prit la main.

« J'en ai déjà parlé à Simon. Il dit que je peux utiliser le carnet de chèques commun.

— On va se débrouiller tout seuls, dit-il, en lui pressant la main. Mais tu as bien fait. C'était une bonne idée. »

Elle fut frappée de l'absurdité de ce qui se passait : ils venaient de s'avouer qu'ils s'étaient caché quelque chose — lui que, selon le chef de police, Isaac avait été témoin d'un meurtre, elle que, d'après Poe, Isaac était responsable dudit meurtre —, mais ils allaient continuer comme si de rien n'était.

« Qu'est-ce qu'on peut faire ? »

Il haussa les épaules. « On dirait bien que t'as déjà fait ce qu'il fallait. En tout cas je crois qu'il vaut mieux pas faire confiance à Billy Poe. » Il leva brièvement les yeux de son journal. « Et puis tu es mariée, maintenant. »

Elle se sentit rougir encore plus et elle regarda autour d'elle, elle savait que si elle ouvrait la bouche elle se mettrait à pleurer. Henry secoua le journal, se racla la gorge et fit semblant de s'intéresser à quelque chose.

« Ton amie Hillary Clinton est encore à faire des grandes déclarations. »

Elle hocha la tête. Qu'il change donc de sujet. Elle regarda par la fenêtre et sentit de nouveau la main de son père autour de la sienne.

« Tu es une bonne fille, dit-il.

— Pas sûr.

— Je te le dis sincèrement. Tu es une bonne fille et je suis très fier de toi. »

Elle hocha la tête, se racla à son tour la gorge et lui sourit. Il répondit par un sourire bienveillant.

« Je crois que j'ai besoin de prendre l'air.

— Vas-y. »

Dehors, elle s'assit contre le mur qui ceignait la pelouse, le pré, peu importe le nom, et son regard glissa vers le vallon, puis sur les bois et les collines vides, jusqu'à la longue crête, là-bas dans le lointain. Son père était au courant pour elle et Poe, pas bien surprenant. Il lui pardonnait — ça, c'était une surprise, oui, une surprise. Peut-être que c'était ce genre de choses qui avait décidé sa mère.

Elle se demanda ce qu'il pensait vraiment de Simon, de la nouvelle vie qu'elle menait, du fait qu'elle n'était jamais revenue jusqu'ici. Il n'était pas l'homme un peu simple qu'il jouait à être quand ça l'arrangeait. Il voulait à tout prix éviter de rentrer en conflit avec elle. Seulement, il se trompait, pour Poe. Elle y pensa un moment. Elle pensa aussi à l'accident de Simon, ça commençait à l'obséder — et s'il n'avait pas été prisonnier de la voiture ? S'il avait pu marcher, s'il avait laissé la fille coincée là ?

C'était le problème, chez Simon et sa bande, apparemment si affables, toujours juste le mot qu'il fallait : en dessous, c'était autre chose, ils n'étaient pas du genre à se sacrifier — on leur avait appris qu'ils avaient bien trop à perdre. Suffit, les jugements, se dit-elle. Mais quand même, prends John Bolton, arrêté à Manhattan avec toute cette cocaïne — aucune poursuite judiciaire —, ensuite on apprend qu'il y avait quelqu'un d'autre avec lui, seulement personne n'est assez bête pour demander ce qui lui est arrivé, à celui-là. Et à côté de ça, il y a Poe qui va en prison pour quelque chose qu'il n'a pas fait. Pour ton frère.

Elle se demanda où était Isaac à cette heure. Poe avait évoqué la Californie. C'était absurde. Elle pourrait faire appel à un détective privé, par exemple, il aurait bien laissé des traces, billet d'avion, billet de car, quelque chose — quatre mille dollars, c'était la somme qu'il avait prise, d'après son père — largement de quoi payer le voyage, avec encore un joli capital d'amorçage pour la suite —, Isaac pouvait très bien vivre de pâtes au fromage râpé. Comment en était-il arrivé à ce degré de désespoir ? C'était simple à comprendre. Pas compliquée du tout. Mais elle avait choisi de ne pas comprendre. Toujours su que la vie de son frère ne serait pas facile, il ne savait pas comment établir des rapports avec les gens. Incapable de faire la conversation, il croit qu'il doit toujours dire exactement ce qu'il pense, s'attend à ce que les autres fassent pareil. Ce qu'il disait ne passait jamais par le filtre du *qu'est-ce qu'ils vont penser de moi ?* Elle en ressentait pour lui une immense admiration et une grande tristesse. La communication humaine réduite à sa portion congrue, lui semblait-il.

Peut-être que tous ceux qui avaient le cerveau de son frère étaient pareils. Elle savait que sa contribution à lui serait bien plus grande que la sienne — il ne s'intéressait qu'à ce qui le dépassait. Les idées, les vérités, les raisons premières des choses. Comme si lui-même, sa propre existence n'était qu'accessoire. À Yale, il avait été instantanément accepté par tous les amis de Lee — là-bas il représentait un type de personnalité bien connu. Mais pas ici.

Et voilà qu'il avait tué un homme. Elle pressa ses

doigts contre son front. Elle savait qu'il l'avait fait. Il était revenu sauver son ami, il n'avait pas hésité. Personne n'était moins que lui taillé pour ce genre de besogne, mais ça ne l'avait pas arrêté, il avait fait la seule chose qu'il pouvait faire, et si ces hommes avaient été assez forts pour l'emporter sur Poe, Isaac avait pris un risque énorme, il avait dû avoir peur. Mais bien sûr, il y était allé quand même. C'était la chose à faire, il l'avait faite.

Et toi ? Elle se sentit faible, s'abandonna plus encore dans l'herbe haute, le soleil et le vent allaient la pulvériser, la dissoudre, elle s'enfoncerait dans la terre. Je ne suis pas censée me sentir coupable, se dit-elle. Je suis censée être fière de moi. Mais rien que d'y penser ravivait un sentiment d'infinie solitude, le vieux soupçon familier de n'être chez elle nulle part, d'être appelée à survivre à tous les siens. Elle serait seule, comme sa mère. Sa mère qui avait tenté de se réinventer, et qui en était morte. Lee essaya à nouveau de déterminer les chances qu'elle-même avait d'être innocente. L'accident de papa, la mort de maman et maintenant ça, aucune logique. Un seul fait inébranlable : tu es la seule qui tienne encore debout.

Il fallait qu'elle le retrouve. Elle ne pouvait plus attendre. Appelle un avocat, un détective privé, ça ne se fera pas tout seul. Elle se leva et brossa l'herbe qui collait à ses vêtements ; son regard parcourut les arbres et les prés ondoyants, le vallon où Isaac et elle avaient joué, couchés sur le dos sur les rochers tièdes, à observer le ruban de ciel au-dessus d'eux, Isaac à l'affût des oiseaux — il adorait les oiseaux, les faucons, il adorait connaître le nom des choses ; elle, elle se contentait de regarder. Dans ses souvenirs d'enfance heureux, il n'y avait presque toujours qu'Isaac et elle. Le reste du temps elle n'avait eu qu'une hâte, vieillir.

Avocat et détective privé. Il faudrait qu'elle dise tout à Simon, ses parents aussi, il faudrait les mettre au courant. Facile de plaider la cause d'Isaac — elle n'aurait qu'à leur donner ses notes aux SAT : ça, ils comprendraient. Mais elle ne voulait pas avoir à en passer par là. Ils décideraient d'aider Isaac parce que c'était son frère. Ils accepteraient, ou pas, et alors elle serait fixée. D'accord, pensa-t-elle, autant savoir. Tu ne manques pas de cartes de crédit, avec ou sans eux tu trouveras un moyen. Commence par appeler Simon et demande-lui de trouver un avocat. Il sera content d'avoir une mission.

8

Harris

Une fois sa journée de travail terminée il avait fait un peu de rangement, pris une douche rapide et rappelé son chien. Poilu arriva en traînant la patte, sachant très bien ce que tout ça voulait dire. Il s'approcha de son maître et se frotta contre sa jambe.

« Désolé, mon gars. Je suis de sortie. »

Il envisagea de laisser Poilu dehors, qu'il puisse courir, mais les coyotes étaient de plus en plus gros, leur taille avait pratiquement doublé en vingt ans ; ils étaient aussi de plus en plus nombreux. Pas mal de ses voisins leur tiraient dessus au jugé. Harris avait un Remington de calibre .22-250 avec une portée de quatre cents mètres, mais jamais il ne viserait un coyote. C'était un animal noble, voilà pourquoi. Avec une volonté — qui obligeait les autres animaux à le prendre en compte. Pareil pour le lion des montagnes et le loup. Il fallait une bonne raison pour les tuer, ces bêtes-là.

« À toi de choisir, carnivore en manque. Tu restes dedans ou tu te défends comme un grand. »

Mais bien sûr, il n'allait pas vraiment laisser le choix à son chien. C'était peut-être une contradiction. Tant pis. Il poussa gentiment Poilu à l'intérieur jusqu'à pouvoir fermer la porte.

Dix minutes plus tard il était sur une route bitumée,

en direction de chez Grace, pas tout à fait sûr de ses raisons. En s'habillant, il avait donné un coup d'œil au miroir et pensé *la prochaine fois que tu te déshabilleras, ce sera avec elle*, mais voilà qu'en passe de la retrouver, il ne savait plus trop. Quelle coïncidence, elle t'appelle pile quand son fils se fait pincer. Il secoua la tête. Sans importance. Même s'il supposait toujours le pire, les gens qu'il aimait étaient pardonnés d'avance. Grace était pardonnée. Mais son fils, qui accumulait les conneries depuis qu'il avait l'âge d'en faire... Harris s'était mis en quatre pour lui. Il avait convaincu Glen Patacki et Cecil Small de changer le chef d'accusation. Convaincu Cecil Small de demander une peine dérisoire. Et Billy Poe n'avait rien trouvé de mieux que de tuer quelqu'un.

C'était déjà de la protection ; Grace aurait voulu qu'il fasse des miracles, mais il était trop tard, la machine était en route et Billy pris dans l'engrenage. Il sentit la colère monter en lui ; il était tenté de donner un grand coup de frein et de faire demi-tour. Il s'était construit une bonne petite vie, un équilibre qu'il avait eu bien du mal à trouver, et cet équilibre était menacé. Il se força à continuer tout droit et sa colère se dissipa bientôt. Ce que tu ressens se dissipe presque toujours en moins de deux. Qu'est-ce que ça peut bien foutre, dit-il au volant. Je m'emmerde.

Il y avait aussi la question de Virgil. Il sentit la colère revenir, un mélange de colère et de peine, mais dénué de honte, c'était comme ça, voilà tout. Virgil Poe était incapable de garder un boulot, bête et méchant comme on n'en fait plus, un menteur-né. Et pourtant Grace lui avait couru après pendant près de vingt ans. Deux fois Harris avait aidé le garde-chasse à arrêter le père de Virgil, c'était de famille. Et l'incident des rouleaux de cuivre. Tout le monde voyait clair dans son jeu. Sauf Grace. Et c'est le fils de ce type que tu as protégé. Oui, se dit-il, il t'a bien eu. Pourquoi tu l'as pas arrêté ? Une fois, il avait lancé le moteur de recherche, Virgil avait deux mandats d'arrêt contre lui, il aurait suffi d'un coup de téléphone. Mais Bud Harris n'était pas comme ça.

Il traversa la ville, passa devant l'ancien commissariat, puis devant le nouveau ; il avait assisté à la débâcle, la fermeture des usines, et à la grande migration qui avait suivi. Migration vers nulle part — des milliers de gens partis pour le Texas, des dizaines de milliers sans doute, dans l'espoir d'être engagés sur les plate-formes pétrolières, mais il n'y avait pas tant de travail que ça. Et alors ça avait été pire : ces gens s'étaient retrouvés fauchés, sans boulot, dans un coin où ils ne connaissaient personne. Les autres avaient tout simplement disparu. Sans faire de bruit. Il avait vu des gars passer de trente dollars de l'heure à quatre dollars quinze — et ce grand ouvrier sidérurgiste réduit à emballer les achats à l'épicerie, imperturbable. C'était facile pour personne. Lui-même était venu dans la région pour se la couler douce, être un gentil flic de province plutôt que faire dans l'artillerie lourde à Philadelphie, mais le boulot avait vite changé à la fermeture des usines — et l'artillerie lourde, il avait bien fallu la sortir. C'était pas dans sa nature, mais il avait appris, jusqu'à en faire une science, appris à observer le visage du gars qu'on défonce. Ça avait été une erreur d'épargner Virgil. Il l'avait fait par fierté.

Avec Grace, la situation semblait différente cette fois-ci, sans qu'il sache pourquoi ; visiblement son péquenaud de mari était parti pour de bon. Le moment de sortir la roue de secours. Et la roue de secours, c'est toi. Il ne savait vraiment pas trop quoi penser. Certaines personnes étaient destinées à mourir seules, il en faisait peut-être partie. Tu t'emballes, là, mon gars, se dit-il.

Il prit la route de terre qui menait au mobil-home. Encore temps de faire demi-tour — ce serait une belle nuit froide, sa boîte à cigares était pleine, il avait une bonne bouteille de scotch en réserve, le chien serait content de le voir. Les transats étaient sortis, il pouvait passer la nuit dehors ; pour Noël, une folie, il avait remplacé son vieux sac de couchage par un modèle de luxe fabriqué dans le Colorado, tout l'hiver il avait passé des heures entières à regarder les montagnes de nuit, par n'importe quelle température, même après des orages de grêle, aucun mouvement à des kilomètres, silence total, rien que les craquements de la glace, la chaleur du sac. Sensation d'être seul au monde. Un jour il achèterait un télescope. Noël prochain, peut-être.

Devant lui un talus marquait la fin de la route, il se gara à côté du mobil-home. Grace était déjà sur la galerie, à l'attendre ; il lui tendit la bouteille de vin qu'il avait apportée et déposa un léger baiser sur ses lèvres. Elle s'était maquillée, un peu parfumée aussi.

Il la suivit à l'intérieur et c'était comme s'il se regardait lui-même d'en dessus, les différentes parties de lui se désolidarisant pour lutter les unes contre les autres ; il décida d'observer, voir qui gagnerait — Monsieur Pas-de-roulis ou le vieux flic en rut. Il faisait chaud, il y avait une odeur de poisson en train de mijoter, d'ail qu'on avait fait revenir, une odeur de pain. Il aurait pu dire que ça sentait bon, au lieu de lâcher :

« Je sais rien de plus pour Billy. » Quelle mouche

l'avait piqué ? Une façon de se protéger. Monsieur Pas-de-roulis.

Elle fronça les sourcils. « Je croyais qu'on n'était pas obligés d'en parler.

— Tu dois y penser, non ?

— Oui, mais... » Elle lui sourit, sans rancune. « Du vin ? »

Dans la cuisine il la regarda s'activer, prit un morceau de pain italien qu'elle avait fait chauffer et le tartina de beurre. L'extérieur était croustillant, l'intérieur moelleux. Il le mâchonna tranquillement, heureux, de plus en plus détendu. Jusqu'à ce que Monsieur Pas-de-roulis remette ça :

« Je suis passé voir Isaac English hier soir, juste au cas où le proc découvrirait qu'il était avec Billy. Mais le petit est parti. »

Elle le regarda, inclinant légèrement la tête de côté. Elle ne savait pas trop quoi dire, elle avait l'air de ne pas vouloir en parler.

« Il a mis les voiles dimanche matin et sa famille est sans nouvelles depuis.

— Bud, dit-elle, s'il te plaît.

— D'accord. Excuse-moi.

— Reprends donc un peu de pain. »

Il se resservit, pris d'un sentiment de culpabilité — jouer ce petit jeu avec elle — un jeu pour toi, mais pas pour elle. Une autre partie de lui objecta que c'était elle qui jouait, mais il n'écouta pas. Il fixa les fesses de Grace quand elle se retourna pour chercher l'ouvre-bouteilles, de belles fesses, elle avait pris du poids mais ça lui allait bien ; ses taches de rousseur, sa peau délicate, ses cheveux gris-blond, il décida qu'elle ne faisait pas son âge.

« Je trouve pas le tire-bouchon, dit-elle. Tu veux un bourbon ? »

Il hocha la tête et s'assit à la petite table ; elle leur versa deux doigts à chacun. Perdu. Torpillé, Monsieur Pas-de-roulis.

« Allons-y mollo », dit-il.

Elle descendit son verre cul sec. « Tu sais plus boire, Bud Harris ?

— Elle fait l'impertinente tant qu'elle est encore sobre.

— Ouais. » Mais voilà qu'elle avait le regard absent, les yeux rivés sur le verre vide, il avait tout gâché. Six minutes. Égalité, pensa-t-il.

« C'est qui ? demanda-t-elle.

— Qui ça ?

— Le témoin qui l'a fait arrêter. »

Ça n'arrangerait rien de lui dire, il envisagea prétendre qu'il ne savait pas. Il pouvait peut-être encore sauver la soirée. Et puis il se dit non, mieux vaut maintenant que plus tard. Rentre chez toi, fais un bon feu, câline ton chien.

« Un mécanicien au chômage. Un pas grand-chose, en fait. Plusieurs séjours en taule. Il a donné deux adresses à Brownsville. »

Elle enfouit sa tête dans ses mains. « Bon sang, Bud. Je sais pas pourquoi mais ça me fait quelque chose.

— Je suis désolé.

— Ressers-moi. Et tu peux y aller. »

Il éloigna la bouteille, de lui comme d'elle.

« Ils lui ont quasiment tranché la gorge, Bud. Ils allaient le tuer, il s'est juste défendu.

— Il refuse de parler, Grace, c'est ça, le problème.

— Alors c'est Isaac English le coupable. Y a que ça qui puisse expliquer que Billy dise rien.

— Billy a jamais cherché à éviter la moindre bagarre. Le petit English doit peser cinquante kilos et le gars qui est mort faisait quasi deux mètres.

— C'est ce que tout le monde pense, hein ?

— Les gens sont inquiets de ce que cette ville est en train de devenir. Ils ont peur de se retrouver avec la même violence qu'à Donora ou Republic. » Il s'interrompit. « Jusqu'à ce qu'il parle à un avocat, on peut que spéculer, de toute façon. Il sera bien temps de s'inquiéter de tout ça à partir de là. »

Il y eut un silence. Il entendait le minuteur du four, se demanda si le poisson était en train de brûler, s'il aurait seulement l'occasion de le goûter. Grace fixait la table en formica comme s'il n'était pas là.

« Ça sert à rien d'y penser parce qu'il est déjà fichu, en gros. Même pas la peine de s'inquiéter, hein ? C'est bien ça, que tu dis.

— Non, dit-il. Absolument pas. »

Il la regarda se mettre à pleurer, il lui toucha le bras, mais elle ne réagit pas ; assise là, elle pleurait. Harris resta longtemps à la regarder, assis en face d'elle, il ne savait pas quoi faire de ses mains, il sentait comme une menace, puis ses oreilles se mirent à siffler et son corps à trembler. Une partie de lui essayait de l'obliger à se lever et à partir. Au lieu de quoi il prit le visage de Grace dans ses deux mains.

« Pardon, dit-elle. C'est plus fort que moi.

— Rien n'est encore joué.

— Je m'en relèverai pas.

— Faut pas que tu penses à tout ça, il a même pas encore vu d'avocat.

— Arrête.

— Je dis pas ça juste pour te remonter le moral.

— Et c'est trop tard pour nous aussi, je le vois bien. »

Il l'embrassa, elle se recula.

« Le fais pas parce que t'as pitié.

— Promis. »

Elle se laissa faire, cette fois.

« Patiente encore un jour ou deux. L'avocat va changer la donne.

— D'accord. »

Elle lui prit les mains puis vint s'asseoir sur ses genoux, l'entoura de ses bras et l'embrassa dans le cou. Il ne bougea pas, se concentra sur les sensations. Elle l'embrassa de nouveau. Il lui caressa les cheveux. Il sentit le cœur de Grace battre plus vite, à moins que ce ne soit son cœur à lui ; il avait dans la gorge un picotement qui le gagna tout entier.

« Je ferais bien d'aller me repoudrer le nez », dit-elle.

Elle passa dans la salle de bains, il n'esquissa pas même de départ. Elle revint se rasseoir sur ses genoux, s'agrippa à la boucle de son ceinturon comme le ferait une petite fille avec son père et se serra contre sa poitrine. Il lui embrassa le sommet du crâne, ils restèrent comme ça un moment. Quand elle releva la tête, il y avait du désir dans ses yeux.

« Je suis désolée, dit-elle. Je m'étais pourtant bien promis de pas y penser quand tu serais là. »

Elle sourit et se tortilla à dessein.

« Putain, une vraie ado. Envie de baiser et puis de pleurer et puis encore de baiser.

— Tu devrais d'abord m'offrir un bon dîner. Que j'aie moins l'impression de faire la pute. » Il ajouta. « C'était une blague.

— Ha ha.

— Ha. »

Il se leva, fit glisser son pistolet et son étui de leur position habituelle dans le creux des reins et posa le tout sur le réfrigérateur.

« Une raison particulière d'avoir amené tout ça ?

— Mettons que je vis seul.

— Avant tu le laissais dans la voiture. »

Il haussa les épaules. « Les temps changent. Qu'est-ce qu'on mange ?

— De la truite.

— Elle vient de la rivière ?

— Je sais que je vis dans un mobil-home, mais quand même...

— Ça m'aurait étonné.

— Assieds-toi.

— Je vais m'occuper du vin. » Il ne lui fallut qu'une minute pour venir à bout du bouchon avec un couteau et une pince. Il décida d'ouvrir aussi l'autre bouteille, tant qu'à faire.

Ils passèrent à table. Le poisson était tendre, la peau croustillante de sel ; Grace avait fait une sauce crémeuse et sucrée pour aller avec, une recette française. Il nettoya ce qui en restait avec du pain et ils liquidèrent la truite. Harris envisagea même d'attaquer les joues, comme Ho lui avait montré, mais s'abstint finalement.

« C'est le meilleur poisson que j'aie jamais mangé.

— Merci la télé et sa chaîne gourmande. Food Network : cadeau de Dieu aux hommes, par ricochet. »

Quand ils eurent totalement saucé leurs assiettes et vidé la deuxième bouteille, elle dit : « Est-ce que je peux te poser une dernière question ? »

Il hocha la tête.

« C'est qui, cette avocate dont tu parlais ?

— Elle est vraiment bien, je devrais obtenir que ce

340

soit elle plutôt qu'un des autres demeurés qui prenne l'affaire. Elle fera carrière quelque part, cette fille, mais pour le moment elle est là, service de la communauté, etc. Avec un peu de chance, les autres vont se sentir obligés de bosser un minimum.

— C'est une femme. »

Il fit oui de la tête.

« Ça me plaît bien, ça.

— Je m'en doutais. »

Ils se regardèrent longuement.

« Pardon d'avoir remis ça sur le tapis.

— T'es sa mère. On en parlera aussi longtemps que tu voudras.

— Encore du vin ? Il reste une bouteille.

— Ça serait pas raisonnable. » Mais il l'ouvrit quand même.

Assis sur le bord du lit, ils s'embrassaient, se caressaient, il avait l'impression que son corps était tout léger, mais entre ses jambes, il sentit le poids familier. Pas de problème, donc. Non que ça le surprenne. Un petit peu quand même. De temps en temps, avec les médicaments, on ne savait pas. Il se dit qu'il allait jeter toutes ces merdes de toute façon. Il sourit.

« Heureux ? »

Il fit oui de la tête.

« Moi aussi. »

Elle s'agenouilla devant lui, il lui caressa les cheveux et se dit : eh ben mon vieux, pas si mal, ta vie. Puis il roula sur elle, accéléra, ils connaissaient encore les rythmes de l'autre. Les sons qu'elle faisait — ceux qu'on entend dans sa tête et qu'on pourrait garder pour soi, mais elle, elle partage, pour que tu saches que tu lui fais du bien.

Une heure plus tard ils étaient couchés sur les couvertures, elle lui caressait le dos. Elle se leva pour remplir leurs verres, puis ils s'adossèrent à la tête de lit, côte à côte. Il regarda son propre corps : il était plus maigre qu'avant, les cheveux gris à présent, mais son torse et son estomac étaient encore musclés. Quelques années plus tôt il avait commencé à prendre du ventre, mais il s'en était vite débarrassé. Sans trop savoir pourquoi alors. Maintenant il savait.

« T'as été avec d'autres femmes ? demanda-t-elle.

— Oui », dit-il. C'était faux.

Quand il se réveilla au milieu de la nuit, elle le regardait. Elle caressa le duvet de cheveux qui lui ceignait le crâne.

« Chhhhhh », dit-elle.

Il ouvrit complètement les yeux.

« J'aime bien te regarder.

— Moi aussi j'aime te regarder. »

Elle tira sur les draps pour se découvrir. Elle avait des épaules magnifiques, la ligne pure de ses os autour du cou, juste ce qu'il fallait de douceur. C'était une très belle femme, il osait à peine la toucher. Il se sentait comblé, heureux au point de s'étonner que sa peau suffise à contenir sa joie, il lui semblait n'avoir jamais ressenti ça de toute sa vie. Sans doute que si, se dit-il, seulement, c'est une sensation qui ne se conserve pas, on ne l'éprouve que sur le moment.

Il n'aurait su dire depuis combien de temps il la regardait comme ça, l'effleurant légèrement de ses doigts. Il sentit qu'elle se réchauffait. Elle écarta les cuisses. Il y glissa sa main, elle écarta les cuisses un peu plus et le regarda.

« Je me disais que tout à l'heure c'était peut-être l'alcool. »

Elle fit non de la tête. Puis elle sourit : « Tu veux dire que tu m'as fait boire exprès ?

— En gros.

— La prochaine fois je ferai la fille encore plus facile. »

Ils s'enlacèrent, couchés sur le côté. Elle l'enserrait d'une de ses jambes. Ils bougeaient lentement, yeux dans les yeux. C'était vrai ce qu'on disait de l'amour physique, que c'était de mieux en mieux avec le temps, l'expérience dans sa totalité, malgré ce corps soi-disant épuisé. Dire qu'il avait failli refuser. Il se sentait léger, comme s'il ne reposait même pas sur le lit, ils auraient pu être n'importe où ; cette sensation qu'il avait d'ordinaire que les choses passaient si vite, s'étiolaient, comment avait-il jamais pu l'éprouver ? Ce que je vis maintenant, le fait de la toucher, ça je le sens. Et puis ses pensées prirent encore un autre cours et sombrèrent dans l'absurde.

9

Isaac

Dans son rêve il était derrière la maison avec sa mère et sa sœur, à regarder les collines au lointain. Ils attendaient Henry, qui devait rentrer de l'Indiana pour Pâques. Quelque chose clochait dans le rêve : sa sœur et lui étaient trop vieux — en âge d'être au lycée. Or à cette époque, leur père avait déjà eu son accident. Sa mère et sa sœur, sur le rocking-chair de la galerie, balancent leurs pieds dans le vide et rient de quelque chose. Isaac est dans le jardin, en train de creuser un trou. *Fais donc attention aux roses, Isaac*, dit sa mère. Mais sa sœur prend sa défense. Les voilà ensuite dans la cuisine, sa mère remet le dîner au frigo parce que leur père n'est toujours pas là ; Isaac a faim et tout le monde est déçu, mais Lee n'arrête pas de lui chatouiller le cou. Et puis elle le taquine en tirant sur ses vêtements, notamment sur son tee-shirt jusque-là bien rentré dans son pantalon. *Très drôle*, dit-il.

Quelque chose clochait. Réveille-toi. Où suis-je ? Dans la clairière. C'est le matin. Qu'est-ce qu'il fout ? Le Baron, agenouillé près de lui, retirait sa main de la poche de pantalon d'Isaac, tout doucement. Dans sa main, l'enveloppe avec l'argent.

Isaac tenait son couteau, il avait dormi comme ça toute la nuit ; ses doigts se resserrèrent sur le manche,

344

il était prêt à s'en servir. Non, se dit-il, hors de question. Il lâcha le couteau et agrippa le manteau du Baron des deux mains. Il voulut le renverser, mais le Baron n'eut pas de mal à se dégager et s'enfuit en courant.

Isaac se retrouva debout sans même avoir eu l'impression de se lever et voilà qu'il courait lui aussi. Il n'en revenait pas de la vitesse du Baron, apercevait l'enveloppe blanche par intermittence ; lui-même courait aussi vite qu'il pouvait, les arbres en étaient flous. Il passa le couteau de sa main gauche à sa main droite. Faut que tu le rattrapes, se dit-il. Ils sortirent du petit bois et passèrent devant le lotissement de mobilhomes ; à découvert à présent, ils traversèrent un parking pour déboucher sur une route à quatre voies avec de la circulation dans les deux sens.

Le Baron prit un virage à quatre-vingt-dix degrés et continua sa course sur le trottoir, remontant une file de voitures arrêtées à un feu rouge sous le regard des conducteurs médusés. Isaac ne tarda pas à gagner du terrain. Et si je le rattrape ? *Sers-toi du couteau.* Il est plus fort que toi, faudra bien que tu t'en serves. Je peux pas, se dit-il. Eh ben rattrape-le quand même. Il sera fatigué, t'auras peut-être une chance. Seuls quelques pas les séparaient à présent. Ils étaient totalement à vue, Isaac avait l'impression que tout le monde les regardait, ils avaient déjà dépassé plusieurs dizaines de véhicules. Des taches dansaient devant ses yeux et ses poumons le brûlaient, mais ça n'avait pas d'importance. Il n'avait jamais couru si vite. Il pourrait courir toujours. À droite, la chaussée, à gauche, un haut grillage. Quand tu lui tomberas dessus, lâche le couteau. Sinon tu vas te couper. Ils croisèrent une voiture blanche qui arrivait d'en face et, du coin de l'œil, Isaac vit se déclencher un gyrophare bleu tandis que la voiture faisait demi-tour ; il était tout près du Baron. Sirène. Gyrophare à nouveau. Non, se dit-il, il voyait l'enveloppe aller et venir dans la main du Baron, il est presque à ta portée, puis la voiture de flic traversa en zigzag trois voies de circulation et s'arrêta sur le trottoir, une dizaine de mètres devant eux, un flic en émergea aussitôt, masqué par la porte, mais Isaac n'avait pas besoin de voir pour savoir : le flic était en train de dégainer.

Stop stop stop, entendit-il, c'est le couteau, débarrasse-toi du couteau ; il avait la haute clôture à sa gauche, avant même d'avoir le temps de réfléchir il avait grimpé et, ventre contre l'arête, passait pardessus en déchirant son blouson pour atterrir à quatre pattes de l'autre côté. *Reste à terre reste à terre*, criait le flic, le couteau avait volé quelque part. Tout se passait maintenant au ralenti, il voulait se relever mais le flic avait son flingue braqué sur lui, est-ce qu'il voit que tu as lâché le couteau ? Debout. Debout debout debout. Et s'il me tire dessus ? Mais non, debout. Concentre-toi sur tes jambes. Il courait de nouveau. Ne tirez pas — s'il tire tu vas le sentir avant de l'entendre, t'auras même jamais rien senti de pareil. Il jeta un coup d'œil en arrière et, l'espace d'un instant, vit le flic, un Noir d'un certain âge, parler dans sa radio ; le Baron avait dû s'arrêter de courir parce que le flic pointait maintenant son flingue dans une autre direction et non plus sur Isaac.

Des pans entiers de son champ de vision étaient flous, mais il s'obstinait à courir ; il traversa un parking entre deux petits immeubles de bureau et plongea dans une rangée de buissons, retour vers la clairière et son sac.

10

Poe

Le lendemain matin, il attendit plusieurs heures dans sa cellule qu'on vienne l'escorter en promenade. Son colocataire n'était toujours pas arrivé. Un gardien vint lui dire qu'il verrait son avocat le lendemain, mais Poe ne voulait pas penser à son avocat. Enfin Clovis fit tinter les barres.

« Dwayne est occupé ? » demanda Poe.

Clovis ne répondit pas. Poe le suivit, le long de la coursive, dans l'escalier, à travers le bloc, des particules de poussière flottaient dans un rayon de lumière — ferme les yeux, ça pourrait être un vestiaire lambda, l'odeur de chaussettes sales, de WC, de ciment moisi, les gars qui parlent trop fort pour dire des conneries. Ils prirent le couloir central, passèrent les détecteurs de métaux et se retrouvèrent dans la cour. Grand air, soleil et sable, ciel bleu. Presque la plage en été. Imagine que dans les tours c'est des maîtres-nageurs.

Clovis n'avait toujours pas dit un mot et tout le monde réagit à l'arrivée de Poe au banc de musculation, certains en lui souriant d'une façon qui ne lui plaisait pas tellement, d'autres en se détournant pour ne pas avoir à lui adresser la parole. Il devint nerveux, mais se trouva une place près du grillage et fit comme s'il n'avait rien remarqué. Black Larry s'approcha de lui.

« Poe, mon jeune ami, dit-il. On a discuté de ton avenir. »

Poe hocha la tête.

« Je vais aller droit au but. L'avis général, c'est qu'on devrait se faire une réunion paperasserie, qu'on puisse jeter un œil sur ton procès-verbal, histoire de satisfaire notre curiosité. Si tu veux bien.

— Comme vous voulez. Je m'en branle. » Poe haussa les épaules.

« Je ferais pas trop le malin si j'étais toi, dit Clovis. La moitié des gars ici veulent ta peau.

— Ah ouais ? En tout cas y en a un qui l'aura pas, du moins tant qu'y sera à l'infirmerie.

— Little Man, c'est pas n'importe qui. Je te garantis que si tu nous quittes d'une semelle on retrouvera ton cadavre dans un bac à lessive. Putain, t'es dans la minorité ici, mon pote, au cas où t'aurais pas remarqué, et tous ces nègres meurent d'envie de te foutre sur la gueule depuis la seconde où t'as fait ton apparition.

— Clovis, dit Dwayne.

— Notre jeune ami comprend », dit Black Larry à Dwayne. Il regarda Poe. « Le soleil, jeune homme. Meilleur antiseptique qui soit.

— OK, dit Poe.

— Accompagne-le, Dwayne.

— Hé, Dwayne », dit Clovis.

Dwayne se retourna.

« Prends tout pour qu'on puisse voir aussi.

— Sans déconner », dit Dwayne.

Ils repassèrent les détecteurs de métaux. Le signal se déclencha mais Dwayne fit un signe de tête aux surveillants et continua son chemin.

« Inquiet, mon pote ? dit Dwayne. Parce qu'alors vaut mieux pour toi avoir affaire à moi qu'à eux.

— Pas de stress. J'chuis pas là pour emmerder le monde.

— Tant mieux, mon pote. C'est que Black Larry a été accusé de racket, alors il a des raisons de se méfier. Et moi, pareil.

— Et Clovis ? »

Dwayne ne répondit pas tout de suite, ils traversaient le bloc. Une fois hors de la présence d'oreilles indiscrètes, il dit : « Là tout de suite Clovis a des raisons perso. »

Ils récupérèrent les documents puis retournèrent dans la cour. Black Larry ouvrit le dossier, qu'il parcourut attentivement, avant de le faire circuler.

« Francis.

— Ouais, dit Poe.

— Hein ? dit Clovis.

— William Francis Poe, dit Black Larry. C'est son nom.

— De toute façon ça veut rien dire, ces conneries, dit Clovis. Un chef d'accusation c'est rien qu'un chef d'accusation.

— Meurtre au premier degré.

— Est-ce qu'il y a quelqu'un d'autre qui peut récolter, jeune homme ?

— Non, dit tout de suite Poe. C'est pour ma pomme.

— Ouais, ça veut quand même rien dire.

— Ça suffit », dit Black Larry. Il sortit un pichet d'alcool maison, le fameux *pruno* des prisonniers, et tous en burent. L'atmosphère gagna en légèreté, ils finirent la carafe. Poe était adossé au banc. Tout le monde se détendit. Le reste de la journée se passa normalement, allées et venues habituelles, sauf que Poe était ivre ; assis là, le soleil en pleine face, il se sentait bien, une forte brise tempérait la chaleur, il était confiant, puis il se mit à penser à Lee, la dernière fois qu'il avait bu, c'était avec elle. Il pourrait l'appeler. Trop gênant. Il avait essayé d'appeler sa mère mais elle n'était pas là, il faudrait qu'ils se mettent d'accord sur un horaire, on ne pouvait téléphoner qu'en PCV. Demain, il verrait son avocat, oui, demain, et il savait bien ce que l'avocat voudrait entendre.

Il tournait tout ça dans sa tête, tandis qu'au-dessus de la cour planait un faucon, très haut, comme un cerf-volant retenu par un fil, Poe resta longtemps à le regarder.

« Réveille-toi », dit Dwayne.

Il ne restait autour du banc que Black Larry, Dwayne et Clovis. Tous les autres étaient partis.

« Je dors pas.

— On voudrait toute ton attention, là », dit Black Larry.

Poe se leva. Black Larry s'assit, se passa la main dans les cheveux, ramassa un haltère et se mit à faire des curls ; on aurait dit un surfeur en pleine séance de muscu sur une plage californienne, celle qu'on voyait toujours à la télé. Un bel homme, ce Black Larry, beaucoup d'aisance, une jurée était tombée amoureuse de lui une fois. Dwayne et Clovis avaient l'air détendus, ils auraient pu être en train de parler football, mais d'un mouvement infime du menton, Dwayne désigna de l'autre côté de la cour un gardien qui faisait les cent pas près de la clôture.

« Tu vois le maton, là ? Le petit maigre qu'évite de nous regarder ?

— Lui là-bas ?

— Montre pas du doigt bordel », dit Clovis en baissant la main de Poe d'une claque. « Putain de bordel de merde, je le crois pas, ce mec.

— Clovis, dit Black Larry. Si on restait concentrés ? » Il leva les yeux et lâcha l'haltère dans le sable.

Clovis dit : « Ce type-là a rendez-vous avec Black Larry demain matin, dans le couloir entre les douches et la blanchisserie. C'est un endroit calme, on peut discuter. Des fois que tu verrais pas bien le bonhomme d'ici, c'est un petit maigrelet avec un bouc, une tête de défoncé, et ça tombe bien parce que justement y se défonce. »

Poe savait ce qu'ils allaient lui demander, il en eut soudain la chair de poule. Il espéra que ça ne se voyait pas.

« Fisher, il s'appelle, dit Dwayne à voix basse. Il a un peu une tête de fouine. De toute façon tu verras son nom sur sa chemise.

— Fisher, répéta Poe d'une voix absente.

— Y aura personne d'autre. Tu fais ce que t'as à faire et voilà.

— Pourquoi ?

— Toujours ces putains de questions, bordel », dit Clovis.

Black Larry leva la main dans un geste conciliateur. « Interrogation légitime, mon jeune ami. La réponse, c'est que ce M. Fisher ici présent n'a pas été réglo, vu qu'on l'a payé pour qu'il nous procure certains articles et que maintenant il prétend qu'ils ont été confisqués. Comme M. Fisher est un bleu dans ce genre de combines, il croit que son statut lui permet de nous entuber.

— J'ai pas encore été jugé, dit Poe, j'ai pas envie de tabasser un putain de surveillant.

— M. Fisher n'est pas exactement le genre ultra-

351

intègre qui fait ce dur métier pour nourrir sa famille. C'est un dealer. Pire, dit Black Larry, c'est un dealer qui vole ses associés. Si ça peut soulager ta conscience. »

Poe secoua la tête et regarda le grillage. Et s'il l'escaladait soudain ? Il se ferait tirer dessus. C'était l'idée, en prison.

« Jeune homme. » Black Larry vint tout près et leva le visage de Poe vers le sien, à la manière d'un père ou d'un entraîneur. « Il y a des gens dehors qui te portent pas vraiment dans leur cœur. Si te voilà déjà au trou, c'est que c'est ton nouveau chez-toi et que ça risque de le rester pour un bout de temps. Tu me suis ?

— N'empêche », dit Poe. Black Larry lui tenait toujours le visage et Poe, bras ballants, ne savait pas quoi faire de ses mains. Il sentait l'haleine de Black Larry, rendue doucereuse par l'alcool, l'odeur de cuir de sa peau bronzée, il avait des sourcils épais, un début de barbe blonde. Et des yeux bleus très doux, un homme juste, qui voulait le meilleur pour chacun, c'était l'impression qu'il donnait.

« Tu nous as fait des problèmes avec nos frères noirs, mais pour le moment ils savent que s'ils touchent à un de tes cheveux, tous autant qu'on est, on passe direct en mode combat. Vingt nègres ou vingt matons, c'est pareil. D'habitude la période de probation est bien plus longue, mais on t'a mis en procédure accélérée. » Black Larry cherchait dans le visage de Poe quelque chose qu'il ne trouva visiblement pas. Il le lâcha soudain et Poe resta planté sur place.

Clovis dit : « C'est pas la lune qu'on te demande. Ton coloc, il est au mitard depuis six mois parce qu'il a poignardé un maton, t'en as peut-être même entendu parler dans le journal, trois gardiens et douze détenus à l'hosto.

— Non, dit Poe.

— Y lit pas les journaux », dit Clovis.

Dwayne leva la main. « Mon pote, t'as eu du bol et pas de bol à la fois. Tu fous la honte à un de leurs leaders devant toute la communauté et y en a plus d'un qui serait content de te mettre un bon coup de couteau pour se faire bien voir du boss. Sans parler que t'as relancé un vieux contentieux entre nous et les Blackos. Et que tu nous as causé pas mal d'emmerdes sur des trucs qu'on a trimé à régler.

— Et c'est pour ça que je dois tabasser ce gardien.

— Pas trop quand même, dit Black Larry. Faut qu'il soit vivant pour nous payer. » Il sourit.

« Je comprends la situation, dit Poe. J'ai juste besoin de réfléchir un peu. »

Black Larry baissa les yeux au sol et Clovis secoua la tête. « Je vous l'avais bien dit, les gars, dès que j'ai vu cette tapette, du moment où il a débarqué à la cafète, bordel.

— Il y a une place pour toi ici », dit Black Larry. Il montra le banc de musculation. « Ou alors il y a une place pour toi là-bas. » Du pouce il désigna la cour, les gars de l'autre côté, tout le reste. « Frères d'armes, jeune homme. Pas compliqué. »

Il fit signe à Clovis et tous deux se détournèrent. Ils allaient d'un même pas, à l'amble pour ainsi dire, lentement, vers l'autre bout de la cour. Black Larry s'étira dans un bâillement. Ils arrivèrent au niveau d'un groupe de détenus noirs, qui s'écartèrent pour les laisser passer, saluèrent les chefs du gang noir à leur banc de musculation, puis rejoignirent une bande de Latinos qui se tenaient à l'ombre du bâtiment ; Poe voyait les gars se rassembler autour d'eux pour témoigner leur respect.

« C'est pas le genre de truc qu'on demande deux fois, mon pote. Pour être honnête, tu merdes dans les grandes largeurs, plus que tu crois. »

Il ne restait que Dwayne et lui. Poe regarda à l'autre bout de la cour les Noirs rassemblés autour de leur machine de musculation, ils devaient être dans les deux cents. Qu'est-ce qu'il aurait pu dire ? Il allait accepter et puis il trouverait bien quelque chose. Ça serait toujours ça de gagné. Non, se dit-il. Tu vas accepter et puis tu vas le faire.

« D'accord, dit-il à Dwayne. Ça marche. »

Dwayne était impassible.

« Je le ferai, ça et le reste. Un coup de couteau, ce que vous voudrez, très bien. Des fois j'ai juste besoin de réfléchir un moment.

— J'étais pareil, dit Dwayne. M'a fallu du temps pour accepter ce qui se passait.

— Larry va pas m'en vouloir ?

— Il connaît. Crois pas une seconde qu'il comprenne pas. On est tous passés par là quand on est arrivés. Et notamment cette grande gueule de Clovis. » Il s'approcha de la clôture et mit un coup de pied dans le sable.

Il y avait là quelque chose que Poe ramassa, une chaussette pleine de piles électriques.

« L'emmène pas comme ça, dit Dwayne. Mets les piles dans ta poche. Quand le détecteur sonnera, tu montres ce que t'as et ils te laisseront passer. »

LIVRE QUATRE

1

Isaac

Le flic ne l'avait pas poursuivi. Il entendit les sirènes d'une deuxième, puis d'une troisième voiture et
comprit qu'ils avaient dû attraper le Baron. Retourne
au canal. Récupère ton sac. Tu as une, deux minutes
maximum — il va devoir expliquer ce qu'il fout avec
tout cet argent.

Il traversa quelques rues résidentielles sans voir personne. Calme alentour, il était tôt, le soleil n'était pas
encore tout à fait levé. Voilà le parc — le canal est au
milieu des arbres. Mais la clairière ? Quand il atteignit
le bois, il s'accroupit dans les fourrés, essayant de se
repérer par rapport à l'endroit où il avait laissé ses
affaires. Encore des sirènes. Il devait y avoir quatre
voitures maintenant. C'était pas une bonne idée de lui
courir après à découvert comme ça.

T'aurais très bien pu l'avoir au couteau quand tu
t'es redressé, mais au lieu de ça t'as agrippé son manteau. C'était con, maintenant que t'y repenses. Non,
c'était un choix. Va pas faire comme si. Comme une
voiture approchait, il se recroquevilla dans les buissons ; il vit un véhicule de police passer à toute allure
dans la rue qu'il venait de traverser, gyrophare allumé.
Plus près que tu croyais. C'est leur boulot, des pros.
Oublie ton sac.

Il ne voulait pas bouger. Je suis bien caché, je peux rester là jusqu'à ce qu'ils partent. Non, se dit-il, lève-toi. Enfonce-toi sous le couvert des arbres, casse-toi d'ici. Debout. C'est bon, j'y vais. Il se leva. En coupant, le canal n'était qu'à une vingtaine de mètres ; une fois là, il prit entre les arbres épars, laissant derrière lui le nord du parc et la route où il avait poursuivi le Baron. Où as-tu laissé ton sac ? Où donc est cette clairière ?

Sur l'autre rive se trouvait une grande pelouse publique. Plus loin, de son côté, il apercevait, après la zone boisée, une aire commune couverte d'herbe, puis une rangée de maisons. Ton sac est derrière toi. Voilà, tu sais où il est maintenant. D'autres sirènes dans le lointain, les plus proches s'étaient arrêtées. Combien de voitures en tout ? se demanda-t-il. Six. Peut-être sept. Un type armé d'un couteau — toi. Faut que tu bouges, pas le temps de récupérer le sac.

Il se sentit pris d'une vague de désespoir. Besoin de réfléchir une minute. Ici personne peut me voir. Bon, t'as plus de sac — accepte. Modifie ton apparence, ils ont vu un blouson et un bonnet noir. Bien, là on progresse. Il enleva blouson et bonnet et les jeta dans le canal, avec l'étui du couteau. C'était mieux — un pull marron sur une chemise de flanelle bleue. Rentre ta chemise dans ton pantalon et fais ressortir le col du pull. Un look de collégien. Putain il fait encore plus froid. Moins trois, moins quatre. Vaut mieux ça que le commissariat.

Il se tint quelques instants immobile, un peu engourdi, à regarder, devant lui, les maisons, et derrière, la lumière bleue des gyrophares à l'orée du parc. Oublie ton sac, se répéta-t-il. Au mieux t'éviteras les menottes. Redresse la tête. Marche pas trop vite.

Il s'engagea dans la zone qui le séparait de l'alignement de grandes maisons, une cinquantaine de mètres plus loin. Prends l'air dégagé. Petite balade matinale. Tonifiante. Pourvu que personne regarde par la fenêtre. Putain tu pouvais pas choisir pire — un grand parc de l'autre côté. Bien huit cents mètres de visibilité. Cache ta nervosité. Vivent les lève-tard. Il va leur raconter que tu l'as poursuivi avec une arme, tentative de meurtre. Qui te croira ? T'aurais jamais dû prendre un couteau.

Quel con. Il se sentait au bord des larmes. Si tu t'étais levé quand tu t'es réveillé la première fois, t'aurais encore ton argent, tes carnets et tout le reste. J'étais tellement épuisé, se dit-il. Non, t'as merdé. Et c'est la deuxième fois. Plus droit à l'erreur.

Dans le parc en face il y avait un grand kiosque et deux femmes en train de faire leur jogging. Des témoins. Sauf que le kid va s'en sortir. La facilité, ça ne l'intéresse pas. Elles sont trop loin pour voir ton visage. Encore des gyrophares du côté des mobil-homes — ils sont sur tes traces.

Comme il arrivait vers un grand entrepôt, un reflet bleu sur le mur le fit se retourner : à quelques centaines de mètres de là, une voiture de flics traversait lentement la pelouse, se rapprochant des joggeuses. Est-ce qu'ils peuvent te voir ? Non. Marcher ou courir ? Continue comme ça.

Il passa derrière le bâtiment, longeant toujours le canal, mais il y avait encore des maisons sur l'autre rive, il voyait distinctement un type dans sa cuisine, debout en caleçon, en train de boire son café. Putain de lève-tôt qui va te balancer. Mais non, il te voit pas. Absorbé qu'il est par ses soucis.

Un peu plus loin, un pont de chemin de fer sur

chevalets lui permit de traverser le canal ; il y avait bien cinq ou six voies. Te voilà au sud de l'aciérie. Ça va aller. Cantonne-toi aux petites rues et ça va aller. Le tout, c'est de les voir avant qu'eux te voient.

Il marchait depuis peut-être une demi-heure quand il déboucha sur un large boulevard, il y avait un centre commercial devant lui et beaucoup de circulation, l'heure de pointe ; c'était une journée couverte. Pire que chez lui. Mi-avril et on se croirait en hiver. Tiens, un bus. Un tas de gens qui attendent. C'est ton bus. Vas-y, tu vas l'avoir, où est ton portefeuille ?

Il traversa en courant tandis que le bus s'arrêtait et se mit dans la queue. Quelques personnes se retournèrent pour l'observer. Pas de manteau, visage tuméfié : tu files un mauvais coton, ils voient bien. Chemise et pull tout froissés, pantalon dégueulasse. Sans parler du fait que t'es blanc. Il fixa une trace de quelque chose sur le trottoir et bientôt on se désintéressa de son cas. Inspire par le nez, expire par la bouche. Le Kid aux Mains-tachées-de-sang file vers le sud. Tous les flics du quartier à ses trousses, il glisse entre les mailles du filet. Edward Fox dans *Le Chacal*. Il prend le bus, pépère.

Il n'y avait plus de place assise, il resta donc debout au milieu. Fait chaud ici. Je descends où ? Il me reste combien d'argent ? Il réfléchit. Neuf dollars après l'achat du ticket. De quoi manger quelques jours. Va jusqu'au terminus — prends autant le large que possible. Le trajet n'en finissait pas, ça circulait mal, Isaac avait sommeil. Des gens descendirent, il put s'asseoir. Au bout d'un moment il trouva qu'ils restaient immobiles bien longtemps. Il ouvrit les yeux : le bus était vide et le chauffeur le regardait dans son grand rétroviseur. Isaac fit signe qu'il avait compris et descendit. Il regarda autour de lui.

T'as parcouru quoi, comme distance ? Une quinzaine de kilomètres peut-être. Un autre monde. Très vert, de grandes maisons entourées de haies ou de murs de pierre. Il passa devant un stade et un bâtiment imposant, sans doute une école. Quelques garçons en blazer bleu marine, quatorze ou quinze ans, fumaient à l'intercours. Il les salua de la tête, seul le plus âgé ne détourna pas son regard. Ils aimeraient autant que tu n'existes pas. Tel est leur désir — arrêtez de me foutre mal à l'aise.

Un peu plus loin il ralentit pour s'examiner dans une vitre de voiture. Surprise — t'as pas gagné en propreté. On dirait un gamin des rues. Ce que tu es.

Il restait aux aguets, au cas où il verrait des flics, mais personne. Il avait de nouveau faim. Pas grave. Il marchait sans but, au hasard des rues, essayant de deviner la position du soleil dans le ciel couvert, toujours en mouvement.

Quand la nuit tomba il était sur une grande route, l'heure de pointe touchait à sa fin et il n'y avait de lumière que celle des phares, feux avant, feux arrière ; il voyait les gens dans leur voiture. Au chaud, heureux. Qui se curaient le nez ou chantaient avec la radio. Eux te voient pas. Pas de la bonne qualité, ton pull, tu sens drôlement le vent. Le froid l'engourdissait. Si un d'eux, un seul, voulait changer de place avec toi... Dedans ou dehors, ça paraît tout bête comme différence.

Le vent, se dit-il. T'aurais dû garder ton blouson et ton chapeau. Peut-être que j'ai pas si froid que ça, c'est la faim et la fatigue. Mais t'as mangé hier soir, assez de calories. Un jour, c'est rien. Repère-toi. J'ai les idées embrouillées, c'est ça, mon problème. J'aurais dû m'arrêter pour manger, mais j'étais pas tranquille. Cette route — devrait y avoir des cabines avec de la nourriture et des couvertures, comme les cabines d'appel d'urgence. Fais signe à une voiture de s'arrêter. *Bonsoir monsieur, je voudrais louer votre veste. Ou le siège arrière de votre véhicule — vous avez mis le chauffage de toute façon. Jusqu'à demain seulement.* C'est ça, la folie. Les choses les plus simples deviennent absurdes.

T'as choisi d'être ici — t'aurais pu l'arrêter. Quand il avait sa main dans ta poche, t'aurais pu lui mettre un coup de couteau, mais au lieu de ça t'as attrapé son manteau. T'aurais encore l'argent et toutes tes affaires, ça aurait rien coûté à personne. Erreur fatale, ce choix de la main plutôt que du couteau. Neuf dollars et pas de blouson. L'autre doit dormir au Hyatt. Jamais vu autant d'argent.

La vérité, la voici : tu vas mourir de froid. T'as toujours été précoce et là encore t'es en avance, logique. L'univers exige l'égalité. Que l'homme n'ait pas plus chaud que l'air. Que l'homme n'emmagasine pas sa propre chaleur. Il l'a piquée ailleurs de toute façon — pas de modification énergétique depuis le big bang. Emprunteur temporaire. La chaleur de mon corps expirant élèvera la température terrestre d'un trillionième de degré. Détectable par les appareils les plus sophistiqués. Façon la plus indolore de partir. Certains disent que c'est la noyade, mais impossible — poumons pleins d'eau —, demande à ta mère. Encore combien de temps ? Tu sauras que ça y est quand tu te mettras à avoir chaud. Chaleur initiale, chaleur terminale.

Il passa un petit complexe commercial, abandonné

et vide, mais là au moins il serait protégé du vent. Non, avance. Y a des lumières plus loin. T'as faim, c'est tout. Trouve-toi quelque chose à manger et tu verras que j'ai raison. Quarante pour cent des calories sont dépensées en chaleur qui se disperse. D'accord, tu m'as convaincu, je vais trouver de quoi manger et on verra bien. Fait assez froid pour qu'il neige mais l'air est trop sec, c'est déjà ça. Sans importance. Des tas de lumières là-bas, un kilomètre, un kilomètre et demi. Un pas à la fois. Gaffe à ta vitesse. Bientôt tu vas devoir faire des choix.

2

Grace

Trois jours seulement que Billy était parti et déjà toute la ville était au courant. Au travail les filles étaient polies, mais elle les entendait parler derrière son dos, les pires c'étaient Lynn Booth et Kyla Evans, encore que Jenna Herrin, la copine de Grace, ne valait guère mieux, elles étaient de Buell toutes les trois, elles avaient vu Billy jouer au foot. Vu comme il y allait avec les autres gosses pendant les matchs — *on voyait bien que ça lui plaisait un peu trop... Tu sais, s'il avait juste tiré sur ce type, par exemple, OK, mais... éclater la tête de quelqu'un comme ça, ça montre quand même un sacré acharnement...* Grace gardait les yeux baissés, essayait de ne pas entendre, poussait le tissu sous l'aiguille de la machine, concentrée sur la régularité des points.

Dans l'hypermarché où elle s'était arrêtée au retour, elle était tombée sur Nessie Campbell, mais cette bonne grosse Nessie avait fait mine de se passionner pour le poisson surgelé jusqu'à ce que Grace passe aux caisses — oui, Nessie Campbell qui vous courait après à la moindre occasion pour vous vendre ses produits Amway.

À la maison c'était pas plus brillant. Journée grise, il faisait froid dans le mobil-home. Pas grave, elle se

364

mettrait sous les couvertures. On était le 15 avril, il devrait pas faire si froid. Passé la date pour la déclaration fiscale. Elle n'avait pas fini ; elle s'y était pourtant mise la semaine dernière, mais juste alors il s'était passé tout ce qui s'était passé. Quand même, comment avait-elle pu oublier ? Elle alla chercher la chemise et commença à feuilleter les formulaires, mais rien à faire. Impossible de se concentrer. Payer ses impôts était bien le dernier de ses soucis.

Il ne fallait pas s'inquiéter pour Billy, c'était une armoire à glace. Oui, mais pas à ses yeux de mère ; quand elle le comparait aux autres, évidemment elle voyait la différence, n'empêche que pour elle il était pas comme ça. Et voilà qu'elle se mit à penser à son propre père, à qui elle n'avait pas parlé depuis dix-huit ans ; il appelait quand même à Noël et à Pâques. Il avait quitté sa mère vingt ans plus tôt. Sa mère qui n'avait pas une grande capacité d'adaptation. N'avait pas supporté ce qui arrivait à la vallée, sa fille et son gendre venus habiter son rez-de-chaussée, le chômage ambiant, la ville changée du jour au lendemain, voitures aux vitres cassées, maisons vides, jardins à l'abandon.

Ça l'avait changée, elle aussi, et elle leur menait à tous une vie impossible ; ça avait duré comme ça jusqu'en 1987 et puis un soir à table son père avait annoncé qu'il partait, qu'il avait besoin de changer d'air. D'abord Grace ne lui en avait pas voulu, et puis si, après quoi elle lui avait pardonné, avant de lui en vouloir à nouveau. Mais d'une certaine façon il avait fait preuve de courage. Ses enfants étaient grands et il avait laissé à sa femme une grosse somme d'argent ; Grace avait conscience que sa mère aurait rendu n'importe qui malheureux. Son père était parti s'installer dans le Texas de l'Est, elle n'avait jamais répondu à ses messages. Il appelait encore pour Noël et pour Pâques, mais elle ne décrochait pas. Tout cela lui pesait à présent. Dans ce qu'elle avait de souvenirs heureux, son père figurait presque toujours, et puis il n'avait fait que sauver sa peau, après tout. Mais il avait empoisonné l'existence de Grace, c'est sur elle qu'était retombée la charge de la santé mentale de sa mère. Voilà sans doute pourquoi elle ne l'avait jamais rappelé, à vrai dire. Par égoïsme, se dit-elle. Maintenant que toi aussi t'as besoin des autres, tu t'en rends compte.

Il y avait Bud. Oui, il y avait Bud, ne t'emballe pas, mais on dirait que ça marche cette fois. Elle ne serait pas seule, elle avait quelqu'un qui l'aimait, quelqu'un à aimer. Elle s'était sentie si bien hier soir, et ce matin encore, se réveiller pour refaire l'amour. Mais ça s'était dissipé, ne restait que son inquiétude pour Billy.

Elle avait bien un frère qu'elle pourrait appeler, Roy, un brave type à sa façon, il avait fait un peu de prison, à Albion, après quoi elle n'avait plus voulu le recevoir — un type sympathique, comme Virgil, mais c'est surtout Billy qu'elle voulait protéger. Toute sa vie elle avait été entourée d'hommes comme ça, de braves types à leur façon. Roy s'était fait prendre au sortir des bois avec une balle de cannabis. Jour de cueillette. Soi-disant qu'il rendait juste service à quelqu'un. Du coup il avait été mis sur écoute pendant un temps. Il habitait maintenant les environs de Houston, disait mener une vie rangée. Il était chauffeur routier et vivait avec une femme plus âgée qui veillait à ce qu'il reste dans le droit chemin. Virgil n'avait jamais aimé son frère et son frère n'avait jamais aimé Virgil, ils se ressemblaient trop, c'est tout. Chacun ne trouvant pas l'autre assez bien pour Grace. Mais ils étaient pareils, une chose en apparence, une autre en réalité. Virgil qui dépensait tout son argent en alcool et en filles et puis — illumination — se souvenait qu'il avait une femme chez qui il pouvait rentrer, une femme qui s'occuperait de lui. Au moins elle avait fini par l'envoyer balader. Ça, elle pouvait en être fière.

Elle n'avait pas envie d'être dedans. Elle mit son manteau et sortit dans le jardin, regarda les collines ondoyantes, la grange dans le lointain, tout était très vert, un temps froid et sec, rien à voir avec la chaleur étouffante et humide de l'été, c'était vivifiant. Si Bud Harris avait un fils, il serait pas en prison à l'heure actuelle. C'était ça, le bon scénario. Bud s'était bien plus occupé de Billy que Virgil. Il t'a aidée alors qu'il était pas obligé. Elle se demanda si c'était pour ça qu'elle l'avait traité par-dessus la jambe. Virgil avait toujours été coureur et il ne laissait pas les femmes indifférentes, t'étais jamais tranquille, il te tenait par ta peur de le perdre. Quinze ans, ça avait duré. C'était fou qu'une chose puisse avoir une telle emprise, si longtemps.

Et voilà Billy en prison et Virgil — Virgil, allez savoir où il pouvait bien être. Mais le fils de Bud Harris, lui, n'aurait pas été en prison. D'une façon ou d'une autre. On racontait que Harris avait tué des gens, mais elle en avait toujours douté, d'ailleurs elle était même sûre que c'était faux. Des camés, à ce qu'on disait. Une rumeur que Harris avait laissée circuler parce qu'elle l'arrangeait bien, ça lui facilitait la tâche, mais il suffisait de le regarder pour savoir que ce n'était pas vrai, pas possible. Et si... ? Elle se demanda pourquoi elle pensait à ça. Se demanda s'il se pouvait que Harris ait tué quelqu'un.

Un peu secouée, elle rentra s'installer devant la télé. Elle zappa un moment, rien d'intéressant. Il faudrait qu'elle s'abonne à d'autres chaînes, elle tâcherait d'y penser. Pas moyen de se concentrer — la question l'obsédait. D'abord elle se dit que c'était possible et puis voilà qu'elle en était sûre. Quelque chose chez Bud Harris était capable de tuer s'il estimait que c'était nécessaire. Il avait fait le Vietnam.

Tu ferais bien de sortir, pensa-t-elle. Harris avait dit qu'il ne viendrait pas ce soir, qu'il valait mieux ne pas précipiter les choses. Plus qu'à faire preuve d'optimisme. C'était le tout début, comme il avait dit. On pouvait pas savoir comment les choses évolueraient. Et quelque part effectivement elle était optimiste. Quelque part elle pensait que tout allait bien se passer. On était vendredi soir, ça faisait maintenant une semaine que Billy était rentré quasi mort de froid, le cou taillé. Elle décida d'aller dîner chez Rego. Elle appela Ray et Rosalyn Parker, mais il n'y avait personne ; elle appela alors Danny Welsh, personne non plus. Les deux fois elle laissa un message — rendez-vous chez Rego ? Elle n'était pas sûre que ce soit une bonne idée de se montrer en public, mais est-ce qu'elle avait le choix ?

Malgré le monde dans le restaurant, elle repéra un tabouret vide tout au bout du bar. À son entrée, il y eut un instant de pause. Les gens marquèrent un temps, à peine perceptible, qu'elle remarqua tout de même.

Bessie Sheetz, la barmaid, s'approcha.

« Une bière et un whiskey, je parie.

— Juste le whiskey », dit Grace.

Bessie remplit un petit verre.

« Et comment tu vas ?

— Ça va.

— Pas de malveillance ici, tu le sais, hein ? » Elle fit glisser le verre devant Grace et se pencha vers elle. « Tu dois pas t'en souvenir mais j'ai perdu mon fils, des années de ça. Je pense à lui tout le temps, tu sais.

— Il avait quel âge ?

— Quarante-six ans.

— C'est jeune.

— Tout a été tellement vite. Ça a peut-être duré un an mais moi j'ai eu l'impression que pif paf terminé. Mais bon, à douze ans il fumait déjà, et puis il a fait la guerre, ça a pas aidé.

— Celle-ci ?

— Non, la première, en 91.

— C'est triste.

— La roue de la vie, c'est ce que je me dis.

— Madame, figurez-vous que nous aussi on aimerait bien être servis », cria un type de l'autre bout du bar. C'était une blague. Il fit un clin d'œil à Grace.

« Vous, vous laissez jamais de pourboire, répondit Bessie.

— Attends qu'elle apprenne à te connaître. Tu verras qu'elle laissera plus grand-chose non plus.

— C'est ça, tu viens ici pour dépenser cinq dollars. Un dollar de l'heure.

— Je veux pas t'accaparer, dit Grace.

— Qu'ils aillent se faire foutre », dit Bessie. Elle se redressa et secoua la tête. « *Madame*. Non mais tu le crois ? »

Une demi-heure plus tard, toujours pas de Ray ni de Rosalyn. À plusieurs reprises elle avait croisé le regard d'une femme assise au bar qui lui avait souri, une blonde décolorée, la femme de Howard Peele des Établissements Peele — ils fournissaient tuyaux et conduits aux mines de charbon, un des deux plus gros employeurs du coin. Elle avait quelques années de moins que Grace et vingt ans de moins que son mari. Pantalon noir serré, petit haut rose moulant, toujours en talons. Comment est-ce qu'elle s'appelait, déjà ? T'avais surpris Virgil en train de lui faire de l'œil à un barbecue, c'est pour ça que tu l'as jamais aimée. Heather. Bien sûr, d'un point de vue réaliste, quelqu'un comme cette fille se serait jamais risqué à avoir une histoire avec quelqu'un comme Virgil. Difficile à admettre à l'époque. Deux types accoudés au bar se mirent à rire de quelque chose qu'elle venait de dire, mais Grace voyait bien qu'ils ne trouvaient pas vraiment ça drôle.

Elle rassemblait son courage pour partir quand Ray et Rosalyn débarquèrent.

Ray eut un sourire coupable. « Désolé du retard, la faute au base-ball — Pittsburgh-Chicago.

— On est désolés », dit Rosalyn. Elle montra son mari du doigt. « La faute à cet enfoiré. Je vais nous chercher à boire, prenez donc la table, là. »

Ray embrassa Grace sur la joue et s'assit en face d'elle. « Alors, comment ça va, princesse ?

— Pas trop mal, si on peut dire.

— Eh ben je comprends, tiens. »

Grace fixait son verre.

« Je veux dire que t'as toute ma sympathie, Grace. Tu vois... Merde. » Il secoua la tête. « Je sais pas m'exprimer.

— Merci, Ray. » Elle lui tapota la main.

« T'attends quelqu'un d'autre ?

— Pas vraiment.

— Désolé de nous avoir mis en retard. » Quelqu'un

apparut derrière lui. Grace leva les yeux : c'était la blonde décolorée.

« Vous vous connaissez ? dit Ray.

— Mais oui. Moi c'est Heather, elle c'est Grace.

— Je me souviens.

— Ça vous embête si je m'assois avec vous ? J'en peux plus de ces deux crétins. »

Ray l'invitait à se joindre à eux d'un grand geste de bras quand Rosalyn reparut avec trois verres de vin.

« Salut, ma belle, dit Heather.

— Tu veux boire quelque chose ?

— Ah ça non, faut plutôt m'en empêcher.

— Ray, bouge tes fesses et viens donc m'aider à porter les plats. »

Ray suivit Rosalyn jusqu'au bar.

Heather sourit à Grace. « Ton fils, le pauvre. Ça m'a navrée d'apprendre ce qui s'est passé.

— Merci.

— Tu sais, si vous avez besoin de quoi que ce soit...

— On s'en sort, merci.

— J'imagine ce que t'es en train de vivre, je comprends. »

Il y eut un silence gêné. Grace chercha des yeux Ray et Rosalyn, ils étaient toujours au bar, à parler aux uns et aux autres.

« Comment t'as rencontré Howard, déjà ? demanda Grace.

— Il m'a embauchée comme secrétaire. Je servais dans un bar à New Martinsville, il est entré et il m'a proposé du boulot. C'était cousu de fil blanc, mais bon... » Elle haussa les épaules. « Je me suis bien fait désirer.

— Et ta ville natale te manque, des fois ?

— Ah ça non. Howard a dépensé dix mille dollars

juste pour mes dents. Regarde. » Elle fit un grand sourire. « J'avais des dents de lapin, t'aurais dû voir ça.

— Je te crois pas.

— C'est pourtant la triste vérité. Mais... »

Grace la regarda.

« Pour ton fils, je suis sincère. J'ai toujours eu de la sympathie pour toi et ça m'a vraiment fait quelque chose de voir ça dans le journal, l'autre jour.

— C'est pas encore perdu. Ça a même pas vraiment commencé.

— Excuse-moi, j'imagine que tu préfères pas y penser.

— Pas grave.

— Je suis tout le temps à m'excuser, ma grande spécialité.

— Cannellonis pour tout le monde, dit Ray.

— Comment vous avez réussi à vous faire servir si vite ?

— On a téléphoné en route.

— Je veux même pas voir ça, dit Heather. Je ferais bien de passer par les toilettes. »

Rosalyn attendit qu'elle soit hors de portée de voix pour se pencher vers Grace : « Si tu voyais sa maison, putain, tous les meubles sont noirs, tous. Ils ont une grande salle de gym et des tableaux sur tous les murs. »

Ray enchaîna : « Tu parles de ces trucs dessinés par un mongol, on dirait ? »

Grace leva les yeux au ciel.

« Je te jure, dit Ray. On dirait que le mec les a peints les yeux fermés. Et attends de savoir combien ils ont payé ça.

— Comme si t'y connaissais quoi que ce soit. » Rosalyn se tourna vers Grace. « Elle m'a dit qu'ils avaient dépensé deux cent mille dollars pour ces tableaux. Apparemment ils ont déjà doublé de valeur en un an. »

Ray émit un grognement.

Heather était de retour, elle reniflait. Elle ne s'assit pas. « Désolée la compagnie, faut vraiment que j'y aille.

— C'était sympa de te revoir, dit Grace.

— Toi aussi, ma belle. » Elle pressa l'épaule de Grace et s'éloigna d'un pas incertain sur ses talons de sept centimètres, les yeux des clients du bar rivés sur son pantalon moulant. La porte claqua derrière elle.

« Faut croire que le Gros-plein-de-sous appelle », dit quelqu'un à la cantonade. Il y eut quelques gloussements.

Ray se tapota une narine. « Y a trente mille dollars qui passent là, à ce qu'on dit. »

Grace fut surprise de cette petite cruauté. Mais elle-même n'en était pas innocente.

« Bon... », commença Rosalyn.

La porte d'entrée s'ouvrit brusquement et Heather reparut, fonçant droit sur leur table. Elle se pencha vers Grace : « Appelle-moi si t'as besoin de quoi que ce soit. » Elle lui fourra un bout de papier dans la main. « Au cas où, tout ça, n'hésite pas. » Elle vit que tout le monde la regardait et ressortit aussitôt, avant que Grace puisse répondre.

« Qu'est-ce qu'elle nous fait, là ? dit Rosalyn une fois qu'elle fut repartie.

— Grace est populaire, surtout auprès des femmes qui...

— Suffit », dit Rosalyn. Elle donna un grand coup sur l'épaule de son mari. « Mais qu'est-ce qui te prend aujourd'hui ?

— Ma margoulette réclame des cannellonis. » Il se

servit une grosse portion. « J'ai faim, c'est tout, la faute au sucre.

— Je suis désolée qu'on n'ait pas été là, dit Rosalyn. Tu tiens le coup ?

— Je m'accroche, dit Grace. Je reste optimiste.

— Tu crois vraiment que ça va s'arranger ? demanda Ray.

— Ouais, dit Grace. Je sais pas comment, mais ça va s'arranger. »

3

Poe

Couché sur son lit, il était en train de réfléchir à ce qu'il allait devoir faire au gardien, réfléchir à la visite prochaine de son avocat et à ce qu'il devrait lui dire, quand la porte de la cellule s'ouvrit dans un bruit de métal : apparut un jeune détenu accompagné d'un surveillant. Le nouveau venu avait dans les vingt ans, un petit gars de la campagne aux cheveux blonds, un péquenaud ; six mois de mitard n'étaient pas venus à bout de ses taches de rousseur. Il était bien plus petit que Poe, mince, avec un beau visage aux traits presque féminins, mais les bras couverts de tatouages comme les autres, un trèfle vert bien en évidence sur un bras, le sigle de la Confrérie aryenne sur l'autre, des toiles d'araignée sur chaque coude. La porte refermée, le gardien s'éloigna.

Poe se redressa.

« Je m'appelle Tucker, dit le détenu. On m'a parlé de toi. »

Poe se présenta et ils entrechoquèrent leurs poings.

« Il paraît que tu vas t'occuper de cet enfoiré de Fisher demain. »

Poe ne dit rien.

« T'as de quoi lui faire sa fête ?

— Ouais, mais à vrai dire je suis pas sûr d'être partant. »

Tucker eut l'air interdit.

« J'ai pas encore été jugé.

— Et tu leur as dit ? Parce qu'eux y m'ont dit que t'allais le faire, sûr. »

Poe haussa les épaules.

Tucker reprit : « Je sais que tu viens d'arriver et tout, mais ces mecs-là, t'as pas intérêt à te les foutre à dos. Va falloir que tu te motives, là. Je peux venir avec toi faire le guet si tu veux, mais faut que ce soit toi qui cognes.

— Je veux sortir d'ici, dit Poe.

— Ah ouais, eh ben oublie, dit l'autre. Y suffirait qu'ils nous entendent parler comme ça pour te pulvériser. À eux deux, Larry et Dwayne doivent avoir une bonne demi-douzaine de condamnations à perpète.

— C'est surtout Clovis qui m'inquiète.

— Clovis, c'est que du muscle. Y compte pas.

— J'chais pas.

— Moi je te le dis, reviens pas sur ta parole. D'ailleurs j'vais oublier cette conversation, putain. Les connaissant, y vont me foutre à l'autre bout du couteau qui te tranchera la gorge.

— Laisse tomber.

— OK, le fais pas. Mais tu peux aussi bien te pendre alors. Ici c'est pas un endroit pour un petit Blanc sans protection. »

Poe se remit à fixer le plafond et Tucker sortit son casier pour ranger ses affaires.

« T'as touché à mes trucs ?

— J'avais même pas vu. Ils ont dû les rapporter aujourd'hui.

— Si t'y as touché, j'le verrai.

— T'inquiète. »

Cette nuit-là, après l'extinction des feux, Poe fut réveillé par le bruit de quelqu'un qui tapait aux barreaux de la porte. Il se redressa et vit une surveillante. Celle-ci regarda autour d'elle puis déboutonna son pantalon de sorte à montrer ses poils pubiens. Il entendit remuer dans le lit en dessous. Cet obsédé est en train de se branler, se dit Poe. Devant cette grosse vache de matonne. Il regarda la surveillante un moment, plus par curiosité qu'autre chose, puis se recoucha.

Au bout d'un moment il entendit : « La prochaine fois tu la regardes pas. J'ai passé six mois au mitard, j'ai payé pour avoir ça.

— J'ai pas regardé.

— Je t'ai entendu. Je sais que t'as regardé.

— Elle m'intéresse pas du tout, ta copine. C'est juste que je savais pas ce qui se passait. »

Tucker poussa un grognement et n'ajouta rien. Poe tenta de se rendormir mais il pensait à l'affaire du surveillant. Si ça se trouve, c'était un coup monté. Y en a une devant qui on se branle et l'autre qu'on veut que je tabasse. Ça lui semblait absurde. Il se demanda s'ils ne bossaient pas tous pour le procureur, à essayer de le piéger un peu plus. Sauf que ça l'aurait bien étonné que le procureur ait la moindre idée de ce qui se passait ici, personne savait, sinon ce serait pas toléré, c'était les jeux du cirque tous les jours, ici. Rome et ses gladiateurs. Mais peut-être qu'on l'avait envoyé là exprès. Les autorités posaient des principes, exigeaient le respect de la loi, mais ça les dérangeait pas que vous vous fassiez violer dans les douches ou exploser la tête à coups de cadenas. En fait, y avait pas de loi. Y avait que ce que les gens voulaient vous faire.

Il resta allongé comme ça un moment, à trembler, peur ou colère, il ne savait pas. Il se dit : si je tabasse pas ce gardien, j'aurai tout le monde après moi, les Blancs comme les Noirs, et les surveillants laisseront faire. Si je le cogne, j'aurai à gérer les matons et les Noirs. Sauf qu'il y avait des arrangements avec certains matons. Réseaux invisibles. De petits arrangements de tous les côtés, sauf avec lui.

À force de ressasser tout ça, il avait envie de cogner ; il tapa le mur du plat de la main et fit trembler le lit. Le mur, lui, ne bougea pas, ne bougerait jamais. Son colocataire donna un coup dans le matelas par en dessous. Il décida de ne pas réagir. Mais il venait quand même de prendre un coup. Même sans témoin. Il laisserait couler.

Il aurait bien voulu qu'Isaac soit là, il lui aurait explosé la tronche. Il avait rien fait sinon se faire taillader la gorge et broyer les burnes. Il avait assez payé. Cette nuit-là il avait assez payé pour tout ce qu'il avait jamais fait. Isaac, lui, avait rien payé, rien du tout, putain.

Dehors c'était toujours le même boucan, le même mélange de musiques et de conversations sans intérêt. Dessous, son colocataire se tournait et se retournait sur son matelas. Isaac se ferait massacrer. Isaac et ses cinquante kilos. Ces types-là n'en feraient qu'une bouchée. C'est pour ça que c'était lui, Poe, qui se trouvait ici. C'était bien de sa part. C'était héroïque. Il allait se comporter comme si on l'observait — ça lui éviterait de penser ou de faire des saloperies. C'était la clef : toujours faire comme si on vous voyait. Pas si différent d'un terrain de foot — une bande de gros balèzes qui cherchent à vous niquer, et à toi de choisir : loup ou agneau. Et si tu choisis pas, on choisit pour toi. Chasseur ou chassé, prédateur ou proie, l'éternel rapport de base entre les gens.

Mais y avait pas que ça. C'était pas que noblesse d'âme de sa part. La vérité vraie, c'est que la prison lui pendait au nez depuis toujours. Dans la vie, y avait ceux qui avaient des capacités et ceux qu'en avaient pas, et même à son heure de gloire il l'avait su, su qu'il serait démasqué un jour, qu'il y échapperait pas. Sa mère avait nourri certains espoirs, pas lui. Il se connaissait de l'intérieur. Il avait épuisé sa bonne fortune, il accomplissait son destin et, tout bien considéré, il avait eu de la chance.

Il allait exploser le maton. Et tous ceux qu'on voudrait. Il prendrait ça comme un match à disputer. Il descendrait tôt dans leur fameux couloir et se ferait un déroulé mental de l'action, il visualiserait son adversaire déjà à terre. Il l'attaquerait par-derrière de sorte à cacher son visage. Tout ce qui comptait ici, c'était les actes, les actes tels que les autres les voyaient ; il l'ignorait encore quand il avait débarqué dans la cafétéria, mais maintenant il le savait. Puis il se dit : non. Il pouvait pas faire ça. Il pouvait pas frapper le surveillant. Ses jambes s'étaient remises à trembler, il avait envie de pisser. Il descendit de son lit pour uriner, après quoi il se passa de l'eau sur le visage.

Il entendit Tucker protester : « Tu me réveilles, là. Une fois que t'es là-haut, tu peux pas redescendre de la nuit.

— Toi tu me réveilles en te branlant et après tu me dis que je peux pas pisser ?

— C'est ça, et je te le redirai pas.

— Tu peux me dire tout ce que tu veux, j'en ai rien à foutre. »

Il était sur le point de remonter dans son lit quand

il entendit Tucker bouger ; il envoya un grand coup qui atteignit l'autre en plein visage au moment même où il se levait. Tucker retomba sur son lit, mais sembla en rebondir aussitôt pour se jeter sur Poe, il était très rapide. Ils luttèrent ainsi, grognant, agrippés l'un à l'autre en un double étranglement dans le petit espace qui séparait le mur des lits superposés, combat tout en lenteur, corps à corps visant à trouver la bonne prise, celle qui permettrait la strangulation. Sauf que Poe était de loin le plus fort. Il mit plusieurs coups à son adversaire, dont il saisit bientôt la tête à deux mains pour la cogner contre le sol.

Au bout d'un moment il prit conscience du fait que Tucker ne se débattait plus et que les lumières étaient allumées. Les gardiens arrivaient à la cellule. Il leva les mains mais il eut quand même droit à la bombe lacrymogène ; ils le frappèrent au dos et aux jambes avec leurs matraques. Rien à voir avec des coups à mains nues, les dégâts étaient déjà manifestes. Il se recroquevilla et les coups finirent par cesser, il ne voyait rien, ses yeux le brûlaient, il réclamait de l'eau à grands cris. Il les laissa le menotter, le mettre debout et l'entraîner à travers le bloc ; les autres détenus criaient, tout le monde était réveillé, à regarder. Il ne voyait toujours rien, il étouffait, pleurait, se sentait mouillé de partout, sans savoir si c'était de l'eau, de la salive, des larmes ou du sang. Il buta contre quelqu'un, un gardien ; ils crurent qu'il essayait de se libérer et se remirent à le frapper, il s'effondra. On le traînait à nouveau, ils devaient être nombreux. On le traînait dans un escalier et il souleva la tête pour qu'elle ne heurte pas le ciment ; il reçut un seau d'eau sur le visage et eut moins mal aux yeux. On le redressa pour le pencher au-dessus de quelque chose ; nous y voilà, se dit-il, cette fois tu vas y passer. Mais c'était encore de l'eau, un jet qu'on lui envoyait dans les yeux. Rien qu'un lavabo. On lui nettoya le visage avant de l'emmener dans un autre quartier de la prison, en sous-sol. Il fut mis dans une cellule de la même taille que celle du bloc mais avec un seul lit. Couché sur le dos sur un matelas toujours aussi peu épais, il savourait son soulagement, ses yeux ne le brûlaient plus.

Il savait qu'un gardien était encore là. Il l'entendit allumer une cigarette, qu'il sentit aussitôt.

« T'as du fric ? demanda le gardien.

— Non », répondit Poe. Son nez coulait toujours abondamment à cause du gaz lacrymogène et il se redressa pour se moucher.

« Doit bien y avoir quelqu'un que tu peux appeler.

— Pas vraiment.

— Bon. » Le gardien avait l'air pensif. Il proposa à Poe le reste de sa cigarette, Poe se leva pour venir la chercher.

« Tu le sais peut-être, ou peut-être pas, dit le gardien, mais de notre côté on a des raisons d'être bien contents que ce petit merdeux ait pris sa pâtée. Sauf que c'était franchement con de ta part. Y vont pas te le pardonner. »

4

Harris

Bien sûr qu'il avait envie de voir Grace ce soir, mais Monsieur Pas-de-roulis savait qu'il valait mieux attendre. Pas s'emballer. Il était en route pour chez lui quand l'idée de passer toute la soirée en tête à tête avec son chien lui parut insoutenable. Il se gara sur le bas-côté et sortit son portable pour appeler Riley Coyle.

« Je bois un coup avec les enfoirés habituels, dit Riley. Rejoins-nous au Cul-de-sac. »

Harris rentra se changer et reprit la route en sens inverse. Évidemment, tout ça c'était surtout — non, pas surtout, en partie, une petite partie, vingt pour cent — parce que s'il avait un coup dans le nez il appellerait Grace. Et elle décrocherait. Et alors...

Le Cul-de-sac était un des rares bars à être restés ouverts sans interruption depuis que l'aciérie avait fermé, et la grande blague, c'était de dire qu'il n'avait pas été nettoyé depuis avant que l'aciérie ait ouvert. Grande salle confortable tout en longueur, panneaux de bois, lumière tamisée et vue sur la rivière depuis la terrasse, derrière. Riley, Chester et Frank travaillaient à l'aciérie dans le temps. Frank avait fini par retrouver du boulot dans l'usine US Steel à Irvin, Riley avait ouvert un petit magasin d'outillage et Chester avait dégoté un MBA. Il évoluait maintenant dans d'autres cercles, faisait du consulting pour des labos pharmaceutiques. À son arrivée, Harris les trouva à une table en train de draguer la femme du patron.

« Salut les gars.

— Johnny-la-Loi ! » dit Riley. Il se tourna vers la femme du patron, une jolie brune de l'âge de Grace qui s'était sensiblement raidie depuis l'arrivée de Harris : « Je crois qu'il a soif.

— Ça va, dit Harris.

— Si, si, il a soif », insista Riley. La femme sourit à Harris et retourna au bar. Qu'elle soit mariée à ce gros lard de Fat Stan, ça paraissait délirant. À croire qu'il y avait pas grand choix dans la vallée. Évidemment, tiens. Prends ton cas. Une femme comme Grace... Il décida de s'asseoir.

« Comment va ?

— Génial, dit Frank. Plus beau jour de ma vie.

— Frankie a un nouveau joujou, dit Chester. Il serait venu avec si sa bourgeoise l'avait laissé.

— T'as fini par l'acheter, ta Corvette ?

— Nan, dit Frank. C'est qu'un quad. Mais un Yamaha 660, quatre-quatre, automatique, lame chasse-neige, treuil, tout le tralala. Et une carriole qui s'accroche derrière.

— Ça a dû te coûter plus cher que ta bagnole, dit Riley.

— Y a des skateboards qui coûtent plus cher que ma bagnole », dit Harris. Il fit un signe de tête à Frank. « La boîte est généreuse ?

— Oh oui. Ils nous ont intéressés aux bénéfices et l'action est montée de cent pour cent. On vient d'embaucher le fils de Benny Garnic, d'ailleurs.

— Je croyais qu'il était informaticien ?

« — Ils ont délocalisé son job en Inde, dit Riley. Le gosse a fait des études pour pas se faire virer comme son père, et puis... »

Harris secoua la tête.

« Ça console un peu, dit Frank. D'un point de vue purement cynique. Ces gens-là ont pas manifesté beaucoup de sympathie pour nous y a vingt ans, je me rappelle tous ces trous du cul qui passaient à la télé pour expliquer que c'était notre faute, qu'on aurait dû aller à la fac.

— Je pense pas que ça console le fils de Benny.

— Je lui ai obtenu dix-neuf dollars soixante de l'heure pour commencer, dit Frank. Il perdra pas sa maison comme on l'a tous vécu. »

La femme du patron reparut avec leurs boissons sur un plateau. « De la part de Fat Stan. C'est la maison qui régale. » De l'autre côté du bar, le patron leur fit un signe de la main et Harris lui rendit son salut. La femme de Fat Stan posa une bière et un petit verre de whiskey devant chacun d'eux, mais ne jeta qu'un bref regard à Harris. « Ravie de vous rencontrer, shérif.

— Je suis simple policier, dit Harris. Et pas de service ce soir.

— Ravie quand même. » Elle sourit, mais s'éloigna presque aussitôt.

« Monsieur le shérif, dit Riley, vous n'allez pas me mettre ces menottes, dites ? C'est que j'ai été très, très vilaine... »

Harris fixa son whiskey et essaya de se souvenir. Est-ce qu'il l'avait jamais arrêtée ? Elle ou un frère à elle, par exemple. Ou bien son père, ou son petit copain, des tas de raisons possibles. La simple présence d'un flic suffisait à rendre certaines personnes nerveuses.

« Si tu bois ça, fais gaffe. Ce gros lard a sûrement besoin d'aide pour une opération racket.

— Ou bien il a une petite culture hors sol à la cave. »

Harris goûta le whiskey. « Au moins il a compris qu'on m'achète pas au rabais.

— La qualité, ça se paie.

— Y a qu'à voir sa femme.

— Paraît que c'est de l'importation.

— Non, vraiment ? » Elle avait les cheveux noirs, mais Harris n'avait pas détecté d'accent. Elle venait peut-être d'Europe de l'Est, comme la moitié de la vallée.

Riley éclata de rire.

« Elle est de Uniontown ! dit Chester. Elle dansait dans le club qu'il avait là-bas.

— À propos, dit Riley, et la tienne de princesse, Johnny-la-Loi, comment elle va ?

— Laquelle ?

— Grace Poe. Ou Grace tout court, si c'est ça, l'actualité.

— Aucune idée, dit Harris. C'est fini depuis longtemps. »

Pendant quelques secondes, personne ne dit rien, chacun évitant le regard des autres.

Chester remuait son verre. « En tout cas, sache qu'on est bien désolés de ce qui arrive à son fils.

— Tous aux abris, ça va chier.

— Riley, s'il te plaît, on peut être sérieux une minute ? dit Frank.

— Mais je suis sérieux. Si on rapatriait tous nos soldats de leur bac à sable irakien, qu'on leur donnait des uniformes bleus et qu'on leur laissait leur M16, on tarderait pas à avoir une criminalité zéro. Qu'on arrête de claquer du fric chez ces Arabes et qu'on l'investisse chez nous.

— Mais de quoi tu parles ? dit Chester.

— Je te garantis qu'à moins de cinq cents mètres d'ici tu peux trouver à peu près toute la dope que tu veux. Voilà de quoi je parle. C'est pas contre Johnny-la-Loi que je dis ça, il lui faudrait trois cents gars pour maintenir l'ordre dans ce patelin. Mais faut pas s'étonner que les gosses qui grandissent ici fassent des conneries.

— On n'en est pas encore tout à fait là. C'est pas encore l'anarchie totale, hein, Bud ? dit Chester.

— Non, dit Harris, loin de là.

— Ouais, enfin, les gens s'affolent un peu à l'idée que certains se croient tout permis, jusqu'au meurtre impuni.

— Je vois pas bien, là », dit Harris. Mais il pensait au blouson.

« Ce que Chester veut dire, c'est que les ragots vont bon train.

— Moi je m'en tape, Bud, dit Riley. Comme ça, c'est dit.

— On vit dans un endroit qui pourrait encore être très bien. Mais faut faire appliquer les lois ; ce qui inquiète les gens, tu sais, c'est que si le taux de criminalité augmente trop, personne voudra venir s'installer ici, ce sera difficile d'attirer des commerces, et cetera.

— Chester, dit Riley, le cas de ce môme a strictement rien à voir avec ce dont tu parles. C'était un putain de clodo, bordel. Et puis faudrait encore que ce soit bien lui le coupable et qu'il y ait pas légitime défense ou je ne sais quoi. Le même putain de clodo qui m'a piqué mon cache-caisse si ça se trouve.

— Je suis pas convaincu, dit Chester.

— Et si je te dis que rien que cette dernière année il y a dix, voire quinze petites usines qui ont fermé dans le coin ? Tu dois pas t'en rendre compte en vivant à Seven Springs, mais ça continue. Nous on a connu le grand massacre, mais aujourd'hui on liquide les survivants. Et va y avoir du dégât, comme pour notre génération, et c'est pas de prendre ce môme pour bouc émissaire qui va arranger les choses pour qui que ce soit.

— À part cette faune des HLM, dit Chester, c'est super de vivre ici.

— Il me faut un autre verre », dit Riley.

Harris lui passa sa bière, il n'y avait pas touché.

« Écoute, Bud, on sait tous que ça paraissait la meilleure solution l'an dernier quand t'as obtenu que Billy Poe s'en sorte en se faisant tirer l'oreille.

— Seulement, maintenant, dit Frank, d'un certain point de vue, et je dis pas que je le partage, mais d'un certain point de vue, Billy Poe aurait dû aller en prison, ça aurait évité cette nouvelle histoire.

— Ni vous ni moi on sait ce qui s'est passé, dit Harris. Personne le sait.

— Ouais, enfin ce qu'on sait tous, c'est que le môme veut rien dire. Un signe d'intelligence peut-être, mais pas d'innocence.

— Rien à voir avec moi. »

Riley avait déjà bu la moitié de la bière de Harris. Fat Stan et sa femme les regardaient de derrière le bar. Harris se demanda ce qu'ils entendaient de là-bas.

« J'en connais qu'espèrent le contraire, dit Chester. Ils seraient contents comme cochons dans la fange d'entendre que t'es encore mêlé aux affaires de Billy Poe.

— Ouais.

— Y en a qui pensent que c'est de la mauvaise graine, ce gosse, et que sans toi ça ferait longtemps qu'il serait en taule. »

Harris remua un peu sur son siège. Il avait chaud aux oreilles. Ben oui, se dit-il, tu t'attendais à quoi. Autant savoir.

« Fais gaffe où tu mets les pieds, dit Chester, c'est tout ce qu'on voulait te dire.

— Ouais, voilà », dit Riley. Il jeta un coup d'œil à Harris. « D'après ce que je sais, ils veulent ta peau en plus de celle de Cunko. » Il vida la fin de son verre d'un trait. « Ta récompense pour une vie au service de la communauté, en gros.

— Qui ça, "ils" ?œ» dit Harris. Puis il ajouta : « Laissez tomber, les gars, je vous demande pas de me le dire.

— Y a pas mal de monde, Bud. »

Riley eut un sourire narquois. « Ouais enfin pas tant que ça. "Ils", c'est Howard Peele des Établissements Peele et Tony DiPietro. Et Joe Roskins aussi. En gros tout le petit club échangiste et cocaïnomane de la chambre de commerce. »

Chester lui jeta un regard désapprobateur.

« Qu'ils aillent se faire foutre, dit Riley.

— Ils sont pas tout seuls.

— Buddy, dit Riley en se penchant vers lui. Je sais de source sûre que Howie Peele se fait livrer sa dose de poudre une fois par semaine par un type de Clairton. Si tu te retrouves coincé, tu peux sortir ça en joker. »

Le visage de Chester s'était pétrifié et Harris se sentait de plus en plus mal. Il avait laissé Howard Peele courir malgré une conduite en état d'ivresse un an plus tôt, il avait fait appeler sa femme pour qu'elle vienne le chercher. Pas le bon message à faire passer, pensa-t-il. Déjà à l'époque il avait eu l'impression de faire une erreur, sans savoir pourquoi. Arrête, c'est pas comme ça qu'il faut aborder le problème. Il se demanda s'il ferait pas bien d'avoir une nouvelle discussion avec Glen Patacki. Il avait besoin d'aller quelque part où il pourrait réfléchir à tout ça.

Riley interrompit ses réflexions. « Je sais ce que tu penses, Chester. Mais j'ai pas peur de ce connard et tu peux le dire à qui tu veux.

— Calme-toi, dit Harris.

— Un meurtre, c'est sérieux, dit Frank doucement. Personne dira le contraire.

— Ça dépend, dit Riley, de retour dans la conversation.

— Les gens se demandent si faudrait pas du sang neuf.

— Oui, dit Harris, et ils ont sans doute raison. »

5

Isaac

Droit devant, il voyait les lumières et les panneaux d'un centre commercial. Il marchait très lentement, il lui fallut une éternité pour traverser le parking ; une fois à l'intérieur, il se tint sous le souffle d'air chaud de l'entrée jusqu'à ce que la personne de l'accueil lui fasse signe d'avancer. Le genre Armée du salut, qui vous examine des pieds à la tête. Et qui allait sûrement prévenir la sécurité.

Drôlement éclairé, par ici, se dit-il. Tout ce que je veux, c'est dormir. Trouve-toi un coin tranquille. Non, mange d'abord. Pars pas d'ici sans avoir mangé. Y a un Taco Bell juste là, et un Pizza Hut, tu peux bien dépenser deux dollars. Il se mit dans la queue du Taco Bell et jeta un œil au menu. Le plus calorique, c'est quoi ? Deux burritos aux haricots rouges et un taco. Repas équilibré. Le corps est un temple.

Une fois sa commande récupérée, il prit un verre d'eau et s'assit pour manger, tout doucement. Presque trop fatigué pour ça. Attends un peu. Non, tu commences déjà à émerger, comme si littéralement tu remontais du fond de l'eau. Le taux de sucre dans ton sang augmente. Ferme les yeux, une minute.

« Jeune homme ? Jeune homme ? »

Il ouvrit les yeux. À la table d'à côté, une vieille dame était tournée vers lui :

« Vous vous êtes endormi. »

Il hocha la tête. Bon, réveille-toi. Non mais regarde-la — contente d'elle — comme si elle t'avait sauvé de quelque chose. Trouve un autre endroit où te reposer. Oublie, c'est pas au menu : la galerie commerciale va finir par fermer et tu te retrouveras à la case départ. Je pourrais aller dans un abri pour SDF. Sauf que c'est le premier endroit où ils vont te chercher. Clochard criminel. N'importe qui d'autre aurait quitté la ville. Sauf que j'ai pas de blouson et que je sais pas où je suis. Il regarda du côté du supermarché. D'accord. D'accord, j'y vais.

Il s'engagea dans une allée avec son caddie, musique d'ambiance doucereuse typique. Les autres clients regardaient fixement leurs produits jusqu'à ce qu'il les ait dépassés. Gênés de te regarder. Évidemment. Mais le kid s'en fout. Investi d'une mission autrement plus noble — développement personnel. Accumulation des ressources. Comme l'homme originel — construire à partir de rien. Une nouvelle société. Qui commence au rayon hommes. Tous ces manteaux. On en sous-estime souvent la valeur. Dans l'ancien temps on mettait des mois à s'en fabriquer un. Aujourd'hui il suffit d'aller dans un magasin. Détends-toi, elle te regarde.

Passa près de lui une employée en blouse qui le regardait même avec insistance. Il bifurqua vers l'autre bout du magasin, du côté des produits de toilette : rasoir, savonnette, mousse à raser. Du déodorant peut-être. Anticipe. À un autre rayon il se fit un stock de barres énergétiques. La marque préférée de Lee, approbation totale du kid. Ne prends pas plus que ce que tu peux porter. Mais le voilà aux articles de sport — un rayon entier de couteaux de chasse. Mets-en un dans ton caddie. Dix centimètres de long. La vérité, le kid la connaît : un homme sans couteau n'est pas un homme.

Retour au rayon vêtements. Il choisit un pantalon propre, une chemise, des chaussettes, un caleçon et un lot de tee-shirts. Bonne odeur de neuf. Un peu plus loin il prend la veste la plus épaisse du magasin, grosse toile doublée de laine. Presque un sac de couchage, cette veste. Prends un autre pull en laine polaire. Le kid apprécie la qualité. Un bonnet à présent, peut-être deux. Ça sera royal de dormir avec deux bonnets. Le kid, il se soucie de son avenir. Grand ordonnateur de préparatifs. Mais voilà une enquiquineuse.

Une autre employée, petite femme maigre d'une soixantaine d'années, s'approcha pour demander s'il voulait essayer quelque chose.

« Non, madame, dit-il, je connais ma taille. » Il lui sourit.

« Bien, monsieur », dit-elle, sans bouger. Elle croit voir clair dans le jeu du kid. Elle le soupçonne de certaines intentions. Dire qu'il pourrait être son petit-fils ; mais elle s'en fout — son employeur d'abord. Loyauté à la boîte avant toute humanité. Direction les caisses. Comme si t'achetais.

Il fit la queue, écoutant un type devant lui parler au téléphone. Y a du monde dans le magasin, se dit-il, le kid n'est ni bien grand ni bien menaçant. Il envoie de bonnes ondes, cinquante kilos d'amour. Aucune raison de vous méfier. Plein d'autres choses à regarder.

La queue avançait lentement. L'employée qui l'observait finit par partir. Isaac sortit de la file et se dirigea vers les cabines d'essayage. Pourvu qu'elles soient pas fermées. Dépêche-toi de rentrer. Là.

Il entassa ses divers articles sur la veste et porta le tout dans la petite pièce qu'il ferma à clef avant de se déshabiller. Il commença par mettre le pantalon neuf. Attends, change d'abord de caleçon. La dignité commence là. Il se déshabilla donc totalement et se regarda dans le miroir — air maladif, cheveux dégoûtants, visage marqué par une semaine de mauvaise alimentation. Image standard du réfugié. Qu'il maigrisse encore un peu et le vent le balaiera jusqu'au Kansas.

Il enfila ses nouveaux vêtements, puis remit les vieux par-dessus. Même allure à peu près. Boudiné ici ou là peut-être. Couteau à la ceinture, rasoir et savon dans les poches du pantalon, barres énergétiques dans celles de la veste. Paré pour la bataille. De la prestance, avec ça. Porte négligemment la veste par-dessus l'épaule, comme si elle t'appartenait. On peut ralentir le kid, mais pas l'arrêter. Ceux d'en haut préféreraient le voir paralysé — leur argent, sa vie. Mais ils ne savent pas ce qu'il a traversé, aussi ne leur en veut-il pas. Décidément magnanime, le kid.

Il vérifia que la voie était libre avant de quitter la cabine d'essayage, puis se dirigea prestement vers la sortie, transpirant déjà sous la couche de vêtements supplémentaire. Il les bat à leur propre jeu, les yeux rivés sur le lino, pas nerveux pour un sou. Longues files de gens qui gaspillent leur argent. Sortie à droite. Trente secondes. Aïe. Voilà les emmerdes. C'est le moment d'enfiler la veste.

« Monsieur, appela une voix de femme. Monsieur, vous devez passer aux caisses. »

Te retourne pas. Fais comme si t'entendais pas. Mets la veste. Il sentit une poussée d'adrénaline à l'approche des portes, continue, se dit-il, continue, tu y es presque, *monsieur*, disait la voix, *monsieur, nous souhaiterions vous parler,* puis des gens se mirent à crier et il y eut une annonce au haut-parleur, *tous les employés sont priés de se rassembler, code alerte soixante-seize.*

Du coin de l'œil il vit quelqu'un courir et fit de même. Entre lui et les portes, il n'y avait que le vieux monsieur en gilet bleu qui faisait l'accueil, ils se regardèrent droit dans les yeux ; Isaac fonçait sur lui à toute allure, au dernier moment le type s'écarta.

Il se heurta aux portes et perdit du terrain, mais voilà qu'il était sur le parking, espace ouvert. La distance la plus courte ? Prends à droite. Ils sont derrière toi. Mets ce caddie en travers de leur route. Non, oublie. Il courait vers la zone boisée au bout du parking. Voitures au ralenti, des gens et leurs achats, bruits de course juste derrière lui. Ses muscles le brûlaient, il voyait chaque pas qu'il devrait faire. Une fois dans les bois ce sera gagné. Les bois, tiens jusqu'aux bois. Quelque chose frôla sa veste, on le tenait presque, mais son poursuivant trébucha et il l'entendit tomber. Y a quelqu'un d'autre.

Tout au bout du parking les bruits de pas derrière lui ralentirent avant de cesser totalement. Il sauta par-dessus le muret sans changer d'allure, plongeant dans la pente couverte d'herbe, tu vas tomber, se dit-il, mais il garda l'équilibre. Enfin il fut dans les bois, à l'abri de l'obscurité, courant toujours.

6

Henry English

Sa fille était montée se coucher. Dans sa chambre, Henry tâchait de trouver le courage de passer de son fauteuil à son lit. Une pièce exiguë, qui avait dû être la chambre de la nanny ou de la bonne.

Il y avait une rampe en tête de lit, mais quand même. D'ordinaire son fils lui donnait un petit coup de main. À présent il lui fallait franchir ce vide, attraper la rampe d'une main, se soulever et passer jusqu'au lit, traînant ses jambes derrière lui. Les cinq soirs précédents, il y était parvenu, mais de justesse. S'il tombait, il passerait la nuit par terre. Et mourrait sans doute de froid. Il n'avait pas voulu que sa fille l'aide. Préférable de s'en sortir seul. Prix à payer.

Il allait moins bien qu'il croyait, l'absence du gamin le forçait à l'admettre. Quand bien même il arriverait à se mettre au lit, il lui faudrait quarante-cinq minutes pour se déshabiller ; il devrait élaborer toute une stratégie, se redresser, pivoter la première jambe de quelques degrés, puis l'autre, plier le genou de tant, puis l'autre — en espérant que le premier retombe pas pendant que tu t'occupes du second. Il était plus faible, plus raide, presque une rigidité cadavérique. Je vais dormir dans mon fauteuil, se dit-il. Mais ça n'était pas vraiment possible.

Il ne pourrait pas continuer comme ça bien long-temps, à cacher à Lee la réalité de son état. Il avait besoin d'un bain, il s'était pas lavé depuis le départ du petit, elle s'en rendait compte, il le voyait bien. Son regard quand elle lui avait dit bonne nuit, comme d'embrasser un bébé. Pénible. Elle va te mettre en maison. Isaac aurait jamais fait ça, ça lui aurait même pas traversé l'esprit. Mais Lee était pragmatique, elle avait le cœur un tout petit peu plus froid.

C'est le gamin qui te perturbe. Six jours qu'il est parti. Il a dû se faire avoir par des clodos. Puis : Non, il est plus coriace qu'il en a l'air. Sans parler de tes quatre mille dollars, pas vraiment de quoi le motiver pour rentrer. Putain, se dit-il. Il sentait la pression monter en lui, il fallait qu'il se défoule sur quelque chose ; il frappa le bras du fauteuil, frappa le matelas, serra sa mâchoire aussi fort que possible, à s'en casser les dents. C'est alors qu'il s'aperçut dans le miroir, visage rouge et déformé, crise de colère.

Calme-toi. Lis un moment. Il roula à l'autre bout de la pièce, sous la lampe, d'où il ne verrait pas le miroir. Il ramassa le programme télé. C'était sa faute, le matelas était trop mou et il n'avait pas de prise, le lit datait d'avant les enfants. Son lit de mariage. Il sentait les ressorts lui labourer le dos quand il dormait mais jamais il n'en changerait. C'était le dernier lit dans lequel avait dormi Mary et ce serait son dernier lit à lui aussi ; parfois elle lui apparaissait encore, la nuit.

La vérité, c'est qu'il n'en avait plus pour longtemps. Ses jours étaient comptés. Un vieux pin, aux racines affaiblies, emporté par son propre poids. À l'intérieur de lui c'était la grève générale, reins, foie, pancréas ; on lui arrachait des bouts d'intestin, appendice, vésicule biliaire, il n'avait rien le droit de manger. Pas d'alcool, pas de matière grasse. Régime sans sel. Le déjeuner de Lee, hier, tout ce fromage, tous ces produits laitiers, il avait passé la moitié de la journée sur le trône. À se vider par le bas. Elle voulait l'emmener au cinéma, il avait dit qu'il était fatigué. Pas la vraie raison. Il l'avait poussée à sortir pour pouvoir chier en paix.

On pouvait durer presque toujours en ne se faisant bouffer que petit à petit — avant il trouvait ça magnifique, triomphe de la volonté humaine, rester en vie coûte que coûte. Shakelton et ses expéditions, endurance hors du commun. Une raison de garder la tête haute. Sauf que c'était qu'une attitude, une façon de voir les choses qui changeait rien à la réalité. À savoir qu'il n'était qu'un bout de viande en lente putréfaction. Une tête accrochée à une vieille carne, à peine capable d'enlever son pantalon. N'importe quel autre animal, on l'aurait achevé, couché dans sa propre pisse.

Des mots des mots des mots, se dit-il. Que de la gueule. Y a un neuf millimètres dans le tiroir pour le jour où t'en auras marre ; tu peux toujours en parler avec M. Browning, il a un bon conseil à te donner quand tu seras disposé à l'entendre. Mais ça fait treize ans qu'il se tait. Parce que que t'as que de la gueule.

Il reposa le programme télé, ça ne servait à rien. Il alla à son bureau, tout ça il l'avait provoqué, c'était les petites absences de la tête qui causaient votre perte. Il avait manqué de rigueur, à laisser l'argent où le gamin pouvait le trouver. Il aurait dû mettre ça sous clef, le cacher ailleurs. Les factures s'accumulaient, l'hôpital, encore un rendez-vous, ils ne regroupaient jamais rien ; un tas de connards qui tenaient à leurs vingt-cinq dollars par visite. Des médecins de quinzième zone, la cambrousse, personne de vraiment compétent, pratiquement des vétérinaires. Quand ils lui avaient trouvé une grosseur sur la prostate, il les voyait déjà se frotter les mains : encore des examens et des opérations. Il avait pris rendez-vous avec un spécialiste en ville, un Indien, Ramesh, Ramid, presque impossible de comprendre ce qu'il disait, mais un type compétent, sympathique. Ramesh avait vérifié et vérifié encore, mais la grosseur avait disparu, sans doute qu'elle avait même jamais existé. Il lui avait dit : Docteur, j'ai jamais été aussi content qu'un gars me foute un doigt dans le cul. Ramesh avait compris de travers. Un homme petit, prudent. *Je n'ai pas aimé ça plus que vous, monsieur English*. Après il arrivait plus à te regarder. Un type bien sauf que tu peux plus y retourner.

Il roula jusqu'à la fenêtre, quartier de lune, il voyait tout, le squelette de la maison d'à côté, celle de Pappy Cross, vide depuis douze ans. Parti rejoindre ses fils dans le Nevada. En deux semaines on lui avait volé ses gouttières, sa porte de sécurité, ses doubles fenêtres. Henry l'avait appelé pour le prévenir. Il avait jamais rappelé. Et la maison qui n'en finissait pas de moisir.

Il entendit du bruit à l'étage, mais ce n'était que Lee qui marchait. Bientôt elle devrait rentrer chez elle, elle allait pas attendre éternellement comme Isaac. Admets-le, pensa-t-il. Un homme, un vrai, n'aurait pas fait ça. Ce que tu as fait subir à ce gosse — c'est les parents qui sont censés se sacrifier pour leurs enfants, pas le contraire. Le petit était un génie, littéralement, ils lui avaient fait passer les tests sans lui dire, cent soixante-sept il avait eu, plus que sa sœur. Mais, c'était dur à définir, il y avait toujours eu quelque chose qui le gênait chez son fils, intelligent et bête à la fois. Comme s'il fallait toujours qu'il fasse tout de travers. Championnat junior de base-ball, le gosse avait douze ans : il relève le lanceur, il a un bon coup de bras, mais il craque sous la pression, huit points dans les dents, son équipe perd. Et après, comme si de rien n'était. Absurde. Ce que ça peut vous faire, de voir votre fils perdre. Mais lui il avait aussitôt tourné la page, il s'en fichait.

Non, se dit-il, t'as jamais eu le choix, Lee Anne est partie et y avait rien à faire. Et le petit avait les épaules assez solides, il est plus fort qu'elle. Elle est pas ce qu'on croit à l'écouter. Ça l'aurait tuée, de rester. Henry réfléchit, il serait passé sous les roues d'un train pour n'importe lequel de ses enfants. Évidemment. Le petit était son fils. Mais c'était normal d'avoir des préférences, son propre père l'avait préféré, lui, à son frère, c'était comme ça, la vie. Il avait pas de quoi donner aux deux. Non, tu mens. Tu voulais pas rester seul et tu as fait tes choix.

De toute façon il était temps de laisser partir le gosse, l'heure du dernier voyage. Direction la maison de retraite, les vieux en couches, nettoyés par des inconnus. Il tiendrait deux semaines. Une vie pour une vie. Il regarda les cerfs brouter autour de l'ancienne maison de Pappy Cross, se demanda si Pappy était encore vivant, douze ans que la maison était à vendre ; un de ses fils était venu, il avait logé à l'hôtel, embauché quelqu'un pour faire tomber tous les arbres, même les jeunes pins, des arbres à quarante dollars, vendus à l'usine, empoché l'argent. Est-ce que Pappy était au courant ? Une maison qui moisit dans un champ de souches, bientôt il ne restera rien ; des endroits comme ça il y en a des milliers, à cet instant et à travers les âges. La terre est faite d'os. Bois, matière première et dernière, sait-on jamais ce qu'il y a eu avant nous.

7

Poe

Sa nouvelle cellule n'avait pas de fenêtre et la lumière y restait allumée en permanence, mais au moins elle était tout à lui. On devait être en fin de matinée : on lui avait apporté un petit déjeuner et ça remontait à quelques heures — encore que même ça il en était pas sûr. Mais quelle importance. Il aurait tout le monde contre lui maintenant, toute la prison, Noirs et Blancs, une coalition de tous ceux que ça chanterait ; il était revenu sur sa parole, avait tabassé un autre type, il s'était battu avec des gars des deux bords. Il se demanda comment il avait pu faire ça, c'était une règle de base : choisis tes ennemis. Il avait choisi tout le monde. Il se demanda aussi s'il avait tué Tucker. Pas que ça changerait grand-chose, il s'en foutait bien, on n'était pas dans une logique mathématique. Quoi qu'on fasse de sa vie, au bout, on trouvait toujours la mort. Ils le tueraient, sans aucun doute, à la première occasion.

Il fut pris de frissons, se mit à transpirer profusément ; il était trempé, gelé, alors qu'une minute plus tôt il avait chaud. Il se leva, fit les cent pas dans sa cellule, tâtant les murs, secouant les barreaux — inutile, lois de la nature —, il allait crier, certaines choses en lui devaient sortir. Sauf que non. Il allait se comporter en homme. Se coucher et se calmer. Ce qu'il fit. Il était trempé de partout, son cuir chevelu le démangeait, on aurait dit une attaque cardiaque, il allait mourir là dans son lit. Au bout d'un moment la crise passa ; sentiment de faiblesse, comme d'avoir été vidé de tout.

Pourtant il y avait une issue. Évidente, sous son nez. Il suffisait qu'il dise la vérité pour que tout change, son avocat voudrait strictement la même chose que les autres. C'était bien son but, à l'avocat. Le tirer de là. Lui sauver la vie.

Sauf qu'il ne s'agissait pas tant de sauver que de troquer. Isaac et Lee. Mais sa vie à lui. Contre une promesse qu'il avait faite. Contre ce qu'il savait : qu'il y avait les bons et les autres, qu'Isaac faisait partie des premiers et qu'ils n'étaient pas très nombreux. Lui, Poe, était là où on pouvait s'attendre à le trouver ; c'était son habitat naturel, pas celui d'Isaac. Peut-être pas là exactement — c'était peut-être pas précisément cet endroit-ci auquel il était promis, mais il l'admettait, ça ne le surprenait pas d'être là, pas vraiment. Il y avait déjà presque fait un petit séjour l'an dernier, sauf que Harris et sa mère l'en avaient tiré. Ça n'était pas un sale coup du destin, il n'était pas né en exil ; c'était ses choix à lui, il pouvait bien les assumer. En accepter les conséquences.

Et pourtant — si un avocat lui demandait ce qui s'était passé, comment ne pas décrire les faits ; ce ne serait pas tant l'être humain en lui qu'autre chose qui parlerait. Si on lui posait la question, il raconterait. Pas le choix. Mais si on lui posait pas la question, il dirait rien. Équitable, chance égale des deux côtés. Sauf qu'il savait bien qu'on lui poserait la question. Une question inévitable : qui a tué l'homme retrouvé mort dans l'atelier d'usinage ? Il avait l'impression que ça remontait à des années, putain, à la préhistoire, c'était du passé. Mais c'était aussi la raison de sa présence ici. On lui poserait la question et il répondrait. C'était la vérité, après tout. La stricte vérité.

Il se releva pour aller et venir, trois pas jusqu'au mur du fond, demi-tour, trois pas de nouveau. Avant le déjeuner, ils avaient dit, l'avocat devait venir avant le déjeuner ; ça faisait déjà un bail depuis le petit déjeuner. Oui, pensa-t-il, c'est tout toi. Un puits de malchance quelque part, tu te débrouilles pour le trouver ; sauf que c'était pas qu'une question de chance, il y avait eu des tas de moyens d'éviter ça, il n'en avait choisi aucun. C'était sans espoir, une cause perdue. Il avait traversé la vie en somnambule, s'était laissé emporter par les courants. Emporter de plus en plus vite, sans rien remarquer. Il était au bout maintenant, au bord du gouffre. Y avait pas eu que l'histoire de la fac, mais d'autres choix aussi, des choix qui l'avaient révélé aux autres, des choix que la moitié de la ville se serait empressée de faire, mais que lui, Poe, avait boudés. Orn Seidel l'avait contacté juste après le lycée, y avait une ouverture auprès d'une boîte qui faisait des membranes en plastique pour des sites d'enfouissement de déchets. Ça impliquait de sillonner le pays. Dans les nouveaux sites, on mettait les membranes en plastique en dessous, avant de déposer les déchets, pour éviter les fuites dans les cours d'eau du coin par exemple. Dans les sites plus anciens, on les refermait, un peu comme des sacs à congélation géants, un bon couvercle en plastique, et puis on gonflait les sacs d'air pour vérifier l'étanchéité, et avant qu'ils soient recouverts de terre, on pouvait courir sur des centaines de kilomètres carrés de plastique, sauter et rebondir, c'était comme marcher sur la Lune, avait dit Orn, ça payait quatorze dollars de l'heure. Mais c'était pas vraiment marcher sur la Lune. C'était s'occuper des ordures des gens. Des techniciens, ils se faisaient appeler, mais c'était pas vraiment ça. C'étaient des gars qui posaient du plastique sur des tas de déchets, des gars qui bossaient dans des décharges. Ton pays peut faire mieux que ça pour toi, avait pensé Poe.

Et puis l'oncle de Mike DeLuca, dernière grande chance accordée à Poe, le troisième coup du batteur en quelque sorte, du travail de démontage, démantèlement de vieilles usines et autres fabriques, aciéries fermées un peu partout, localement et dans le reste du pays. Encore un boulot de nomade. Poe avait envoyé sa candidature et obtenu un entretien, mais ça voulait dire être tout le temps sur les routes, vivre sans jamais défaire ses bagages ; le type qui faisait passer l'entretien avait dû lire quelque chose dans le visage de Poe. Aujourd'hui ça se passait surtout sur le Midwest, à démanteler les usines automobiles du Michigan et de l'Indiana. Et un jour, même ça, ce serait fini, et y aurait aucune trace, rien qui soit encore debout pour témoigner qu'on avait un jour construit quoi que ce soit aux États-Unis. Ça allait causer de gros pépins ; il savait pas d'où ça lui venait mais c'était son intuition. Un pays de la taille des États-Unis qui fabrique pas ce dont il a besoin, laissez tomber. C'est pas sans conséquence.

L'oncle de Mike DeLuca, il avait passé vingt ans à travailler dans des aciéries et vingt ans à les démonter, les rendre bonnes pour la casse, une espèce de revanche, sur l'usine, sur son licenciement, enfin pas vraiment une revanche, un boulot dont personne voulait — les mensonges qu'il devait inventer en arrivant dans les petites villes quand une serveuse lui demandait *alors, qu'est-ce qui vous amène par ici ?*

Fallait pas dramatiser. Il avait eu une vie sympa, chef de bande, héros du cru, pas nombreux à pouvoir en dire autant. Il avait couché avec quatorze filles, là encore, pas nombreux, etc. Peut-être que l'une d'elles avait eu un enfant sans qu'il soit au courant, la vie après la mort. Sauf qu'on pouvait éviter d'en arriver là. Il avait qu'à dire la vérité. Toute la vérité, rien que la vérité. Il avait pas tué le gars Otto : on le libérerait et ces types, là, Clovis et les autres qui voulaient sa peau, il les reverrait jamais.

Vieille sagesse populaire, la vérité libère. Il pourrait à nouveau respirer dehors, s'asseoir et sentir l'air de la rivière sur sa peau tandis qu'il pêcherait, assis à l'ombre, mangerait un sandwich à l'œuf, tirerait un lapin avec un .22. Putain, un .22, ce qu'il pourrait faire ici avec ça, un .22, le plus faible des calibres, il ferait la loi. Il pourrait partir d'ici, être au chaud sous la couette avec Lee, les jambes de Lee, dressées comme une tente, l'odeur de la peau de Lee, sa douceur, l'endroit plus dru entre ses cuisses. Infini. Les plaisirs de l'existence se comptaient par millions, on pouvait passer sa vie entière à en faire la liste, différente pour chacun, l'écorce d'un chêne au toucher, la lumière d'une pièce, un grand cerf dans le collimateur et décider de ne pas tirer. Un privilège qu'on pouvait perdre à tout moment ; il n'avait pas su l'apprécier, mais il allait changer sa vie. Il allait lui donner un sens. Se laisser porter par le courant, ça finissait toujours par se payer ; il le savait pas avant, mais maintenant, si, et il allait tout changer.

Il se coucha sur le sol de ciment, mit sa tête sous le lit et resta là, visage dans l'obscurité. Il pouvait pas dire la vérité parce que c'était pas vraiment la vérité. Lee lui pardonnerait pas. Elle le verrait pour ce qu'il était. Elle repenserait jamais à lui, le haïrait d'une haine sans précédent, pas besoin d'être un génie pour savoir ça. Elle connaissait toute l'histoire. Ça avait été une erreur de lui raconter. Mais pas de marche arrière possible, c'était incontournable ; elle lui pardonnerait pas que ce soit son frère le coupable, elle pourrait pas faire comme si de rien n'était.

À y réfléchir, il se sentit plus mal encore, il transpirait de nouveau. Non, il le permettrait pas. Il s'était lui-même piégé en lui racontant. Mais il pouvait pas mentir de toute façon. De toute façon il l'aurait jamais fait, balancer son meilleur pote, il était pas comme ça, il pouvait y penser mais pas le faire. Comme de toucher qu'avec les yeux.

Sauf qu'il verrait bien. C'était la vie. C'était comparer des idées à la vraie vie — pas valable, comme comparaison : des mots contre du sang. Il verrait bien. Quand l'avocat viendrait il signerait les papiers et puis voilà. Il parlerait pas spontanément mais si on lui posait la question il raconterait. Il aurait pas le choix. Si on lui demandait rien, il dirait rien. Sauf qu'on lui demanderait. Ce serait même la première chose qu'on lui demanderait, à tous les coups.

Hors de question qu'il parle à l'avocat. Il s'en tiendrait à sa colère, il réfléchirait à comment impliquer Clovis ou même Black Larry, il les ferait plonger avec lui. Sa chute le transformerait en légende, aussi simple que ça, on pouvait changer sa destinée en un éclair. Il entendit un bruit quelque part. Il était toujours couché sous le lit. Il regarda ce qui se passait, un gardien tapait sur les barreaux.

« Les menottes. Ton avocat est là. » Le gardien

ouvrit une fente dans la porte pour que Poe lui tende ses mains.

Mais Poe secoua la tête. Il se leva pour aller aux toilettes ; impossible d'uriner, il était trop nerveux, rien ne sortait.

« Ramène-toi là que je te passe les menottes », dit le surveillant. Un petit gros, crâne dégarni, visage jovial, joufflu, l'air content qu'il le veuille ou non.

« Je bouge pas d'ici, dit Poe.

— Arrête de jouer les rebelles, Ducon, et sors d'ici avant que je te foute les gars de l'équipe d'intervention à risque au cul.

— Vous gênez pas, ils peuvent me traîner hors d'ici mais moi je bouge pas.

— T'es vraiment un petit connard lobotomisé, hein ?

— Ouvrez cette porte et vous allez voir si je suis lobotomisé. »

Le gros le fixa d'un air amusé. « D'accord », finit-il par dire avant de donner un coup sur la cellule et de s'éloigner.

« Hé, dit Poe.

— Déjà changé d'avis ?

— Qu'est-ce qu'il est devenu ? Mon coloc ?

— Ils l'ont emmené à l'hosto à Pittsburgh.

— Il va en revenir ?

— Si y revient je pense pas qu'y sera en état de faire des ennuis à qui que ce soit.

— J'en ai rien à foutre de lui.

— Personne en a rien à foutre de lui. S'ils l'avaient pas sorti si vite de l'infirmerie, y a bien cinquante gars qui l'auraient achevé.

— Ça va m'aider ?

— Y aura pas de nouvelle plainte contre toi, ça je

te le garantis. Maintenant ramène ta fraise que je te passe les menottes.

— Non.

— Je connais pas tes raisons, mais si tu crois que tes potes au pays feraient pareil pour toi, je te promets que tu te plantes, et si tu me crois pas, t'as qu'à regarder dans ta cellule et me dire si tu les vois, tes poteaux. Alors ramène-toi. Au moins donne-toi une chance.

— Vous fatiguez pas. »

Le gardien lui jeta un dernier regard avant de disparaître. Poe l'entendit traîner les pieds en s'éloignant dans le couloir.

8

Lee

Elle avait passé presque toute la journée en voiture, à chercher un endroit où lire, s'arrêter puis repartir, passer devant chez de vieux amis, d'anciens professeurs ; mais c'était égal. Il n'y avait rien ici pour elle. Peut-être que ça changerait un jour, mais pour le moment c'était comme ça. Elle avait quelques souvenirs nostalgiques, pas beaucoup. Pour l'essentiel liés à son frère. À moins que ce ne soit une illusion rétrospective.

Elle avait toujours su que ça ne serait pas facile pour lui, son manque d'aisance avec les gens, avec les amis qu'elle avait au lycée. Personne ne savait trop comment le prendre. Lui-même ne savait pas. À part sa sœur, il ne connaissait personne qui lui ressemble. Et les gens de son âge avaient tendance à prendre sa générosité pour de la condescendance, partant du principe qu'il était forcément aussi insupportablement exigeant avec eux qu'avec lui-même. Il avait dû finir par abandonner la partie.

Elle se sentit gagnée par la colère, colère envers elle-même surtout, mais aussi envers ses anciens camarades de fac. Deuxième année, tout le monde dans la chambre de Gretchen Mills, et quelqu'un, Bunny Sachs peut-être, qui dit : « Hé les amis, on n'aura plus jamais

408

rien d'aussi difficile à faire, j'espère que vous en êtes conscients. Rien de plus dur au monde que d'entrer dans cette fac et on l'a fait. »

Mais, évidemment, ils n'avaient rien fait du tout. Ils étaient nés des parents qu'il fallait, dans les quartiers qu'il fallait, avaient fréquenté les écoles, reçu l'éducation, passé les examens qu'il fallait. Ils ne pouvaient tout simplement pas échouer. Ils avaient travaillé dur, mais toujours avec l'idée qu'ils obtiendraient ce qu'ils voulaient — ils n'avaient pas de raison de croire le contraire. Très peu d'entre eux avaient réellement dû se battre pour leur place. Ils étaient tous d'accord pour dire qu'ils étaient privilégiés, mais au fond ils étaient persuadés que c'était mérité.

Et bien sûr, elle n'avait rien dit. Elle le regrettait, mais elle n'avait rien dit. C'était facile de le regretter avec le recul, mais à l'époque elle voulait s'intégrer, faire comme Benny et penser que oui, elle méritait la vie heureuse qu'elle menait.

L'amitié entre son frère et Poe la déconcertait toujours. Comme sa propre amitié avec Poe avait dû déconcerter son frère. C'était peut-être que les gens les avaient toujours placés aux antipodes, Poe et Isaac — Poe à cause de son talent pour toutes choses physiques, Isaac à cause de son intelligence. En fait, ils étaient tous deux les meilleurs dans leur domaine à l'école. Cette aigreur particulière aux petites villes avait dû se délecter de les voir tous deux échouer.

Après la première visite d'Isaac à Yale, elle avait cru qu'il reviendrait, un mois, l'été, elle se débrouillerait pour trouver de quoi payer une garde à temps plein pour son père, rien qu'un mois. Elle avait déjà deux cartes de crédit à l'époque — elle trouverait bien un moyen de rembourser.

Mais Isaac n'avait pas répondu à ses invitations. Il avait déjà changé. Non, se dit-elle, peut-être tout simplement qu'il ne voulait pas laisser leur père. Henry aurait considéré que son fils s'offrait des vacances dans le Connecticut et Isaac tenait trop à l'estime de son père pour prendre ce risque. Toi tu as eu de la chance, pensa-t-elle. On t'a fichu la paix.

La vérité, c'était qu'Isaac n'était pas aussi prêt au départ qu'il le disait. Il avait eu plus de temps pour penser à leur mère, tandis que Lee, elle, était déjà aspirée dans un autre univers — elle était partie pour Yale presque tout de suite après. L'évolution qu'avaient connue depuis les personnalités de son père et de son frère, elle n'en savait rien. Il pouvait s'être passé n'importe quoi. Tu as eu de la chance, se dit-elle. Tu étais trop égoïste pour ne serait-ce qu'envisager de rester.

Isaac, on pouvait lui donner deux nombres au hasard, lui dire de les multiplier mentalement — 439 fois 892 —, en quelques secondes il avait la réponse. Il la voyait, il n'avait même pas à calculer. Pareil pour les divisions. Une fois, avec une calculatrice, elle l'avait mis à l'épreuve, sûre qu'elle était qu'il avait mémorisé certaines combinaisons, qu'il avait un truc. Mais il n'avait pas de truc. Y a des parties de moi qui m'échappent, avait-il dit en haussant les épaules.

L'étudiant en physique avec qui elle sortait en première année, Todd Hughes, adorait Isaac, il avait reconnu le génie en lui, voulait l'aider avec son dossier. Isaac avait passé presque tout le week-end assis à côté de Todd. Mais elle s'était lassée de Todd. Ou alors c'est qu'elle l'avait rencontré trop tôt, trop jeune. T'aurais dû rester avec lui, pour Isaac, se dit-elle. T'es la seule à ne pas faire de sacrifices dans cette famille.

Simon, qui avait rencontré Isaac le même week-end, ne s'était pas vraiment fait d'opinion et Isaac ne s'était pas vraiment fait d'opinion sur Simon non plus.

À une époque, presque toutes leurs années de lycée, elle avait eu l'impression que si elle fermait les yeux et se concentrait suffisamment, elle pouvait visualiser exactement là où il était. Tu connaissais sa routine par cœur, se dit-elle, rien de magique. Elle conduisait toujours, la route longeait la rivière.

Très bien, se dit-elle. Elle se gara au bord de l'eau, éteignit le contact, et regarda, par-delà le gazon de la berge, le défilé qui se dressait presque à la verticale et la façon dont la rivière disparaissait hors de vue, impénétrable. Elle posa sa tête sur le volant, ferma les yeux et se mit à penser à son frère.

9

Isaac

Depuis l'obscurité des bois, au travers d'un rideau de feuilles, il voyait deux silhouettes se tenir au bout du parking du centre commercial, où c'était encore bien éclairé. Deux jeunes, son âge environ, en gilet bleu. Contents de la distraction — courser le voleur. Ils raconteront à leurs potes comment ils t'ont presque attrapé. Mais de là à te suivre dans le noir...

Il se détourna et s'enfonça plus avant dans les bois. À quelques centaines de mètres, un ruisseau scintillait sous le clair de lune, du moins ce que l'épaisseur des arbres laissait filtrer du clair de lune. Pneus, vieux matelas, bouteilles de bière. Personne va te courir après jusqu'ici. On distinguait un chemin de l'autre côté.

Il n'était pas sûr de la direction, mais il suivit le cours d'eau. Ça a été facile, se dit-il. Tu savais que t'avais besoin de cette veste, t'as pas eu à réfléchir. Laisse les choses advenir, ça marche très bien. C'est quand tu te mets à trop cogiter, à te sentir mal à l'aise, que tu te plantes. Rester dans cette usine après l'arrivée du Suédois et puis revenir bouger le corps. Décider de dormir dans la clairière près d'un type en qui t'avais pas confiance. Lâcher ton couteau alors qu'il était en train de te dépouiller et, à la place, agripper son manteau ; le poursuivre en pleine rue. Qu'est-ce que t'aurais fait si tu l'avais attrapé — déployé tes talents oratoires ?

Si Poe avait été là, il t'aurait jamais laissé faire ça, rester dormir à côté du Baron. Non, si Poe avait été là, j'aurais même pas rencontré le Baron. Mais Poe n'est pas là. Tu le reverras sans doute jamais. Médite, Watson — pense à tous ceux que t'as perdus. Une sensation de vide se nicha dans son estomac, pour s'étendre aussitôt au reste de son corps. Continue à marcher, pensa-t-il. Ça va passer.

Au bout d'un bon kilomètre, il se sentit suffisamment en sécurité pour s'arrêter. Il était passé sous plusieurs ponts, c'était une zone toute différente, moins d'ordures le long du ruisseau. Il est temps de faire un peu de toilette. Dernier regard alentour. Tu vois — personne. Il enleva ses vieux vêtements. On apercevait les lumières des maisons au loin, mais au bord de l'eau il faisait très sombre, c'était réconfortant. Tout change. Avant t'avais peur du noir, maintenant ça te rassure. Souviens-toi quand t'étais gamin, que tu dormais dans le jardin en laissant la tente ouverte pour voir la maison. C'est une autre histoire, maintenant.

Allez, fini de lambiner. Débarbouille-toi. Il posa les produits de toilette volés sur une pierre et se mit torse nu, puis s'éclaboussa le visage et les cheveux, se savonna et se rinça, se tartina les joues et le cou de mousse à raser et entreprit de se raser à l'aveugle. Un rasoir premier prix, comme si t'avais dû le payer. Repasse une couche pour être sûr. Il se tartina de nouveau le visage et se rasa une seconde fois. Sèche-toi vite — l'eau est polluée, des billions de bactéries par litre. Odeur d'essence. *E. coli.* Un homme neuf, rendu propre par la grâce du sale. Où est ton tricot de corps ?

Il s'habilla précautionneusement, rentra bien sa chemise neuve dans son pantalon neuf, mit la polaire par-dessus et enfin la grosse veste. Toutes les barres éner-gétiques étaient tombées de ses poches, sans doute pendant la course. Oublié de remonter les fermetures éclair, se dit-il. De quoi manger toute une journée. Il secoua la tête. Pas grave. Concentre-toi sur le positif — cheveux propres, visage propre, vêtements propres. Dans une minute t'auras plus froid.

Suivant toujours le ruisseau, il passa derrière un grand immeuble d'habitation et sous un autre pont très passant, puis le long d'un lotissement, des rangs de maisons dont les terrains s'étendaient jusqu'à l'eau. Le rêve de tout citadin périurbain, une plage au bout du jardin. Et son revers de médaille — accès ouvert aux types en cavale.

Il s'arrêta pour regarder les maisons un peu plus haut, leurs habitants insouciants en pleine lumière. Atmosphère légèrement enfumée, cheminées accueil-lantes. Une adolescente téléphonait sur son balcon ; dans la maison voisine, une petite fête rassemblait une douzaine de personnes, qui ignoraient tout de la présence d'Isaac dans l'obscurité, à cinquante mètres de là.

Spéculation théorique : imaginons qu'il te faille choisir entre toi et eux — ces gens-là, de parfaits incon-nus. Bouton rouge, bombe atomique. Pas très pertinent comme question, se dit-il. D'accord, alors imagine que c'est à eux de décider — s'ils avaient à choisir entre eux et toi ? Pas difficile à deviner, surtout maintenant. Un corps étranger n'a aucune valeur. Un coup de fil à la police, trente secondes d'angoisse existentielle et puis retour au chardonnay. Ils se feraient plus de souci pour leur labrador. OK, Watson, avance donc. Pas de repos pour les braves.

Sur un balcon quelque part, un chien se mit à aboyer. Quand on parle du loup... Il croit que tu vas lui piquer ses croquettes. Les gens de la petite fête regardèrent par la fenêtre en direction d'Isaac, sans le voir. Mais Médor, lui, il sait que t'es là — la bête soi-disant inférieure à l'homme.

Il poursuivit sa route. Pense pas à ces gens, la journée a été assez dure comme ça. Pas de fessée, enfant gâté. Sûr que le Baron, tu l'as gâté en lui épargnant sa raclée. Sur le moment t'as cru ne pas avoir le choix, mais peut-être que tu l'avais — six dollars en poche et la police a vu ta tête. Il fut parcouru d'un frisson. Tu t'es retrouvé dans la ligne de mire d'un flic. Il aurait pu te tuer. Ç'aurait été légal, un criminel en fuite. Sa compassion l'a empêché d'appuyer sur la gâchette — tu lui as rappelé son fils. C'est bien ton seul coup de bol depuis des plombes.

Dans deux jours t'auras plus ni bouffe ni argent, si encore il t'arrive rien d'ici là. Tu peux pas mendier dans la rue — ils ont ta description. À tous les coups ils ont ton sac, aussi, et ton nom. Sans parler des retombées de l'affaire du Suédois. Mandat d'arrêt inter-États.

Continue comme ça et on retrouvera ton corps dans les buissons. Pour eux, un petit mystère de plus, pour toi *non, pitié,* et puis un *désolé, petit* qu'on chuchote, et goutte à goutte ta vie s'enfuit. Sinon demain, un de ces jours. Fais pas comme si les choses étaient autres que ce qu'elles sont. Tu dois changer de méthode.

Il marchait toujours, jetant des coups d'œil alentour dans le noir. Personne t'observe, t'es seul. Et si c'était quand même trop tard. Et si en épargnant le Baron c'est toi que t'avais condamné.

Bien plus tard, il déboucha sur un large espace découvert où courait une ligne électrique. Le terrain était plat, dégagé, Isaac voyait loin de chaque côté, immenses langues de terre de part et d'autre de lui.

L'étoile Polaire est derrière toi — tu vas vers le sud. Assieds-toi deux secondes. Il trouva un endroit dans l'herbe haute et se détendit, laissant aller son regard le long de l'artère ouverte pour la ligne aérienne. Il ferma les yeux et les images persistant sur sa rétine ne tardèrent pas à former des visages. Il rouvrit les yeux, scruta l'obscurité. Rien. Ouais, c'est ça. Il posa sa tête sur ses genoux osseux. Il voyait des hommes assis autour d'un feu. T'es fatigué, c'est tout. Mais les visages refusaient de se dissoudre, c'étaient le Suédois et ses acolytes et puis autre chose encore, une forme vague en lisière de lumière. Et puis le Suédois debout, parfaitement éclairé par la lueur du poêle, disant *il a dû se barrer*. Ses derniers mots. Le poids des petites décisions — t'es revenu par une autre porte que celle par laquelle t'étais sorti. Tu *savais* qu'il fallait pas revenir du même côté.

Sans cette petite décision-là, vous seriez morts, Poe et toi. Ton propre corps œuvrant pour que tu continues à respirer — *passe par l'autre porte*. Automatisme neurophysiologique. Vieux comme la pesanteur. Prends ce que t'as fait au Suédois : ni préméditation, ni couteau, ni fusil, ni massue. Un objet trouvé. Un comportement naturel, au niveau le plus primitif. Réflexe dont est équipé tout homme toute femme tout enfant, tu te dis que t'en as pas besoin mais regarde autour de toi. Tu fais passer ton ami avant un inconnu. Toi-même avant ton ami. Le plus grand enjeu qui soit : t'es toujours là et l'autre pas.

Ça sert à quoi ? Il inspira profondément. Faut repartir. Il était épuisé, ses jambes s'étaient raidies jusqu'à la crampe dans les quelques minutes qu'il avait passées assis, mais il se leva et se remit en route.

Ça sert à ça : continue à mettre un pied devant l'autre, prends pas froid, ce que t'as fait dans cet atelier, tu devras le refaire, sinon demain, après-demain — tu peux bien faire comme si t'étais pas comme ça, n'empêche, t'es bien obligé de manger.

Ça, faut que tu l'admettes. Arrête-toi. Non, j'aimerais autant pas. Je fais confiance au kid, il trouvera bien quelque chose.

Il continua d'avancer dans l'herbe haute. Au-dessus de lui le ciel était vaste et sombre et les lumières des maisons avaient toutes disparu.

Il n'y a pas de kid, se dit-il. Il n'y a que toi.

10

Grace

Elle avait à peine fermé l'œil, un moment déjà que la lumière entrait par la fenêtre, c'était le matin, peine perdue. Coup de fil au travail pour dire qu'elle était malade ; elle avait besoin de réfléchir. Elle se retrouva devant la chambre de Billy, le trou dans la porte recouvert de gros scotch, souvenir d'un coup de poing, une de ses crises de rage, pour quelle raison déjà ? Elle poussa la porte et pénétra dans la chambre. Immobilité, rayons de soleil, moutons de poussière. Une tombe. Elle se glissa dans le lit, l'odeur y était encore forte, l'odeur de son petit garçon, de l'homme qu'il était devenu.

La pièce avait un caractère enfantin, vieux posters qui se décollent, tas de choses disparates, vêtements, chaussures, magazines de chasse, des devoirs d'école sur lesquels Billy avait planché, une tringle à rideaux tombée des mois plus tôt qu'il n'avait pas pris la peine de remettre. Il fallait qu'elle mange quelque chose mais elle n'avait pas faim. Elle avait fait de son mieux, ça n'avait pas suffi. Jamais elle ne saurait pourquoi, mais elle avait failli, jamais elle ne comprendrait. Il lui avait simplifié la vie, elle le voyait à présent — combien de fois tu t'es accrochée *juste pour lui*. Une raison de vivre, une raison de mourir. Cette pesanteur en elle, il lui semblait impossible de se lever.

L'arc de chasse de Billy posé dans un coin, sa carabine sur le lit, les deux choses dont il prenait un soin religieux — il cirait toujours consciencieusement la corde de l'arc, huilait la carabine, reposait toujours les deux armes sur leurs supports au mur, des chevilles de bois qu'il avait lui-même fabriquées. Elle prit la Winchester, l'arma ; elle ne savait pas si elle était chargée ou pas. Elle ne vérifia pas la chambre, se contenta de tenir l'arme, de la soupeser. C'était un jeu auquel elle pouvait jouer, que la carabine soit chargée ou pas. S'il se trouvait qu'elle l'était, alors ce ne serait pas sa faute.

Au bout d'un moment elle reposa l'arme et ses mains se mirent à trembler. Elle devait quitter cette chambre, la chambre de Billy, mais elle n'en avait pas envie. Elle se rassit sur le lit.

Il faudrait qu'elle se débarrasse de la carabine, qu'elle la donne à Harris. Mais il était peut-être trop tard, le ver était dans le fruit, un lent travail de sape, comme l'eau d'une rivière, ou une maison qui s'effondre soudain à cause d'un vieux puits de mine. La terre se dérobe littéralement sous vos pieds et alors...

Sauf qu'elle avait encore Harris. Elle ne serait pas seule. Mais sans Billy elle se demanda si elle n'allait pas devenir de plus en plus muette, rétrécir jusqu'à ce qu'il ne reste rien ; ses jours étaient comptés depuis longtemps, sa vie ne reposait que sur l'espoir. C'est l'espoir qui se cachait derrière ses conneries sur le fait qu'on choisissait d'être heureux. L'espoir, c'est-à-dire le doute. La petite embardée du cœur quand on se dit que tout va changer.

Une question de foi, toujours penser que le meilleur

419

était à venir alors qu'on était dans une souricière, un inextricable sac de nœuds.

Elle se leva, ouvrit l'armoire de Billy : rien sur les étagères, rien qu'une grande pile par terre que retenait à peine la porte. Il faudrait tout jeter, Billy ne reviendrait pas.

Mais j'ai fait de mal à personne, dit-elle tout haut. Pourquoi est-ce que je devrais payer ? C'était vrai — elle n'avait fait de mal à personne. Le travail qu'elle faisait au foyer de femmes — elle avait aidé beaucoup de monde. Sur la commode il y avait des bouteilles de bière vides, depuis combien de temps étaient-elles là ? Elle en prit une par le goulot, la brandit ; elle avait envie de la balancer par la fenêtre, hurler et tout casser dans la chambre. Mais il n'y avait personne pour le voir, pour l'entendre. Et si personne n'entend les sons que vous faites, alors ils n'existent pas vraiment.

Je suis quelqu'un de bien, dit-elle à haute voix, je n'ai rien fait de mal. Elle était du genre à se mettre en quatre pour les autres. Et Billy, c'était de la légitime défense, elle en était convaincue. De la légitime défense : elle avait vu son cou. Un de ces types, celui qui était mort sans doute, avait essayé de trancher la gorge de son fils. C'était de la légitime défense mais personne ne le disait. Il irait en prison, perdrait sa vie pour rien. Et ceux qui l'ont mis là...

Dis-le. Dis à quoi tu penses. Vas-y, dis-le. Elle alla à la salle de bains, se regarda dans la glace, se lava les mains et le visage. Je suis quelqu'un de bien mais ce qui arrive à mon fils n'est pas juste. Et Harris peut retrouver ce type. Quelqu'un de bien. Une bonne âme. Une bonne âme ou une bonne mère, ça devrait être pareil. Pourtant ça ne l'était pas. Sauf que si. De la légitime défense. Cet homme, ce clochard, *un pas grand-chose*, avait dit Harris, ou Billy. Bien évidemment, on n'était pas censé raisonner en ces termes-là, mais bon, voilà, c'était lui ou Billy.

Elle se fit couler un bain, y resta longtemps. Se servit du bain moussant au santal qu'elle économisait depuis un an, un cadeau des femmes du foyer. Qu'est-ce qu'elles diraient ? Mais, toutes, elles feraient pareil, n'importe quelle mère ferait pareil ; il n'y avait pas le choix. Elle téléphona à Harris, qui promit de passer.

11

Harris

Quelque chose clochait chez Grace, assise sur le canapé, l'air surpris de le voir là ; l'espace d'un instant il se demanda si Virgil n'était pas revenu, mais sa camionnette n'était pas dehors. Sans doute qu'elle avait bu.

« Je t'ai pas entendu arriver », dit-elle. Elle lui fit signe de s'asseoir près d'elle.

« Mauvaise journée ? »

Grace opina.

« Je peux faire quelque chose ?

Elle fit non de la tête. « Je crois que l'idée m'est venue que c'était un signe, Billy et tout. J'ai eu beau faire de mon mieux... » Elle haussa les épaules.

« C'est pas un signe. On n'est qu'au tout début.

— Plus la peine de me mentir.

— C'est un bon gars. Ça va s'améliorer pour lui à partir de maintenant. » Quand il le dit, il n'eut même pas l'impression de mentir : Billy, un bon gars, il aurait voulu que ce soit vrai, voilà tout.

« Merci, dit-elle.

— Je le pense. »

Ils s'embrassèrent un peu mais ça manquait de passion. Il eut un instant de panique, il avait envie de la secouer, c'était comme s'il était sur le point de la perdre une nouvelle fois. Ils étaient tous les deux assis là sur le canapé à regarder dans des directions différentes, comme un vieux couple.

« Si on allait quelque part, dit-il. Je t'emmène au Speers Street Grill.

— Nan », dit-elle. Elle abattit sa main sur celle de Harris, presque une claque, et lui serra les doigts.

« Ça fait que commencer.

— Mais je sais comment ça va finir, Bud. »

Il voulut la contredire mais à quoi bon, Billy n'allait pas s'en sortir, et il allait entraîner Grace, et Harris avec, ils plongeraient tous les trois. Pris de colère, il croisa les bras sur sa poitrine, comme pour expulser sa rage. La façon dont elle regardait Billy, ça l'avait toujours rendu jaloux — gênant à admettre, mais véridique, il avait été jaloux du fils de Grace. Lui vint une pensée coupable : il aurait mieux valu que le gosse meure — elle aurait pu s'en remettre, croire ce qu'elle voulait. Mais Billy existait sans exister, il était là sans qu'elle puisse le voir, elle penserait à lui en permanence. Le seul flambeau qu'elle puisse porter.

Elle interrompit le fil de ses pensées : « T'as de la chance d'avoir personne.

— Grace. Ma pauvre Grace.

— Je pense ce que je dis. Ça vaut pas la peine.

— Sortons. On pourrait même aller en ville. Chez Vincent, par exemple, des années qu'on y a pas mis les pieds. »

Elle se pencha, les bras serrés contre sa poitrine. « Si seulement j'avais plus mal au ventre.

— Tu as mangé au moins ?

— Je peux rien avaler.

— Faut que tu te forces. »

Elle secoua la tête.

Il lui frotta le dos, puis fit courir ses doigts le long de sa colonne vertébrale, doucement ; il ferma les yeux, caressa le tissu de sa chemise.

« Je sais que j'ai de la chance, dit-elle, pardon de faire tout un drame.

— Mais non, viens là. » Elle se laissa aller contre lui, posa la tête sur son épaule, et il referma de nouveau les yeux.

« Peut-être que j'ai besoin de faire l'amour. Oui, je crois que c'est ce dont j'ai besoin. »

Ils s'embrassèrent encore, ça ne venait pas naturellement et il avait presque envie d'arrêter, mais elle insistait. Ils mirent longtemps à être prêts, et longtemps à finir. Il se sentait épuisé. Elle alla dans sa chambre, revint en peignoir ; il était assis sur le canapé, nu, un peu mal à l'aise. Au bout d'un moment il posa son tricot de corps sur son sexe.

« Je veux pas me répéter, dit-il, mais tu devrais manger.

— Je veux surtout m'allonger.

— D'accord.

— Y a des trucs que je ferais bien de te donner avant d'oublier. »

Elle se leva une nouvelle fois et revint avec la carabine à levier de sous-garde qu'il reconnut pour l'antique Winchester de Billy et un vieux pistolet à canon simple.

« Vaut mieux que tu les prennes, je crois. »

Il se leva, nu qu'il était, et la regarda dans les yeux, mais le regard de Grace ne trahissait rien. Elle lui tendit les armes, impassible. Il les posa dans un coin près de la porte.

Au bout d'un moment, ils refirent l'amour, sans gêne mais comme par routine ; si elle réagissait à ses caresses, ce n'était plus pareil, elle s'était retirée quelque part où on pouvait à peine l'atteindre. Après quoi ils restèrent couchés là, main dans la main. Elle ne s'en remettrait jamais. Il allait devoir prendre une décision.

Sauf qu'il l'avait déjà prise. Peut-être au moment même où il avait caché le blouson de Billy. Il n'allait pas laisser Grace comme ça. Il tira un peu sur les draps pour les défroisser. Sensation qu'en poussant assez fort il pourrait presque faire éclater sa propre peau comme un tambour. Il n'avait que lui à blâmer, rattrapé par ses vieux démons. Impression familière. La dernière fois qu'il l'avait éprouvée, c'était à la chasse dans le Wyoming ; il s'était perdu, avait passé deux jours au fond d'un trou dans la neige, sans nourriture, les parois s'effondrant sur lui. Il savait qu'il allait mourir, ça ne faisait aucun doute, il l'avait bien cherché, à sortir malgré la tempête qui menaçait, il savait que ça risquait de mal tourner mais il était allé de son plein gré au-devant des ennuis, se refusant à avoir fait le déplacement jusqu'au Wyoming pour rien.

Même cas de figure ici, de son plein gré au-devant des ennuis. À l'aube du troisième jour il avait quitté son trou et s'était mis en marche, s'enfonçant profondément dans la neige à chaque pas, trop faible pour prendre son fusil ou son sac, et dix heures plus tard, juste avant la tombée de la nuit, il avait trouvé une route. Jamais il l'avait raconté à qui que ce soit, ni Grace, ni Ho, ni son médecin ; il avait pris une chambre dans un motel pour la nuit et un avion pour la Pennsylvanie le lendemain. Une partie de lui était restée là-bas. Et ça aussi, ça prendra un jour tout son sens, se dit-il. Tu n'as rien d'autre à offrir à cette femme.

Il avait entrepris de remonter les couvertures, mais se força à se lever et à faire quelques pas dans la chambre. Peut-être qu'il l'avait toujours su. Il se tint près de la fenêtre, attendit de voir ce qui allait sortir de sa bouche.

« Reviens te coucher. » Elle tapota la place à côté d'elle dans le lit.

« J'arrive. » Un ciel à peine étoilé éclairait vaguement l'extérieur, il cherchait quelque chose du regard, sans savoir quoi.

« Je vais me reprendre, c'est juste qu'aujourd'hui je me suis fait rattraper par tout ça. Je te promets que ça va aller. Mais reviens. »

Plus tard cette même nuit il ouvrit les yeux, soudain conscient qu'il n'avait pas vraiment dormi. Ça ne serait guère différent de ce qu'il avait fait jusqu'ici, se débarrasser d'un mauvais élément. Une petite leçon. Ça ne servait à rien d'y penser. Billy était toujours passé avant tout le reste, il y avait des gens qui vivaient pour leurs enfants, Grace en faisait partie. Elle ne serait pas elle-même sans cela. La plupart des gens fonctionnaient différemment ; heureusement qu'il y avait des exceptions, comme elle. Il avait de la chance de la connaître.

« Qu'est-ce que tu as dit ? murmura-t-elle.

— Je vais m'occuper de Billy. Je vais faire en sorte qu'il ne lui arrive rien. »

Ils se regardèrent un long moment dans l'obscurité. Elle ne sait pas, pensa-t-il, elle ne sait pas ce que ça va impliquer.

« Au cas où, mieux vaut n'en parler à personne. Pas un mot, à personne. »

Il vit les yeux de Grace se remplir de larmes, mais elle les essuya et ce fut tout.

« Je suis abominable, dit-elle. Hein ? »

Il tendit la main vers elle, balaya d'une caresse les cheveux qui lui barraient le visage. « Tu es sa mère. »

12

Isaac

Il dormit dans les sous-bois à l'orée d'un champ et fut réveillé par un bruit de moteur ; des phares étaient braqués droit sur lui. Debout, pensa-t-il, les voilà. Il tâchait de se rappeler où il était, vers où il faudrait courir, quand le bruit s'intensifia et les phares prirent une autre direction ; il fut sur pied en un instant.

C'était un tracteur vert. Isaac s'assit de nouveau et le véhicule fila devant lui sans que le conducteur le remarque, un gros semoir John Deere suivi d'un panache de graines jaunes. Satanés lève-tôt. Son cœur battait la chamade, il aurait bien aimé qu'on le laisse dormir, mais il ne put s'empêcher de sourire. Le petit vieux se prend pour un coureur de formule 1. Sauf qu'il suivait des lignes très droites. Isaac resta sur place à regarder l'homme travailler, puis il contempla le lever de soleil sur la plaine du champ ; alors seulement il se secoua et fila par-dessous la haie. Il y avait une route de l'autre côté.

C'était une zone très plate, essentiellement agricole. Quelques lotissements ici et là, mais surtout de grands rectangles de terre labourée, séparés par des arbres ou de vieilles clôtures. Dessin au quadrillage net. Tiens-t'en aux routes. C'est l'époque des semis, évite de te faire prendre sur une propriété privée. Même si tu

428

pouvais peut-être y trouver à manger. Ou au moins boire au tuyau d'arrosage.

Vers midi il arriva devant une large rivière qui s'étirait dans trois directions, à perte de vue. À moins que ce ne soit le lac Érié. Il devait pas être loin. Me demande si ce serait risqué juste de me tremper les lèvres. Évite. Tu te rendrais pas service. À sa gauche, des maisons bordaient l'eau, protégées par de hauts portails ; à sa droite, plus loin, se trouvait une petite marina, et au delà, des terres. Il prit vers la droite. Peu avant la marina, il passa devant une poubelle qui débordait.

Tu oserais ? La question ne se posait même pas. Il regarda alentour pour vérifier qu'il n'avait pas de témoins, puis se mit à fouiller la poubelle à toute allure. Il y avait de la nourriture intacte, il en sentait l'odeur intense, plus forte encore que celle des déchets à moitié pourris. Non, se dit-il, j'en suis pas encore là. Il farfouillait au milieu des sacs en papier, des bouteilles de vin, des cannettes de bière vides, des bouteilles d'eau. Celle-là pèse. Presque pleine. Eau ou autre chose ? Vérifie que c'est pas de la pisse. Plongé jusqu'aux épaules dans la poubelle, il en retira la bouteille et la regarda en pleine lumière. Transparente et fraîche. J'espère que celui ou celle qui a bu dedans était pas malade. Toujours mieux que l'eau du lac — les microbes d'un seul inconnu plutôt ceux de millions. Il but la moitié de la bouteille — arrière-goût de cigarettes — avant de la reboucher et de la mettre dans sa poche. Voilà. Tu te sens déjà mieux. J'espère que personne t'a vu.

Il continua sa route, le long de la berge. On voyait une centrale nucléaire au loin, ses hautes tours de refroidissement au bord de l'eau. Tu vas où ? Je sais pas. Je marche, c'est tout. Et Poe, qu'est-ce qu'il est en train de faire ? Pas les poubelles en tout cas. Une sieste, sans doute. À cuver dans son hamac, moitié comateux. Sauf que pas forcément. Y a quand même un cadavre qu'a été retrouvé et son blouson quelque part. Il va pas s'en tirer si facilement.

À partir de quand je suis plus le même ? Pour les autres ou pour toi ? Pour moi. Je sais pas. Ça va pas, tu t'éloignes du lac, c'est un affluent que tu suis. Si tu continues tu vas finir par faire une boucle. Choisis une direction et garde le cap. D'accord, l'ouest. Mais qu'est-ce que ça pouvait bien faire. Il n'allait nulle part, personne ne l'attendait ; comment il était arrivé là n'avait plus d'importance.

Quelques heures plus tard il passa sous une autoroute et le paysage devint plus ouvert, des bois, des champs. Il s'autorisait à boire une gorgée d'eau de temps en temps. Tôt ou tard tu vas trouver autre chose. Poulet frit. Steak et œufs au plat. La route finissait en cul-de-sac dans un petit bois, il s'y enfonça. L'ouest, toujours. Absurde. C'est absurde d'être ici, absurde d'être sur la route. Continue à marcher.

Les bois se faisaient tantôt forêt épaisse dont on ne voyait pas le bout, tantôt mince ruban d'arbres entre deux propriétés. Quand arriva la fin de l'après-midi, il eut l'impression d'être suivi. C'est débile d'être venu par ici, pas là que tu vas trouver à manger. Le sol était humide, couvert d'empreintes de cerfs. Son pouls accéléra. Paranoïa, c'est tout. Fais pas attention ou ça va te rendre dingue. Santé mentale, la seule qui vaille. Il continua à marcher mais l'impression était tenace. À un endroit où le sentier faisait comme un goulot d'étranglement, il s'agenouilla derrière un rocher qui dépassait, et attendit.

Trois chiens apparurent bientôt, des chiens errants qui trottaient prestement, jusqu'à ce que le premier s'arrête soudain pour renifler l'air. Ils étaient maigres et sales, pelés par endroits, mélanges de divers chiens de ferme — border collies, bergers allemands, impossible à dire.

À les regarder, il fut pris d'un frisson. Un quatrième chien rejoignit les autres ; il se raidit quand il sentit l'odeur d'Isaac et se tourna vers le rocher derrière lequel il se cachait. Est-ce qu'ils te voient ? Sans doute pas. Mais ils sont pas là pour faire ami-ami. Il regarda autour de lui, repéra plusieurs grosses pierres. T'as bougé — là, ils te voient. Le chef de meute commença à se rapprocher, hésitant, ramassé sur lui-même, oreilles baissées. Isaac se leva et lui lança une pierre en pleine poitrine. Il n'y avait pas mis tellement de puissance et le chien ne fit que quelques pas de côté avant de revenir sur Isaac. La deuxième pierre partit bien plus fort, frappant l'animal au museau ; à la troisième, il sursauta et s'enfuit. Les autres ne savaient trop quoi faire jusqu'à ce qu'une pluie de pierres leur tombe dessus. Isaac continua de les canarder tandis qu'ils détalaient.

Cruel ? Sais pas. Repars. Traverse ce champ, trouve une route. Désolé, les clebs. Sauf qu'ils savaient bien que t'avais pas de nourriture. Ils venaient pas mendier — ils tâtaient le terrain. Les chiens errants, c'est pire que les coyotes — ils ont moins peur des gens. C'est pour ça que les paysans leur tirent dessus. N'empêche.

Un peu avant le coucher du soleil, il s'arrêta pour se reposer sous un pont de bois. Un soleil immense flottait bas sur les champs et la cime des arbres. Joli.

Il but une gorgée d'eau, mais la bouteille était presque vide et il avait mal au ventre tellement il avait faim. Avec plus d'eau tu t'en tirerais. T'aurais dû fouiller le reste de cette poubelle, devait bien y avoir une autre bouteille. Non, t'aurais dû suivre l'autoroute. Faut rester près des sources de nourriture, près des gens. Débile, se dit-il.

Les gens, j'essaie de les éviter. Il sentit des larmes de frustration lui monter aux yeux. Retourne à cette autoroute. Huit ou neuf kilomètres. Debout. Sitôt qu'il fera nuit, tu pourras plus te repérer. Y avait une nationale quelque part, elle doit bien croiser l'autoroute.

Il prit à travers champs et rejoignit la nationale à la nuit tombée. Les pieds lourds de boue, il n'avait progressé que lentement. Mais ça suffisait. Ça suffisait pour aujourd'hui. Si je vois un ruisseau, j'y boirai. J'ai fait quoi, comme distance ? Trente kilomètres ? Ton mal de tête c'est de la déshydratation. Ça va pas te tuer. T'as besoin d'un repas et d'un lit, bois une gorgée d'eau. Garde le reste pour plus tard. Plus grand-chose. Il y a des pins, là-bas — ça devrait être moelleux en dessous.

Des chiens aboyaient dans le lointain. Besoin d'un bon bâton. Non, besoin d'un sac de couchage. L'humidité vient du sol. Dormir. Il ferma les yeux et vit les silhouettes debout autour du feu ; il rouvrit alors les yeux mais les silhouettes étaient toujours là, dans les arbres cette fois. Le Suédois souriait, visage orange dans la lueur des flammes sur fond d'obscurité. Poe debout à côté. La fatigue provoque des hallucinations, se dit-il. La faim aussi. Je veux juste dormir.

Non, demain faudra que tu fasses quelque chose. Que tu voles encore, sans doute. Très bien. La nature de la nature, se servir au besoin. Se nourrir des autres.

Comme ce bon vieil Otto — fini pour lui, carcasse informe. Squelette de carnaval. Me demande bien où il est maintenant. S'il a de la famille pour réclamer le corps. Vide, comme toute chose morte, sauf que lui c'est un homme, un nom et une histoire, l'enfant de deux êtres humains ; peut-être qu'une fille l'avait aimé quelque part. La nature humaine c'est de s'occuper des morts et des faibles. La nature animale c'est le contraire. Elle ressort quand on est seul. Les valeurs supérieures s'effacent alors.

Il avait la bouche sèche. Lève-toi, tu trouveras bien un robinet dans une grange ou une autre, un tuyau d'arrosage, quelque chose. Vas-y maintenant tant qu'il fait noir. Réfléchis — si ta mère te voyait. Ça lui briserait le cœur. Maladie de famille, ses moments d'effacement. Lee l'a pas attrapée. Le vieux pense que toi, si, mais il se trompe. Il avait rêvé d'un autre genre de famille, le vieux, une famille dont il aurait présidé les repas.

Ça remontait à quand ? Un mois. Une année, on aurait dit. Ta décision de partir. Rétrospectivement bien vaine. Assis avec lui sur la galerie à l'arrière de la maison, emmitouflés, à faire des grillades et écouter la radio — temps forts des entraînements de base-ball du printemps. Les Pirates de Pittsburgh enfoncés par les Reds de Cincinnati. *Zach Duke*, dit le vieux. *Faites-le passer en ligue majeure — c'est lui qui va nous tirer de ce merdier.* Et tu lui as répondu quoi ? Me rappelle plus. *Je me demande ce que ça fait d'être quelqu'un comme ça. Un type qui va compter, en gros.* Regard du vieux. Toi de poursuivre : *Tu vois ce que je veux dire ?* Et lui : *Sûr que, pour quelqu'un de ton gabarit, t'as toujours été un sacré lanceur.*

Isaac leva les yeux vers le ciel obscur, puis roula

sur le côté et se recroquevilla pour avoir plus chaud. Est-ce que c'est ça qui avait tout déclenché ? Bien sûr que non — un exemple parmi d'autres. Ç'aurait pu être autre chose, n'importe quoi — si t'es resté tout ce temps, c'était pour obtenir sa faveur. Reconnais. C'était pas par charité. T'es resté pour qu'il te découvre des qualités. Raté. Un jour il te disait merci pour le dîner et le lendemain il t'accusait de vivre à ses crochets. Une mise à l'épreuve. Comme avec maman. Vous vous êtes jamais rebellés, ni toi ni elle. Elle devait savoir qu'elle faisait erreur. Mais comment s'en sortir. Elle a essayé de tenir mais elle a pas pu. Elle a fini par prendre une décision.

Pas une sainte, elle non plus. Elle avait considéré son devoir accompli une fois Lee acceptée à Yale, comme le vieux. L'heure de partir. Sauf que t'en sais rien, il avait pu se passer n'importe quoi. Pas de lettre d'adieu, l'impulsion du moment. On regarde du haut d'un pont, pris d'une drôle de sensation. Tu ne sais pas ce qui s'est passé.

Il se réveilla plusieurs fois au cours de la nuit, il faisait très froid, il finit par être tellement frigorifié qu'impossible de se rendormir. Bouge, sinon tu vas geler. Il but une gorgée d'eau, se leva tant bien que mal, s'épousseta et se remit en marche, à moitié dans les vapes, s'orientant au bruit de l'autoroute, jusqu'à ce que le soleil enfin levé le dispense de devoir remuer pour échapper au froid.

Une heure, ou peut-être trois, allez savoir, après avoir atteint l'autoroute, il trouva un McDonald's ; il acheta trois muffins aux œufs à un dollar et but plusieurs verres d'eau pour calmer sa migraine avant de remplir sa bouteille. Tantôt les gens le fixaient, tantôt ils essayaient de faire comme s'il n'était pas là. TVA comprise, il lui restait deux dollars quatre-vingts. Il enveloppa soigneusement le troisième muffin dans un sac blanc et le rangea dans la grande poche de sa veste. Il alla se laver un peu aux toilettes. Ses vêtements commençaient à faire de nouveau sales et fripés, mais rien à voir avec avant. Il se demanda si les gens le regardaient vraiment. Quelque chose sur ton visage, se dit-il. Pas seulement les coquards.

Il se remit en marche le long de la route, mais côté propriétés privées, pour que les flics n'aient pas l'idée de s'arrêter. Faut que tu trouves un train, se dit-il. J'arrive de nouveau à réfléchir. Trouver un train, filer vers le sud, ne plus avoir froid. Pour quoi faire ? Pour aller où ? J'en sais rien, quelque part où il fait chaud.

Je m'en sors. Je m'adapte. Faut que je mette la main sur un peu de fric aujourd'hui. Voler, tu veux dire ? Je sais pas. J'ai encore faim. Mais rationnement obligatoire. Deux dollars et quelques en poche — faudra bien manger demain aussi. Et chaque jour après ça. Garde ton muffin. J'en mangerai la moitié ce soir.

Il poursuivit son chemin, ralenti par toutes les clôtures qu'il devait franchir, toutes les broussailles, préférant prendre son temps, ne pas se faire repérer. Il arriva à une zone dégagée, une aire de repos avec des toilettes où les voitures s'arrêtaient et repartaient ; il remplit sa bouteille et but longuement à la fontaine d'eau potable. Il s'assit devant le bâtiment principal, à l'une des tables de pique-nique. Peu après une Camry s'arrêta juste devant lui ; en sortit un type qui fonça aux toilettes. Isaac se leva, passa près de la voiture ; le portefeuille du type était posé sur le levier de vitesses, de toute évidence les portes n'étaient pas fermées, il n'y avait qu'une cinquantaine de mètres jusqu'aux bois.

Il se tint là un moment, dos à la voiture, puis s'éloigna, sans s'arrêter, jusqu'à quitter l'aire de repos. Imbécile, se dit-il. C'est une occasion qui se représentera pas. Non, je vais pas faire ça à quelqu'un. Oh que si. C'est ça ou tu vas crever de faim. J'ai pas besoin de manger aujourd'hui, se dit-il. Et j'ai encore de l'argent.

La température chutait rapidement à mesure que le soleil déclinait, aussi passa-t-il une heure à ramasser des broussailles et entasser des branchages contre un tronc d'arbre abattu, laissant un petit espace par-dessous, pour ajouter ensuite une couche de feuilles, de branches de pin et de tout ce qu'il trouvait ; au final ça faisait plus d'un mètre de haut. On pouvait à peine s'y glisser. Étroit, mais bien chaud. Couverture de feuilles. Médaille du mérite.

Il avait dû s'endormir parce qu'il se réveilla dans le noir complet avec l'impression d'avoir été enterré vivant ; il se mit à démolir l'abri jusqu'à voir l'extérieur et se souvenir d'où il était. Le clair de lune éclairait les feuilles ; un animal bougeait à proximité, longues jambes, un cerf. Un pas, un autre, un autre encore. Un temps. Quand il sentit l'odeur d'Isaac, l'animal sursauta et s'enfuit dans un bruit de branches brisées. Isaac referma les yeux. Sa mère descendait l'allée sous le soleil, la lumière jouait dans ses cheveux noirs auxquels du gris était venu se mêler ; elle portait la tête haute, souriait de quelque chose. Puis son visage disparut. Les voilà avec son père à l'hôpital, *grimpe*, dit celui-ci, et Isaac se retrouve propulsé sur le lit : visage boursouflé par les brûlures, presque plus de cheveux, Henry caresse le visage d'Isaac. *Mon bon-homme,* dit-il. *Comment va mon fils ?* On n'aurait pas du tout dit son père. Pas même les yeux. Erreur de l'hôpital. Histoire à la Hamlet, substitution. Le début de la fin, c'était. Son licenciement avait été une chose, mais là c'était le coup de grâce. Ça avait fini par épuiser tout le monde — toi seul es resté. Rappelle-toi, tu espérais que ta mère aurait une liaison, qu'elle le quitterait. Mais toi bien sûr, tu pouvais pas le quitter.

Ta seule visite à Lee — elle était tellement contente de te voir, arrêtait pas de t'embrasser. Oh, c'est trop bon de te voir. Arrête, ils vont croire que c'est de l'inceste, t'avais dit. Elle avait haussé les épaules et chantonné l'air du banjo dans *Délivrance*. Toi aussi tu seras bientôt ici. Les grandes tours de pierre, l'air de château des bâtiments. T'inquiète pas pour papa, elle avait dit.

Il s'attendait à ce que tout le monde se la joue, mais pas du tout. C'est très beau d'où tu viens, il paraît ? *Peut-être. Mais pas aussi beau qu'ici.* Ils avaient trouvé ça drôle : tu veux dire pas aussi beau que New Haven ? Non, il a raison. C'est magnifique, ici, nous on le voit même plus. Ça, c'était l'étudiant en physique, le petit copain du moment.

Tout ça je l'enterre, se dit-il. Dernière fois que j'y pense.

Au matin il détruisit complètement l'abri et creusa un trou pour ses besoins, qu'il recouvrit ensuite. Efface tes traces. T'as encore le dernier muffin. Il marcha un peu jusqu'à voir l'autoroute et le défilé de voitures ; chaleur du soleil. Il mangea alors ce qui lui restait et finit son eau.

Il poursuivit dans la même direction le long de l'autoroute. Aucune idée d'où tu es. Quelque part dans le Michigan. Poe ferait quoi s'il était là ? Aucune idée non plus. Il se fabriquerait un arc, des flèches, quelque chose. Pas besoin. Me demande bien les suites de l'affaire Otto le Suédois. Peux pas deviner. Laisse tomber. Tôt ou tard je tomberai sur une voie ferrée. D'abord trouver de l'argent ou de quoi manger. Va jusqu'à une aire de repos, attends, il se passera bien quelque chose. Sauf que je refuse de faire ça. Comme tu veux. Crève de faim alors. Y a un pont, jette un œil sur les environs.

De là-haut il voyait l'autoroute jusqu'à l'horizon, région totalement plate, voitures et camions filant dessous, vacarme assourdissant. Soleil vif, ton pantalon déchiré. Quelle surprise. Les ronces et tous ces barbelés. Du bol d'avoir échappé au tétanos. Hé, te penche pas trop. Sens l'appel d'air. Tu pourrais flotter, une seconde. Énergie cinétique d'un camion Mack : moitié de la masse par la vitesse au carré. Trente-six mille kilos fois cent trente kilomètres heure au carré divisé par deux. Sauf que c'est des mètres seconde qu'il faut utiliser. D'accord, trente-six alors. Vingt-trois millions trois cent vingt-huit mille joules. Tu pèses cinquante kilos. Pas de quoi ralentir le camion. À strictement parler, si, mais ça se remarquerait pas.

Quitte ce pont, elle l'aurait fait de toute façon, elle était fragile. Si elle avait épousé quelqu'un d'autre, qui sait. Alors tu n'existerais pas. Que tu existes signifie qu'à une seconde précise ils ont fait ce qu'ils ont fait et ça a donné toi. Que tu existes signifie qu'elle l'a épousé, lui. Que tu existes signifie qu'elle a fait ce qu'elle a fait. Disparue depuis deux semaines ; vous le saviez tous, ce qu'elle avait fait, mais personne pour l'admettre. Vous espériez qu'elle vous avait quittés pour recommencer une autre vie, vous saviez bien ce que ça voulait dire sinon. À l'enterrement il ne voulait plus partir, fauteuil du bord du trou, refusait de bouger. Lee et toi obligés de le pousser. Et lui qui disait à tout le monde, à ses amis, à tous ceux qui voulaient l'entendre, qu'elle avait été assassinée. Mais tout le monde savait. Ça se sait toujours quand quelqu'un fait quelque chose — les gens sont pas idiots. Tu l'as tenu pour responsable et pas responsable à la fois. Lui, il se tenait pour responsable. Ça, tu peux en être sûr. Ce qui l'a pas empêché de te mettre à l'épreuve — *est-ce que toi aussi tu vas me quitter ?*

Et maintenant il est seul, et il sait ce qu'il a fait à ta mère, et que tu lui pardonnes pas. Seul. Sa fille, elle, lui a pardonné pour pouvoir partir. Non, ça je lui pardonne aussi mais c'est son attitude, le problème. Il a pas le choix. À l'intérieur ça doit pas être beau à voir. Comme toi avec le Suédois ; quelque part tu préfères mourir plutôt que de comprendre. Un vide blanc et froid à ton centre. Que seule la chaleur des autres empêche de se répandre à l'extérieur. Qu'est-ce qui définit un homme ? L'amour, l'honneur, le sens moral. Quelqu'un à protéger. L'homme est le seul animal rationnel. Un homme seul est un animal rationnel. Débarrasse-toi des oripeaux de la moralité. Accroche-toi à ton couteau. Continue jusqu'à ce qu'on t'arrête.

Continue comme ça ou bien penche-toi ici, penche-toi un peu plus, une demi-seconde de souffrance et puis plus rien. Ça me fait pas peur, se dit-il. Mais le travail inachevé. Et il y en a. Enfin, c'est que Poe. *Que Poe* : c'est pas ce que t'as pensé quand il t'a tiré de l'eau.

J'ai de la chance, pensa-t-il, de la chance qu'ils puissent pas me voir comme ça. Alors marche. Vas-y, marche. OK, c'est bon. Je vais quitter ce pont. Je vais quitter ce pont, je vais prendre une décision.

LIVRE CINQ

1

Poe

À son troisième jour au trou, le même petit gardien grassouillet revint taper aux barreaux lui dire de tendre ses mains pour être menotté.

« Je veux pas lui parler, dit Poe. Ni aujourd'hui ni jamais.

— T'as la paperasse à signer. Avant ça t'as même pas d'avocat.

— Je signe rien.

— Putain, dire que je me demandais ce que tu foutais là. »

Le gardien attendit un moment, au cas où. Poe se décida à poser la question. Oui, il allait la poser. Il finit par dire : « Il peut descendre ici, l'avocat ?

— Au quartier disciplinaire ? Ça va pas la tête, bien sûr que non les avocats peuvent pas venir au QD, putain. Y a une pièce exprès pour ça là-haut.

— Eh ben moi je bouge pas. Si y veut me voir, y descend.

— J'ai rarement vu un détenu aussi con.

— Eh ben profites-en tu me verras pas longtemps, je suis que prévenu, pas condamné.

— Ouais, pas encore, tu veux dire.

— Dis-lui de m'envoyer ses papiers par courrier, à l'avocat.

« — Comme tu veux. Au fait, c'est pas un avocat c'est une avocate, que tu saches quand même. En plus elle est pas mal.

— Combien de temps je vais rester ici tant qu'on y est ?

— Pas longtemps, dit le gardien. Pas longtemps. »

Poe écouta ses pas traînants s'éloigner. Les autres détenus du bloc l'appelaient mais le gardien passa devant eux comme s'il était sourd et aveugle. Poe décida qu'il s'en était pas mal sorti. Il avait tenu bon, sa deuxième chance, il l'avait pas saisie. Mais qui sait si, la troisième fois, il arriverait encore à dire non. Il s'assit sur son lit. Un des types de la section huit, celle des timbrés, criait à l'aide, une aide qui viendrait pas — ça faisait deux jours qu'il appelait non-stop.

Pas de solution miracle. C'était lui ou Isaac. Pas moyen qu'ils s'en tirent tous les deux. Quand il sortirait de l'isolement, Clovis et les autres l'attendraient. D'une manière ou d'une autre il allait devoir passer à la casserole — le couteau ou les aveux, à lui de choisir. Dès que l'avocate saurait qui avait réellement tué cette vieille branche d'Otto, le procureur serait mis au courant et c'est Isaac qui serait ici, pas lui. Qui sait d'ailleurs si Isaac s'en sortirait pas mieux. Une vraie possibilité. Il est plus petit, mais peut-être plus capable de résister. Plus fort dans sa tête. Tu as peur, pensa-t-il. Si tu continues à avoir peur, tu sais ce que tu vas choisir.

Il ferma les yeux et mangea le dernier quartier d'orange qu'il avait gardé du petit déjeuner ; ça le distrairait de manger. Il s'allongea, tout à sa mastication, attendant que cesse cette sensation de vide — il était soit vide, soit plein, trop plein, pas d'intermédiaire. La vérité c'est que des gens mouraient à chaque instant. Allaient mourir. Le seul véritable miracle c'était l'impression humaine d'y échapper. Une erreur. C'était ça, la seule certitude. Retour aux ténèbres, accomplissement d'un cycle. Accomplissement d'un cycle et source de réconfort. À quoi bon reculer le moment. C'était une spirale de honte, honte d'avoir tort, de croire à tort qu'on était le centre du monde, quand il n'y avait pas de différence entre un nouveau-né et un nom sur une tombe. Le premier n'était qu'une tombe en devenir. La naissance d'un destin. Mais à présent son nom à lui figurerait sur la liste des hommes. Il y avait une liste quelque part et son nom y serait inscrit, c'était un honneur.

Sauf que non. C'était mourir, rien d'autre. Mourir et avoir peur. Le bilan du grand livre des comptes aurait beau être en ta faveur, héros ou lâche, quelle importance, ça ne changerait pas la vérité de ta mort.

Il était quelqu'un de bien. Ses choix avaient eu du bon. S'il était parti à Colgate, s'il était pas resté à Buell, il aurait pas été là le jour où Isaac avait décidé de marcher sur la fine couche de glace qui recouvrait la Mon. Cette fois-là il avait fait preuve de courage. Isaac avait avancé de deux ou trois mètres, évident que la glace allait pas tenir, et puis il était passé à travers et Poe avait couru après lui, passé à travers aussi, la glace qui cède, un moment de panique — il avait pas dévié. Il avait sauvé Isaac English. La meilleure chose qu'il ait jamais faite. Isaac avait pas eu une vie facile, mais c'était quelqu'un de bien — une rareté, cette combinaison — c'était pas politiquement correct de dire ça, ça allait contre l'*American Way*, mais en général, plus les gens avaient une vie difficile, plus ils se comportaient comme des enfoirés. Sauf que les riches étaient encore pires, ils comprenaient rien à la vie

445

— fallait entendre Lee, la vision du monde qu'avaient ses amis pleins aux as était celle de débiles mentaux, de gens qui auraient littéralement subi des dommages cérébraux, voilà ce qu'ils comprenaient de la vie, alors pas étonnant que le monde soit un tel merdier. Tous ou presque, tous, des enfoirés. Lui, il avait de la chance de ce côté-là, ni riche ni pauvre. Et Isaac, quand il avait renoncé à se foutre en l'air, c'est Poe qu'il était venu trouver. Poe l'avait réchauffé, il l'avait écouté ; ils avaient passé la nuit entière à parler. Si ça c'était pas un signe, alors quoi. Ça montrait bien qu'il y avait une raison pour tout : il avait peut-être failli tuer le petit jeune de Donora, mais il avait sauvé Isaac English. C'était un signe et qu'ils aillent tous se faire foutre — Harris, le procureur, tous ceux qui voulaient sa peau et qu'il avait pas encore vus : il dirait rien. Sur ce coup-là pour une fois il allait pas merder.

C'était son dernier tour de piste, le spectacle n'avait guère duré. Il s'attendait à quoi ? Des avertissements, un cancer par exemple ? Il en avait eu des avertissements, il en avait eu des tas ; seulement, il avait été incapable de les voir. Il en était donc là, inévitablement, les choses pouvaient pas tourner autrement.

Rien ici qui puisse lui servir d'arme et puis de toute façon il se ferait fouiller. Il trouverait bien quelque chose quand il quitterait le mitard, un bout de métal, une brosse à dents dont il taillerait le manche, une cannette de Coca transformée en rasoir ; ce serait mieux que rien. Il ferait leur fête à tous ceux qu'il pourrait.

2

Lee

On était dimanche soir, elle n'en pouvait plus ; elle avait déjà parlé à Simon et la perspective de lire ne serait-ce qu'un mot de plus lui donnait la nausée, il fallait qu'elle sorte de cette maison. Elle chercha dans son agenda, y trouva les numéros de téléphone de Joelle Caruso et Christy Hanan — elles étaient d'accord pour se retrouver au bar de l'oncle de Joelle.

Il y avait du monde pour un dimanche, des visages presque tous familiers, connaissances de lycée ou frères et sœurs de gens qu'elle connaissait. Elle fut frappée par la musculature des hommes, une musculature au-delà du ressort des salles de sport, une musculature de stéroïdes ; ils étaient assis là dans des tee-shirts extra-larges aux manches découpées, bras croisés, muscles saillants. Qu'est-ce qu'ils auraient bien pu faire d'autre ? Les femmes, elles, commençaient pour beaucoup à se laisser aller, la vingtaine à peine entamée ; peut-être qu'on ne voulait pas d'elles dans les salles de sport. Lee se félicita d'avoir mis un sweat-shirt et pas de maquillage.

« Ça fait plaisir de te revoir, ma puce. T'es revenue vite, j'y crois pas. T'étais là à Noël, non ? »

Lee la regarda. « Je crois bien que c'était le Noël d'avant.

447

— Arrête, dit Joelle, t'es sûre ?

— Je crois bien », dit Lee. Elle fit mine de réfléchir. « Ouais, celui d'avant, il y a un an et demi.

— Ah ben d'accord, je suppose que ça en dit suffisamment long, hein. » Joelle secoua la tête.

« Tu t'es mariée », dit Christy, en touchant son alliance.

Lee tendit la main. Heureusement qu'elle ne portait pas sa bague de fiançailles.

« Félicitations, dis donc. Un type de la fac ?

— Il s'appelle Simon.

— Mariage à l'église ou façon moderne, là ?

— Pas vraiment de cérémonie. Juste un mariage civil.

— Bon sang de bonsoir elle est enceinte.

— Non. On s'est mariés sous l'impulsion du moment, c'est tout.

— Regarde-moi les langues de pute !

— Et vous les filles, comment ça va ?

— Oh, on grossit, tout le monde grossit. Les mecs font de la muscu, s'injectent des stéroïdes ; nous, on grossit.

— Eux aussi ils grossissent », dit Christy.

Lee avait sans doute l'air d'accord, car Christy reprit :

« Non, on s'en sort pas mal. J'ai une maison à moi, maintenant, je paie les traites comme une grande. Tout le monde est pas au fond du gouffre.

— Christy se défoule sur des mongoliens, c'est ça son métier.

— Je suis éduc spé, je m'occupe d'enfants en difficulté. » Elle mit un coup à Joelle pour rire. « T'es une vraie salope.

— Et toi tu fais quoi ? »

Lee se demanda bien pourquoi elle n'avait pas prévu de réponse à cette question. « Oh, bégaya-t-elle, j'ai fait des demandes pour un troisième cycle et puis, ben, j'aide un peu ma belle-mère dans ses affaires.

— Il t'a donné une bague de fiançailles, au moins ? Je vois rien.

— Non, en fait, elle me tenait pas bien. » La vérité, c'est qu'elle avait honte de la porter.

« Tous les mêmes, hein ? Un autre verre ? »

Joelle aurait pu passer derrière le bar, mais elles attendirent que son oncle vienne à leur table.

« Je vais vous poser une question bizarre, dit Lee, mais vous avez pas vu mon frère ou entendu parler de lui, à tout hasard ?

— Je croyais qu'il était à l'université.

— Non, dit Christy, il est toujours là. On le voit dans le coin, des fois.

— Il fait quoi ?

— Il s'occupe de notre père, dit Lee.

— C'est drôle. De vous deux j'aurais cru que c'est lui qui partirait d'ici. »

Lee se sentit rougir.

« Je veux dire, toi tu t'es toujours bien entendue avec tout le monde. Lui, il était du genre tellement intelligent qu'il savait pas comment parler aux autres. Clair qu'il était pas dans son élément, ici.

— Je sais pas. Il fallait bien quelqu'un pour s'occuper de mon père.

— S'occuper de ton père ? » Joelle secoua la tête. « On manque pas d'endroits pour ça, dans le coin, surtout vu sa retraite. Sérieux, va dehors et regarde autour de toi. Ils construisent des maisons pour personnes âgées de tous les côtés. Auxiliaire de vie, c'est bien le seul boulot qu'on trouve maintenant — les

449

profs, c'est fini, y en a que pour les auxiliaires de vie. Si Christy avait pas trouvé ce truc avec les mômes, elle torcherait des vieux à l'heure qu'il est. »

Christy hocha la tête. « Le pire, c'est que c'est vrai.

— Ça doit être à cause de ta mère, dit Joelle. Un gamin comme ça, il est forcément proche de sa mère. Alors un truc pareil, ça a dû être très dur pour lui. »

Elles se turent, chacune fixait son verre.

« Dans la série des sales nouvelles réjouissantes, dit Christy, tu te rappelles de Billy Poe ? Dans l'équipe de foot, deux ans en dessous de nous ?

— Oui, très bien.

— Il a tué un clodo dans une usine abandonnée. Battu à mort.

— Qu'est-ce qu'il pouvait bien foutre dans un endroit pareil, dit Joelle. Ça pouvait que mal tourner.

— Tout le monde a ses petits secrets.

— Hein ?

— Peut-être qu'il est homo, genre. Ils sont obligés de se retrouver dans des endroits bizarres, ils risquent pas de venir ici pour leurs rendez-vous galants.

— Je peux te garantir qu'il est pas homo, dit Joelle.

— Ça m'étonnerait.

— Puisque je te le dis. » De ses deux index, elle indiqua une longueur conséquente. « Évidemment l'enfoiré m'a jamais rappelée. »

Lee sentit ses joues s'empourprer.

« Ouais, eh ben je suis sûre qu'aujourd'hui il serait bien content de se faire n'importe laquelle d'entre nous. Il est pas près de toucher une femme pour un moment.

— J'ai les boules pour lui, dit Joelle.

— Tu crois vraiment que c'est lui qui a fait le coup ? » dit Lee. Elle se sentit coupable de demander ça et détourna son regard, mais les deux autres ne remarquèrent rien.

« Va savoir.

— Il a complètement défoncé Rich Welker une fois, ce con de Rich l'avait bien cherché d'ailleurs, mais tout le monde a vu que ça durait plus longtemps que nécessaire.

— Et y a aussi le petit jeune pour qui il a été arrêté l'an dernier.

— Ouais, aussi », dit Joelle.

Lee hocha la tête et sirota son vin blanc, il était très moelleux.

« Tu crois que tu reviendras vivre ici un jour ?

— Je crois pas, dit Lee. En tout cas pas tout de suite.

— Dieu merci, dit Joelle. Sinon j'aurais plus aucune chance avec les mecs.

— Non mais quelle morue », dit Christy.

Lee sourit et leva les sourcils.

« Nan, c'est une blague, de toute façon y a personne d'intéressant ici, les mêmes tronches de cake depuis le collège. Tu te tapes un mec à l'école un jour, tu sais que c'est une connerie, mais cinq ans plus tard y a personne d'autre et le bar ferme alors tu remets ça. Et dix ans plus tard tu l'as épousé. Regarde nos mères, et c'est encore pire aujourd'hui. Tous ceux qui ont un peu de jugeote se barrent.

— Vous y pensez, vous, les filles ? » Elle regretta aussitôt d'avoir posé la question, mais Joelle et Christy haussèrent les épaules.

« M'étonnerait. Sans doute que je bosserai ici jusqu'à ma mort », dit Joelle avec un grand geste qui désignait le bar. « Et elle, elle s'occupera de ses mongoliens.

— Dus à l'alcoolisation fœtale.

— On fait quasiment équipe. »

Elles se mirent à rire.

« Non, sérieusement, c'est pas si mal. Si tu tombes en panne, tu sais qu'en deux minutes il passera quelqu'un que tu connais. Pas de grosse dégringolade possible.

— Vous devriez me rendre visite, dit Lee. On pourrait aller à New York.

— Ah oui, j'aimerais bien, dit Joelle.

— Ça marche, dit Christy.

— Non, dit Joelle, sérieusement. Je te rappelle que Jon-Jon et moi on a fait une croisière en Jamaïque, je suis pas comme toi. Je suis une quasi-aventurière, moi. »

3

Harris

Il alla directement de chez Grace au commissariat, se demandant si elle ne l'avait pas manipulé depuis le début pour en arriver là. Sauf que si ça merdait, ils se retrouveraient tous les deux, Billy et lui, à moisir en prison. Peut-être qu'il valait mieux pour tout le monde que Billy passe en jugement — Murray Clark était un ivrogne, il ferait pas bonne figure devant un jury. Sans compter que s'il arrive quoi que ce soit à l'ami Murray le procureur va remuer ciel et terre pour savoir ce qui s'est passé.

Murray Clark avait donné deux adresses à Brownsville — Harris avait jeté un œil sur les papiers au commissariat de Unionville avant d'aller aux toilettes noter ça par écrit. Sans raison apparente, pêche aux infos, vieux réflexe professionnel. Je m'emmerde, pensa-t-il. Impression d'avoir la tête dans le coton. Il essaya de se concentrer sur la route. Des excuses, tout ça.

Ce sera le truc le pire que t'aies jamais fait. Je vais lui parler, c'est tout, se répétait-il. Des siècles plus tôt, quand il était marine, il y avait ce type qu'il avait descendu à Da Nang. Si ce qu'il s'apprêtait à faire était un péché, alors ce qu'il avait fait à l'époque l'était aussi. Cette fois-ci au moins ça aurait du sens. Il estimait avoir plutôt bien agi dans sa vie, mais d'un certain point de vue ça n'était pas vrai du tout. Il avait menti pour envoyer des gens en prison, à de nombreuses reprises, il avait menti devant les tribunaux. Jamais sur ce qu'avait fait la personne — jamais il n'avait dit que quelqu'un avait commis un crime ou un délit qu'il ou elle n'avait pas commis. Il n'avait menti que pour justifier ses intuitions, pourquoi il avait arrêté telle voiture, pourquoi il avait fouillé tel véhicule ou tel suspect. Il avait menti pour expliquer ce qu'il savait sans pouvoir expliquer comment il le savait.

Le type à Da Nang, ça avait été presque gratuit. Un barrage de roquettes, un de plus, peu avant l'aube ; Harris shooté à la Dexedrine, à fond, qui s'emmerde. Un an seulement qu'il avait quitté le lycée : c'était dingue qu'il se soit retrouvé là. On l'avait posté dans un des bunkers périphériques près de l'héliport. L'homme portait un paquet, des explosifs peut-être — Harris n'avait jamais su, il l'avait regardé parcourir le petit fossé qui bordait le périmètre de sécurité, c'était une zone interdite, tant le no man's land d'argile rouge sombre entre Harris et le fossé que la rizière verte et fertile au-delà. Il avait attendu de voir si l'homme changerait de direction, mais non. Sa cible à deux cents mètres, Harris l'avait acquise et pressé la détente de sa M60, une longue seconde durant. Une balle sur cinq était traçante, Harris suivit leur trajectoire jusqu'au corps et au-delà, par-dessus le vert vif de la rizière. Le Viet, toujours debout, resta longtemps immobile, comme refusant d'admettre ce qui se passait, et Harris, perplexe, vexé même, pressa de nouveau la détente, maintenant son doigt appuyé bien après que l'homme se fut écroulé ; il visait à la verticale du corps, dans un mouvement de va-et-vient, comme on efface une preuve. Toute une bande de cartouches y était passée, le sol du bunker était jonché de douilles noirâtres.

On retrouva l'homme un peu plus tard près du fossé, seuls les lambeaux de vêtements témoignaient qu'il s'était agi d'un être humain ; on aurait pu croire à un accident agricole. Le paquet avait disparu. Personne ne se posa de questions — un Vietnamien mort, c'était un Vietcong de moins — mais Harris avait le sentiment de mériter un châtiment, il avait tué un homme, il n'aurait pas dû s'en tirer à si bon compte. Interrogé, il expliqua les faits à un lieutenant qui s'en fichait bien et se contenta de mettre une note dans le dossier. Un mort avéré. Cinq mois plus tard, en mai 1971, le poste passa sous le contrôle des Vietnamiens du Sud et Harris rentra chez lui. Les morts, tous les morts du monde avaient d'abord été vivants. On avait tendance à l'oublier.

Comme il arrivait au parking du commissariat, ses pensées revinrent à Grace. Elle dormait encore quand il était parti, il l'avait embrassée, elle ne s'était pas réveillée ; il avait alors été certain, parce qu'elle dormait profondément, oui, certain qu'elle ne comprenait pas ce qu'elle voulait qu'il fasse.

Ce ne serait pas difficile, il trouverait Murray en un rien de temps ; Carzano aimait garder ses témoins à portée de main, il avait accordé au clochard cent dollars par semaine sur les deniers publics — il appelait ça de la protection de témoin sauf qu'il y avait pas de protection. De l'argent, c'est tout ce que voulait Murray ; il resterait dans le coin pour toucher son fric, à moins que quelqu'un, Harris en l'espèce, ne lui fasse comprendre que c'était dangereux. Mais il faudrait être convaincant.

Murray Clark, c'était pas la haute pègre. Ça serait

sans doute pas bien dur de le décider à filer. À moins que. Tu te sacrifies pour Billy Poe, pensa-t-il. Je sais.

Il se gara, oubliant presque d'éteindre le contact et, sitôt dans le commissariat, descendit au local des scellés judiciaires — impression d'être en pilotage automatique. Étaient empilés là depuis le déménagement des tas de vieux cartons pleins de bazar, dont certains dataient des années cinquante, que personne n'irait jamais explorer ; quand ils avaient quitté l'ancien bâtiment, il avait pensé tout détruire, voilà qu'il savait pourquoi il ne l'avait pas fait. Il lui fallut plusieurs minutes de fouille, mais il finit par trouver un revolver cinq coups saisi des années plus tôt ; 1974, disait l'étiquette. Il le regarda. Pensa à Grace. Puis se dit : si tu comptes juste parler à ce type, pourquoi prendre ça...

Il examina le verrou du barillet et pressa la détente pour vérifier que le percuteur allait bien jusqu'au bout. Puis il remonta dans son bureau. Il avait une boîte de .38 spécial + P à têtes creuses, qu'il saisit et chargea avec un mouchoir en papier. Dans le cadre familier de son bureau, il se sentait gagné par la force d'inertie — coup d'œil au vieux tableau, il n'était qu'à un an et demi de la retraite. De toute façon tu vas pas te servir de cet engin. Vous allez juste parler d'homme à homme.

Le poids du petit revolver déformait la poche de sa veste, mais il savait qu'il ferait bien d'assurer ses arrières. Son Sig de service n'étant sans doute pas une bonne idée, il sortit du coffre de son bureau un .45, le Gold Cup qu'il s'était offert en quittant les marines ; il fourra un magazine de réserve dans sa poche et rangea le colt dans un étui-ceinture dans son dos. Lui vint l'idée d'une dernière précaution ; il ôta veste et chemise et passa un gilet pare-balles sur son maillot de corps avant de se rhabiller. Tu as peur, pensa-t-il. C'était quand la dernière fois que t'as eu peur comme ça ; tu te prépares au combat. Des années que tu l'as pas porté, ce machin-là. Et ta lampe, elle est où ? Il tira la lampe torche à xénon de sa ceinture de service et la mit dans sa poche avec le reste. Il voyait bien qu'il n'avait pas les idées claires. Il allait forcément oublier quelque chose. D'habitude, l'erreur fatale — pour les soldats et les pilotes d'avion ou de voiture de course —, c'était la seconde. Vous surviviez à la première, mais la conscience soudaine que vous aviez fait une erreur vous perturbait tellement que vous en commettiez une autre. Et c'était celle-là qui vous perdait. Son père, un ancien pilote de chasse, lui avait dit que quand on merdait dans un combat aérien on était censé prendre le large et se ressaisir avant de revenir dans la bataille. Il en était où exactement ? Il ne savait pas trop. En sortant il lança à Ho :

« Je vais peut-être me prendre la journée, demain. Appelle Miller ou Borkowski ou qui tu voudras si t'as pas de mes nouvelles d'ici sept heures.

— Vous allez où ?

— À la pêche. Je te confie la baraque. D'ailleurs, appelle donc et Miller et Borkowski tout de suite. Qu'y en ait un qui soit là quand tu pars. »

Il monta dans sa vieille Silverado et rentra chez lui. Pendant que Poilu se défoulait dehors, Harris mit des vêtements de rechange et une paire de baskets dans un sac à dos, puis remplit les gamelles d'eau et de nourriture de son chien. Il disposa le sac de croquettes par terre de sorte que Poilu puisse se servir et rajouta un autre récipient plein d'eau à côté. De retour, le chien sentit aussitôt que quelque chose n'allait pas ; Harris fut obligé de s'en dégager à grands coups de genoux pour pouvoir sortir de chez lui. Il descendit la route pleine d'ornières, regard droit devant. Tu ferais bien de prendre des provisions, tu vas peut-être y passer la nuit et la journée de demain.

À Brownsville il se gara en haut de la colline près des vieilles maisons de pierre et consulta sa carte routière. Il repéra les adresses et mémorisa l'itinéraire sans rien écrire sur sa carte, puis acheta de quoi petit-déjeuner et fit un double plein au cas où il aurait beaucoup à conduire. Murray Clark avait donné deux adresses, Harris se dirigea vers la première.

4

Isaac

Il resta longtemps le regard perdu à l'horizon par-delà la circulation bruyante. Puis il quitta le pont pour la bretelle menant à la voie qui partait vers le sud. Il enleva sa veste, la dépoussiéra du mieux qu'il put, lissa sa chemise et la rentra dans son pantalon, se passa enfin la main dans les cheveux pour les démêler et enlever les bardanes. Un étudiant en virée, voilà tout. Pur hasard, s'il ressemble à un clochard. Et le couteau ? Cache-le avec ta veste.

Un camion-citerne violet sortait de la station essence ; Isaac leva le pouce, attendit, le camion s'arrêta. Isaac se dépêcha de grimper sur le marchepied et ouvrit la lourde porte.

« Vous allez où ?

— En Pennsylvanie, je crois.

— Vous êtes pas sûr ? »

Le routier était un petit homme mince d'un peu moins de cinquante ans, rasé de près. Il fit un clin d'œil à Isaac. « Je peux te déposer vers Dayton si tu paies l'essence. Mais il doit y avoir plus court.

— J'ai pas d'argent.

— Je blague. La boîte paie l'essence et je vais par là de toute façon. »

La cabine était spacieuse, sombre et confortable.

Comme le magicien d'Oz, se dit Isaac, un énorme monstre en apparence mais dedans, perché tout en haut, un bonhomme minuscule. Ils dominaient la route, ils allaient vite. Du cent trente à peu près.

Il lui fallut quelques instants pour arriver à distinguer ce qu'ils dépassaient à toute allure ; rien que d'essayer, son vertige empirait. Quelqu'un a fabriqué ce camion, se dit-il. Il jeta un coup d'œil au routier derrière son volant. Son grésillant de la radio. Bruits occasionnels de la cibi. L'esprit humain peut s'adapter à tout — des voix qui sortent de boîtes en métal. De deux boîtes en métal différentes. Et toi tu regardes la route et ton corps sait que ça va trop vite. Mais lui aussi s'adapte. Isaac regarda les choses apparaître et disparaître, camions, panneaux métalliques, maisons, routes, ponts. Tout ça, fabriqué par l'homme. Même dans l'air : ondes radiophoniques, satellites. Ça devrait avoir un sens. Mais non — c'est ce qu'on fabrique, rien d'autre. Qu'est-ce que ça nous a apporté, notre différence avec les animaux ? Des fusils perfectionnés et des antibiotiques — ça va ensemble. Des bombes intelligentes et des traitements du cancer. Pas l'un sans l'autre, même notre propre nature veille à son équilibre. On pourra bien coloniser Mars, ça changera rien — bébés et infidélités. Démocratie et hémorroïdes. Prédicateurs syphilitiques. Un gamin qui se branle dans son sac de couchage en pensant à sa sœur. Il se mit à glousser. Le kid est en pleine forme, se dit-il.

« Raconte, dit le routier.

— Ça fait un moment que je suis tout seul. Et puis c'est la première fois que je monte dans un camion.

— Tu fais l'école buissonnière, comme ça ? Ou alors t'es à la fac — j'arrive pas à savoir, excuse-moi.

— Ni l'un ni l'autre. Je devrais sans doute être à la fac.

— T'as une sacrée dégaine. Au début je t'ai pris pour un de ces illuminés qu'essaient de convertir les gars aux relais routiers et tout. Et puis quand je t'ai vu de plus près, je me suis dit que ça devait bien être ça, seulement que t'avais dû péter un câble. Ensuite je savais plus trop. Ça doit être pour ça que je me suis arrêté.

— Le mystère du jour.

— En gros.

— Merci, en tout cas.

— On sait jamais. T'aurais pu être Jésus en personne, j'aurais été récompensé.

— Je le suis peut-être.

— Maintenant tu me fais plutôt l'effet d'un auto-stoppeur fou.

— J'chuis démasqué. »

Le routier pouffa de rire. « Je te charrie. Au fait, ça t'emmerde, la radio ? Ils disent que ces tarés de Coréens ont construit une roquette assez grosse pour y foutre une bombe atomique.

— Coréens du Nord ?

— Mais je te vois pas trop t'intéresser à ces trucs-là.

— Si, un peu.

— Moi, mon avis, et je le partage, c'est qu'on ferait bien de leur mettre une bonne pâtée tout de suite, faut les écraser. Sinon y vont nous larguer une bombe H sur Toledo avant même qu'on ait compris ce qui nous arrive.

— Ils pensent sans doute pareil de nous.

— Ouais, enfin... » Le routier reste silencieux quelques secondes. « Dans vingt ans, tu verras si tu commences pas à apprécier les choses un petit peu plus, tu me suis ? Y se pourrait bien que c'est ce que j'essaie de faire passer, là. » Il regarda Isaac. « Tu me suis pas, là.

— Si, si, je vous suis.

— Dans vingt ans, tu comprendras. Bien sûr t'es très jeune, je suis sûr que moi aussi, y a des tas de choses, je passe à côté. J'étais trop jeune dans les années soixante et puis, maintenant, je rate tout ça. Parfois ça va ça vient.

— Je crois pas que vous ratiez grand-chose.

— Ah si, je regarde toutes les émissions télé, je sais bien. Le seul truc qui me désole pour toi, c'est que toutes les nanas sur lesquelles tu peux fantasmer, tu les as déjà vues à poil. Britney Spears, Paris Hilton et les autres ; toutes y a des photos d'elles en train de baiser. Pour moi, Bambi Woods, ça a été une révélation. On pouvait rien espérer d'autre. Mais c'était sans doute mieux comme ça.

— Peut-être.

— Eh ben on peut dire qu'on en est arrivé aux sujets de fond rapidos, hein ? » Le routier lui fit un nouveau clin d'œil. « Attends, ça t'emmerde si on écoute ça ? Le gars qui va parler, là, ça vaut le coup.

— OK.

— Tu le connais ? »

Isaac écouta le type jacasser. « Je crois que mon père l'aime bien.

— G. Gordon Liddy. » Il haussa les épaules. « Je suis pas toujours d'accord avec lui, mais il est intéressant. »

Isaac s'installa confortablement tandis que le chauffeur montait le son. Avant de le rebaisser soudain.

« Je sais ce que j'essayais de te dire. Y a pas de

462

mystère pour ta génération. Mais revenons à notre émission. » Il remonta le son.

Isaac n'était plus tellement d'accord mais ça n'était pas grave. Le kid n'est pas à plaindre, pensa-t-il. Ce sont pas les mystères qui manquent. L'univers est vieux de quatorze milliards d'années mais vaste de cent cinquante milliards d'années-lumière. Il y a la mécanique quantique contre la relativité. Le kid devra inventer de nouvelles règles — vacciné contre les lois qui régissent les hommes les bêtes et les fruits, ni fakir ni moine ni yogi, il choisira la quatrième voie. La tête dans les hautes sphères, il découvrira comment voler. Stratosphère. Fait froid par ici, se dira-t-il. Fait froid et c'est tout bleu. Effet de l'azote — rend le ciel bleu et les plantes vertes. Connaissance fondamentale. Qui rêve le plus de voler ? Les hommes en fauteuil roulant. Les vieux de ce monde, coincés dans leur humidité. Quant au kid, il revient, tel Ulysse. D'un long exil. Sans allégeance, sinon au roi des cannibales.

« Ça va, mon gars ?

— Ça roule.

— Tu t'ennuies pas tout seul, toi, dis donc.

— J'espère que je vous embête pas.

— Non, je suis bien content de m'être arrêté. J'avais promis à ma petite fille de rentrer vite, ça fait que j'ai dormi qu'une heure à peu près depuis hier matin. En prenant de l'essence je me suis dit que je ferais bien de trouver à qui parler sinon j'allais finir dans le fossé. Enfin bon, c'est là que t'es apparu. Alors d'un sens, si t'y réfléchis bien, tu m'as sauvé la vie.

— C'est mon côté Jésus. »

Le chauffeur acquiesça solennellement. « Ouaip. Exactement. »

Quelques heures plus tard, il déposa Isaac à une sortie près de Dayton. Au moment où Isaac ouvrait la porte, il lui dit : « Tu dépenserais pas tout en drogue ou en truc du genre si je te donnais trois sous, hein, mon pote ?

— Jamais touché à ça.

— Bon, en tout cas commence par manger quelque chose. » Il lui tendit cinq dollars.

Isaac marcha un bon kilomètre jusqu'à un relais routier et commanda un sandwich aux boulettes de viande. Il s'était assis à une table à l'intérieur, mais ça lui faisait bizarre : il ressortit manger sur le trottoir. Claquements des moteurs diesel, leur odeur aussi, camions à l'arrivée ou en partance comme dans une gare. Il pensait devoir peut-être attendre un moment, mais dix minutes plus tard il fut pris en stop par un semi-remorque qui emportait vers l'est sa cargaison de tracteurs en pièces détachées. Cette fois-ci le chauffeur lui demanda où il avait été, et Isaac répondit dans le Michigan, ce à quoi le chauffeur dit qu'il avait intérêt à rendre sa réponse un peu plus intéressante s'il voulait voyager à l'œil, alors Isaac raconta qu'il avait fait la route sur des trains de marchandises et que maintenant il rentrait chez lui retrouver sa famille. Le routier ne voyait pas d'objection à faire partie de l'aventure et le reste du trajet se fit plus ou moins en silence.

Une fois la nuit tombée, le semi-remorque obliqua vers le sud, déposant Isaac quelques kilomètres après Little Washington. Il marcha un peu vers l'est, puis grimpa au sommet d'une colline et s'assit là, à regarder en direction de la Mon, par-delà l'autoroute plongée dans le noir. Il lui restait quoi à parcourir ? Une trentaine de kilomètres, disons. Tu pourras sûrement le faire en stop si tu trouves une station-service. Il y pensa un moment. Non. Rentre comme t'es parti.

Et Lee, qu'est-ce qu'elle peut bien faire en ce moment ? Avant tu savais toujours. Si ça se trouve, tu peux encore deviner. Les trois mois entre son acceptation à Yale et la mort de maman — pense à ça. Ni doute ni questionnement. Tous les quatre à visiter le Carnegie Museum, ses squelettes de dinosaures, son tyrannosaure. Le vieux qui dit *un truc qui pourrait me couper en deux d'un coup de dents, ça m'intéresse pas. Je suis bien content qu'ils aient disparu.* Mais même lui il était fasciné. *Imaginez le gars qui a trouvé ce machin,* il avait dit. *Je veux dire, imaginez ce que ça a dû être avant qu'il dise à qui que ce soit qu'il l'avait trouvé.* Médite, Watson. Ça venait du vieux.

Il contempla les collines. La rivière était invisible mais ça ne l'empêchait pas d'être là. Il lui faudrait sans doute deux jours pour rentrer à pied. Non, un jour et demi. Ça va, se dit-il. Terrain connu.

5

Poe

Le lendemain, au lieu de faire glisser son plateau-repas sous la porte, le gardien lui dit de présenter ses mains pour les menottes.

« Encore mon avocate ?

— Je sais pas de quoi tu causes. Passe tes mains.

— J'y vais pas.

— Si j'ai pas tes mains dans les dix secondes, j'appelle les gars des interventions à risque. Je connais pas ton problème mais je m'en branle. »

Ce n'était pas le même surveillant que la veille. Grand, mince, cheveux gris coupés court, lunettes.

« Bon, ils ont décidé que tu pouvais quitter le QD.

— Mais avec ce que j'ai fait je devrais en avoir pour des mois, non ?

— Vu la victime, si t'avais tué ce petit connard, t'aurais sûrement eu droit à une réduction de peine. »

Poe le regarda sans comprendre.

« Je rigole, dit le gardien. Ça existe pas.

— Et si je restais ici ?

— Pas possible. Ils ont des malades mentaux à plus savoir qu'en faire.

— Putain.

— Allez, debout.

— Je demande à être placé à l'isolement.

— OK, mais adresse-toi à l'administration là-haut, je peux pas traiter ça d'ici. »

Ils le conduisirent à son ancien bloc, même niveau, nouvelle cellule. Un des jeunes membres du gang le vit et prit la direction opposée.

Une fois seul dans sa cellule, Poe tira le rideau des toilettes et se mit à frotter le manche de sa brosse à dents contre le ciment jusqu'à obtenir une pointe acérée. Il passa en revue les barreaux et la fenêtre à la recherche d'un bout de métal à arracher dont il puisse faire une arme digne de ce nom, mais rien. Il s'allongea, tête côté lavabo, pieds vers les barreaux. C'était une solution, en fait. La porte de sortie. Voyage gratos. Il pourrait se lever et foncer au poste de surveillance, demander à être mis à l'isolement. Mais ça serait reculer pour mieux sauter.

C'était Isaac ou lui, pas de compromis possible. Sa respiration s'était accélérée, il transpirait, ses vêtements furent bientôt trempés, comme s'il avait pris une douche tout habillé. Puis il y eut des bruits de pas énergiques à son étage, ça marchait de tous les côtés. Il avait dit au surveillant qu'il voulait être mis à l'isolement. C'était ça, son compromis : il avait parlé au surveillant. Si le surveillant faisait passer sa demande, on viendrait le chercher pour le

remettre au mitard, si le surveillant faisait rien, personne viendrait. Cinquante-cinquante.

Il respirait encore, mais c'était temporaire, ça l'avait toujours été. La vie avait un disjoncteur, installé dès la naissance, tous les gens, toutes les vies. C'était inévitable, première fois qu'il y pensait en ces termes, inévitable, la seule certitude — pas de raison d'en avoir peur, ça viendrait, imparable, comme le froid en hiver. Sauf qu'il avait peur quand même. Mais c'était rien que de la peur. La seule chose en son pouvoir, c'était d'y trouver un sens. Il sauverait Isaac English. Pourvu qu'il tienne bon. Fallait qu'il arrête d'y penser.

Voilà qu'il avait de nouveau faim, et rien à manger dans sa nouvelle cellule, la troisième en quatre jours. Il se demanda s'ils avaient vraiment besoin de récupérer de la place au QD ou si le gang s'était arrangé pour qu'il en sorte.

Quelle différence ça aurait fait, qu'il enfouisse des déchets ou qu'il joue au foot. Il aurait été qu'un gars parmi d'autres, tous à faire la même chose. Alors que ça, ça, personne d'autre serait prêt à le faire, personne était prêt à faire quoi que ce soit pour Isaac, pas même sa famille. Même Lee, en fin de compte, elle vivait que pour elle. Mais bon, faudrait pas que ça tarde trop. Il garderait pas le cap bien longtemps, il se connaissait. Il avait toujours été foutu, il était né comme ça, l'heure avait sonné de s'y résigner. Il allait tout donner, comme les héros du passé. Vocation supérieure. Il sauverait Isaac English, c'est pour ça qu'il était là, pas un accident du destin, sa vie entière avait conduit à cet instant, il se montrerait à la hauteur. Il serait le protecteur.

Il avait faim, il ferait bien de manger quelque chose. Il entendit alors un trousseau de clefs s'agiter et des bruits de pas, un gardien qui montait l'escalier, longeait la galerie, on venait le chercher pour l'emmener à l'isolement, il était sauvé. Il écouta le tintement des clefs se rapprocher, pris d'un immense soulagement. Sauvé. Mais le soulagement se transforma en quelque chose d'autre, en nausée, un changement s'opérait, sensation que le reste de sa vie s'étirait sans fin devant lui. C'était du désespoir. Il allait perdre — ses jambes allaient le trahir, l'empêcher de mourir si tôt, ce qu'il pensait ne comptait pas, son corps allait décider pour lui. Il attendit, couché là.

Mais le gardien continua le long de la galerie sans s'arrêter à sa cellule. Poe se redressa, l'écouta poursuivre jusqu'à une autre cellule, y déposer quelque chose, faire demi-tour, remonter la galerie et descendre l'escalier ; les pas finirent par s'estomper. Je suis un lâche, pensa Poe.

Avant d'y réfléchir plus, il se leva et ouvrit sa porte, il allait manger en vitesse, c'est tout, manger en vitesse, préserver ses forces ; il rejoignit rapidement les escaliers, traversa le bloc, se retrouva dans le couloir central, ça sentait l'odeur de la cantine, il vit la porte et entra sans plus attendre.

Les membres de la Confrérie aryenne assis là levèrent les yeux : il y avait Clovis et tous les jeunes lieutenants, Dwayne aussi, qui baissa la tête, faisant mine de ne pas l'avoir vu. Mais Clovis était déjà debout, tout sourire, comme si justement il l'attendait, et Poe sentit ses jambes se mettre à trembler. Un moment d'hésitation, puis il fit demi-tour et sortit de la cafétéria. Les yeux rivés au carrelage devant lui, il força ses jambes à le porter, ce grand couloir vide, il ne savait pas où il allait. Il lui semblait ne rien peser, il venait sans doute de croiser un autre détenu mais il n'en était pas sûr, c'était comme s'il avançait au ralenti. Il entra dans son bloc pour changer aussitôt d'avis, il serait pris au piège, ici, il retourna dans le couloir et se dirigea vers la cour. Aucun bruit. Pas de voix derrière lui. Il arriva au détecteur à métaux, puis aux portes. Personne au poste de garde. Il tenta d'ouvrir les portes mais elles étaient fermées. Il les secoua, sans plus de succès, il donna un grand coup de pied dedans. Rien à faire.

Quand il se retourna, il était face à Clovis et quatre jeunes du gang. Clovis ne portait pas son bonnet et Poe vit pour la première fois qu'il avait les cheveux roux, des cheveux fins coiffés vers l'avant. Clovis était très chauve.

Un des lieutenants tenait un couteau fait d'une longue lame et d'un manche couvert de scotch bleu. Poe essaya à nouveau d'ouvrir les portes de la cour mais en vain. Il feinta, tenta de filer entre les types, mais l'un d'eux, trop rapide, le saisit à bras-le-corps. Poe continua pourtant sa course, le type accroché à lui, jusqu'à ce que les autres le rattrapent. Ils se mirent à le frapper, sauf que ça faisait beaucoup plus mal que ça. Puis tout devint flou et quand il tomba il vit que son sang barbouillait déjà le sol.

LIVRE SIX

1

Grace

Elle était assise sur la galerie, à regarder la lumière changer sur la vallée ; malgré la brûlure du soleil sur sa peau, elle ne bougeait pas. Deux jours qu'elle n'avait pas mangé. Trois fois elle avait décidé de rentrer et d'appeler Harris pour lui dire de renoncer, qu'elle préférait affronter les conséquences. Trois fois elle avait pensé à Billy allongé sur une table mortuaire ou dans un tiroir, pensé à ce que serait alors son visage. Elle n'avait pas bougé. Elle se rappelait la première fois où elle l'avait senti remuer dans son ventre, et puis cet horaire fixe, tous les soirs vers onze heures. Les coups comme des battements de cœur, seulement un peu plus fort.

Il ne voulait pas sortir. Presque dix mois, elle l'avait porté, après ça elle n'avait pas pu retomber enceinte. Comme s'il avait su qu'il lui donnerait suffisamment à faire, su qu'il aurait besoin de toute son attention. Et voilà qu'à regarder les collines, les tendres prairies et le ciel transparent, tout lui semblait hostile et froid, une illusion ; la terre l'avait toujours apaisée, cette terre qu'elle considérait comme partie intégrante d'elle-même, mais elle voyait bien maintenant combien c'était illusoire. Ces choses autour d'elle ne changeaient pas, elles n'aimaient pas, ne souffraient pas.

Mais elle ne faisait rien. Elle n'était même pas sûre des intentions de Bud Harris. Si, elle savait. Ce type, l'ancien mécanicien, avait essayé de tuer son fils une première fois et voilà qu'il revenait à la charge. Mais même ça c'est un mensonge que tu te racontes, la vérité c'est que tu ne sais pas ce que cet homme a fait, ni ce que ton fils a fait, et pourtant cette décision, tu dois la prendre, innocent ou coupable ça n'a plus d'importance. Est-ce que ça pouvait être vrai ? On n'aurait pas dit.

Ce qu'elle voulait vraiment, c'était que Bud Harris, quelque part, en ce moment même, s'apprête à tuer cet homme. Voilà ce qu'elle voulait. Elle voulait que cet homme meure, cet homme qu'elle ne connaissait que parce qu'il avait vu son fils faire quelque chose. Ou prétendait avoir vu son fils faire quelque chose. Elle voulait que cet homme meure pour que son fils vive. C'était ça, la vérité. C'était ce que voudrait n'importe quelle mère, se dit-elle. Ce que voudrait n'importe qui à ta place.

Non, je ne lui ai rien dit, je n'ai jamais dit à Bud Harris de faire quoi que ce soit. Il décide tout seul. Sauf que c'était un mensonge de raisonner comme ça. Elle n'avait pas besoin de dire quoi que ce soit. Ils savaient, tous les deux. Ils le savaient à cet instant encore. Si Bud Harris fait quelque chose à cet homme, ce sera comme si tu le lui avais fait toi-même. Tu ne peux pas rejeter la responsabilité sur quelqu'un d'autre. Il y a des faits que tu choisis d'ignorer — que ce type soit allé à la police et pas ton fils, par exemple. Mais ces faits ne changent rien à la vérité. Qu'est-ce qu'il aurait fallu que Billy fasse pour que tu ne veuilles pas ça ?

Tu es finie, dit-elle à haute voix. Tout le monde

saura. Cette semaine, Cultrap, le paysan de l'autre côté de la route, l'avait regardée bien en face quand elle passait en voiture, mais sans lui faire signe, vingt ans qu'elle connaissait Ed Cultrap. Parce que Billy avait tué quelqu'un. Les gens vous pardonnent vos enfants, mais ça, c'était trop.

Non, ce qui était passé entre elle et Bud Harris était aussi évident que s'ils s'étaient parlé. Et ce serait évident aux yeux de tous. On allait la chasser de la ville, pire peut-être, tout le monde l'avait su quand Harris avait tiré Billy d'affaire la dernière fois, personne n'était censé être au courant mais, allez savoir, tout le monde savait. Et maintenant, ça — elle n'osait même pas imaginer. Je m'en fous, pensa-t-elle. Tant que c'est moi et pas lui.

2

Isaac

La nuit était tombée depuis longtemps, il avait marché de Little Washington à Speers, presque trente kilomètres, ça lui avait pris la journée. De là il ne restait que treize kilomètres jusqu'à Buell.

Il resta quelques minutes sur le pont autoroutier à contempler la Mon avant de descendre vers la voie ferrée. Comme il passait près d'un groupe d'adolescents assis en contrebas de l'autoroute, l'un d'eux dit quelque chose. Mais Isaac avait dû leur jeter un regard éloquent car tous se turent ; quand il les eut dépassés, il comprit qu'ils avaient vu son couteau.

Une fois hors de leur champ de vision, il défit l'arme de sa ceinture et la jeta sans plus de cérémonie dans la rivière. Le kid renonce aux vieilles méthodes. S'il ne choisit pas, on choisira pour lui. Regardez-le — il marche — il décide de mettre un pied devant l'autre et c'est exactement ce qui se passe. À méditer. Souviens-toi du chat de Lee qui dégommait des crayons de ton bureau. Pourquoi ? Pour se rappeler qu'il savait faire. Parce que, quelque part au fond de lui, son instinct le plus ancien lui disait qu'un jour il ne pourrait plus. Une leçon. Réveille-toi ignorant chaque matin. Et rappelle-toi que tu es au royaume des vivants.

Il continua vers le sud. La voie ferrée traversait une

large prairie, la nuit était noire, le ciel dégagé, on voyait les étoiles jusqu'à l'horizon. Des milliards d'étoiles, tout autour de nous, un véritable océan, et toi au milieu. Le voilà, ton Dieu — des particules stellaires. On vient de là, on y retourne. D'une étoile à la terre puis à l'homme puis à Dieu. Ta mère devient rivière puis océan. Pluie enfin. On peut pardonner à quelqu'un qui est mort. Il eut la sensation de se vider de quelque chose, sa tête d'abord, puis la nuque et le reste du corps, comme de quitter une vieille peau.

Au sud de Naomi, il décida de s'arrêter pour la nuit. Histoire de se garder quelques kilomètres pour le lendemain matin. Il trouva un coin de berge plat où s'asseoir et réfléchir. Tu peux pas rentrer chez toi — ils chercheront à te dissuader. Tu ferais pareil à leur place. Mieux valait attendre.

Le vieux, il fait ce qu'il peut. Oui, ce qu'il peut. Faut lui reconnaître ça. Demain tu iras voir Harris et tu lui raconteras. En toute conscience, c'est la chose à faire.

Assis là par terre, il sentait son corps se détendre, comme si ses blessures cicatrisaient. Le Suédois avait peut-être campé ici même deux semaines plus tôt. Vieilles traces d'un feu de camp. Ce serait chouette d'avoir un feu maintenant. Mais bon, pas d'allumettes. Il regarda la rivière, son cours paisible entre les arbres. Au lit, se dit-il. Ta dernière nuit en liberté, dors et qu'on en finisse.

3

Henry English

Ce jour-là ils allèrent à Pittsburgh voir l'avocat, un grand cabinet tout en haut du Koppers Building, près de Grant Street. Dès que Lee avait poussé le fauteuil de son père dans l'ascenseur, Henry avait su que ça coûterait cher. L'idée que le mari de sa fille les aide financièrement lui était insupportable, il n'y avait pourtant pas d'autre moyen.

Le bureau de l'avocat occupait un angle, double exposition, vue impressionnante. C'était un homme de la génération de Henry, mais grand, mince, visiblement en forme, couronné d'épais cheveux gris, certainement le genre à jouer au tennis. Et à plaire aux femmes d'un certain âge. Henry, pour sa part, le trouva aussitôt antipathique, mais il lui suffit d'un coup d'œil à Lee pour voir qu'elle était à l'aise. C'était son monde à présent. Il fut pris d'une sorte d'angoisse nauséeuse, à moins que ce ne soit le fait d'être dans ce bureau, ou peut-être de savoir pourquoi ils étaient là, ou alors un mélange des trois. Il remua un peu dans son fauteuil.

« Vous êtes suffisamment à votre aise, monsieur English ?

— Oui, oui, j'ai l'habitude de ce machin, depuis le temps. »

Ils s'installèrent et l'avocat passa en revue les honoraires et autres tarifs ainsi que la charte clients, dont il ressortait surtout que le cabinet s'engageait à toujours vous rappeler dans les meilleurs délais. Lee hocha la tête et sortit le carnet de chèques. Henry vit qu'elle avait son nom marqué en haut à côté de celui de Simon. Sauf que c'était encore le nom que lui, son père, lui avait donné. C'était déjà ça. Toutes ces questions qu'il ne lui avait pas posées.

Peter Brown, l'avocat, les interrogea de son ton aimable sur le parcours d'Isaac, là où ils habitaient, la profession qu'avait exercée Henry et même sur les circonstances de son accident. Quand il en vint à la mère d'Isaac, Henry voulut protester mais Lee était déjà en train de tout dire. De trop dire. Elle rapporta ensuite les propos de Billy Poe, comme quoi ce serait Isaac qui avait tué l'homme dans l'usine. Peter Brown posa son stylo un moment et sortit d'un tiroir un petit dictaphone.

« Je suis pas sûr qu'il faille enregistrer ça, dit Henry.

— Bon réflexe, monsieur English, mais c'est pour notre usage exclusif, pas celui de l'État. Il faudrait qu'ils nous cambriolent pour y avoir accès. » Il parlait d'une voix très basse, il ne fallait pas bouger pour l'entendre. Henry regarda de nouveau Lee.

« Vous rappelez-vous ses paroles exactes ? demanda Peter Brown.

— Je peux essayer, dit Lee.

— Mon fils a pas tué cet homme. Ça sert à rien d'enregistrer ça.

— Papa.

— Votre fils était présent quand cet homme est mort. Si nous n'en affrontons pas les implications dès à présent, nous y serons acculés au moment du procès. C'est la seule raison d'être de cet enregistrement.

— Sauf que Billy Poe n'a pas soufflé mot de tout ça. Sinon Isaac aurait déjà été inculpé.

— Billy Poe n'a pas encore vu son avocate. À partir de là, les choses iront vite. Le fait qu'Isaac ne soit pas inculpé pour le moment tient surtout à des questions de procédure. » Il baissa les yeux vers son carnet. « Je suis désolé. »

Dix heures du soir, Henry était dans sa chambre, à regarder son bureau, à fouiller dans ses papiers. Il entendit la douche en haut qui durait un certain temps, puis Lee frappa à sa porte : est-ce qu'il avait besoin d'aide pour se coucher ? Il dit non. Elle attendit un moment.

« Tu as besoin d'autre chose ?

— Non. Dors bien. »

Il l'entendit circuler un peu puis monter dans sa chambre. Après quoi il n'y eut plus que les craquements de la maison qui refroidissait. Il s'assoupit dans son fauteuil et rêva qu'il travaillait encore chez Penn Steel ; il avait hâte de se réveiller, il était fatigué à la fin de ses journées de travail, heureux de rentrer chez lui retrouver sa femme, mais le matin il était toujours prêt à repartir à l'usine. Un craquement et il se réveilla, assoiffé d'air.

Il était dans sa chambre. Il prit péniblement de grandes inspirations, il lui arrivait de manquer d'oxygène dans son sommeil. Comme ta vie te semble étriquée — c'est ce qu'il n'arrivait pas à expliquer aux gens. Si j'avais su comment tout ça finirait j'aurais aussi su ce qui me restait à faire. Une lente déchéance.

Mary l'avait laissé seul, il le savait, elle avait baissé les bras. C'était pas à elle de le faire, c'était absurde. S'ils en avaient discuté, ils auraient trouvé une solution rationnelle, elle aurait pu prendre les enfants, partir ailleurs, mais elle était allée faire ça sans rien lui dire. Henry sentit ses bras trembler, combien de fois il avait voulu le faire, il aurait dû, mais elle était partie la première. Elle était faible, en vérité, une vérité qui s'appliquait à toutes les femmes et c'est pour ça qu'il avait misé sur Lee. Il fallait qu'il la sorte de là, il aurait pas supporté qu'elle finisse comme sa mère.

Peut-être que c'était toi, le faible, se dit-il. Peut-être que son passage à l'acte l'a rendue plus forte. Tu sais très bien pourquoi elle est allée à la rivière et tu sais très bien pourquoi ton fils a tourné comme il a tourné. Pourtant il ne voyait pas ce qu'il aurait pu faire. Les trois années qu'il avait passées dans l'Indiana, à ne rentrer qu'une fois par mois, ça n'avait pas été facile pour eux, mais pour lui non plus ça n'avait pas été facile, à vivre dans des pensions et des hôtels au mois. Mais Steelcor payait bien, ça, oui. C'est seulement qu'ils en demandaient beaucoup à leurs ouvriers et qu'ils n'étaient pas trop regardants sur la sécurité. Il n'y avait qu'à voir les statistiques : plus d'accidents qu'ailleurs. Mais qui vous obligeait à les regarder, les statistiques ? Ils étaient là pour faire de l'argent. Ils voulaient faire cracher à cette usine jusqu'à son dernier dollar avant même d'avoir résolu tous les problèmes. Ce que tu aurais donné pour avoir été malade ce jour-là.

Au début ça l'avait pas dérangé d'être hors conventions syndicales : comme avait dit Reagan, les coûts salariaux étaient délirants, c'était la faute des syndicats, tu avais voté pour lui. Sauf qu'il n'y avait pas que ça. Penn Steel n'avait pas investi un radis dans ses usines depuis quinze ans, et c'était pareil pour la plupart des grands groupes américains, les équipe-

ments étaient à bout, la plupart des aciéries fonctionnaient encore au procédé Martin à leur fermeture, alors
que les Allemands et les Japonais, eux, étaient passés
à l'oxygène dès les années soixante. Mais ça bien sûr
on l'avait su qu'après : les autres — les Japs et les
Boches — avaient toujours mis de l'argent dans leurs
usines. Toujours investi dans de nouvelles infrastructures, investi dans leur avenir. Alors qu'en ne mettant
pas un radis dans ses usines, Penn Steel avait assuré
sa propre perte. Et tous ces États providence, l'Allemagne, la Suède — c'est qu'ils continuaient à produire
de l'acier en veux-tu en voilà. Eux qu'étaient censés
aller droit à la faillite. Il regarda son bureau, incapable
de se souvenir de ce qu'il avait à faire. Il s'assoupit
de nouveau.

Ils avaient vidé le four et rempli le creuset, la grue
était en train de l'approcher, on allait passer à la coulée.
Soudain, un son inhabituel, un son que Henry distingue
du vacarme ambiant. La grue continue mais le creuset
est pris d'une petite secousse et le voilà qui tombe
— cinquante tonnes d'acier en fusion qui tombent. Le
creuset heurte le sol sous tes yeux et, boum, immense
gerbe de métal, lumière aveuglante, comme un soleil
jailli du creuset, le reste n'est plus qu'ombres, Chucky
Cunnigham et Wayne Davis, des ombres, des ombres
que l'acier engloutit comme la lave d'un volcan. À
trois mètres de toi. Voir ça et survivre, impossible ;
t'as cru que ce serait la dernière image que tu verrais.
Caché là à attendre de mourir. L'arrière de l'atelier
explose et c'est le bâtiment entier qui tremble, tu le
sens. Et tu te sens minuscule. Sentiment d'injustice.
T'as pas pensé à Mary, juste au fait que c'était pas
juste qu'il t'arrive ça.

Il aurait dû y avoir un frein de sûreté au tambour de treuil. Dépense visiblement superflue pour la compagnie. Quelque chose avait cédé dans la boîte de vitesses.

La cuve est en flammes, toute l'usine brûle, c'est là que tu décides de sauter. Trois étages. Une pluie de ferraille, et cette boîte à outils de deux cent cinquante kilos qui te frôle pour aller percuter le plafond. Des explosions à répétition, un bruit de moteurs de dragsters gonflés au protoxyde d'azote, tellement fort que c'est inaudible, mais tu le sens, c'est comme si ta peau fondait sous la combinaison d'argent, tu ne vois rien, partout ce n'est que feu et ombres. Mort pour mort — et puis merde, saute. Tu reviens à toi, un jeune Noir est en train de te tirer à l'air libre — il a bravé l'incendie pour revenir te chercher. Une atmosphère d'acier en fusion et il a pas une égratignure. Il devrait jouer au loto. Il dit qu'il t'a vu sauter.

L'Agence pour la santé et la sécurité au travail leur a collé une amende de trente mille dollars. Ce qu'ils gagnaient en une minute.

Voilà. Disparu, Chucky Cunnigham, et Wayne Davis aussi, disparu, ce bon gros Wayne — Wayne, tu lui disais toujours, t'es trop gros, Wayne —, engloutis par du métal en fusion, une minute plus tôt c'était toi à leur place. Tu as sauté, c'est là que t'as merdé. T'aurais pas dû bouger, ta famille aurait été bien indemnisée, une jolie somme du syndicat et de la compagnie. D'abord t'as eu les boules pour Wayne et pour Chuck, mais ils se sont épargnés, ils ont épargné leurs familles, alors que toi, non.

La maison était depuis longtemps silencieuse. Il se dit, plus t'attends, plus ce sera effrayant. C'est le petit le coupable, pas Billy Poe ; ta faute, tout. Il allait et

483

venait dans son fauteuil. Peu importe ce qu'avait fait son fils, c'était lui, Henry, qui était cause de tout, le petit n'aurait jamais dû rester là. Ils veulent tous ta mort, se dit-il, ta famille. T'aurais jamais dû attendre si longtemps. Peur de tes propres enfants. Peur qu'ils t'abandonnent, tu supporterais pas. Perdre Mary et Lee la même année. Tu n'allais pas en plus perdre Isaac.

Il roula jusqu'au bureau et ouvrit le tiroir, le pistolet était à sa place, mais si c'était Lee qui trouvait son père... Il y avait aussi une demi-bouteille de scotch à laquelle il n'avait pas touché depuis qu'on lui avait interdit l'alcool. Typique, pensa-t-il. Tu te bichonnes comme un cheval de course mais pas une seconde à consacrer aux autres. Il se sentait plus calme. Il savait ce qu'il avait à faire. Il regrettait de pas avoir fini son steak. Dans l'armoire à pharmacie, il trouva un vieux flacon d'OxyContin, presque plein, un an qu'il en prenait plus ; il s'enveloppa dans une couverture et passa sans bruit dans le salon puis sur la galerie. Il referma soigneusement la porte derrière lui.

Il faisait froid dehors et pour se donner du courage il but une grande gorgée de scotch. Effet quasi instantané. Il ouvrit tant bien que mal le couvercle du flacon et avala deux ou trois comprimés, sans effort aucun, ils étaient minuscules. Ses mains se mirent à trembler, il reboucha le flacon pour éviter d'en renverser le contenu. Regarde-toi, se dit-il, tant de fois on a voulu te la prendre et voilà que tu vas la donner pour rien. Parce que j'aurais dû le faire avant, se dit-il. Isaac n'aurait pas été là, il aurait été parti depuis longtemps, comme Lee.

Il décida d'aller dans le jardin ; une fois au bon endroit il y réfléchirait encore un peu. Il se laissa glisser le long de la rampe jusqu'à l'herbe, sentit les roues s'enfoncer dans la terre molle et rejoignit rapidement l'endroit convoité, délogeant des biches, qui se dispersèrent.

Il sortit le flacon, le soupesa, commençait à changer à nouveau d'avis ; ici tu n'as besoin de rien d'autre, pars le sourire aux lèvres. C'est tout vu, se dit-il. D'une façon ou d'une autre, tu vas les perdre. Ça paraissait tellement évident, il n'y avait pourtant jamais pensé en ces termes. Il avait mené un combat perdu d'avance. Les entraînant tous dans sa chute.

Il tenait toujours le flacon. Non, c'est la honte qui te pousse. Et ça, c'est pas une bonne raison. Les cachets glisseraient tout seuls, bien trop facile. Tu peux porter ta croix sans aide, pour une fois, c'est pas trop demander, ta propre croix. Alors ? Il remit le flacon dans sa poche. J'en ai pris combien ? Trois, je crois. Pas assez pour y rester. Sauf que d'un instant à l'autre tu vas te sentir sur un nuage. Enveloppe-toi dans ta couverture si tu veux pas geler.

Il laissa courir son regard sur les bois sombres et la rivière au loin, il avait choisi le bon endroit, on voyait jusqu'au fond de la vallée. Il avait eu quelques bonnes années, beaucoup même, plus que ce que méritait le commun des mortels, il était temps de penser aux autres. À sa famille. On aurait dit que, devant lui, la terre se dérobait ; il était sur un promontoire, face à un mur d'étoiles. Il n'avait jamais rien vu de pareil. L'air était si transparent. Avant de s'endormir, il mit ce qui lui restait de force à resserrer la couverture sur ses épaules ; déjà il se réchauffait.

4

Harris

Il se gara un peu avant la première adresse. Le petit carré d'herbe devant la maison avait été tondu, mais l'arrière était beaucoup plus négligé. Il y avait là un grand saule pleureur, la carcasse d'une vieille Oldsmobile et un tracteur sans roues, présence insolite dans un jardin de cette taille. Le ronron sonore d'un réfrigérateur emplissait la galerie, dont le toit était si affaissé qu'il en bloquait presque la porte d'entrée. Harris ne distinguait qu'une seule silhouette à l'intérieur ; veillant à rester dans le noir tout en évitant les débris cachés dans les hautes herbes, il se fraya un chemin jusqu'à la maison et entra par la porte de derrière. Dans le salon, une vieille dame était allongée sur un lit étroit, une bonbonne à oxygène à portée de main. Il baissa son arme.

« Où est Murray ? demanda-t-il.

— Il est pas là. Et pis l'a pas d'argent non plus. »

Ils se regardèrent.

« Trois ans qu'il est au chômage, dit-elle. Vous en tirerez rien. »

La nuit était bien avancée quand il se retrouva, dans un tout autre quartier, assis sur un seau vide dans une maison abandonnée, comme d'ailleurs toutes les maisons à cette extrémité de la rue pour autant qu'il puisse en juger — partout l'herbe était haute dans les jardins, à l'exception d'un passage, plat à force d'être foulé, jusqu'à l'entrée de celle qu'il surveillait. Deux autres maisons, plus loin, avaient une lumière allumée au-dessus de la porte, mais c'était bien le seul signe que le quartier était habité. À minuit, quelques cerfs descendirent tranquillement la rue, ça faisait bizarre de les voir marcher sur le trottoir, brouter les herbes folles ; ils se glissèrent entre la maison où se tenait Harris et celle qu'il surveillait, sans prendre peur, sans même remarquer sa présence — un bon présage, se dit-il.

Malgré ses gants et son bonnet de laine, il commençait à avoir froid, et faim. Vers trois heures du matin, deux hommes entrèrent dans l'autre maison ; il était à peu près sûr que l'un d'eux était Murray. L'électricité devait être coupée : ils allumaient des bougies et préparaient un feu dans la cheminée. Peu après l'un des deux alla s'étendre dans une autre pièce. Ce n'était pas idéal, le fait qu'ils soient deux ; il se demanda s'il valait mieux attendre de coincer Murray seul, mais comment savoir si ce serait possible, Murray Clark pouvait disparaître d'un instant à l'autre et resurgir au procès.

Il attendit encore une demi-heure et décida que l'autre homme devait dormir.

Il fit jouer le barillet du revolver et vérifia que l'automatique était chargé. Du viseur nocturne émanait une petite lueur. Au moins tu vois ton viseur, se dit-il, un réconfort ; il était content de l'avoir fait installer, c'est Ho qui avait insisté, *un flingue ça sert à quoi si on voit pas le viseur,* pas le genre de choses dont se souciait d'ordinaire Harris. Il avait toujours trouvé que c'était tenter le destin que d'accorder trop d'attention à ça, à l'équipement de son arme, comme de chercher une excuse pour l'utiliser. Le mieux, c'était d'entrer dans la baraque par-derrière, quitte à passer devant la chambre où dormait l'autre type.

Au léger craquement d'une marche, il s'immobilisa un long moment. Rien. Il ouvrit très doucement la porte et traversa la cuisine, pleine de boîtes et de décombres de travaux entre autre bric-à-brac, jusqu'à un long couloir qui menait au séjour. Il y était bien engagé quand il entendit : « C'est toi, Jesús ? »

En quelques pas rapides il gagna la pièce, main sur le revolver dans sa poche ; deux vieux canapés, des bougies dans des bouteilles de bière.

Un type d'une quarantaine d'années était assis là, les yeux cernés, pas rasé depuis des jours.

« Murray, dit Harris.

— On se connaît, dit Murray en le dévisageant. Le chef de police Harris, hein ? »

Harris sortit le revolver de sa poche et le braqua sur Murray. Celui-ci leva les mains.

« Hou là, dit Murray. Vous vous trompez de gars.

— Tu vas quitter la région », Harris s'entendit lui dire. Il était vaguement conscient de son doigt posé sur la détente.

« Pas de problème, dit Murray. C'est comme vous voulez.

— Si on te voit traîner en Pennsylvanie, on te retrouvera dans la rivière. Et si j'entends que t'as été en contact avec le procureur de Uniontown, pareil.

— C'est comme si j'étais déjà parti », dit Murray, avec pourtant un drôle de geste. Harris sentit une présence derrière lui : il fallait qu'il se retourne ou qu'il tire. Il décida de tirer. Le coup partit et Murray s'écroula sur le canapé. Quelqu'un saisit alors Harris à bras-le-corps et tous deux percutèrent le mur. Harris essaya de se dégager mais l'autre le maintint plaqué au sol sur le ventre ; sensation étrange, il prenait des coups dans les côtes mais la douleur était disproportionnée. L'autre y allait au couteau. Comme l'agresseur bataillait avec le gilet pare-balles, il finit par lâcher l'arme blanche pour tenter, des deux mains, de récupérer le revolver que Harris tenait dans sa main droite. De sa main gauche, Harris essayait d'atteindre le .45 dans son dos, mais il avait beau se cambrer, l'automatique restait hors de portée, crosse du mauvais côté. Le type brisa quelque chose dans la main droite de Harris ; celui-ci l'entendit mais y fit à peine attention, concentré qu'il était sur l'action de fermer chaque doigt de son autre main autour de la crosse du pistolet. Au moment même où l'homme saisissait le revolver, Harris parvint à libérer le .45 : de l'index il ôta la sécurité et fourra le canon dans l'enchevêtrement de cheveux derrière l'oreille de son agresseur. Il eut vaguement conscience que le coup partait, vit la douille rebondir contre le mur à côté de lui. Quand Murray passa tant bien que mal près de lui, il lui tira dessus au niveau du bassin ; Murray atteignit quand même la porte et disparut.

Seule la lumière vacillante des chandelles éclairait un peu la pièce ; Harris s'extirpa de dessous le cadavre pour courir après Murray. Il était à moitié sourd — le coup était parti juste à côté de sa tête. Il n'entendait même pas le bruit de ses propres pas, comme s'il avait eu les oreilles bouchées.

La rue était plongée dans une obscurité totale, il se sentit découragé — rien. Il leva le pistolet qu'il tenait de la main gauche et examina attentivement les alentours, fouillant maladroitement sa poche pour trouver sa lampe, cherchant à repérer le moindre mouvement, là — là dans les buissons à vingt ou vingt-cinq mètres quelque chose bougeait, il sortit sa torche et la manœuvra de sa main cassée : Murray, accroupi, avançait dans les fourrés en boitant. Il s'immobilisa quand le faisceau l'éclaira. Harris ajusta imperceptiblement son viseur et l'atteignit entre les omoplates. Il tira une seconde fois, par précaution.

Quand il le rejoignit, Murray était à genoux, mains à terre, comme s'il implorait quelqu'un d'invisible. Il semblait n'avoir aucune conscience d'une présence à ses côtés. Quelques secondes plus tard, il s'affaissa lentement dans les hautes herbes, pour ne plus bouger. Les mains de Harris tremblaient ; il tenta de remettre le .45 dans son étui mais n'y parvint pas.

Il regagna son pick-up à quelques maisons de là, évitant les zones éclairées. Dans ses pensées embrouillées, un seul impératif : ne t'arrête pas. *J'aurais dû prendre leur portefeuille, maquiller ça en quelque chose d'autre.* Trop tard. Il avait des élancements dans la main droite, cassée. Il y avait une douille dans la maison, peut-être deux, et d'autres sur la galerie extérieure — combien de coups est-ce qu'il avait tiré ? Il faisait trop sombre pour retrouver les douilles. Le revolver aussi était resté là-bas — est-ce qu'il avait perdu ses gants ? Non. Et son bonnet ? Il vérifia. Non plus.

Avant de monter à bord, il ôta bonnet, veste et gants, à cause du sang et des résidus de poudre, et balança le tout à l'arrière du pick-up. Il démarra le plus silencieusement possible, phares éteints jusqu'à la route principale. Tout en conduisant, il tâcha de s'examiner mais ses mains tremblaient toujours beaucoup ; sous le gilet il sentait du sang lui couler le long des côtes mais il ne voulait pas s'arrêter voir l'ampleur des dégâts. Il respirait sans mal, ça ne devait pas être si grave que ça ; le Kevlar avait fait son office. Déjà trois kilomètres, il comptait. Il jeta un œil à l'odomètre. Quatre kilomètres et demi.

Peu après il éteignit les phares et s'arrêta à un rond-point près de la rivière pour y jeter le .45. Il était déjà reparti quand il s'aperçut qu'il avait oublié de se débarrasser aussi de la veste et du bonnet. Et du reste. Il se gara dès qu'il put, enfila vêtements de rechange et baskets et jeta tout ce qu'il avait porté, y compris le gilet pare-balles, dans la rivière.

Le soleil se levait lorsqu'il arriva au commissariat. Il se demanda qui s'occuperait de son chien.

5

Poe

À nouveau du fracas plein la tête, si fort que c'était intenable, mais impossible de l'arrêter, et puis aussi une sensation de mouvement, je suis dans la rivière, se dit-il, je vais droit aux chutes. Neuf/six, entendit-il. La sensation s'estompa graduellement plus qu'elle ne disparut, il avait retrouvé la vue, il était ébloui. Je suis tombé. Je suis par terre sous l'arbre à côté de la maison. La lumière était très forte. On essayait de lui enfoncer quelque chose dans la bouche, on l'étouffait, il allait vomir. Il revient à lui, dit quelqu'un. Sortez le tube. Monsieur Poe, restez avec nous. Tuiles de plafond, lumières vives. Il avait encore ce bruit assourdissant dans les oreilles, il voyait des choses, puis à nouveau du mouvement, sensation de chute au creux du ventre, il sombrait, voulait échapper au bruit. Restez avec nous, monsieur Poe. On me touche, se dit-il. Il tenta de couvrir sa nudité, on lui avait enlevé ses vêtements. Serrez ma main, William. William, est-ce que vous m'entendez ?

Il voulut s'asseoir, il n'avait pas assez d'air.

« Non non non », dirent-ils tous. On le retint avec fermeté.

« Monsieur Poe, est-ce que vous savez où vous êtes ? »

Il s'en souvenait, mais peut-être que s'il ne répondait pas ça ne serait plus vrai. Il avait peur de dire aussi d'autres choses, sur Isaac. Je dirai rien, ils essaient de me faire parler.

« Il se peut que votre colonne soit endommagée. Vous ne devez pas bouger jusqu'à ce que nous ayons les radios. »

Infirme, se dit-il. Il sentit les larmes lui monter aux yeux. Il avait du mal à respirer, pas assez d'air.

« Savez-vous où vous êtes ? ça disait. William. William, est-ce que vous m'entendez ? Vous avez les poumons perforés. Nous allons faire sortir le liquide pour que vous puissiez respirer. Ça va faire un peu mal. »

Il voulut parler mais rien ne sortit. Se rendormir.

« Tenez-le. »

On lui enfonça quelque chose de pointu dans les côtes, de plus en plus loin, si loin que la douleur venait du plus profond de lui, à nouveau ce bruit assourdissant, cette sensation de mouvement, puis il se réveilla, s'entendit hurler.

Quelqu'un cria : « Tenez-le », et il savait que c'était de lui qu'il s'agissait ; non, dit-il, non non non non puis voilà qu'il sombrait de nouveau.

Il refit surface dans une autre pièce. Lumières très vives. Quelqu'un penché sur lui. On trafiquait quelque chose dans sa tête. Arrêtez, dit-il, mais aucun son ne sortit. Arrêtez, mais ses lèvres ne bougeaient pas, on lui avait recouvert le visage. Il voulut bouger, impossible. Impossible de bouger le bras. On lui faisait quelque chose. Il y avait une odeur, une odeur de cheveux brûlés, on était en train de lui faire quelque chose. Il est réveillé, dit une voix. Ça y est, dit quelqu'un d'autre, il sentit un chatouillement lui courir le long du bras. J'ai déjà ressenti ça, pensa-t-il avant de replonger.

Quand il émergea pour la troisième fois, il faisait sombre. Il se souvint qu'il ne devait pas se lever. Il regarda ce qu'il pouvait de son corps en bougeant le moins possible. Dans un lit. Sous des couvertures. Une poche de perfusion d'un côté, de l'autre une fenêtre où entrait une lumière jaune ; il se dit qu'il y avait peut-être des maisons dehors. Quelqu'un ronflait dans un autre lit. Chut, dit-il, puis il se sentit coupable. Des machines émettaient de petits signaux sonores. Chut, murmura-t-il. Il ne voyait pas les machines. Je vais me redresser. Ils peuvent pas m'en empêcher. Quand il bougea, la douleur le submergea de nouveau et il capitula.

Reste couché. Reste couché. Bouge tes orteils. Il ne voyait pas ses pieds. Il essaya de bouger son bras, pas moyen ; il vit alors qu'il était menotté à la barrière du lit. Une douleur aiguë lui transperçait la poitrine et le côté, mais il pouvait respirer maintenant. Ils m'ont complètement enturbanné. Il toucha sa tête. Y a quelque chose qui dépasse. Un tube, un tube en plastique sortait de l'arrière de son crâne. Reste couché. Alors seulement lui vint cette pensée : il était vivant.

6

Isaac

Il poussa la porte et se trouva face à un flic derrière un bureau ; c'était le petit Asiatique, celui du soir où Poe et lui s'étaient fait prendre au magasin d'usinage. Le flic buvait un café, l'air de ne pas avoir dormi de la nuit.

« Je voudrais parler au chef de police Harris. »

Ho le regarda. « Il est pas disponible. »

La voilà, ton excuse, pensa Isaac. Mais il dit : « J'ai vu sa voiture dehors. Dites-lui que c'est Isaac English. »

Ho se leva à contrecœur et disparut au fond d'un couloir. Isaac le suivit des yeux : *ta dernière chance*. Mais il savait qu'il ne se sauverait pas. Il n'y avait pas d'autre moyen.

Ho revint : « La porte du fond. »

Isaac s'enfonça seul dans le couloir, frappa à la porte métallique et puis, sans savoir pourquoi, ouvrit avant qu'on lui ait dit d'entrer. La pièce était grande et un peu étrange ; mêmes murs en aggloméré, mêmes néons que dans le reste du bâtiment, mais des meubles tout en bois et en cuir, et des tableaux aux murs. Harris était assis sur un canapé, enroulé dans une couverture. Pâle, échevelé, une attelle à sa main bandée.

« Alors comme ça te revoilà.

— Je suis venu me livrer.

— Hou là, doucement », dit Harris. Il arrêta Isaac d'un geste, se leva lentement — il avait visiblement mal — et alla jusqu'à la porte, qu'il ferma à clef après avoir jeté un coup d'œil dans le couloir. « Viens t'asseoir. » Il lui désigna le canapé ; Isaac s'assit d'un côté, Harris de l'autre.

« C'est pas Billy Poe qui a tué le SDF. »

Harris eut l'air mortifié. Il se laissa aller contre le dossier du canapé et ferma les yeux. « S'il te plaît, arrête là.

— Je vous dis la vérité.

— Non.

— Billy et moi, on était... »

Mais Harris s'était soudain penché vers lui et l'avait agrippé par sa chemise, comme le ferait un grand frère ; sa main couvrait presque la bouche d'Isaac. Il était pâle, en sueur, il avait mauvaise haleine.

« Le procureur vient d'appeler pour dire que les deux types qui étaient avec vous dans l'usine ont été retrouvés morts. » Il lâcha Isaac et se renfonça dans son coin de canapé. « Ils sont morts tous les trois maintenant, Isaac. Les seuls qui restent de cette histoire, c'est toi et Billy Poe. Tu comprends ?

— Qu'est-ce qui s'est passé ?

— On ne sait pas. »

Ils restèrent silencieux un long moment, peut-être dix minutes, puis Harris se leva lentement pour aller ouvrir une boîte en bois sur son bureau ; il en regarda longuement le contenu avant de choisir un cigare. « Tu fumes pas ça, si ?

— Non.

— J'en ai besoin, là. » Il coupa le bout, l'alluma et

se posta près de la fenêtre ouverte. On aurait dit qu'il rassemblait ses esprits.

« Tu n'es peut-être pas au courant, vu que, quand je suis passé chez toi pour te parler, t'avais déjà décollé. Billy Poe a été inculpé pour le meurtre de ce type, mais on dirait bien qu'ils vont devoir le relâcher maintenant. Toi, personne t'a mentionné, et je suppose que si Billy t'a pas dénoncé jusqu'ici, c'est qu'il a pas l'intention de le faire du tout, surtout une fois que son avocat saura les derniers développements. C'est-à-dire très vite, vu que je vais l'appeler dès qu'on aura fini.

— Quand est-ce qu'il a été arrêté ?

— Je sais plus exactement. La semaine dernière.

— Et il a été inculpé de quoi ?

— D'avoir tué le bonhomme. Inculpé de meurtre.

— Et il a rien dit ? »

Harris fit non de la tête.

Isaac s'éclaircit la gorge. « Je vais partir d'ici. Je ferais sans doute bien d'aller vivre avec ma sœur dans le Connecticut. » Il fut surpris de se l'entendre dire. Mais ça sonnait juste.

« C'est une bonne idée, dit Harris.

— Et pour Billy, qu'est-ce qui va se passer ?

— Sans doute que d'ici un mois environ ils seront bien obligés de le relaxer. » Il quitta la fenêtre, prit un carnet et un stylo sur son bureau. « Écoute, si jamais t'as des états d'âme sur quoi que ce soit, viens me voir. Je vais te donner mon numéro de portable, et aussi celui de chez moi, appelle et je te retrouverai quelque part.

— Je crois pas que j'en aurai besoin. Ça va aller, je crois.

— T'as pris la bonne décision, tu le sais, ça ? Je voudrais pouvoir te récompenser d'être venu, je crois pas avoir connu grand monde qu'en aurait été capable. Mais maintenant... » Il haussa les épaules. « Il est temps que tu rentres chez toi. »

Isaac se vit sortir du bureau, descendre les marches et prendre la route vers le centre-ville. Les nuages commençaient à bouger. Il était presque à la rivière quand la pensée lui vint qu'il avait décidé de faire confiance à Harris. Aux autres aussi d'ailleurs. Il allait essayer, il verrait bien ce qui se passerait.

Quelques pâtés de maisons plus loin, il traversa la vieille voie ferrée et s'arrêta sur la berge, au milieu des roseaux. Son esprit était calme. Il resta là à regarder le soleil se coucher sur la rivière paresseuse, puis il s'agenouilla et mit la main dans l'eau. Mouvement des rides concentriques. La lumière faisait briller le dôme de la cathédrale, les fenêtres des maisons. Un couple d'hirondelles de mer prit le large ; bientôt ce serait son tour, il partirait.

7

Harris

Il regarda Isaac sortir et fermer poliment la porte derrière lui ; il se demanda si le gosse serait capable de tenir sa langue. Tout ça aurait pu virer au désastre. Le pouvait encore.

Il n'avait pas dit à Isaac que Billy Poe s'était fait poignarder et qu'il y était presque resté, après avoir, plusieurs jours durant, refusé de voir son avocate. Pas la personne que tu croyais. Grace était pas encore au courant. Hors de question qu'elle apprenne ça de sa bouche. La tête recommençait à lui tourner, mais tôt ou tard le procureur viendrait poser des questions et il faudrait qu'il soit prêt. Il avait mal aux doigts et la douleur lui remontait dans le bras ; la blessure de sa cage thoracique refusait de se fermer, des points de suture n'auraient pas été du luxe mais il faudrait bien que le sparadrap fasse l'affaire.

Il devait se lever. Il avait un alibi à bétonner pour la nuit précédente et son pick-up à passer au coton-tige. Il faudrait sans doute des pneus neufs. Les pneus — c'était peut-être pousser un peu. Encore que. Pire que chien enragé : homme de loi contrarié. Il sourit à sa petite blague et se sentit soudain plus léger. Ces gamins, les deux, méritaient d'être sauvés. Il aurait pas cru.

Ho n'avait appelé personne pour le remplacer — il était resté seul toute la nuit, devinant qu'il se passait quelque chose. Tous, se dit-il. Tous ces gens. Harris savait qu'il fallait qu'il se lève mais il n'avait quasiment pas dormi depuis deux jours et voilà que le soleil entrait par la fenêtre, un moment qu'il l'attendait. La découpe lumineuse s'étirait par terre, si lentement qu'il l'observa gagner chaque grain de bois. Il allait se reposer une minute encore, le temps de sentir la chaleur sur son visage. Et puis il commencerait sa journée.

8

Poe

Il se savait à l'hôpital depuis un bout de temps déjà mais il eut l'impression de se réveiller pour la première fois. Il faisait jour, il avait chaud, on voyait un parking par la fenêtre et, au-delà, des maisons et un vieux monsieur arrosant une jardinière.

Une femme, sans doute une infirmière, ouvrit le rideau.

« Coucou, dit-il.

— Vous avez eu de la chance. Vous avez perdu tellement de sang que votre cœur s'est arrêté. Vous avez eu de la chance d'être jeune.

— On échange si vous voulez.

— On a eu peur que vous n'ayez des lésions cérébrales.

— J'en ai sûrement, mais ça date d'avant. »

Elle sourit sans s'interrompre dans ses soins.

« Est-ce que j'ai dit des trucs quand j'étais inconscient ? »

Elle haussa les épaules. Elle ne savait pas de quoi il parlait.

« Qu'est-ce qu'ils vont faire de moi, maintenant ?

— Ils veulent vous récupérer mais on va vous garder encore quelques jours. Vous ne pouvez encore pas trop bouger, on vous a recousu de partout.

— Je retourne à Fayette ?

— Vous retournez quelque part. Mais ça m'étonnerait que ce soit là-bas.

— Je peux avoir des visites ?

— Non.

— Et appeler ma mère ?

— Ce soir peut-être. » Elle s'apprêta à sortir. « Il y a un policier devant la porte. Juste pour que vous sachiez. »

9

Grace

Le même jour, plus tard, on frappa à la porte de derrière. Elle était couchée sur le canapé. Trois jours qu'elle n'avait pas mangé, elle n'avait pas entendu de voiture arriver.

Un bruit de pas au fond du mobil-home et puis un petit homme râblé apparut au salon : il repéra Grace et fit un tour de la maison. Elle ne le reconnaissait pas. Il entra dans toutes les pièces avant de revenir près d'elle. Nous y voici, se dit-elle. Mon envoyé spécial.

« Je m'appelle Ho, dit l'homme. Je suis un ami de Harris. »

Elle le dévisagea. Il ne portait pas d'uniforme.

« Il paraît que vous avez de la famille à Houston.

— Où est Bud ? »

Le type secoua la tête. « Il est occupé. »

Elle sentit quelque chose enfler en elle, puis s'apaiser. Elle ferma les yeux.

« Est-ce que quelqu'un d'autre est venu vous voir, ou bien vous aurait contacté ?

— Non, dit-elle doucement. Vous êtes le premier.

— Bien, tant mieux.

— Vous pouvez me dire ce qui s'est passé ? »

Ho s'éclaircit la gorge et regarda autour de lui. « Votre fils va s'en sortir, mais vous pouvez pas rester là.

503

« — Il faut que je parte quand ?

— Demain matin au plus tard.

— Ça fait des années que j'ai pas parlé à mon frère, vous savez. »

Ho eut un haussement d'épaules.

« Je peux pas voir Bud ?

— Faut que vous fassiez vos bagages », dit-il avec douceur.

Elle hocha la tête. Elle commençait à détecter une forte odeur de nourriture.

« Il m'a dit de vous apporter quelque chose à manger.

— C'est tout lui.

— Il m'a souvent parlé de vous. »

L'homme s'agenouilla à côté d'elle, il allait forcément remarquer à quel point elle était sale, elle en eut soudain conscience ; mais il ne montra aucune réaction. Il la redressa délicatement et passa un oreiller derrière son dos avant de sortir un petit récipient d'un sac.

« Voilà, dit-il. Allez-y doucement.

— Je suis pas sûre de pouvoir. »

Mais quand il approcha la nourriture de ses lèvres, elle ouvrit la bouche et l'accepta.

Elle resta longtemps à la fenêtre, tout était immobile, une nuit calme et fraîche. Elle ferma les yeux et vit son fils marcher ; c'était l'été, la route était brûlante, poussiéreuse, il arrivait au bout et ne trouvait rien. Il regardait autour de lui, mais il ne restait rien, rien que la carcasse calcinée du mobil-home, même les arbres avaient brûlé. Un long moment il restait là à regarder ces ruines, puis il reprenait la route, la route qui l'emmènerait ailleurs. Qui l'emmènerait vers elle.

Remerciements

J'ai la chance d'avoir une famille qui m'a toujours soutenu et je leur en serai éternellement reconnaissant. À eux, toute mon affection et mes remerciements : Rita, Eugene et Jamie Meyer, ainsi qu'Alexandra Seifert et Christine Young. Ce livre doit sa forme définitive à l'intervention cruciale de nombreuses autres personnes : mes agents, Esther Newberg et Peter Straus, mes éditrices, Cindy Spiegel et Suzanne Baboneau, Dan MacGuiness, du Loyola College, qui le premier m'a convaincu que je pouvais écrire, Dan McCall, de Cornel University, dont le soutien moral et les encouragements m'accompagnent depuis plus de dix ans, Jim Magnuson, Steve Harrigan et tous les collaborateurs du Michener Center for Writers à Austin, Texas, et Colm Toibin, pour ses nombreux conseils. Pour m'avoir donné du temps et un endroit tranquille où écrire, je remercie également les institutions suivantes : Corporation of Yaddo, Blue Mountain Center, Ucross et Anderson Center for the Arts.

En Pennsylvanie je remercie Brian « Diego » McGreevy et les révérends Beckie et Joey Hickock, qui m'ont ouvert nombre de portes dans la vallée de la Mon, United Steelworkers et notamment Gary Hubbard, Wayne Donato, Rich Pastore, Ross McClellan, John Borkowski, John Guy, Andy Kahler et Jan Kinnegan, ainsi que Paul Lodico du Mon Valley Unemployed Committee. Enfin je voudrais remercier les habitants de Pittsburgh et de la vallée de la Monon-

gahela, dont la coopération et la gentillesse ont été déterminantes dans l'élaboration de ce livre.

N.d.T. : la traduction de la citation de Kierkegaard en épigraphe de ce livre est empruntée à Charles Le Blanc (Rivages/ Poches, p. 53).

DU MÊME AUTEUR

Aux Éditions Denoël

UN ARRIÈRE-GOÛT DE ROUILLE, 2010. Folio Policier n° 677